DER ZAUBERER DER FESTIVALBELEUCHTUNG
Die unglaubliche Geschichte von Sridhar Das

Translated to German from the English version of
The Wizard of Festival Lighting: The Incredible Story of Sridhar Das

Samragngi Roy

Ukiyoto Publishing

Alle globalen Veröffentlichungsrechte liegen bei

Ukiyoto Publishing

Veröffentlicht im Jahr 2024

Inhalt Copyright © Samragngi Roy

ISBN 9789364942980

Alle Rechte vorbehalten.

Kein Teil dieser Veröffentlichung darf ohne vorherige Genehmigung des Herausgebers in irgendeiner Form auf elektronischem, mechanischem, Fotokopier-, Aufnahme- oder anderem Wege reproduziert, übertragen oder in einem Abrufsystem gespeichert werden.

Die Urheberpersönlichkeitsrechte des Urhebers wurden geltend gemacht.

Dies ist ein Werk der Fiktion. Namen, Charaktere, Unternehmen, Orte, Ereignisse, Schauplätze und Vorfälle sind entweder das Produkt der Phantasie des Autors oder werden auf fiktive Weise verwendet. Jede Ähnlichkeit mit tatsächlichen Personen, lebenden oder toten, oder tatsächlichen Ereignissen ist rein zufällig.

Dieses Buch wird unter der Bedingung verkauft, dass es ohne vorherige Zustimmung des Verlegers in keiner anderen Form als der, in der es veröffentlicht wird, verliehen, weiterverkauft, vermietet oder anderweitig in Umlauf gebracht wird.

www.ukiyoto.com

WIDMUNG

*Dem Assistenten gewidmet,
der Magier, der Pionier selbst.*

Wenn es nicht ein wenig brennt, was nützt es dann, mit dem Feuer zu spielen?
—Bridgett Devoue

Danksagungen

Ich werde meinem Großvater immer zu Dank verpflichtet bleiben, dass er mir die Geschichte seines Lebens anvertraut hat. Darüber hinaus möchte ich auch meiner Großmutter Sumitra Das und meinen Eltern Sanghamitra Das und Debyendu Mohan Roy dafür danken, dass sie einen wichtigen Beitrag zu dieser Geschichte geleistet haben, dass sie mich zu dem gemacht haben, was ich heute bin, und dass sie immer da waren, um mir zu helfen, mit Würde und Anmut durch turbulente Zeiten zu navigieren. Ich möchte auch meinem kleinen Bruder Swarnendu Mohan Roy danken, dass er mir nicht zu viel Mühe gemacht hat und extrem bereitwillig und kooperativ war, wann immer ich seinen Drucker benutzen musste.

Ich bin Professor Rimi B. Chatterjee dankbar, dass er einer meiner allerersten Leser war, mein Reservoir an Inspiration und Unterstützung, und dass er mir geholfen hat, die ersten Kapitel des Buches zu bearbeiten. Ich darf nicht vergessen, Professor Santanu Biswas dafür zu erwähnen, dass er eine transformative Rolle in meinem Leben als Lehrer, Mentor und Philosoph gespielt hat; Professor Rafat Ali dafür, dass er immer meine unkonventionellen Forschungsideen gefördert und meine akademischen Bemühungen gewürdigt hat; Professor Abhijit Gupta, Professor Ramit Sammadar und Professor Pinaki De dafür, dass sie die fantastischsten Kurse angeboten, meine kreativen und akademischen Bemühungen anerkannt und mich effektiv geführt haben, wann immer ich Hilfe brauchte. Ein großes Dankeschön an alle meine Freunde von der Universität Jadavpur, die mich durch einige der härtesten Jahre meines Lebens geführt haben.

Ich möchte mich auch bei Nandita Palchoudhuri, Neline Mondal, Ujjal Mondal, Amiya Das, Shipra Das und Kalyan Chakraborty dafür bedanken, dass sie mir äußerst wichtige Informationen zur Verfügung gestellt haben, zu denen ich sonst keinen Zugang gehabt hätte und ohne die das Buch für immer unvollständig geblieben wäre. Dank meiner liebevollen Onkel Avijit Das und Surojit Mukherjee und meiner Tanten Lopamudra Mukherjee und Sagori

Chatterjee, die mich jeden Tag glücklich gemacht haben und durch dick und dünn für mich da waren.

Vor allem möchte ich meiner Literaturagentin Dipti Patel, meinem Verleger Renuka Chatterjee und meiner Redakteurin Tahira Thapar aus tiefstem Herzen danken. Ohne dich hätte ich nie die Gelegenheit gehabt, dieses Buch der Welt zu präsentieren, geschweige denn stolz darauf zu sein. Vielen Dank, Speaking Tiger Books, für die Anerkennung und Anerkennung meiner Bemühungen, als ich fast alle Hoffnung aufgegeben hatte. Ich schätze, das Universum hat sich verschworen, um dies zu ermöglichen.

Reise nach Mitternacht

Ein Punjabi-Leben: Von Indien nach Kanada

Ujjal Dosanjh

Ujjal Dosanjh, der nur wenige Monate vor der indischen Unabhängigkeit im ländlichen Punjab geboren wurde, wanderte mit achtzehn Jahren allein nach Großbritannien aus und verbrachte vier Jahre damit, Buntstifte herzustellen und Züge zu rangieren, während er die Abendschule besuchte. Vier Jahre später zog er nach Kanada, wo er in einem Sägewerk arbeitete, schließlich einen Abschluss in Rechtswissenschaften erwarb und sich der Gerechtigkeit für eingewanderte Frauen und Männer, Landarbeiter und religiöse und rassische Minderheiten verschrieb.

Im Jahr 2000 wurde er die erste Person indischer Herkunft, die eine Regierung in der westlichen Welt führte, als er zum Premierminister von British Columbia gewählt wurde. Später wurde er ins kanadische Parlament gewählt.

Journey After Midnight ist die fesselnde Geschichte eines Lebens voller reicher und abwechslungsreicher Erfahrungen und seltener Überzeugungen. Mit faszinierenden Einblicken schreibt Ujjal Dosanjh über das Leben im ländlichen Punjab in den 1950er und frühen 60er Jahren; die Erfahrung indischer Einwanderer - vom späten 19. Jahrhundert bis heute - in Großbritannien und Kanada; die Politik nach der Unabhängigkeit in Punjab und der Punjabi-Diaspora - einschließlich der Zeit der Sikh-Militanz - und das Innenleben des demokratischen Prozesses in Kanada, einer der egalitäreren Nationen der Welt. Er schreibt auch mit ungewöhnlicher Offenheit über seine doppelte Identität als Einwanderer der ersten Generation. Und er beschreibt, wie er sich gezwungen sah, gegen die diskriminierende Politik seines Wahllandes zu kämpfen, obwohl er sich gegen regressive und extremistische Tendenzen innerhalb der Punjabi-Gemeinschaft stellte. Seine unverblümten Ansichten gegen die Khalistan-Bewegung in den 1980er Jahren führten zu Morddrohungen und einem bösartigen körperlichen Angriff, und er entkam nur knapp dem Bombenangriff auf Air India Flug 182 im Jahr 1985. Dennoch ist er standhaft geblieben in seiner Verteidigung von Demokratie, Menschenrechten und guter Regierungsführung in den beiden Ländern, die er sein Zuhause nennt - Kanada und Indien. Seine Autobiografie ist ein inspirierendes Buch für unsere Zeit.

Das Messing-Notizbuch

A Memoir

Devaki Jain

Mit einem Vorwort von Amartya Sen

In diesen Memoiren beginnt Devaki Jain mit ihrer Kindheit in Südindien, einem Leben in Komfort und Leichtigkeit mit einem Vater, der als Dewan in den Fürstenstaaten Mysore und Gwalior diente. Aber es gab auch Einschränkungen, die mit dem Aufwachsen in einer orthodoxen tamilischen Brahmanenfamilie einhergehen, sowie die selten gesprochenen Gefahren räuberischer männlicher Verwandter. Das Ruskin College, Oxford, gab ihr 1955 im Alter von 22 Jahren ihren ersten Eindruck von Freiheit.

Oxford brachte ihr einen Abschluss in Philosophie und Wirtschaft - sowie Not, als sie in einem Café Geschirr spülte, um ihre Gebühren zu bezahlen. Auch hier hatte sie ihre frühen Begegnungen mit dem sinnlichen Leben. Mit seltener Offenheit schreibt sie von ihren romantischen Verbindungen in Oxford und Harvard und davon, wie sie sich in ihren „ungeeigneten Jungen" verliebt - ihren Ehemann Lakshmi Jain, den sie gegen den Willen ihres geliebten Vaters heiratete.

Devakis Berufsleben führte dazu, dass sie sich intensiv mit der Sache der "armen" Frauen beschäftigte - Arbeiterinnen in der informellen Wirtschaft, für die sie sich um ein besseres Geschäft bemühte. In der internationalen Arena schloss sie sich den Anliegen der kolonisierten Nationen des Südens an, als sie darum kämpften, ihren Stimmen gegen die reichen und mächtigen Nationen der ehemaligen Kolonisatoren Gehör zu verschaffen. Ihre Arbeit brachte sie in Kontakt mit Weltführern und Denkern, darunter Vinoba Bhave, Nelson Mandela, Henry Kissinger und Iris Murdoch.

Anmerkung des Autors

Dieses Buch zu schreiben war eine schwierige Aufgabe für mich. Ich musste in eine Ära eintauchen, über die ich sehr wenig wusste, und mich halstief in eine Geschichte stürzen, zu der fast jedes einzelne Individuum um mich herum gehörte, aber niemand war sich des ganzheitlichen Bildes bewusst, das ich zu malen versuchte. Ich habe bestimmte Fakten und Vorfälle aufgedeckt, die mir unbekannt waren, und ich habe Mühe gehabt, mich mit ihnen zu arrangieren. Dazu gehörten Menschen, die ich liebte und mit denen ich aufwuchs, Menschen, von denen ich dachte, dass ich sie sehr gut kannte. Wenn ich jedoch in die Vergangenheit zurückblicke, begann ich, diese vertrauten Menschen auf sehr ungewohnte Weise zu betrachten. Aber ich kann zuversichtlich sagen, dass dies eine Geschichte ohne Filter ist. Ich habe mein Bestes versucht, die Wahrheit genau so darzustellen, wie sie mir vermittelt wurde. Es gibt bestimmte Vorfälle, Charaktere, Wendungen von Ereignissen, verirrte Informationen, die problematisch erscheinen mögen, aber das liegt daran, dass sie genau so in Erinnerung geblieben sind. Ich habe weder versucht, selbst als Erzähler perfekt zu sein, noch habe ich versucht, Bildporträts von unfehlbaren Menschen zu zeichnen. Ich habe versucht, die Menschen mit all ihren menschlichen Torheiten, Vorurteilen, Unvollkommenheiten und Heucheleien intakt darzustellen.

Und da ich der Erzählung selbst so nahe stehe und die Person, über die ich geschrieben habe, besonders mag, bin ich mir sicher, dass auch meine Fehler und Vorurteile an verschiedenen Stellen der Geschichte unbewusst aufgetaucht sind.

Ein weiterer Grund, warum es für mich schwierig war, diese Geschichte zu schreiben, ist, dass ich mich nur auf Erinnerungen verlassen musste - hauptsächlich an die meines Großvaters, meiner Familienmitglieder, Verwandten, Bekannten, öffentliche

Erinnerungen aus Zeitungen, Aufsätzen, Online-Posts, Dokumentationen und Interviews. Das macht mich standardmäßig zu einem unzuverlässigen Erzähler, weil ich anfing, dieses Buch zu einer Zeit zu schreiben, als die Erinnerungen meines Großvaters schnell zu verblassen begannen. Das Gedächtnis ist, wie wir alle wissen, eine sehr rutschige Sache und ich möchte für die Geschichten, die ich zusammengefügt habe, keine vollständige Genauigkeit beanspruchen. Ich weiß, dass man Erinnerungen nicht mit sachlichen Wahrheiten verwechseln darf. Ich habe jedoch mein Bestes versucht, jede Information mit meiner Großmutter abzugleichen, die seit 1971 einen großen Teil des Lebens und des Kampfes meines Großvaters ausmacht. Nichtsdestotrotz sind auch ihr die Ereignisse aus den Jahren davor ein Rätsel. Da keine Unterlagen verfügbar waren, hatte ich keine Möglichkeit, die Richtigkeit dieser Ereignisse zu überprüfen. Das bedeutet nicht, dass die erwähnten Vorfälle nie stattgefunden haben. Sie sind passiert, weil sie einige der frühesten Kernerinnerungen meines Großvaters bilden, und er hat auch in verschiedenen Foren ausführlich darüber gesprochen. Aber gleichzeitig musste ich meine kreative Freiheit als Autor ausüben, um einige der Lücken zu füllen, einige der Episoden zu konkretisieren, wie man bestimmte mathematische Lösungen abrundet, wenn sie auf unbestimmte Zeit über den Dezimalpunkt hinaus weitergehen. Während ich das Buch schrieb, hatte ich die Gelegenheit, mit vielen Menschen in meiner Stadt zu sprechen, von denen viele Oldtimer waren, die jede Phase der Entwicklung der Festivalbeleuchtung in Chandannagar in ihrer vollen Pracht miterlebt hatten. Hier bin ich auf gewisse Kontroversen gestoßen, als das Thema der Walzen angesprochen wurde. Nach dem, was ich seit meiner Kindheit gehört hatte, und der Grund, warum mein Großvater immer als Pionier der automatischen Beleuchtung bezeichnet wurde, ist, dass ihm die Erfindung der Rollen zugeschrieben wird, die durch die Animation der Miniaturen die Tafeln zum Leben erweckten. Mein Großvater scheint immer noch klare Erinnerungen daran zu haben, wie er auf die Idee dieser Walzen kam, und diese Geschichte wurde von anderen Familienmitgliedern, seinen Helfern und Lehrlingen und einigen seiner alten Freunde, die ihn Ende der 1960er Jahre kannten, bestätigt. Es gibt jedoch einige Leute in Chandannagar, die glauben, dass diese Walzen bereits im Einsatz waren, bevor mein Großvater sie in seinen künstlerischen Projekten verwendet hatte. Ich konnte diese Information nicht verifizieren, da die beiden mechanischen Künstler, die in diesem Zusammenhang erwähnt wurden, nicht mehr leben. Nach dem, was mein Großvater mir erzählt hat, gab es Walzen, mit denen einfache mechanische Figuren ohne Licht animiert wurden und die eine wichtige Quelle seiner künstlerischen Inspiration bildeten. Bei Miniaturlampen konnten diese Rollen jedoch nicht eingesetzt werden. Die Art von Rollen, die er zu Beginn verwendete, um seine Miniaturlampen zu animieren, musste mit einem ganz anderen Mechanismus erstellt werden, und anfangs funktionierten sie nur für Lampen auf Paneelen, nicht für dreidimensionale Figuren. Später, mit der Entwicklung der beleuchteten dreidimensionalen mechanischen Figuren, musste eine Kombination all dieser verschiedenen Rollentypen verwendet werden. Was ich aus der Diskussion schlussfolgerte, war, dass es nie einen Einheitsmechanismus gab. Künstler mussten diese Rollen ändern und an ihre spezifischen Bedürfnisse anpassen.

Ich habe die Namen bestimmter Personen absichtlich geändert oder anonym gehalten, um ihre Privatsphäre zu schützen und jede Art von Falschdarstellung zu vermeiden. Ich bin fest davon überzeugt, dass Wahrheit niemals absolut sein kann. Verschiedene Menschen haben unterschiedliche Möglichkeiten, sich an dieselbe Wahrheit zu erinnern, sie zu verstehen und zu artikulieren. Deshalb habe ich versucht, wo immer möglich andere Perspektiven in diese Geschichte einzubeziehen. Es gibt Kapitel, die von meiner Großmutter und meiner Mutter jeweils in ihren eigenen Stimmen erzählt werden, weil sie die dunkle und oft vernachlässigte Seite des Ruhms offenbaren. Es gibt andere Charaktere, die in den Zwischenspielen prominent vertreten sind und den vorhandenen Informationen mehr Dimension verleihen, und meine Gespräche mit ihnen folgen meist einem informellen Interviewmuster. Ich wollte so viele andere Stimmen einbeziehen, so viele andere Perspektiven, so viele andere Vorfälle, aber dann wäre dieses Buch nie fertig geworden. Ich habe nach besten Kräften versucht, den

Informationen, zu denen ich Zugang hatte, treu zu bleiben, die technischen Details jeder Erfindung zu verstehen und zu erklären, auch wenn mein geisteswissenschaftliches Gehirn starke Mauern des Widerstands gegen das Erfassen der Logik hinter bestimmten komplexen Mechanismen errichtet hat, und ich entschuldige mich im Voraus für alle verbleibenden Fehler. Es genügt zu sagen, dass ich mein Bestes versucht habe.

INHALT

Prolog 1
Sommer 1955 19
Herbst 1955 32
Winter 1956 38
Saraswati Puja 1956 42
Zwischenspiel 51
Sommer 1957 60
Zwischenspiel 76
Herbst 1965 83
Zwischenspiel 97
Herbst 1968, 1969 104
Zwischenspiel 111
Sommer 1970 120
Herbst 1970 124
Winter 1970 129
Sommer 1971 135
Zwischenspiel 140
Erinnerungen meiner Großmutter 151
Erinnerungen meines Großvaters 160
Zwischenspiel 168
Erinnerungen meiner Mutter 176
Zwischenspiel 192
Ende der 1990er Jahre 195
Erinnerungen meines Großvaters aus den 1980er Jahren 200
Zwischenspiel 211
Die frühen 2000er Jahre 219
Zwischenspiel 231
Sommer 2001 235

Herbst 2003 240
Zwischenspiel 245
Einen Monat später 251
Die Überlegungen meines Großvaters 259
E p i l o g 267

Prolog

"Als Kind habe ich einfach gerne mit Fackeln gespielt. So fing es an. Und du kennst den Rest der Geschichte."

Die PowerPoint-Präsentation endete mit den einfachen Worten meines Großvaters und wurde von einem ohrenbetäubenden Applaus aus dem Publikum begrüßt. Die Bühnenlichter flackerten wieder zum Leben und eine saribekleidete Dame ging zierlich auf das Podium auf der Bühne und räusperte sich, bevor sie das drahtlose Mikrofon einschaltete. Mein Großvater war nie ein beredter Mann. Alles, was man jemals von ihm erwarten konnte, waren kalte, harte Fakten. Er bemühte sich nie, seine Geschichte zu verschönern oder philosophisch zu sein. Er war schon immer ein Mann mit wenigen Worten, dem es schwer fiel, zu artikulieren, was in seinem Kopf vor sich ging. Wann immer er eingeladen wurde, irgendwo zu sprechen, verbrachte er keine einzige schlaflose Nacht damit, sich zu fragen, was er sagen würde. Er wusste, dass das Publikum etwas Aufregendes und Motivierendes erwartete, etwas, das sie dazu inspirieren würde, ihren Lebenszweck zu entdecken oder sie aus ihrer Träumerei zu reißen, aber er versuchte nie, ihren Erwartungen gerecht zu werden. Ich denke, vielleicht hat er es genossen, diese Erwartungen zu durchkreuzen, denn er würde später immer darüber grinsen. Diesmal war es nicht anders. Er hatte keine Rede vorbereitet. Es war ein großes Ereignis und ich war ein wenig besorgt. Aber diesmal passierte etwas ganz Unerwartetes.

Mein Großvater war nervös. Seine Augen funkelten, die Linien auf seiner Stirn vertieften sich, seine Hände zitterten, als er mir ein zahnloses Lächeln schenkte. Das kam mir überhaupt nicht bekannt vor.

"Mein Herz rast", flüsterte er.

"Keine Sorge", nahm ich überrascht seine Hand. "Du hast das schon eine Million Mal gemacht."

"Ich weiß nicht, was ich sagen soll", gestand er. "Ich hätte mich darauf vorbereiten sollen."

"Du bist einfach du selbst, okay?" Ich habe es ihm gesagt. "Sei zuversichtlich. Du bist ein Star. Geh einfach hinauf, leuchte ein wenig und wir werden alle geblendet sein."

Er sah mich liebevoll an und sagte: "Was würde ich ohne dich tun?"

So sehr er sich auch bemühte, er konnte niemals undurchdringlich für meine Schmeicheleien sein. Trotz der endlosen Bewunderung, die er von seinen Bewunderern erhielt, freute er sich am meisten auf meine lobenden Worte. Von einem sehr zarten Alter an war ich mir dieser Macht, die ich über ihn ausübte, offenkundig bewusst und war sehr stolz auf das Wissen, dass niemand sonst den Schlüssel zu seinem Herzen hielt. Ich schwelgte darin, ihm das Gefühl zu geben, eine Berühmtheit zu sein, und ich würde nicht aufhören, bis ich mein eigenes winziges Selbst in seinen brillanten, glücklichen Augen sehen konnte.

"Ich hoffe, ich falle nicht auf die Bühne", drückte er seine Besorgnis aus. "Es sieht so rutschig aus! Die Stufen sind so schmal." "Ich werde das nicht zulassen. Deshalb bin ich hier." Ich habe ihn beruhigt. "Jetzt beruhige dich und höre all die wunderbaren Dinge, die sie über dich zu sagen hat."

Der Scheinwerfer konzentrierte sich auf die Dame und ihr silbernes Halsstück glitzerte. Das Murmeln und Klatschen verstummte und alle waren nur Augen und Ohren.

Sie begann: "Chandannagar, die schöne Stadt am Ufer des Flusses Hooghly, war schon immer als ehemalige französische Kolonie berühmt. Diese kleine Stadt hat aufgrund ihrer malerischen Schönheit und ihrer einzigartigen Mischung aus Kultur und Erbe Touristen aus der ganzen Welt wie Magneten angezogen. Die Jagadhatri Puja ist, wie wir alle wissen, ein wichtiges soziokulturelles Ereignis dieser Stadt. Aber es gibt noch etwas anderes, das den Namen Chandannagar in die Geschichte eingraviert hat..."

Die Wände des Swabhumi-Saals hallten mit dem Wort „LICHTER!" wider und mein Großvater und ich tauschten Blicke aus, die sowohl jubelnd als auch nervös waren.

"Alles begann mit einem kleinen Jungen, der von einer kleinen elektrischen Taschenlampe fasziniert war", fuhr die Dame fort. "So neugierig er auch war, er begnügte sich nicht einfach mit dem Licht der Fackel; er wollte sehen, was darin war, das heißt, die mechanischen Aspekte, die in die Herstellung dieser elektrischen Fackel einflossen. 1955, als er nur ein Schüler der Klasse VII war, meldete er sich freiwillig, um die Lichter für die großen Saraswati Puja-Feiern an seiner Schule zu machen. Er behauptet, er könne die Lichter zum Laufen bringen. Während seine Freunde sich über seinen Pfeifentraum lustig machten und ihren Abend damit verbrachten, durch die Stadt zu touren, blieb dieser entschlossene Junge mit drei kleinen Glühbirnen, die in drei leeren Dosen Gerste befestigt waren, hinter dem Rücken des Idols in seinem Schulzimmer. Die Lehrer, die zuvor an seinen Fähigkeiten gezweifelt hatten und den Jungen, der dem Studium wenig Beachtung schenkte, mit Verachtung betrachteten, waren nun voller Erstaunen und Stolz. Und das war der Beginn der illustren Karriere dieses Jungen und der Beginn der "automatischen Beleuchtung" in Chandannagar."

Mein Herz schwoll vor Stolz an und begeisterte sich vor Vorfreude, und ich konnte fast das Flattern des zarten Herzens meines Großvaters hören, als er seinen Spazierstock packte, um sich auf das vorzubereiten, was folgen sollte.

»Ja, meine Damen und Herren«, strahlte die Dame. "Er ist kein anderer als Shri Sridhar Das, der Pionier der dekorativen Straßenbeleuchtung in Chandannagar! Vom erhabenen Thames Festival in London bis zum opulenten Festival of India, das in Russland gefeiert wird, haben Das 'Illuminationen nicht nur seinen eigenen Namen, sondern auch den seiner geliebten Stadt Chandannagar verewigt. Die Queen's University in Irland zeigte seine Erleuchtung für über zwei Wochen, ein renommiertes malaysisches Unternehmen bot ihm eine unbefristete Anstellung mit einem himmelhohen Gehalt an, aber Das gab wegen seiner Liebe zu seinem Mutterland nicht der Versuchung nach. Er hat so viele Auszeichnungen und Anerkennungen aus Indien und dem Ausland erhalten, dass der ehemalige Bürgermeister der Chandannagar Municipal Corporation, Herr Amiya Das, die Möglichkeit in Betracht zog, eine Touristengalerie ausschließlich zu dem Zweck zu bauen, sie zu erhalten und auszustellen."

Sie hielt inne, um Luft zu holen, und warf einen Blick auf die Zeitung, aus der sie las. Ich war so überwältigt, dass ich mich kaum auf das konzentrieren konnte, was sie sagte.

"Heute hat sich die Straßenbeleuchtung in dieser ehemaligen französischen Kolonie zu einer vollwertigen Industrie entwickelt, die Tausenden von Menschen den Lebensunterhalt ermöglicht", fuhr die Dame fort. "Die Lichter dieser kleinen Stadt sind über die nationalen Grenzen hinaus gereist, um den gesamten Globus zu beleuchten! Rund zehntausend Menschen allein in Chandannagar und fünfzigtausend Menschen im Bezirk Hooghly und seinen Nachbarprovinzen sind direkt oder indirekt in dieser Branche tätig. Und alles begann mit einem elfjährigen Jungen, der in Armut lebte, es wagte, ehrgeizig zu sein und hart daran arbeitete, seine Träume wahr werden zu lassen!"

Sie senkte ihre Tonhöhe und sagte, ernster jetzt: "Im Alter von fünfundsiebzig Jahren, mit einem Gehstock, der seine Schritte unterstützt, steht er immer noch aufrecht und stark. Also, legen Sie Ihre Hände zusammen, während ich die Legende selbst auf der Bühne rufe, Shri Sridhar Das!"

Mein Großvater war den Tränen nahe, als er schwach von seinem Sitz aufstand. Er lehnte sich an seinen Spazierstock, hinkte ein wenig und sah mich an, um sicherzustellen, dass ich direkt hinter ihm war. Drei der Organisatoren machten sich auf den Weg zu seinem Stuhl, und nachdem sie seine Füße respektvoll berührt hatten, führten sie ihn zu einer sanft abfallenden Rampe, die speziell für ihn gebaut war, damit er keine Schwierigkeiten hatte, auf die Bühne zu kommen.

Seit ich laufen lernte, hatte ich meinen Großvater zu jeder Award-Funktion begleitet, zu der er eingeladen war. Ich ging mit ihm auf die Bühne, um ihm zu helfen, seine Auszeichnungen zu tragen, auch wenn er keine Hilfe brauchte. Während seiner Interviews unterbrach ich die Journalisten, schlug bessere Fragen vor, die sie stellen konnten, verlangte, neben ihm interviewt zu werden, damit er das Wichtige nicht verpasste, und fügte lustige Anekdoten hinzu, die ich aus dem unerschöpflichen Reservoir an Erinnerungen meiner Großmutter gesammelt hatte. Ich prahlte auch mit meinem "Beitrag" zu seiner faszinierenden Karriere, als ich nicht einmal wusste, was das Wort "Beitrag" bedeutete. "Mein Großvater hat Lichter erfunden!" Ich würde allen sagen, bis ich in der vierten Norm war, als ich erfuhr, dass es tatsächlich Thomas Alva Edison war, der die Glühbirne erfunden hat, und er sah nicht wie mein Großvater aus. Aber damals gönnte sich mein Großvater mit Begeisterung all diese Aufregung und stellte mich all seinen hochkarätigen Besuchern vor. Er hat es sich immer zur Aufgabe gemacht, mich in sein Büro zu rufen, wenn ein Journalist an die Tür klopfte, und ich war der erste, dem er alle seine Einladungen zeigte. Er baute sogar eine separate Vitrine in seiner Galerie, um meine winzigen Errungenschaften neben seinen eigenen zu zeigen.

Ich war nicht mehr klein. Ich wuchs auf, mein Großvater wurde älter, aber unsere Beziehung vertiefte sich erst mit der Zeit. Als ich ein Kleinkind war, konnte ich nicht viel Zeit mit ihm verbringen. Er war auf dem Höhepunkt seiner Karriere und ein Workaholic. Wir hatten alle Angst vor ihm und seinen unberechenbaren Stimmungen. Ich versteckte mich hinter meiner Großmutter, wenn er von seiner Fabrik nach Hause kam, und er wäre sehr enttäuscht von mir, wenn ich jemals ohne triftigen Grund in die Schule gehen würde. Aber im Laufe der Zeit und vor allem nachdem er sich von der Arbeit zurückgezogen hatte, entwickelte er sich zu diesem übermäßig liebevollen Menschen. Er liebte mich immer immens, aber er drückte seine Liebe zu mir nur durch seine Handlungen aus. Und als Kind bestand meine Liebessprache aus Worten des Lobes, der körperlichen Berührung und der Qualitätszeit, die mein Großvater nie die Muße hatte, auf mich zu duschen. Meine Großmutter war damals meine Welt. Aber im Laufe der Zeit begann er, seine Liebe zu mir immer ausdrücklicher auszudrücken. Er veränderte sich bemerkenswert, als er in den Sechzigern bewusst anfing, seine Arbeitsbelastung aufgrund gesundheitlicher Komplikationen zu reduzieren. Aber diese Aufregung und Besorgnis, bevor sie auf die Bühne gerufen wurden, um eine Auszeichnung zu erhalten, egal wie groß oder klein, war etwas, das konstant geblieben war. Ich hatte mich für diesen Anlass hell gekleidet, genau wie früher, als ich ein Kind war. Es war fast so, als wäre ich derjenige, der eine Auszeichnung erhielt! Aber dieses Mal hielt mich etwas zurück.

»Willst du mich nicht begleiten?«, fragte mein Großvater, als er bemerkte, dass ich ihm nicht folgte.

"Nein", lächelte ich. "Ich will die Show nicht stehlen, alter Mann. Das ist dein Moment!" "Aber warum?"

"Ich habe dich all die Jahre trainiert", antwortete ich. "Jetzt musst du es alleine machen."

"Aber was ist, wenn ich falle?" Er sah wieder ängstlich aus. "Nun... du bist immer wieder aufgestanden, nicht wahr?" Mein Großvater nickte nervös, "Ich denke schon..."

"Du wirst schon wieder!" Ich habe ihn ermutigt. "Hol dir jetzt deinen Preis!"

Es war wahrscheinlich das hundertste Mal, dass ich ihn auf der Bühne sah, wie er einen Preis erhielt, aber der Anblick berührte mich immer wieder. Da war ein Kloß in meiner Kehle und meine Augen kämpften darum, plötzliche Tränen zu bekämpfen. Ich wusste nicht, ob es richtig war, ihn im allerletzten Moment so im Stich zu lassen. Aber einmal wollte ich im Publikum sein. Dies war schließlich eine Auszeichnung für sein Lebenswerk. Und da stand er auf der Bühne und lächelte sein vertrautes Lächeln. Seine Augen suchten im Publikum nach mir. Er sah aus wie ein kleines Kind, als er das spektakuläre Andenken stolz über seinen Kopf hob, um es mir zu zeigen. Als er gebeten wurde, das Publikum anzusprechen, war er zunächst zu bewegt, um zu sprechen, aber als er schließlich sprach, zitterte seine Stimme und war voller Emotionen, eine gedämpfte Stille herrschte im Auditorium. Mein Großvater bedankte sich bei all seinen Freunden und Bekannten, die eine bedeutende Rolle in seinem Leben und seiner Karriere gespielt hatten. Viele von ihnen, die ihm am Herzen lagen, waren in den letzten Jahren verstorben und es machte ihn immer sehr emotional, über sie zu sprechen. Die nebligen Erinnerungen an ihre lange gemeinsame Zeit waren stark genug, um ihn zu Tränen zu rühren. Er erwähnte meine Großmutter, ihre unermüdliche Anstrengung und ihre Opfer, als sie durch dick und dünn zu ihm stand, meine Mutter, die sich nie beschwerte, obwohl sie nicht die beste Zeit hatte, erwachsen zu werden, und schließlich mich. Er nannte mich sein „Leitlicht" und zeigte im Publikum auf mich, wodurch ich mich extrem unwohl fühlte, weil sich plötzlich tausend Köpfe zu mir wandten und zweitausend Hände energisch klatschten. Er dankte den freundlichen Organisatoren gnädig dafür, dass sie ihn an diesem Abend empfangen und ihm so viel Ehre erwiesen haben. Ich starrte ihn erstaunt an, wie gut er an diesem Abend sprach. Dies war seine bisher beste Rede. Das Publikum reagierte auf seine bescheidenen Worte mit stehenden Ovationen, gefolgt von einer reichen Ernte an Pressefotos.

Ein Jahr später...

Es war etwa Mitte August 2018, als ich den schlimmsten Albtraum hatte. Es ging um meinen Großvater und ich hatte einen herzzerreißenden Blick auf das Schlimmste geworfen, was ihm jemals passieren konnte.

Ich wachte keuchend auf und griff nach dem Wasserkrug auf meinem Nachttisch, den ich verschüttete, als ich ein Glas einschenkte. Meine Hände zitterten. Jeder Teil meines Körpers zitterte, als ich versuchte, einen Schluck zu nehmen. Meine Kehle war ausgetrocknet, mein T-Shirt durchnässt. Ich konnte nicht atmen. Ich hatte vorher Träume gehabt, die irgendwie unheimlich wahr wurden. Bedrohliche Träume über den Tod von Familienmitgliedern, Fehlgeburten, unvorhergesehene Gesundheitsprobleme und noch einfachere Träume, wie jemanden nach langer Zeit zu treffen oder schlecht in einem Test zu sein, auf den ich gut vorbereitet war, waren von Zeit zu Zeit wahr geworden. Ich wusste, dass es alles Zufälle waren, aber ein Teil von mir wurde schwer erschüttert, wenn so etwas passierte. Immer wenn ich einen Albtraum mit einem geliebten Menschen hatte, geriet ich in Panik und es quälte mich für mehrere Tage. Diesmal war es etwas zu persönlich.

"Es wird alles gut", wiederholte ich mir immer wieder. "Beruhige dich. Es war nur ein Traum. Es wird nicht wahr werden."

Ich versuchte, mich auf mein Bett zurückzulehnen und einige der Atemübungen zu machen, die mir mein Psychiater beigebracht hatte. Atme sechs Sekunden lang tief ein, halte es so lange wie möglich fest und versuche, es in zehn Sekunden langsam loszulassen. Aber am Ende starrte ich an die Decke, als die Bilder aus meinem Albtraum auf einer Schleife in meinem Kopf spielten. Meine Großmutter schlief fest an meiner Seite. Ich brauchte dringend etwas frische Luft. Also griff ich auf wackeligen Beinen nach der Tür und zog sie auf.

Ein dicker Luftstoß, schwer vom Rauchgeruch.

Und auf dem Garagendach, vor dem hellblauen Sternenhimmel, in schwarzer Silhouette, stand mein Großvater. Er hält eine angezündete Zigarette in der Hand. Ich konnte endlich den Atem loslassen

Ich hatte so lange unbewusst festgehalten. Ich wollte erleichtert weinen, als ich ihn sah.

"Warum bist du wach?" Ich rief stattdessen und ertränkte meinen Kummer in vorgetäuschtem Zorn.

Er drehte sich um, blinzelte mich an und sagte dann: "Du bist auch wach?"

"Ich kann nicht schlafen", sagte ich zu ihm. Was ich ihm nicht sagen konnte, war, wie erleichtert ich war, ihn dort leben und atmen zu sehen. "Ich habe gerade an dich gedacht", sagte er. 'Du schreibst nicht

nicht mehr, oder?"

Ich schüttelte den Kopf. "Aber warum denkst du jetzt darüber nach? Es ist fast vier Uhr morgens. Du solltest in deinem Zimmer schlafen. Und definitiv nicht rauchen."

Er löschte die Zigarette sofort und warf sie weg. Ich ging auf ihn zu, reichte ihm meine Hand und führte ihn langsam zurück in sein Zimmer. Er folgte mir ohne ein Wort.

"Wie lange bist du schon wach?" Ich fragte. "Etwa eine Stunde, denke ich", sagte er.

"Und du bist hierher gekommen, um zu rauchen?" Er sah entschuldigend aus.

"Wie viele hast du geraucht?" Ähm... eins. "

Aber meine Augen hatten bereits zwei weitere weggeworfene Zigarettenkippen am Blumentopf gesehen.

"Du solltest nicht rauchen. Du weißt, dass es schlecht für deine Gesundheit ist. Du hast einen Herzschrittmacher. Sie haben COPD. Du weißt, wie gefährlich es ist! Ich dachte, du hättest gekündigt. Also, das ist es, was du getan hast, was? Nachts rauchen, wenn alle schlafen."

Er sprach kein Wort. Er ging einfach leise ins Bett.

Ich weiß nicht, warum er wach war, warum er trotz Atemproblemen rauchte oder warum er mir diese Frage gestellt hatte. Ich ging zurück in mein Zimmer, aber ich konnte nicht aufhören, darüber nachzudenken, was er mich gefragt hatte. Warum habe ich aufgehört zu schreiben? Vielleicht, weil ich den Glauben an meine Fähigkeiten verloren hatte. Vielleicht, weil mir die Fantasie ausgegangen war. Die vernichtende Kritik an dem Buch, das ich als Teenager geschrieben und veröffentlicht habe, die unzähligen Ablehnungsmails von verschiedenen Verlagen, die Haufen halbfertiger Manuskripte, die mich immer wieder anstarrten, wenn ich meinen Laptop einschaltete, die Zeilen, die ich geschrieben, umgeschrieben, gelöscht hatte, die Stimmen in meinem Kopf, die immer wieder sagten: „Du bist nicht gut genug. Du wirst nie gut genug sein."

Vor ein paar Monaten wurde bei mir eine klinische Depression diagnostiziert. Nachdem ich die Antidepressiva gekauft hatte, steckte ich sie weg und sprach mit niemandem ein Wort darüber. Ich hatte das Gefühl, dass es niemand verstehen würde. Niemand in meiner Familie hatte eine Vorgeschichte von Depressionen. Jeder von ihnen war selbst gemacht. Sowohl mein Großvater als auch mein Vater waren völlig fremde Privilegien und beide hatten enorme Härten im Leben durchgemacht. Genau wie mein Großvater hatte auch mein Vater in sehr jungen Jahren angefangen zu arbeiten, um für seine Familie zu sorgen. Meine Mutter wuchs, obwohl sie die Tochter meines Großvaters war, ganz allein, beraubt und vernachlässigt auf, weil mein Großvater in ihren heranwachsenden Jahren noch eine strebende Lichtkünstlerin war und ihr Schulgeld kaum rechtzeitig bezahlen konnte. Und meine Großmutter, die neben der Hausarbeit und der Betreuung ihrer kleinen Geschwister mehrere persönliche Tragödien durchmachte, konnte ihrer eigenen Tochter kaum die Zeit und Aufmerksamkeit geben,

die sie brauchte. Meine Mutter war Opfer enormer Misshandlungen in verschiedenen Bereichen und in verschiedenen Phasen ihres Lebens. Sie war trotz alledem die stärkste und fleißigste Frau, die ich kannte. Wie hätte ich erwarten können, dass sich einer von ihnen in mich einfühlen würde? Darüber hinaus wollte ich in ihren Augen nicht schwach erscheinen. "Depression" war ein Wort, das ihnen ziemlich fremd war.

Ich hatte den größten Teil meiner Kindheit den Kampf meiner Eltern miterlebt und konnte kaum Zeit mit ihnen verbringen, bis ich acht Jahre alt war, als mein Bruder geboren wurde. Aber ich habe ihnen nie die Schuld gegeben, weil ich wusste, dass sie extrem hart arbeiteten. Meine Großmutter zog mich groß und wir führten ein minimalistisches Leben, kauften nur das, was wir wirklich brauchten, aßen in Maßen, verbrachten viel Zeit damit, Bücher zu lesen und gönnten uns niemals irgendeine Art von Luxus. Mein Großvater war vielleicht berühmt, aber er war kein Verschwender. Er war immer besonders vorsichtig mit seinem Geld und schaute auf jede Art von unnötiger Extravaganz herab. Als Kind hatte ich sehr wenige Ansprüche und viele junge Onkel und Tanten. Sie waren alle cool und lustig und ich habe mich immer auf ihre Besuche gefreut, weil sie mir Toffees und andere Leckerbissen gebracht haben. Aber ich habe meine Eltern sehr vermisst. Ich war ständig besorgt um sie und immer einsam.

Mein Leben hat sich während meiner Teenagerjahre erheblich verändert. Meine Eltern hatten endlich einen festen Arbeitsplatz und konnten sich nun den Luxus leisten, der uns einst fremd war. Unser Lebensstandard stieg natürlich und ich war froh, dass es ihnen so gut ging, aber glücklicher, weil ich jetzt mehr Zeit mit ihnen verbringen konnte. Endlich konnten wir gemeinsam auf Reisen gehen und Feste feiern. Unser Haus wurde renoviert. Es war jetzt größer und fühlte sich mit meinem kleinen Bruder so viel lebendiger an. Ich habe mein Bestes versucht, Freunde zu finden, weil ich mich in der Schule wirklich akzeptiert fühlen wollte. Aber meine Schulkameraden sahen mich mit einem kalten, distanzierten Blick an. Es gab einen großen Teil meiner Geschichte, den keiner von ihnen kannte.

Sehr früh in meiner Kindheit erlebte ich eine Reihe von schrecklichen Erfahrungen, die mich mit großen Traumata und Vertrauensproblemen zurückließen. Ich litt unter einer enormen Zwangsstörung, so sehr, dass es für mich schwierig war, normal zu funktionieren und meine täglichen Aktivitäten auszuführen. Ich war körperlich schwach, aber akademisch sehr stark. Tatsächlich war ich süchtig nach dem Kick, den ich davon bekommen habe. Ich fühlte mich fast unbesiegbar. Ich blieb die meiste Zeit für mich und schrieb ausführlich über meine täglichen Erfahrungen in mein Tagebuch, weil ich erhebliche Schwierigkeiten hatte, mit anderen zu kommunizieren. Meine Tagebücher waren meine einzigen Freunde.

Ich hatte auch Bindungsprobleme und soziale Ängste. Ich muss distanziert und unnahbar gewesen sein, aber alles, was ich jemals versucht habe, war, wachsam zu bleiben, um meine geistige Gesundheit zu schützen. Ich hatte nie das Gefühl, wirklich irgendwo dazuzugehören. Während ich in der Schule war, habe ich nie viel über diese Probleme nachgedacht. Es machte mir nichts aus, einsam zu sein. Es hat mir geholfen, mich auf mein Studium zu konzentrieren und gute Noten zu bekommen. Es gab mir viel freie Zeit zum Schreiben. Aber als ich aus der Schule war, brach etwas in mir zusammen. Ich wurde noch distanzierter und distanzierter.

Ein Jahr vor meiner Diagnose war bei meinem Großvater, der sechsundsiebzig Jahre alt war, eine Hirnatrophie diagnostiziert worden, die im Gegensatz zu meiner Depression nicht unter Verschluss gehalten werden konnte. Er verfiel oft in Demenzanfälle, entwickelte Sprachprobleme und war nicht in der Lage, einfache Dinge zu verstehen oder viele Informationen auf einmal zu registrieren. Seine Schritte waren unsicher, seine Handlungen verpfuschten sich und zu allem Überfluss beschwerte er sich bald, dass er nicht klar sehen oder hören konnte.

Und das alles in nur einem Jahr.

Von einer hoch aufragenden Statur, über sechs Fuß groß, mit durchdringenden Augen und einer auffälligen Persönlichkeit, war mein Großvater zu einem wackeligen und unsicheren alten Mann reduziert worden. Seit 2005 hatte er sich auf einen Herzschrittmacher verlassen, um sein Herz am Laufen zu halten, aber es hatte nie das Gefühl, dass er nicht gesund war oder dass ein wichtiger Teil von ihm von einer Maschine abhing. Früher war er so ruhig, so aktiv. Jetzt zitterten seine Hände wie Gelee, er konnte kaum das Gleichgewicht halten, wenn er ging, und der bloße Anblick, dass er den ganzen Tag allein in seinem Zimmer saß, sich nicht an Dinge erinnern konnte, nicht sprechen konnte, ohne zu stottern, oder hören konnte, ohne angeschrien zu werden, war für mich quälend. "Lass ihn sich an Dinge aus seiner Kindheit erinnern", schlug der Hausarzt vor. "Bitten Sie ihn, Vorfälle, die vor langer Zeit passiert sind, detailliert zu erzählen. Lassen Sie ihn ein paar Absätze aus der Zeitung lesen und stellen Sie ihm Fragen dazu. Erzählen Sie ihm morgens zweimal eine Geschichte und bitten Sie ihn, sie abends zu wiederholen. Leider ist die zerebrale Atrophie nicht etwas, das die Medizin heilen kann. Die nächste Stufe ist Alzheimer. Sie können es nicht vermeiden, aber Sie können es verzögern mit

die Hilfe dieser Gehirnübungen."

Als ich ein Kind war, würde mich der bloße Gedanke, dass mein Großvater eines Tages alt wird und aus meinem Leben verschwindet, erschrecken und mich nachts wach halten. Jetzt fühlte ich mich nur noch hilflos. In schwierigen Zeiten war er es, zu dem ich immer nach Inspiration und Kraft aufschaute. Ich hatte es für selbstverständlich gehalten, dass er für immer derselbe bleiben würde, dass nichts

würde ihm passieren. Endlich, angesichts der harten Realität, konnte ich mir kein Leben ohne meinen Großvater vorstellen. Das Haus, in dem ich in den letzten zwanzig Jahren gelebt und geatmet hatte, das Haus, das er vor siebenunddreißig Jahren selbst errichtet hatte, war zu einem Symbol für ihn geworden. Die Wände trugen seine Berührung. Er legte die Ziegelsteine mit seinen eigenen Händen zurück in den 1980er Jahren, als er es sich nicht leisten konnte, für den Bau zu bezahlen. Er hatte diese Wände gemalt, die so viele meiner Geheimnisse bewahrten. Ich konnte nicht an das Haus denken, ohne an meinen Großvater zu denken.

Diese Ängste transzendierten bald den Bereich des Bewusstseins und infiltrierten dunklere, düsterere Gebiete. Vor dem Fenster erwachte der Himmel langsam zu den ersten Strahlen der Morgensonne, rot und goldfarben inmitten leuchtend blauer Wellen. Die Vögel hatten angefangen zu twittern und ich fand das beruhigend. Es war wahrscheinlich halb vier, als ich einschlief.

"Weißt du was?" Ich sagte meinem Großvater am nächsten Morgen, während wir Tee tranken: "Ich denke, ich werde wieder anfangen zu schreiben."

Seine Augen funkelten vor Glück.

"Ich werde ein Buch schreiben", fügte ich hinzu. "Und ich werde es diesmal beenden."

"Das solltest du", antwortete er und nahm einen Schluck aus seiner

Tasse. "Und... ich werde über dich schreiben."

Er sah mich jetzt überrascht an.

»Warum?«, fragte er und die Tasse Tee zitterte in seiner Hand. "Warum sollte jemand über mich lesen wollen?"

"Aus dem gleichen Grund, aus dem sie über andere Leute gelesen haben", zuckte ich mit den Schultern.

"Aber sie können leicht von mir erfahren... aus... aus den Zeitschriften und Zeitungen oder den d-Dokumentationen", antwortete mein Großvater und runzelte die Stirn.

"Ja, aber dann werden sie nur von deinen Leistungen erfahren", stelle ich meine Tasse Tee hin. "Sie werden deine Geschichte nie erfahren."

"Aber es gibt viele andere berühmte Leute", stammelte mein Großvater, "die beliebter sind. Ich bin nur ein... ein... Kleinstadtkünstler. Warum sollte jemand über mich lesen wollen?"

"Weil du selbst gemacht bist! Sie hatten nie eine formale Ausbildung, noch hat Ihnen jemand das technische Wissen oder die Expertise vermittelt, die Sie in dem Bereich gesammelt haben, in dem Sie sich hervorgetan haben. Du hast alles durch Versuch und Irrtum gemacht. Und heute ist unsere Stadt international berühmt für ihre Lichter. Und Tausende von Menschen verdienen ihren Lebensunterhalt mit der Branche, die Sie einst gegründet haben. Siehst du nicht, wie faszinierend das ist?" Ich lasse alles in einem Atemzug raus.

Er schien es nicht zu tun. Das Lächeln, nach dem ich suchte, kam nicht.

"Warum schreibst du nicht über etwas anderes?"

"Bitte, Dadu! Bitte lass es mich tun!" Ich bettelte, ohne zu wissen, wie ich sonst seine Meinung ändern sollte.

"Aber was ist mit deinem Studium und... und deinen Prüfungen?", fragte er besorgt.

"Ich werde bei ihnen keine Kompromisse eingehen", drehte ich mich zu ihm um und nahm seine zitternden Hände. "Ich verspreche es dir. Ich werde nicht zulassen, dass es mein Studium beeinträchtigt. Ich habe schon genug Zeit verschwendet. Ich verbringe Stunden damit, nichts zu tun. Ich muss etwas Produktives tun."

Er sah nicht so aus, als ob er es für eine gute Idee hielt.

"Bitte sag nicht" Nein ". Das ist etwas, was ich schon seit geraumer Zeit plane. Ich muss es tun. Nicht nur für dich, sondern auch für mich selbst."

"Ich... ich glaube nicht, dass ich es verstehe. Für dich selbst?"

Und dann gab ich auf und sagte ihm die Wahrheit. "Ich habe mich in letzter Zeit nicht gut gefühlt."

Ich sah, wie mein Großvater mich jetzt mit neuem Interesse ansah.

"Bist du krank? Was ist passiert? Was ist los?" Jetzt hatte ich ihn ängstlich gemacht.

"Nein, nein. Nicht körperlich krank. Ich fühle mich einfach nicht richtig."

"Ich habe bemerkt, dass du in letzter Zeit nicht du selbst gewesen bist", seine Augen waren voller Besorgnis. "Du warst ungewöhnlich still. Aber ich dachte, du wärst vielleicht mit C-College und Prüfungen beschäftigt. Also habe ich dich nicht gestört. Wann immer ich dich sehe,... sitzt du entweder allein in deinem Zimmer oder tippst auf dein Handy."

Ich nickte zögernd.

"Was ist los mit dir?"

"Ich weiß es nicht", sagte ich, unfähig, seine Augen zu treffen. "Ich kann es nicht erklären. So ist es jetzt seit über einem Jahr."

"Seit über einem Jahr?" Seine Augen weiteten sich.

"Ja", antwortete ich. "Dieses ständige Gefühl, wertlos und unfähig zu sein."

Ich schaute auf den Boden und spielte mit dem alten roten Faden, der um mein Handgelenk gebunden war.

"Ich habe das Gefühl, dass ich jetzt nicht einmal mehr klar denken kann", bemühte ich mich zu erklären. "Ich kann nichts auf die leichte Schulter nehmen. Ich weiß nicht, wie ich mit Leuten reden soll. Ich weiß die meiste Zeit nicht, was ich sagen soll. Und wenn ich das tue, glaube ich nicht, dass sie verstehen, was ich sage. Ich muss viel nachdenken, bevor ich spreche, damit ich nicht missverstanden werde."

Er wartete geduldig darauf, dass ich weitermachte.

"Ich schaue mich um und habe das Gefühl, dass alles in der Welt falsch ist, als wäre alles bedeutungslos! Ich schaue in mein Gesicht im Spiegel und fühle nichts als Enttäuschung. Ich fühle mich nie gut. Es gibt diese... diese Stimmen in meinem Kopf, die sagen, dass ich nie gut genug sein werde. Ich habe versucht zu schreiben. Ich wollte nicht aufgeben. Das ist das Einzige, was ich tun wollte."

"Warum hast du dann aufgegeben?"

„Weil ich mit dem, was ich schreibe, nie zufrieden bin. Ich habe versucht, meine Kurzgeschichten und Gedichte an verschiedene Zeitschriften zu senden. Abgelehnt. Jedes Mal. Ich glaube, ich habe entweder die Fähigkeit zu schreiben verloren oder ich habe sie nie besessen."

"Du weißt, dass das überhaupt nicht stimmt. Du bist noch nicht einmal zwanzig Jahre alt. Du hast dein ganzes Leben Zeit, um an deinem Schreiben zu arbeiten."

"Alle meine Träume sehen unmöglich aus", sagte ich ihm. "Und ich habe kein Interesse mehr an den Dingen, die ich schon immer geliebt habe, wie Malen, Musik hören oder Bücher außerhalb des Lehrplans lesen, vor allem schreiben. Es ist so frustrierend!"

Er sah mich ein wenig verwirrt an, als wäre es alles zu viel für ihn, um es zu verstehen. Und dann fragte er: "Was denkst du, wird dich... glücklich machen... gerade jetzt? " Um schreiben zu können ", antwortete ich nach etwas, das

eine Ewigkeit. 'Um über dich zu schreiben. Ich möchte alles andere vergessen und wieder schreiben. Und es interessiert mich wirklich nicht, ob es sich auf meine akademischen Leistungen auswirkt oder nicht. Mein drittes Semester war eine Katastrophe, obwohl ich am härtesten dafür gearbeitet habe. Ich möchte jetzt nur ein wenig atmen. Ich bin mir nicht einmal sicher, ob ich die richtige Wahl getroffen habe, um englische Literatur aufzunehmen."

"Was sagst du da?" Er sah wirklich besorgt aus. "Du warst schon immer ein guter Schüler!"

"Ich weiß nicht, was du mit einem guten Schüler meinst", sagte ich. „Noten sind nur Zahlen auf einem Blatt Papier. Das ganze Bildungssystem ist am Arsch! Alles, was es uns jemals beigebracht hat, ist, miteinander zu konkurrieren. Was für eine ungesunde Denkweise sie uns eingeflößt hat! Wir können uns nicht mehr für andere freuen."

"Ich stimme zu", antwortete er. "Aber... du wolltest Literatur studieren, seit du ein Kind warst. Nur weil ein Semester schlecht geworden ist, heißt das nicht, dass du aufgeben solltest."

Ich wusste nicht, was ich sagen sollte.

"Ich möchte eines Tages wie du sein, Dadu", sagte ich zu ihm. "Ich meine, ich weiß, dass ich mich nie rühmen kann, selbst gemacht zu sein. Sie konnten nicht über die Klasse VIII hinaus studieren. Aber du bist deiner Berufung gefolgt, hast getan, was du gut kannst, und es ist dir gelungen. Seit meiner Kindheit war das einzige, worin ich etwas gut war, das Schreiben. Ich bin nicht großartig darin, es gibt Raum für jede Menge Verbesserungen, aber das ist die eine Sache, die ich schon immer tun wollte."

"Das weiß ich."

"Aber ich war nicht in der Lage, an dem einzigen zu arbeiten, was ich liebe, weil ich mich immer verpflichtet fühlte, an meinem Studium zu arbeiten, nur um ein" kluger Student "zu sein. Im Moment fühle ich mich wie in einer kreativen Schwebe. Ich habe keine Geschichte zu erzählen. Es ist, als wären alle meine kreativen Säfte ausgetrocknet. Mir fällt nichts ein."

Er nickte ernst.

"Aber ich glaube, ich habe jetzt einen gefunden. Warum sollte ich woanders nach einer Handlung suchen, wenn ich hier eine brillante habe?"

Er sah mich an und lächelte. Endlich begann er zu verstehen.

"Und weißt du was", fuhr ich fort. "Wenn ich tatsächlich in der Lage bin, über dich zu schreiben, denke ich, dass ich vielleicht in der Lage bin, über all diese Negativität hinwegzukommen. Ich werde mich zumindest mit etwas beschäftigen. Ich will wirklich gesund werden,

Dadu. Und es gibt nur eine Person, die mir helfen kann, und das bist du."

"Glaubst du wirklich?"

"Das tue ich", antwortete ich. "Aber die eine Sache, um die ich mir wirklich Sorgen mache, ist, ob ich deiner Geschichte gerecht werden kann. Ich weiß, dass es Schriftsteller gibt, die unendlich viel besser sind als ich. Ich bin nur ein Amateur."

"Oh! Aber es gibt einen großen Unterschied zwischen ihnen und dir, meine Liebe «, grinste er und seine trüben Augen funkelten. "Du kennst mich auf eine Weise, die sie nie kennen werden. Sie kennen mich als Künstler. Sie können nur über meine Leistungen schreiben. Aber du kennst mich als *Person*. Es spielt keine Rolle, ob du ein Amateur bist. Keiner von uns ist perfekt. Wir alle machen Fehler. Gott, ich habe Hunderte und Tausende von ihnen in meinem Leben gemacht! Man kann nie etwas erreichen, wenn man sich von Fehlern und Kritik abschrecken lässt. Nimm sie mit."

"Okay, dann!" Ich lächelte zum ersten Mal an diesem Morgen.

Ich hatte nicht erwartet, dass er so viel sagen konnte, ohne zu stottern. Noch wichtiger war, dass ich nicht erwartet hatte, dass es so einfach sein würde, mit ihm über meinen Geisteszustand zu sprechen. Er verstand mich. Ich war zuversichtlicher in meiner Vermutung, dass dies für uns beide gut wäre. Ich beschloss, ihn ein wenig weiter zu drängen.

"Aber ich bin nicht der Einzige, der sich anstrengen wird", sagte ich ihm. "Du musst mir helfen, indem du selbst nachdenkst und dich daran erinnerst. Warum sollte ich Zeitschriften und Zeitungsartikel lesen, wenn ich alles direkt aus deinem Mund haben kann?"

Nachdem er den ganzen Tag in Gedanken versunken war, ging mein Großvater in dieser Nacht zur üblichen Stunde ins Bett, aber es dauerte sehr lange, bis er einschlief. Ich hatte ihm einige Erinnerungs-Hausaufgaben gegeben, bevor ich gute Nacht sagte, und das war, an einen Tag in seinem Leben zu denken, bevor er seine Berufung entdeckt hatte. Er sollte an die Zeit zurückdenken, als er noch ein kleiner Junge war, wie jeder andere gewöhnliche kleine Junge, der Mitte des zwanzigsten Jahrhunderts in Chandannagar lebte, abgesehen von der Tatsache, dass dieser kleine Junge, dem Luxus und Privilegien fremd waren, seine Augen auf die Sterne gerichtet hatte. Mit meinen Gedanken voller neuer Ideen für meine Erzählung schluckte ich meine Schlaftablette herunter und schlummerte zum ersten Mal seit Monaten friedlich in dieser Nacht, während er wach im Bett lag, in Gedanken versunken bis in die kleinen Stunden des Morgens. Am nächsten Tag, nachdem unsere Hausarbeiten erledigt waren und wir etwas Zeit am Morgen hatten, ließ ich mich mit meinem Notizbuch nieder, schaltete den Rekorder in meinem Telefon ein und er begann mir von einem Tag zu erzählen, an den er sich aus einer verschwundenen Zeit erinnerte, als er gerade elf Jahre alt war. Der Sommer 1955. Das ist seine Geschichte.

Sommer 1955

Eier zum Mittagessen! Einer für jeden!" Ich sang an diesem Tag auf dem Weg zur Schule. "Einer für jeden! *Einer für jeden!*"

Als Kind musste ich nie Krankheit vortäuschen, um der Schule auszuweichen. Während die anderen Jungen in meinem Alter ernsthafte Probleme hatten, wenn sie jemals Bunking-Kurse gefunden wurden, musste ich nie zweimal darüber nachdenken. Es liegt nicht daran, dass ich zu gerne zur Schule ging. Fürs Protokoll, das war ich nicht. Aber mein Vater war zu sehr mit seiner Arbeit in der Mühle beschäftigt und meine Mutter war zu sehr mit Kochen, Putzen, Füttern und der Pflege des Neugeborenen beschäftigt, um sich nach meinem Aufenthaltsort zu erkundigen, und ich nutzte die Situation normalerweise voll aus.

Mein Vater, Prafulla Chandra Das, arbeitete als Arbeiter in der Alexander-Jute-Mühle, und meine Mutter, Saraswati Das, war eine Hausfrau, die sich bemühte, anständige Mahlzeiten zuzubereiten, um eine dreizehnköpfige Familie zu ernähren, und meinen jüngsten, elf Monate alten Bruder säugte, obwohl ihr Bauch mit einem weiteren ungeborenen Geschwister auf dem Weg leicht geschwollen war. Sie waren beide sehr fleißig. Mein Vater zeigte sein Fachwissen in der Öffentlichkeit, meine Mutter im Privaten. Das Zuhause war ihre einzige Welt. Nur eine kleine Hütte versteckt in einem Vorort eines unterentwickelten Landes, das erst vor acht Jahren die Unabhängigkeit von der britischen Herrschaft erlangt hatte.

Aber das Besondere an unserer Stadt war, dass sie im Gegensatz zum Rest des Landes unter französischer Herrschaft stand. Es war also in gewisser Weise wie eine kleine Welt für sich. Es gehörte nie woanders hin. Es hatte eine eigene Kultur, einen ganz anderen Geschmack. Viele der Leute, die wir kannten, konnten gebrochenes Französisch sprechen. Weniger Menschen konnten Englisch sprechen. Ich konnte auch nicht sprechen. Und das ärgerte mich nie, obwohl ich sagen konnte, dass es einige meiner Freunde ärgerte. Sie hielten es für einen großen Nachteil. Ich habe nie verstanden, warum. Ich war zufrieden, meine eigene Sprache zu kennen, die Bangla war. Warum sollte ich die von jemand anderem lernen? Haben sie jemals versucht, meine Sprache zu beherrschen? Wohl kaum. Aber sie erwarteten immer, dass wir ihre Sprache beherrschen würden, als wären wir nicht auf dem neuesten Stand, es sei denn, wir könnten ihre Sprache sprechen.

Oh, wie froh war ich, als wir die Freiheit erlangten! Wir wären endlich frei von solchen Erwartungen, dachte ich. Ich konnte meine eigene Sprache stolz sprechen und mit der Farbe meiner Haut zufrieden sein. Die ständige Anwesenheit der Franzosen um uns herum und sogar ein Blick auf ihre weißen Gesichter auf der anderen Straßenseite war stark genug, um starke Minderwertigkeitsgefühle in sich selbst hervorzurufen. Wir waren viele, sie waren wenige, aber wir stachen wie Kontraste neben ihnen in dem Land hervor, das unser eigenes sein sollte, bevor sie ihre Schiffe zum Handel brachten. Es dauerte jedoch nicht lange, bis ich herausfand, dass ich mich geirrt hatte. Obwohl die bleichen Gesichter verschwunden waren, waren wir alles andere als frei. Das Sprechen von Englisch und Französisch galt immer noch als Kennzeichen der Alphabetisierung. Jeder, der diesen Standards nicht entsprach, galt als Analphabet. Die Farbe meiner Haut fiel immer noch wie ein schmerzender Daumen auf und sogar meine Mutter verspottete mich manchmal, weil ich das dunkelste Mitglied der Familie war. Sie sagte, ich würde nie heiraten oder etwas Bedeutendes im Leben tun können, da ich sowohl arm als auch dunkel war, im Gegensatz zu meinen anderen Geschwistern, die nur arm waren.

Für meine Mutter waren die vier moosbeladenen Wände unseres Hauses Grenzen, die sie nie hinter sich lassen wollte. Sie war zufrieden damit, innerhalb dieser Mauern zu leben und fühlte sich gesegnet, dass sie ein Dach über dem Kopf hatte. Sie hatte keine Beschwerden, keine Forderungen. Und wenn sich einer von uns jemals über unseren traurigen Zustand beschweren würde, würde der Stock das Reden übernehmen. Damals wurden Jungen in meinem Alter von ihren Eltern für das geringste Vergehen schwarz und blau geschlagen. Ich war keine Ausnahme. Ich wurde jedoch nie von meiner Mutter dafür bestraft, dass ich in der Schule gebunkert habe. Wenn meine Mutter mich jemals während der Schulzeit zu Hause sah, würde sie mich entweder bitten, ihr beim Putzen zu helfen, oder meinen kleinen

Bruder Ganesh festhalten. Und mein Vater, der der einzige in der Familie war, der sich um meine Ausbildung sorgte, würde den ganzen Tag in der Mühle arbeiten, also war er auch keine große Bedrohung. Wäre er zu Hause gewesen, hätte ich nie die Freiheit gehabt, von der Schule abwesend zu bleiben. Ich erinnere mich, dass ich vor einem Jahr aus demselben Grund von ihm schwer verprügelt wurde. Aber die Mühle verlangte jetzt mehr von seiner Zeit, sein Gehalt wurde zur Rechtfertigung um zwei Rupien erhöht, und er war kaum da. Und als er zurückkam, gab es so viele von uns, dass er oft den Überblick verlor und manchmal meinen Bruder Kartik "Balaram" und Balaram "Krishna" nannte. Wir waren uns nicht einmal sicher, wann wir geboren wurden oder wie alt wir tatsächlich waren, weil niemand die Muße hatte, sich an solche Details zu erinnern.

Alle meine Brüder wurden nach Charakteren aus der hinduistischen Mythologie benannt, aber keiner von ihnen sah aus wie die Charaktere, nach denen sie benannt wurden. Nicht einmal annähernd. Mit Ausnahme von Ganesh. Nein, nein! Er hatte nicht den Kopf eines Elefanten. Aber seine Gesichtszüge waren stumpf, seine Augen braun und groß, seine Gliedmaßen prall und kurz und sein Bauch rund und schlaff. Mit anderen Worten, er war das gesündeste Kind in unserer Familie mit einem unersättlichen Appetit. Alles, was ihm fehlte, war ein Koffer. Was für ein unglückliches Versehen!

Ich hatte ein paar Schwestern, die größere Verantwortung hatten. Natürlich gingen sie nicht zur Schule. Das kam damals für Mädchen so gut wie nicht in Frage. Sie halfen meiner Mutter zu kochen, die Kartoffeln zu waschen, das Gemüse zu hacken, den Reis und die Linsen zu kochen, den Boden mit Lumpen zu wischen, die ihren Nutzen lange überlebt hatten. Und in ihrer Freizeit saßen sie entweder an der Küchentür und trennten Muscheln von ihren Muscheln oder saugten an den sauren Scheiben Mangogurken, die in den alten Gläsern aufbewahrt wurden, schnippten mit den Zungen und leckten gelegentlich ihre braunen, rissigen Lippen. Baba kaufte kaum Fisch oder Fleisch für unsere Familie, denn der kleine Teich direkt hinter unserem Haus war voller kleiner Fische und Süßwassermuscheln. Während meine älteren Brüder stundenlang auf den Stufen des Ghats mit einer Teigkugel, zwei kleinen Angelruten und einem sehr alten rostigen Eiseneimer fischten, ließen meine Schwestern große

Kokosnussblätter in der Nähe der Ufer treiben, um Muschelbüschel zu sammeln, die auf dem Wasser drifteten. Und unsere Mutter kochte kleine Portionen davon über die Woche. Krishna und ich stahlen oft Mangos entweder von den Obstplantagen der Keksfabrik in der Nähe unseres Hauses oder von den zahlreichen hohen Bäumen, die stolz inmitten des grünen Dickichts standen, das den Feldweg auf dem Weg zur Schule säumte. Obwohl ich Mangos mehr als jede andere Frucht liebte, fand ich die Dattelpalmen besonders interessant. Mit irdenen Töpfen, die an ihre Stämme gebunden waren, um süßen Palmsaft zu sammeln, erinnerten sie mich an die fetten, schwarzen Blutegel, die sich weigerten, meine Beine loszulassen, die wir einmal in den dunklen und düsteren Bambuswäldern von Kalupukur, in unserer benachbarten Gegend, verstecken wollten. Es war die Art von Ort, der einem nach Einbruch der Dunkelheit Schauer über den Rücken schickte, eine Höhle mit gefräßigen Schakalen, Mooren und Geistern vom Friedhof, bezaubernden Gestaltwandlern, rauen Grillen, feurigen Glühwürmchen, manchmal Dacoits. Hektarweise großer Bambus, so grün und nass während des Tages und so kalt und dunkel während der Nacht, dass man sich vor dem Geräusch der eigenen Schritte fürchten und den ganzen Weg zurück nach Hause zittern konnte und Lord Ramas Namen hundertachtmal wiederholte.

Unser kleines Häuschen aus Schlamm und Stroh in Bidyalanka, im Herzen von Chandannagar, war nicht groß genug, um alle dreizehn von uns unterzubringen, wenn ich jetzt daran denke, fast vierundsechzig Jahre später, aber es war damals unser Zuhause und die meisten von uns hätten nie von etwas Größerem oder Besserem träumen können.

"Komm heute nicht zu spät", rief meine Mutter eines Morgens aus der Küche. "Ich mache gekochte Eier zum Mittagessen, eines für jedes."

Ich dachte fast, ich träume, weil meine Mutter kaum süß zu mir war. Sie kümmerte sich kaum darum, ob ich von der Schule nach Hause kam oder auf dem Weg ausgeknockt wurde, aber heute bat sie mich tatsächlich, früh zum Mittagessen nach Hause zu kommen. Nummer zwei, sie machte gekochte Eier für uns. Am wichtigsten ist, eine für jeden! Oh, es war nichts weniger als ein Traum, der mir wahr wurde! Ich hatte in meinem ganzen Leben noch nie ein ganzes Ei gehabt.

Eier zum Mittagessen! Einer für jeden!" Ich sang an diesem Tag auf dem Weg zur Schule. "Einer für jeden! Einer für *jeden*!"

Es nieselte und der schmale, unbefestigte Feldweg war voller Schlaglöcher und schlammiger Pfützen, aber das war mir egal, während ich an jedem anderen Tag in diese Pfützen gesprungen wäre und mich am Röhrenbrunnen durchnässt hätte. Es war damals eine gängige und recht beliebte Strategie. Meine Freunde und ich vergaßen absichtlich, unsere Regenschirme zu tragen, und durchnässten uns oft an den Röhrenbrunnen oder an irgendwelchen zufälligen Pfeifen, die an regnerischen Tagen Wasser ausströmten, so dass unser Lehrer uns in dem Moment, als wir mit tropfender Hose ins Klassenzimmer traten, nach Hause schickte. Ich erinnere mich, dass Bhola an einem regnerischen Tag nach Abwasser roch, und ich wusste sofort, dass er unter der falschen Leitung gestanden hatte.

"Du siehst heute sehr glücklich aus!" Bhola schlug mir in den Rücken. "Was ist los?"

"Maa macht gekochte Eier zum Mittagessen!" Ich antwortete fröhlich. "Einer für jeden!"

"Du bist so ein glücklicher Junge!", sagte er neidisch. "Meine Mutter lässt mich selten ein volles Ei haben! Sie schneidet jedes Ei in drei Stücke, damit wir neun sie teilen können. Und Dada bekommt immer das größte Stück."

"Ich weiß, es ist sehr unfair", antwortete ich. "Ich hatte noch nie ein volles Ei in meinem Leben! Ich hatte einmal ein halbes Ei, stahl Dadas Stück, als er nicht hinsah, und machte Kartik dafür verantwortlich, der der Favorit meiner Mutter ist und daher nie gescholten wird. Dies wird das erste Mal sein, dass ich ein ganzes Ei essen darf! Ich muss heute früh nach Hause, weil ich es nicht verpassen will."

"Also wirst du heute nicht mit uns spielen?", fragte mich mein bester Freund Vikash enttäuscht.

"Tut mir leid, nein."

"Aber das Team braucht dich, Sridhar! Wir müssen die Tyrannen von Lal Dighi besiegen."

"Ich verspreche, ich bleibe morgen zurück. Heute ist ein ganz besonderer Tag!" Ich rieb mir aufgeregt die Hände und stellte mir den Geschmack des hartgekochten Eigels vor, das langsam in meinem Mund schmilzt, und meine unebenen Vorderzähne beißen in das weiße, feste Albumin. Meine Mutter hat wahrscheinlich gerade diese gigantischen Perlen gekocht! Ich visualisierte alles in Zeitlupe und genoss es Stück für Stück in meiner Fantasie. Ich war mir nicht sicher, wie lange ich am Nachmittag auf dem kalten irdenen Boden sitzen und an diesem einen Ei saugen würde. Ich war jedoch entschlossen, das Beste aus der Gelegenheit zu machen und jedes Molekül dieses gesegneten Eies zu genießen, bis meine Mutter mich aus meiner Träumerei schlug und mir sagte, ich solle meine Hände waschen oder etwas Brennholz für den Herd oder Brennstoff für die Hurrikanlampe holen, bevor die Dunkelheit unser kleines Häuschen verschlingt.

Die Stunden in der Schule schienen an diesem Morgen extrem mühsam und ermüdend. Die scharfen Borsten der groben Säcke, auf denen wir saßen, stießen durch den billigen Stoff unserer Hose und kratzten an der Haut unserer Oberschenkel, bis sie wund waren. Die Decke war aus billigem Asbest, was die Hitze umso unerträglicher machte und wir schwitzten wie Pferde und riechten nach Hunden. Während wir die gleiche Strophe von Tagores Gedicht "Taal Gaach" immer wieder im Chor und in einem deutlichen Nasenton für Spezialeffekte wiederholten, bis wir den Klang unserer eigenen Stimmen satt hatten, döste unser Lehrer Babulal Pramanik auf seinem Holzstuhl, Stock in der Hand, der wachsame Maulwurf unter seinem rechten Auge sah streng und straff aus, als würde er nicht einmal die geringste Belästigung zulassen. Und dann war da noch diese elende Fliege, die eine unnatürliche Fixierung auf Babulal Sirs kostbaren Maulwurf entwickelt hatte und ständig versuchte, sich darauf niederzulassen. Seine vergeblichen Versuche, einen Pass auf den hübschen Maulwurf zu machen, unterbrachen oft Babulal Sir's Schlaf und er wachte mit einem Start auf, aber dann döste er in ein paar Sekunden wieder ein, eingelullt durch unsere eintönige Beschwörung von Tagores energischem Vers. Ich bereute es, an diesem Tag zur Schule gekommen zu sein. Oh, wie wünschte ich, ich wäre zu Hause geblieben!

»Es ist unerträglich!«, flüsterte mir Bhola von hinten zu. "Tu etwas, Sridhar!"

"Wie was?", flüsterte ich zurück.

"Irgendwas! Alles! Das ist Folter! Wir werden halb schlafen, wenn wir das Feld erreichen, und die Lal Dighi-Hunde werden uns stattdessen fröhlich in den Hintern treten! Lass uns weglaufen. Ich glaube nicht, dass er in absehbarer Zeit aufwachen wird."

"Und von meinem Vater ausgepeitscht werden, wenn er es erfährt?" Ich rief aus: "Ich kann heute nichts Riskantes tun!"

"Gekochte Eier! Einer für jeden! Einer für jeden!", erinnerte mich eine Stimme in meinem Kopf, und ich war vorsichtig.

Unnötig zu erwähnen, dass es Überraschung und Neid in den Gesichtern meiner Freunde gab, als ich ihnen nach dem Unterricht sagte, dass ich am Nachmittag ein ganzes Entenei essen würde. Das war genau der Grund, warum ich an diesem Morgen zur Schule gegangen war, um ihnen diese fabelhafte Nachricht zu überbringen. Ich erinnerte mich, dass Chandu mich eines Tages "den Sohn des armen Arbeiters" nannte, und ich wollte ihm mitteilen, dass mein Vater reich genug geworden war, um sich Eier für uns alle zu leisten.

"Wer ist jetzt der Sohn des armen Arbeiters, huh, Chandu?" Mein bester Freund Vikash hatte sich auf meine Seite gestellt.

"Wen interessieren dumme Eier?", spottete Chandu. "Ich habe sie jeden Tag. Und er ist sowieso immer noch ein armer Arbeitersohn! Schauen Sie sich die zerrissenen Riemen seiner Sandalen an, die von Stiften zusammengehalten werden, das ungewaschene Hemd, das er seit vier Tagen hintereinander trägt. Mein Vater verdient jede Woche fünfundzwanzig Rupien. Das sind einhundert Rupien pro Monat! Wie viel verdient sein Vater? Zehn? Zwölf? Wahrscheinlich weniger als das."

"Er ist nur eifersüchtig, weißt du", flüsterte Vikash mir ins Ohr. "Mach dir keine Sorgen. Er erzählt Lügen, nur um dich zu quälen." "Ich weiß", flüsterte ich zurück, obwohl ich wusste, dass Chandu absolut keinen

Grund hatte, eifersüchtig auf mich zu sein. Er war in jeder Hinsicht besser als ich. Er war ein Brahmane, obere Kaste, fair und gesund aussehend. Ich war ein Vaishya, dunkel und dünn. Sein Vater war Manager, er verdiente hundert Rupien im Monat, mein Vater war nur Arbeiter. Er war auch nicht schlecht im Studium und war Babulal Sir's Lieblingsschüler. Ich war derjenige, der den Unterricht verbrachte und immer das Opfer seines Zorns war. Ich hatte keine Ahnung, warum Chandu mir gegenüber so verbittert war. Er hatte alles. Ich hatte wenig. Es war nicht so, als könnte ich jemals sein Rivale sein. Er war weit über meine Liga hinaus. Vielleicht war seine Bitterkeit gewohnheitsmäßig. Auch Vikash war fair. Er war der hübscheste Junge in unserer Klasse! Auch er stammte aus einer reichen Familie, war aber gegenüber niemandem verbittert. Er

würde keiner Fliege wehtun!

"Hey, warum denkst du, dass Chandu mich so sehr hasst?" Ich erinnere mich, dass ich Vikash später am Nachmittag fragte, während wir auf der Brüstung saßen und seine Tiffins aßen.

Er dachte etwa zwei Sekunden lang intensiv über meine Frage nach und antwortete dann: "Weil er Angst hat, dass du besser bist als er."

"Was?" Ich lachte und genoss den Dummkopf, den seine Mutter so liebevoll vorbereitet hatte. Ich habe nie einen Tiffin zur Schule getragen. Aber Vikash brachte immer etwas mehr mit, damit ich nicht hungrig wurde.

"Ja", antwortete er. "Was er in dir sieht, ist... wie nennen sie es? Potential! Er sieht Potenzial in dir. Sie können jede beliebige Summe lösen. Selbst die, die Babulal Sir nicht lösen kann, geschweige denn Chandu oder einer von uns."

"Ist das der Grund, warum er mich hasst?" Ich habe gefragt. "Weil ich gut darin bin, Summen zu lösen?"

"Natürlich", sagte Vikash. "Er hat Angst, dass dein *Potenzial* dich eines Tages an einen Ort bringen könnte, vielleicht wirst du ein Mathematiker wie Ramanujan oder... oder ein Wissenschaftler wie Einstein! Er kann es definitiv nicht ertragen, dass "der Sohn des armen Arbeiters" eines Tages besser dran ist als er."

"Aber ich will kein Mathematiker oder Wissenschaftler sein", sagte ich ihm.

"Was willst du dann sein?"

"Ich weiß es nicht. Ich habe noch nicht viel darüber nachgedacht. Ich möchte etwas anderes machen. Etwas, worüber noch nie jemand nachgedacht hat."

"Du wirst auf jeden Fall etwas Großartiges tun, mein Freund!" Vikash hat mich ermutigt. "Du hast es in dir. Ich kann es sehen."

"Hast du die Lichter auf dem Basar gesehen, Vikash? Die langen?"

"Die Lichtröhren in Sudha Kakas Laden, meinst du? Ja, ich habe sie gesehen. Warum?"

"Sind sie nicht faszinierend?"

"Sie erscheinen mir ziemlich gewöhnlich", kratzte er sich am Kopf. "Sie sind nur Lichter in langen Röhren."

"Ich möchte etwas Schönes schaffen", sagte ich ihm. "Etwas so Schönes, dass die Leute anhalten und starren..." Und kaum hatte ich diese Worte ausgesprochen, fühlte ich einen heftigen Schlag auf meinen Rücken und fiel zusammen mit der kleinen Tiffin-Box flach auf mein Gesicht auf den Boden. Eine Gruppe von Jungen stand daneben und lachte, einige spähten neugierig über die Schienen um mich anzusehen.

"Siehst du?", kicherte eine vertraute Stimme. "Man muss nicht immer etwas Schönes schaffen, damit die Leute innehalten und starren."

"Was zum Teufel, Chandu!" Vikash schrie auf. "Das ist nicht lustig!"

Chandu und seine Kumpels standen da, verspotteten mich, brüllten vor Lachen und nannten mich alle möglichen Namen. Vikash, der friedliebende Mensch, der er war, griff sie nicht physisch an, sondern schlug sie verbal an und versprach, die Angelegenheit in das Büro von Head Sir zu bringen. Ich stand auf, wischte den Schmutz von meiner Uniform und hob die zu Boden gefallenen Stücke Dummkopf auf. Meine Stirn schmerzte, meine Augen stachen und eines meiner Knie war schlecht gehäutet. Ich spürte einen Kloß in meiner Kehle, aber ich schluckte ihn. Ich wollte an diesem Tag keine einzige Träne vergießen.

Mit dem Geräusch von Head Sir's Roller, der am Tor ankam, flohen Chandu und seine Lakaien vom Tatort, während Vikash mich zum Wasserhahn begleitete und mir half, den Schmutz von meinem blutenden Knie wegzuspülen, damit es nicht infiziert würde.

"Ich hasse diese Leute!" Vikash rauchte durch zusammengebissene Zähne, als er wild Wasser auf mein Knie spritzte und fast meine Hose durchnässte. "Ich habe noch nie in meinem ganzen Leben jemanden so sehr gehasst, wie ich ihn hasse! Gehen wir direkt zu Head Sir's Büro. Jetzt sofort!"

"Lass es gehen", sagte ich stattdessen. "Ich möchte keinen unnötigen Ärger machen."

"Unnötig? Wenn du es jetzt loslässt, werden sie dir das weiterhin antun ", rief er. "Das ist es, was sie tun. Diese Mobber jagen unschuldige Menschen! Das muss aufhören!"

"Wir gehen an einem anderen Tag, Vikash", sagte ich ihm. "Ich muss heute Nachmittag früh nach Hause zurückkehren. Ich kann heute nicht zu spät kommen. Lassen Sie uns diese Angelegenheit an einem anderen Tag aufgreifen."

"Ein anderer Tag könnte zu spät sein!"

"Ich möchte mich heute in keine Szene einmischen", sagte ich ihm. "Meine Mutter macht Eier zum Mittagessen. Ich kann es mir nicht leisten, die Stimmung zu ruinieren."

Und in der Tat konnte nichts meine fröhliche Stimmung an diesem Tag ruinieren. Und ich war nicht im Geringsten enttäuscht, als ich nach Hause kam, denn an diesem Nachmittag wurden alle meine Träume wahr!

Zu Beginn hatten wir knusprigen bitteren Kürbis, in dünne runde Scheiben geschnitten. Es folgen Kartoffelpüree gewürzt mit fein gehackten Zwiebeln, Chilis und ein paar Tropfen Senföl. Für den Hauptgang hatten wir weißen Reis mit wässrigem *Arhar* Daal. Und dann kam, worauf wir alle gewartet hatten, die kostbaren, köstlichen, hart gekochten Enteneier, die noch warm in ihren Schalen waren! Oh, was für ein Luxus!

Zum ersten Mal in meinem Leben war ich beim Mittagessen so

glücklich! Die Augen meiner Mutter funkelten vor Zufriedenheit, als sie die Eier servierte. Ich konnte nicht glauben, dass ich ein ganzes Entenei direkt vor meinen Augen auf meinem Teller saß und darauf wartete, genossen zu werden. Ich klopfte mit zitternden Händen sanft gegen meinen Teller, brach die Schale und schälte sie mit großer Freude von der glänzenden Oberfläche des erstarrten Albumin ab. Und da war sie! Die Schönheit! Genau wie ich es mir vorgestellt hatte! Was für ein Glück! Was für eine unerklärliche Erfüllung!

Es lief jedoch nicht ganz so, wie ich es mir vorgestellt hatte. Ich hatte in meiner Fantasie geplant, eine Stunde lang mit diesem Ei zu sitzen, es Stück für Stück zu genießen und Salz in Schichten auf das orangefarbene Eigelb zu streuen. Aber angesichts der Versuchung im wirklichen Leben dauerte es nur wenige Minuten, bis das saftige Ei vollständig von meinem Teller und direkt in meinen Magen verschwand. Stattdessen rülpste ich den ganzen Nachmittag und genoss jeden einzelnen von ihnen.

Wir hatten damals keine Kamera, um diesen Moment der Freude einzufangen, also habe ich ihn unauslöschlich in mein Gedächtnis eingebrannt und heute, fast fünfundsechzig Jahre später, obwohl ich die meisten Ereignisse meines Lebens vergessen habe, bleibt diese Erinnerung kristallklar, die Erinnerung an den Tag, an dem ich zum ersten Mal ein ganzes Ei essen durfte. Und so war der Geschmack, dass es ein loderndes Feuer im Herzen eines armen Jungen entzündete, ein Verlangen, wohlhabend zu sein, so dass er ein weiteres Ei haben konnte, und zwei weitere, wenn es das war, was er wollte, ohne betteln, leihen oder stehlen zu müssen. Ich wollte Chandu und all seinen verfaulten Sidekicks zeigen, wozu ich in der Lage war.

Das Feuer brannte an diesem Nachmittag und gewann in der Abenddämmerung an Schwung, als meine Mutter mich bat, auf mein Studium zu achten, anstatt mit der Fackel zu spielen und die Batterie sowie meine Zeit zu verschwenden.

"Warum legst du dich immer wieder mit diesem Instrument an, Junge?", rief sie, als sie Ganesh immer wieder zurückklopfte, um ihn einzuschläfern.

"Ich mag es, wie es von selbst leuchtet. Genau wie eine Glühwürmchen. Nicht wahr, Maa?"

"Warum widmest du deinem Studium nicht zur Abwechslung die gleiche Energie?", Sie finster.

Die goldenen Flammen des Verlangens, die in mir loderten, manifestierten sich in meiner Beschwerde über das schwache Licht der Hurrikanlampe, die zu schwach war, um auch nur eine Zeile zu lesen.

"Ich kann in dieser Dunkelheit nicht lesen. Mein Kopf schmerzt."

"Es tut nicht weh, wenn du mit diesem dummen Licht spielst, oder? Nur wenn es Zeit zum Lernen ist, schmerzt dein Kopf."

"Warum haben wir keine helleren Lichter, Maa?" Ich fragte. "Weil wir arm sind", antwortete meine Mutter gebieterisch.

gieße Wasser in eine Schüssel mit Mehl, während Ganesh seinen Daumen auf ihren Schoß saugte.

"Ich kann in diesem Licht nicht lesen", beschwerte ich mich erneut und schaltete die Taschenlampe ein und aus.

"Was ist los mit dir?", schnappte sie. "Du hast dich noch nie über das Licht beschwert."

"Ich habe bessere Lichter gesehen, Maa. Hellere!" Sie tat so, als hätte sie mich nicht gehört.

"Ich sah Sudha Kaka auf dem Laxmiganj-Basar, wie er sie in seinem Geschäft reparierte. Sie sind echte Lichter, in langen Röhren. Nichts geht über die Hurrikan-Lampen! Und sie sind so hell, dass alles verschwommen erscheint, nachdem du sie eine Weile angeschaut hast."

"Das ist also passiert, was?", zischte meine Mutter jetzt und knetete den Teig mit heftiger Intensität. "Diese Lichter scheinen dich geblendet zu haben und jetzt kannst du nichts anderes mehr sehen. Wenn ich dich jemals wieder finde, wenn du diese Lichter *ansiehst*, Khoka, werde ich dich eine Woche lang verhungern lassen!"

Die verbotene Frucht ist immer süß. Also habe ich mir diese Lichter gleich am nächsten Tag noch einmal angesehen. Und am Tag danach. Und am Tag danach. Obwohl ich wusste, dass ich lebendig gehäutet werden würde, wenn Baba mich jemals dort erwischen würde. Die Lichter hatten etwas angenehm Unheimliches. Sie waren so seltsam und schön! So etwas hatte ich noch nie gesehen. Je länger ich sie ansah, desto unruhiger machten sie mich. Es war ein beunruhigendes Gefühl, aber ich sehnte mich danach, ihnen näher zu sein. Ich wollte sie berühren, sie mit meinen Händen fühlen und neben ihnen einschlafen. Sie hatten etwas in mir ausgelöst, eine Emotion, die ich noch nie zuvor erlebt hatte, ein Gefühl der Dringlichkeit. Ich konnte die Welt in diesen verlockenden Lichtern sehen, eine Welt, die mich anrief. Ich träumte oft von ihnen, und in diesen Träumen konnte ich sehen, dass ich alles war, was ich sein wollte. Bald waren diese Lichter alles, was meine wachen Stunden dominierte, und sie waren alles, worüber ich nachdachte.

»Mutter hatte recht, Vikash. Die Lichter haben mich geblendet. Ich kann nichts mehr sehen."

"Junge, oh Junge!", grinste er von Ohr zu Ohr. "Du bist jetzt in Schwierigkeiten, nicht wahr?"

Herbst 1955

"Warum stehst du draußen, Kind?" fragte Sudha Kaka, eine kleine irdene Tasse Zitronentee in der einen Hand und einen rostigen Aluminiumkessel in der anderen. "Komm rein."

Ich stand seit Monaten vor seinem Laden, Sadhu Electric, und sah mir all die elektrischen Geräte an, die seine Männer reparierten. Die Wände waren fleckig und fettig, von einer gelben ockerfarbenen Farbe, es gab überall mehrere Scharniere und Behälter mit verschiedenen Arten von Öl, Stücken und Stoffstücken, alle alt und zerrissen und fleckig. Auf dem alten, rissigen Mosaikboden waren eine Reihe von großen und kleinen Instrumenten verstreut. Sie haben mich bis zum Schluss fasziniert. Schalttafeln, Schraubendreher, Schrauben und Muttern, Kabel, Glühbirnen und Röhrenleuchten, Standventilatoren, Deckenventilatoren, Dosen mit himmlisch riechendem Kerosinöl und eine Maschine, die einen Funkenschauer ausstieß und mit besonderer Sorgfalt bedient werden musste. Ich wollte sie anfassen, aber ich wagte es nicht.

"Ich würde gerne sehen, wie du mit all dem arbeitest", sagte ich ihm. "Kannst du es mir beibringen, Kaka? Ich werde für dich arbeiten."

"Aber du bist zu jung für diese Art von Arbeit", sagte Kaka, seine freundlichen Augen vor Erstaunen weit aufgerissen. "Es ist ein riskanter Job, Junge. Als würde man mit dem Feuer spielen. Bei dieser Art von Arbeit werden Menschen verletzt."

"Das, was durch diese Drähte fließt, ist *Strom*, richtig?"

"Ja. Es heißt Elektrizität."

"Was genau ist Elektrizität?" Ich fragte ihn aus Neugier. Es war mir alles sehr fremd. "Was bewirkt diese Elektrizität oder dieser Strom, dass all diese Lampen leuchten und die Lüfter sich drehen?

"Nun, Kind, es gibt zwei Arten von Strömung", antwortete Sudha

Kaka. 'AC und DC. In Chandannagar haben wir nur AC. Während Sie in Kalkutta und anderen großen Städten DC finden...'

"Was ist der Unterschied zwischen AC und DC?" Ich habe ihn vor Aufregung abgeschnitten.

"AC ist Wechselstrom, der in regelmäßigen Abständen seine Richtung ändert", informierte mich Kaka. "Gleichstrom ist Gleichstrom, der in eine bestimmte Richtung fließt."

Ich konnte nicht wirklich verstehen, was er gesagt hatte. Alles, was ich sammelte, war, dass es etwas gab, das Strom genannt wurde, auch bekannt als Elektrizität. Es floss durch Drähte. Und es ließ auch die Lichter leuchten und die Fans sich drehen. Manchmal änderte es die Richtung. Manchmal nicht. Ich konnte immer noch nicht verstehen, wie es diese Lichter zum Leuchten brachte und die Neugier mich umbrachte. Je mehr Zeit ich dort stehe und zuschaue,

Kakas Männer kneifen Schnupftabak und rauchen *Bidis*, halten inne, um einen Schluck von ihren Tassen Zitronentee zu nehmen, aber die ganze Zeit über arbeitete ich an diesen Lichtern und Fans wie Experten, je mehr meine Neugier wuchs. Es schien, als wüssten sie alles über Elektrizität! Wie haben sie das gemacht? Und warum wusste ich nichts davon? War es etwas, das sie in der Schule gelernt hatten? Ich konnte mich nicht erinnern, dass mir so etwas beigebracht wurde. Sie ließen uns nur mit Büchern sitzen und immer wieder dieselben verrückten Gedichte rezitieren oder Summen machen, die selbst ein Esel lösen könnte. Habe ich nicht aufgepasst, als das alles gelehrt wurde? Hatte ich an diesem Tag die Schule verlassen?

"Woher hast du davon erfahren?" Ich habe sie eines Tages gefragt. "Schule?"

Sie sahen mich einen Moment lang an, in absoluter Stille, und brachen dann in dröhnendem Lachen aus, alle fünf zusammen, als hätte ich das Lustigste aller Zeiten gesagt. Es gab Leute in allen anderen Geschäften und sogar diejenigen, die auf der anderen Straßenseite standen und Sahne und Butter von der Molkerei kauften, schauten in unsere Richtung. Die ganze Zeit stand eine Kuh neben mir, die damit beschäftigt war, Cud zu kauen, und sah einen Paria-Hund an, der mit ihren Welpen spielte, aber jetzt hielt sie das Cud-Kauen an und drehte sich um, um mich anzusehen. Ich konnte mit Sicherheit sagen, dass auch sie amüsiert war.

Ich wälzte mich vor Verlegenheit.

"Nun, in welche Schule gehst du, Junge?", fragte mich einer von ihnen und wischte sich eine Träne aus dem Auge.

"Narua Shikshayatan" Ich kratzte mich am Kopf. "Du?"

"Wir wissen nicht einmal, wie eine Schule von innen aussieht", antwortete er.

"Alles, was wir wissen, ist, dass sie dir nichts nützen", fügte ein anderer hinzu und setzte seinen Helm auf.

"Sie machen dich nur zu großen, dicken Idioten mit viel Geld und keiner Lebensfreude!", klingelte ihr Gruppenleiter. "Sie sagen dir, wann du sitzen und wann du stehen sollst. Sie schlagen dich, wenn du nicht gehorchst. Du kannst nicht einmal ohne Erlaubnis pinkeln! Denken Sie daran! Ich ging für ein paar Tage zur Schule, sie ließen mich nicht pinkeln, als ich darum bat, zu gehen. Also habe ich überall gepinkelt und bin nie wieder zurückgegangen. Sie sagen dir, du sollst die Klappe halten, wenn du Fragen stellst, die sie nicht beantworten können. Und wenn du dann schlecht abschneidest, wirst du auch zu Hause ausgepeitscht. Es gibt keine Schulen. Nur Gefängnisse."

Ich sah ihn mit anschwellender Bewunderung an. "Manchmal fühle ich dasselbe."

"Ja?", sah er glücklich aus. "Fühlst du das auch, Junge?"

"Ja", antwortete ich. "Ich mag die Schule nicht. Die Mobber werden nie bestraft."

"Du bist ein guter Junge! Komm, du bist einer von uns!«, klopfte mir der Gruppenleiter auf den Rücken.

Du bist einer von uns, dieser Satz blieb mir einen ganzen Tag lang erhalten und ich fühlte jedes Mal, wenn ich darüber nachdachte, ein unerklärliches Gefühl von Stolz und Zugehörigkeit. Wenn ich nur ein paar Tage in Kakas Laden arbeiten könnte, würde ich alles lernen, was es über Elektrizität zu lernen gibt. Und mein Haus würde nach Einbruch der Dunkelheit nie wieder dunkel sein.

"Ich möchte wissen, wie der Strom durch diese Drähte fließt", sagte ich zu Kaka. "Woher kommt es? Wer macht es? Was genau passiert in diesen Glaskolben, wenn sie mit Strom in Kontakt kommen? Warum leuchten sie? Was ist mit den Fans?"

»Du bist zu jung dafür«, wiederholte Kaka. "Ich werde dir alles über Elektrizität beibringen, sobald du vierzehn wirst."

Ich war enttäuscht. Ich wollte genau in diesem Moment etwas darüber erfahren. Aber Kaka war beschäftigt und seine Männer auch, und ich wusste, dass es keine gute Zeit war, sie zu belästigen. Zumindest erlaubte er mir, seine Männer zu beobachten, während sie arbeiteten. Ich hatte Angst, dass ich daran gehindert würde, selbst wenn ich mich zu sehr einmische oder zu aufgeregt schien. Ich überlegte, nach Hause zu gehen und meine Fackel zu öffnen. Ich war mir sicher, dass es etwas mit Elektrizität zu tun hatte. Wie würde es sonst leuchten?

Aber in dem Moment, als ich durch die Tore meiner bescheidenen Wohnung stürmen wollte, wurde ich grob von meinem Kragen gepackt. Ich würgte und hustete ein wenig und wollte heftig reagieren, weil ich dachte, es sei einer meiner Brüder, aber dann drehte ich mich um und entdeckte, dass es niemand anderes als mein Vater war. Er war am frühen Nachmittag von der Mühle nach Hause gekommen und wollte, dass ich ihm half, Ziegel von unserem Haus in den Vorgarten eines reichen Mannes zu tragen, der kürzlich in unsere Gegend gezogen war. Kaum hatte er seine Befehle erteilt, kam ein mit Ziegeln angehäufter Wagen an unserem Tor an. Unser wohlhabender Nachbar hatte sie anscheinend wirklich billig bekommen und kaufte daher die gesamte Ladung Ziegel und ein paar Säcke Zement, um entlang seines Gartens eine Begrenzungsmauer zu bauen.

"Ich habe dir heute ein Geschenk besorgt", sagte Vater und versuchte, mich in Versuchung zu führen. "Tue deine Arbeit aufrichtig und du wirst es bekommen."

Am Ende des Tages, nachdem ich den Ziegelberg verschoben hatte und meine Hände und Beine wund waren, mein Nacken und meine Schultern steif, mein Rückgrat fast taub, entdeckte ich, dass das "Geschenk", das mein Vater den ganzen Tag als Köder geschwungen hatte, nichts anderes war als ein Haufen dumpfer, gelblicher Papiere, die er von der Mühle mitgebracht hatte. Er wollte jetzt, dass ich ihm helfe, sie in Notizbücher zu nähen und sie für meinen Unterricht zu verwenden. Ich denke, die Enttäuschung zeigte sich etwas zu deutlich in meinem Gesicht, weil mein schmerzender Rücken kurz darauf dreimal hart geschlagen wurde.

"Dieser Junge hat kein Interesse am Lernen!" Er brachte seine Faust mit einem lauten Knall auf den Tisch, während ich dort stand und mir den schmerzenden Rücken rieb. "Alles, was er gut kann, ist in der Schule schlafen und auf dem Laxmiganj-Basar herumlungern! Er ist NUTZLOS!" "Du bist wieder zum Basar gegangen?" Meine Mutter starrte mich an.

"Ja, um etwas Brennholz mitzubringen...", stammelte ich. "Für den Herd."

"Nun, wo ist dann das Brennholz?"

"Ich... ich habe keine gefunden. Es gab heute n-nichts davon auf dem Markt."

"Aber Hari vom Fischmarkt sagte mir, dass du den ganzen Tag in Sudha Sadhus Elektrogeschäft warst", mein Vater sah wütend aus. "Hat er mich angelogen?"

"Ich... ich war heute nicht da, Baba", log ich instinktiv. "Ich... ich war dort... gestern."

"Lass mich dein Gedächtnis auffrischen, DU SCHUFT!", brüllte mein Vater. "Die Wahrheit ist, du gehst JEDEN TAG dorthin!"

»Jeden Tag?«, weinte meine Mutter. "Habe ich dir nicht gesagt, dass du nie wieder dorthin gehen sollst?"

"JEDEN VERDAMMTEN TAG!", brüllte mein Vater. "Tatsächlich hat Sudha es mir selbst gesagt! Warum sollte er mich anlügen? Er schläft in der Schule, er belügt dich zu Hause, um mit Sudha Sadhu und seinen Jungs dort zu sitzen und *Bidis* zu rauchen!"

»Stimmt das, Khoka?«, erkundigte sich Mutter.

"Ich rauche keine *Bidis*", protestierte ich. "Ich habe nie *Bidis* geraucht."

»Das habe ich nicht gesagt, DU ESEL!«, rief Vater. "Heuchle nicht Unschuld! Ich weiß, dass du nicht unschuldig bist. Du hast mir nicht gehorcht! Du hast deiner Mutter nicht gehorcht! Wie kannst du es wagen, unter meinem Dach zu leben und mir nicht zu gehorchen?"

Ich habe nicht gesprochen. Ich wusste nicht, was ich sagen sollte.

Ich wurde schwarz und blau geschlagen und musste in dieser Nacht verhungern.

Am folgenden Nachmittag, als meine Mutter in der Küche beschäftigt war und meine Schwestern miteinander darüber stritten, wie sie unser neues Geschwisterchen nach der Geburt nennen würden, gelang es mir, die Fackel zu öffnen. Ich erwartete, das Universum darin eingekapselt zu finden, wie Yashoda Maa in Lord Krishnas Mund, aber alles, was ich fand, war eine dürftige Feder, eine unbedeutende Batterie, deren Kolben an der Feder befestigt war und deren Kopf die Lampe berührte, und eine dünne Bronzeplatte, etwa so groß wie ein fünfmal gefalteter Lotterielos, die mit dem Schalter verbunden war. War das alles, was ich finden wollte? Ich war ein wenig enttäuscht. Aber in dem Moment, als ich den Schalter drückte, berührte die Bronzeplatte die Lampe und sie leuchtete. In dem Moment, in dem ich den Schalter losließ, zog sich die Bronzeplatte zurück und die Lampe hörte auf zu leuchten. Interessant!

„Der Akku und die Bronzeplatte haben definitiv etwas mit Strom zu tun!" Ich habe es mir selbst gesagt.

Ich habe mich nicht geirrt.

Winter 1956

Ich war ziemlich stolz auf die neuen Entwicklungen, die in den letzten vier Monaten stattgefunden haben.

Nummer eins, mein Vater hatte Strom in unser Haus gebracht. Wir hatten jetzt eine Schalttafel mit vielen lustigen Schaltern drauf. Ein Netzwerk von Drähten lief durch die Wände unseres Hauses. Es gab nur einen Ventilator und zwei Lichter in der günstigsten Qualität, aber es brachte mir unbegrenzte Freude und Zufriedenheit. Sudha Kakas Männer hatten die Verkabelung in unserem Haus vorgenommen, und ich hatte den Prozess genau beobachtet und so viele Details wie möglich aufgenommen, mit der Absicht, bald ein ähnliches Experiment durchzuführen.

Nummer zwei, ich stieß zufällig auf eine alte Homöopathie-Medikamentenkiste unter dem Bett und sammelte darin die interessantesten Gegenstände, die ich finden konnte. Zum Beispiel eine Zange, ein Schraubenzieher, einige Eisennägel, ein Bündel Drähte, einige Halter und Glühbirnen, eine Reihe von Lampen, ein paar Blätter Zellophanpapier und dergleichen. Und ich hatte nichts davon angefleht oder geliehen oder gestohlen. Ich habe sie gekauft. Jeder einzelne von ihnen. Ich rettete die kleinen Almosen, die mein Vater mir oft bei den seltenen Gelegenheiten gab, als er plötzlich wollte, dass seine Großzügigkeit anerkannt wurde. Ich habe Sudha Kaka auch mit kleinen Gelegenheitsjobs geholfen, wie Tee zu bringen, seine *Bidis* zu bekommen, ein paar kleine Lieferungen zu machen und er ließ mich das Kleingeld behalten. Umsichtig investierte ich all meine Ersparnisse Stück für Stück, um die Utensilien von elektrischen Ersatzteilen und anderen notwendigen Geräten zu beschaffen, die mir bei meinen Experimenten helfen würden. Eines Tages kam die Schule früher als sonst vorbei, und ich kam nach Hause, um zu sehen, wie meine Mutter meinen neugeborenen Bruder und meine fünf Schwestern in der Küche saugte. Mein Vater war in der Mühle, meine vier älteren Brüder waren alle zur Arbeit gegangen. Kartik und Ganesh waren bei unserer Mutter, spielten miteinander und unterhielten das neue Baby mit ihren Eskapaden. Krishna war irgendwo da draußen, fischte vielleicht oder spielte mit dem frettchengesichtigen Sohn der Nachbarn, der nie eine Gelegenheit verpasste, mich daran zu erinnern, wie hässlich und unbeholfen ich war. Sprechen Sie über den Topf, der den Wasserkocher schwarz nennt! Es war gerade eine Woche her, seit meine Mutter mein neugeborenes Geschwisterchen zur Welt gebracht hatte, also war sie nicht ganz aktiv. Meine Küste war frei.

Ich öffnete meine kostbare Schachtel und nahm eine Glühbirne, einen Halter und ein Bündel Drähte. Ich befestigte die Glühbirne in der Halterung und befestigte die Drähte so, wie ich es von Sudha Kakas Männern gesehen hatte, und das andere Ende der Drähte steckte ich in den Steckpunkt auf unserer Schalttafel. Und dann stand ich still, mein Herz pochte.

Soll ich den Schalter drücken? Was ist, wenn es nicht funktioniert hat? Alle meine Hoffnungen und Träume würden zu Staub auf dem Boden zerfallen. All die Monate, in denen ich die Schule verlassen hatte und vor Sudha Kakas Reparaturgeschäft stand, beobachtete ich die Männer, beobachtete all ihre Aktivitäten minutiös, wurde jedes Mal von meinem Vater ausgepeitscht und geschlagen, wenn sich der Lehrer über meine schlechte Anwesenheit und mangelnde Aufmerksamkeit im Unterricht beschwerte. All das würde verschwendet, wenn die Glühbirne nicht leuchtete.

Die an der Halterung befestigte Glühbirne und die Drähte lagen da auf dem Boden und verspotteten mich, als ob sie fragen würden: "Was jetzt? Was möchten Sie tun?" Ich konnte den Kuckuck draußen in der lauen Nachmittagssonne gurren hören, ich konnte das Plätschern des Wassers aus dem nahe gelegenen Teich hören. Mani Kakima hat wahrscheinlich Wäsche gewaschen, ich konnte hören, wie sie gegen die harten Schritte des Ghats geschlagen wurden. Ein paar Jungen baden da draußen, spritzen Wasser aufeinander, lachen wie Verrückte und schwören auf den Ruhm, Worte, die ich nicht aussprechen konnte, ohne sofort Gefahr zu laufen, von meinem Vater lebendig begraben zu werden. Ein köstlicher Geruch von frischer Gurke aus der Jujube-Frucht und hausgemachten Gewürzen wehte durch die Luft und traf meine Nase. Ich wusste, was meine Schwestern vorhatten, sobald ich das vertraute Klicken ihrer Zungen gegen die Dächer ihres Mundes hörte, aber ich fühlte mich so losgelöst von ihnen allen. Als wäre ich nie ein Teil ihres Lebens gewesen. Als wäre ich nie dazu bestimmt gewesen.

Ich war nicht einmal mehr daran interessiert, mit meinen Freunden auszugehen und Gulli-Danda zu spielen. Sie kamen oft vorbei, um meine Angelegenheiten nachzuholen, und fragten, ob ich spielen gehen wolle, aber ich lehnte sie jeden Tag ab und täuschte Krankheit, Besorgungen oder so etwas vor. Die Elektrizität hatte mich verschlungen. Nichts anderes war so wichtig. All mein Zugehörigkeitsgefühl lag dort in dieser Homöopathie-Box. Diese Seite meiner Persönlichkeit war neu für mich und so seltsam es klingen mag, ich war stolz auf jedes Stück davon.

Mit zitternden Händen drückte ich schließlich den Schalter und betrachtete dann für eine Weile alles außer der Glühbirne, die auf dem Boden lag. Noch nie schlug mein Herz so schnell und so laut, während ich mich bemühte, mich nicht auf etwas zu konzentrieren. Nicht einmal, als meine Mutter schrie, dass sie unter den Wehen sterben würde. Ich pfiff eine streunende, unbekannte Melodie, die ich in diesem Moment gekocht hatte, ich schaute aus dem Fenster, um die Spitzen der hohen Kokospalmen schwanken zu sehen, ich grub meine Nase mit einem Blick tiefer Kontemplation, ich schaute zur Decke, um die Spinnweben zu bemerken, die sich dort angesammelt hatten, ich schaute mich überall um, aber ich schaute nicht hinunter, aus Angst, dass meine Hoffnungen zerschmettert würden. Ich berührte dies und das ziellos, richtete einige der Gegenstände auf dem Tisch auf, wischte den Staub mit meinen verschwitzten Fingern von den Schienen und bemerkte den Schmutz, der sich unter meinen Fingernägeln angesammelt hatte.

Und dann fing mein Blick ein schwaches Flimmern auf. Und schließlich, als ich aus dem Augenwinkel nach unten schaute, sah ich die Glühbirne sanft auf dem Boden mit schwachem, schwachem und unsicherem Licht leuchten. Ein lauter, triumphierender Freudenschrei zerriss die Luft!

Mein erstes Experiment war ein Erfolg.

Saraswati Puja 1956

"Wie Sie alle wissen, organisieren jedes Jahr die Schüler der Klassen sieben und acht die Puja in der Schule", sagte Babulal Sir. "Also, ich möchte, dass ihr alle in Gruppen sitzt, die Verantwortlichkeiten teilt und Ideen entwickelt. Die Puja ist nächste Woche am Donnerstag, also brauche ich bis zum Ende des Tages einen Plan." Vikash, Bhola und Chandu meldeten sich freiwillig, um Teil des Spendenlagers oder der Chanda-Partei zu sein , die von den Mitgliedern der Partei verlangte, herumzugehen und an jede Tür zu klopfen oder jeden Passanten auf der Straße anzuhalten und schamlos Chanda oder eine Spende für die Puja zu verlangen. Nicht jeder war bereit, die ganze Zeit zu zahlen, und sie mussten oft wirklich überzeugend und anspruchsvoll sein. Infolgedessen wurden sie oft beleidigt, geschlagen, über die Straße geschoben und mit ein oder zwei Schimpfwörtern grob abgelehnt, aber unsere Eltern hatten uns definitiv auf das Leben vorbereitet, und wir hatten alle eine dicke Haut entwickelt. Daher waren wir inzwischen immun gegen jede mögliche Art von öffentlicher Demütigung. Es war alles in einem Arbeitstag

für uns.

Ein paar Mutige meldeten sich freiwillig, um Teil des Sketches zu sein, den Babulal Sir jedes Jahr präsentierte. Bei solchen Gelegenheiten war Sir's Stock sein ständiger Begleiter und er mochte es oft, den Rücken der Schauspieler mit seinem geliebten Stock bekannt zu machen, falls sie eine Zeile verpassten oder zu spät kamen und wenn ihre Mimik nicht ihren dramatischen Dialogen entsprach. Er zwang sie, Chilischoten im Mundwinkel aufzubewahren und auf sie zu beißen, wenn die Szene es erforderte, dass sie weinten.

"Es lässt die Tränen natürlich aussehen", verkündete er stolz.

Er brachte sogar einige von ihnen dazu, sich als Mädchen zu verkleiden und mit einer hohen Stimme zu sprechen, und brachte ihnen bei, mit kurzen Schritten zu gehen und ihre Hüften bei jedem Schritt zu bewegen. Seine Live-Demonstrationen waren faszinierend anzusehen. Oh, wie seine Hüften schwankten! Ich habe oft versucht, sie zu kopieren, wenn ich allein war. Es ist mir nie gelungen, und stattdessen sah ich ungeschickt und lächerlich aus. Es war so schwierig. Ich konnte nie verstehen, warum die Jungs sich über ihn lustig machten und ihm alle möglichen Namen gaben. Es waren alles unwissende Jugendliche, die wahrscheinlich kein Auge für Kunst hatten.

In der nächsten Woche, nur drei Tage vor der Puja, als die verschiedenen Gruppen auf dem Schulgelände saßen und ihren Anteil an den Last-Minute-Verantwortlichkeiten diskutierten, hatte ich den Mut, aufzustehen und zu sagen: "Ich mache das Licht an, Sir!"

"Was?" Er sah mich von den Rändern seiner Brille an und seine Augen prallten heraus. "Was hast du gerade gesagt?"

"Ich sagte, ich mache das Licht an, Sir." "Aber wir haben bereits Lichter." "

"Ja, aber sie sind fixiert", erklärte ich. "Ich kann die Lichter zum Laufen bringen. Wir hatten noch nie in einem unserer Pujas ein Lauflicht. Ich werde es diesmal tun. Es wird etwas Neues sein."

"Und wie genau planst du, die Lichter zum Laufen zu bringen?" Ich weiß nicht, wie ich es erklären soll, Sir ", sagte ich." Aber ich kann dir zeigen, wie es geht. Die Lichter leuchten und verblassen, leuchten und verblassen und wechseln nacheinander die Farben. Ich... ich kann

sie dazu zu bringen, das zu tun."

"Also, alles, was du für die Puja tun willst, ist, bei der dummen Schalttafel zu stehen und die verdammten Schalter ein- und auszuschalten und die Lichter leuchten und verblassen zu lassen, leuchten und verblassen, bis du einen elektrischen Schlag bekommst, die Lichter ganz aufhören zu funktionieren und die Puja ruiniert ist?" Sir fragte sarkastisch und verspottete mich.

Die Klasse von fünfundzwanzig rollte vor Lachen auf dem Boden.

Außer Vikash.

"Nein, Sir, das habe ich nicht gesagt..."

"Schau, Sridhar, wenn du dich nicht freiwillig melden oder helfen willst, ist das in Ordnung", knurrte er. "Du bist nicht unentbehrlich. Aber du denkst, du bist ein Emporkömmling, was? Da irrst du dich. Diese Einstellung sollte sich ändern. Du denkst, du kannst jeden Tag zu Hause bleiben und deine Prüfungen bestehen. Du denkst, du kannst mir beibringen, wie man Mathematik macht. Und jetzt denkst du, du kannst auch die Lichter machen! Was hast du heute zum Frühstück gegessen, Junge, das dich so wahnhaft gemacht hat? In welcher Welt lebst du?"

"Sir, würden Sie mir bitte eine Gelegenheit geben?" Ich habe darum gebeten. "Ich werde deine Lichter nicht anrühren, ich werde meine mitbringen. Ich werde keinem deiner Schalter Schaden zufügen, und die Puja wird nicht ruiniert werden, das verspreche ich."

In diesem Moment trat unser Head Sir, Lalit Mohan Chatterjee, ein, um zu erfahren, was vor sich ging und warum Babulal Sir so wütend klang. Nachdem er mit der Angelegenheit vertraut war, rief mich Head Sir in sein Zimmer und fragte: "Woher weißt du so viel über Lichter, Kind?"

"Ich habe von Sudha Kakas Männern davon erfahren", sagte ich ihm und kratzte mich am Kopf. "Ich... ich arbeite für sie."
Das war nicht ganz richtig, aber in diesem Moment hatte ich keine bessere Erklärung.
»Glaubst du wirklich, du kannst tun, was du sagst?«, fragte er freundlich und verständnisvoll.

"Ja, Sir, ich habe das schon einmal gemacht. Viele Male." "Du hast Lichter zum Laufen gebracht?"
"Ja, Sir. Habe ich."
So etwas hatte ich noch nie gemacht. Aber ich wusste, dass ich es könnte, wenn ich nur eine Chance bekäme.
"Okay, dann tust du es." Wirklich, Sir? "
"Ja, wenn du denkst, dass du es kannst, tust du es."
"Aber Babulal Sir wird mir keine Erlaubnis geben."

"Okay, ich gebe dir die Erlaubnis", sagte er lächelnd zu mir. "Ich bin Ihr Kopf, Sir, nicht wahr?"

"Ja, Sir", antwortete ich schüchtern.

"Also, bring morgen deine Lichter mit und zeig mir, was du vorhast", sagte er. "Wenn mir gefällt, was ich sehe, lasse ich dich tun, was du tun willst."

Es war einer der glücklichsten Tage meines Lebens! Aber es gab einen winzigen Fehler.

"Das wird nicht möglich sein, Sir", sagte ich ihm traurig. "Ich muss frisches Licht für die Veranstaltung bekommen. Ich brauche noch ein paar andere Dinge. Und ich brauche etwas Zeit, um all das zu sammeln."

"Aber die Puja ist in drei Tagen, Sohn."

"Ich kann dir garantieren, dass alles bis zur Puja fertig sein wird", versicherte ich ihm. "Bitte geben Sie mir eine Chance, Sir. Ich verspreche dir, dass ich dich nicht enttäuschen oder dem Eigentum der Schule Schaden zufügen werde."

Also, es wurde dann entschieden. Ich wollte das Licht machen. Head Sir gab mir drei Rupien, um die frischen Vorräte zu kaufen, und ich war nicht nur von Dankbarkeit, sondern auch von Verantwortungsbewusstsein überwältigt. Ich konnte es mir nicht leisten, jemanden zu enttäuschen, der so viel Vertrauen in meine Fähigkeiten hatte. Jetzt würde ich nicht ruhen, bis meine Arbeit erledigt war.

Schließlich kam der Tag der Saraswati Puja. Ich erinnere mich an jenes Jahr, als es auf den 16. Februar fiel und mit viel Pomp und Pracht in der ganzen Stadt gefeiert wurde. Die Leute wachten früh am Morgen auf, wuschen sich, zogen sich neue bunte Kleidung an, meist leuchtend gelb, um zu den verschiedenen Puja-Mandaps zu gehen und *Pushpanjali* anzubieten, um die Göttin des Lernens zu beeindrucken und alle ihre Prüfungen zu bestehen. Es war ein Tag, an dem niemand Bücher berühren durfte, da sie 24 Stunden lang zu Füßen der Göttin geweiht werden mussten. Daher haben wir uns jedes Jahr darauf gefreut.

Mädchen in leuchtend gelben oder orangefarbenen Saris und Jungen in bunten Dhotis und Kurtas. Wir konnten auf Saraswati Puja kaum neue Kleidung tragen. Vater konnte sich für so viele von uns keine neuen Kleider leisten. Jedes Jahr erhielten vielleicht drei oder vier von uns abwechselnd neue Kleidung und wir trugen die nächsten drei Jahre die gleiche. Die älteren Jungen tauschten ihre Kurtas miteinander aus, obwohl die Kleidung nicht perfekt zu uns passte, und die Mädchen tauschten ihre Saris aus, so dass sie jedes Jahr etwas anderes tragen konnten.

Auch in diesem Jahr trug ich einen der Hand-me-Downs meines älteren Bruders. Es war schlecht passend, da ich der größte und dünnste Junge in der Familie war und er ziemlich dick und von kürzerer Statur war. Krishna sagte, ich sähe aus wie eine Vogelscheuche und tat mich dann mit dem Frettchengesichtssohn des Nachbarn zusammen, um mich über mein Aussehen lustig zu machen. Allerdings störte es mich am wenigsten, da ich an diesem Tag größere Fische zu braten hatte, und der Versuch, gut auszusehen, gehörte nicht dazu. Und ich hatte mich bereits damit abgefunden, dass ich mit einem Gesicht wie meinem eine Wahrscheinlichkeit von null zu zehn hatte, gut auszusehen, egal wie teuer oder gut zugeschnitten meine Kurta war.

Ich ging mit drei leeren Dosen Babynahrung, drei Haltern, drei Glühbirnen, drei Eisennägeln, einem Dutzend Drähten, einem Holzbrett und etwas Zellophanpapier in verschiedenen Farben zur Schule. Als ich die Schultore erreichte, ging ich direkt in den Raum, in dem das Idol angebetet werden sollte. Meine Freunde waren bereits da und erfüllten die ihnen übertragenen Aufgaben, einige zeichneten *die* Alpana, einige schmückten das Idol mit Ringelblumengirlanden und *Chaand-Malas*. Ein paar von ihnen saßen in einer Ecke und hackten Früchte für den *Prasad*, und ein paar andere schmückten die Tore und Säulen mit der billigeren Art von Girlanden, handgeschriebenen Bannern und Postern mit Zeichnungen der Nachwuchsschüler unserer Schule. Vikash winkte mir zu, als ich ankam. Er sah fröhlich und gutaussehend aus in seiner leuchtend orangefarbenen Kurta und seinem knackigen weißen Dhoti. Er war nicht nur der am besten aussehende Junge in unserer Klasse, sondern auch der am besten erzogene. Ich setzte mich hinter das Idol und holte die gesamte

Ausrüstung nacheinander mit größter Sorgfalt heraus. Ich hatte eine Ersatzlampe und ein paar Halter für den Fall, dass einer von ihnen mich im Stich ließ. Vikash saß daneben

mich, mit neugierigen Augen auf meine kostbare Sammlung zu schauen. "Du weißt, dass ich dein bester Freund bin, oder?", fragte er mich.

aus heiterem Himmel.

"Ja, warum?", fragte ich verwirrt.

"Wenn du Hilfe brauchst, kannst du es mir sagen", legte er seinen Arm um meine Schulter. "Ich weiß, dass du das kannst, Sridhar. Du warst schon immer ein Genie!"

Vikashs Worte wirkten wie ein Katalysator für mich und erfüllten mich mit einem Gefühl der Motivation, mein Ziel zu erreichen und Babulal Sir eines Besseren zu belehren.

Ich machte mich an die Arbeit, schnitt zuerst die geschlossenen Enden der Dosen auf und steckte die Glühbirnen durch sie hindurch. Als nächstes bedeckte ich die Dosen mit den Zwiebeln mit den farbigen Cellophanpapieren - einem roten, einem blauen und einem gelben - und band die Enden des Papiers mit feinem Baumwollfaden. Vikash starrte alles an, seine Augen voller Ehrfurcht und Staunen.

»Wofür sind diese bunten Papiere?«, fragte er.

"Die Glühbirnen werden durch diese Papiere in drei verschiedenen Farben leuchten", sagte ich ihm.

Seine Augen weiteten sich vor Aufregung.

Danach bereitete ich die Platine vor, die mit dem Steckpunkt verbunden werden sollte. Hände zitternd verdrillte ich die Drähte, befestigte die Nägel am Brett und tat alles, was ich aus meinen eigenen Experimenten gelernt hatte. Es war ein langer und komplizierter Prozess, aber in den letzten Nächten hatte ich alle Schritte in meinem Kopf wiederholt, damit an diesem Tag nichts schief gehen konnte.

Als sowohl die Platine als auch die drei Lichtdosen fertig waren, schloss ich die beiden Drähte an den Steckpunkt an. Mein Herz schlug laut und schnell, ich sprach ein schnelles Gebet und drückte den Schalter.

Nichts glühte. Keine einzige Glühbirne.

»Was ist los, Sridhar?«, fragte Vikash ängstlich. "Warum leuchten sie nicht?"

"Die Lichtshow ist vorbei, Jungs!" verspottete Babulal Sir mit einem gutturalen Lachen, das mein Blut zum Kochen brachte. "Du kannst jetzt nach Hause gehen! Gut gemacht, Sridhar! So etwas habe ich in meinem ganzen Leben noch nicht gesehen!"

Es folgten Lacher von Chandu und einigen anderen Jungen meiner Klasse, die sich gerne über andere lustig machten. Und dann packte ich den freien Draht und drückte ihn sanft gegen einen Nagel auf dem Brett. Und genau wie ich es geplant hatte, änderte sich das Spiel.

"Es leuchtet! Es leuchtet!« rief Vikash vor Staunen und Freude. "Die rote Lampe leuchtet!"

Ich berührte den Draht zu dem Nagel, der mit der blauen Lampe als nächstes verbunden war, und es gab ein Keuchen der Überraschung von den Jungs und dann berührte ich den Nagel, der mit dem Draht der gelben Lampe verbunden war. Noch ein Keuchen. Als nächstes platzierte ich die drei Dosen horizontal direkt nebeneinander, wobei ihre Fronten dem Idol zugewandt waren, und wiederholte den Akt mit dem Draht, sodass er jeweils einen Nagel berührte. Und bald lief das Licht von einer Dose zur anderen und wechselte schnell nacheinander die Farbe des Idols, und alles, was ich als nächstes hören konnte, waren Klatschen und Überraschungsausdrücke nicht nur von meinen Batchkameraden, sondern auch von unserem Head Sir, der unbemerkt vorbeigekommen war.

"Was hast du getan, Sridhar?", rief er erstaunt, als das Idol rot und blau und dann gelb leuchtete. "Das ist ausgezeichnet! Wie bist du überhaupt auf diese Idee gekommen?"

Ich lächelte nur, nervös und schüchtern. Meine Lichtshow war das Gespräch der Stadt an diesem Abend und die Leute drängten sich zu unserer Schule, um einen Blick darauf zu werfen. Sie kamen in Scharen an. So etwas hatte noch nie jemand in einer der Puja-Mandaps der Stadt gemacht! Und noch nie war unsere Schule von so vielen Menschen auf Saraswati Puja besucht worden wie 1956. Ich hatte nicht nur die Lichter zum Laufen gebracht, sondern auch das schöne Idol alle drei Sekunden in einer anderen Farbe zum Leuchten gebracht. Die weichen Lichter, die durch die Zellophanschichten gefiltert wurden, verstärkten die Schönheit des Idols und ließen die Pailletten auf ihrem Sari funkeln. Die winzigen Steine auf ihrer Krone glitzerten und die bunten *Chaand-Malas* erschienen größer und heller.

Ein Blick auf die Augen der Göttin und ein Schauer lief mir über den Rücken. Sie schienen direkt in meine zu schauen, versuchten, mir etwas zu sagen, versuchten, eine geheime Nachricht zu übermitteln. Ich wusste, dass ich mich in diesen Augen verlieren konnte, wenn ich sie zu lange ansah, also konzentrierte ich mich stattdessen auf meine Arbeit. Und der Stolz in der Stimme unseres Head Sir, als er mich allen Besuchern vorstellte, war etwas, von dem ich wusste, dass ich es nie in meinem Leben vergessen würde!

Während alle meine anderen Freunde langsam nacheinander herausgefiltert wurden, um die anderen Pandalen zu besuchen, blieb Vikash wie ein wahrer Freund sehr lange zurück und bot mir ab und zu Tee und Kekse an, um mich am Laufen zu halten. Ich konnte meine Lichter nicht einmal für eine Minute in Ruhe lassen, weil die Leute immer wieder kamen und gingen und ich den Draht durch alle drei Nägel ziehen musste, damit die Lichter nacheinander liefen und von einer Dose zur anderen sprangen. Es war viel Handarbeit und ich habe an diesem Abend kaum eine Pause bekommen. Ich habe keinen anderen Pandal außer dem in meiner Nähe besucht. Es war anstrengend und doch berauschend und ich genoss jedes Stück davon, besonders den Teil, in dem die Besucher mich nach meinem Namen fragten, wo ich lebte, in welcher Klasse ich studierte und andere damit verbundene Fragen. Ich hatte mich noch nie so wichtig und stolz gefühlt! Sogar Babulal Sir kam später am Abend zu mir und entschuldigte sich bei mir.

"Es ist in Ordnung, Sir", antwortete ich. "Es hat mir nichts ausgemacht." Du weißt, dass ich gescherzt habe, oder? "

"Ja, Sir, absolut", nickte ich lächelnd. "Du musst dir darüber keine Sorgen machen."

"Es war nicht meine Absicht, dich zu verletzen."

"Ich war überhaupt nicht verletzt, Sir. Du hast mir gleich zu Beginn gesagt, dass du so etwas in deinem ganzen Leben noch nicht gesehen hast."

"Das habe ich nicht", sagte er schuldbewusst.

"Also, natürlich wüssten Sie nicht, was Sie erwarten können, Sir", antwortete ich. "Es war nicht deine Schuld."

Zwischenspiel

"Das war eine wirklich coole Antwort!" Ich bemerkte. "Hast du Ärger bekommen, weil du das gesagt hast?"

"Nein, habe ich nicht", antwortete Großvater. "Tatsächlich war Babulal Sir nach diesem Tag nie unhöflich zu mir. Und Chandu auch nicht."

"Gut für dich", lachte ich. "In der Tat."

"Also, du hast die Schule im Jahr 1957 verlassen, nachdem du die achte Klasse beendet hast, habe ich recht?" Ich kritzelte in mein Notizbuch.

"Ja."

"Was hast du als nächstes getan?"

"Ich habe ein paar Monate in der Jutemühle gearbeitet und dann wurde ich aus meinem Haus vertrieben", murmelte er.

"Du wurdest aus deinem Haus vertrieben?" Mein kleiner Bruder Bonny, der direkt neben unserem Großvater saß und mit einer seiner TV-Fernbedienungen herumspielte, interessierte sich jetzt aktiv für unser Gespräch.

"Ja", stimmte Großvater zu und sah ihn an. "Ich hatte mich gerade eines Abends zum Essen hingesetzt, als mein Vater aus dem Nichts auftauchte, meinen Teller mit Reis trat, ein Glas Wasser über meinen Kopf spritzte und mich aus dem Haus schickte."

»Aber warum?«, fragte mein Bruder und erstickte vor Lachen. "Ich hatte mich geweigert, in der dummen Mühle zu arbeiten, deshalb."

Mein elfjähriger Bruder gaffte wie ein Verrückter, was meinen Großvater sehr amüsierte und so erklärte er es noch einmal, und die urkomische Reaktion meines Bruders auf die Geschichte brachte mich in Schwierigkeiten. Es war schon eine ganze Weile her, seit ich gesehen hatte, wie Großvater sich einem unbeschwerten Vergnügen hingab, und es wärmte mein Herz.

"Wo bist du danach geblieben?" Ich habe ihn gefragt.

"Ich lebte mit meinem Freund Vikash in einem nahe gelegenen Ort namens Palpara", sagte er und erinnerte sich liebevoll an die alten Zeiten. *"Er hat mir in seinem Haus Unterschlupf gewährt. Seine Mutter behandelte mich wie ihren eigenen Sohn. Sie ist eine der freundlichsten Frauen, die ich je gekannt habe. Nicht nur seine Mutter, sein Vater, Großvater, Schwestern waren alle sehr großzügig und fürsorglich... Vikash und ich... wir... wir waren fast wie Geschwister.*

"Ich weiß", antwortete ich und erinnerte mich an ihn.

Früher nannte ich ihn "Kaka", genau wie meine Mutter. Obwohl er im Alter meines Großvaters war, sah er außerordentlich jung und gutaussehend aus, fast wie ein Filmstar der 1970er Jahre. Meine Großmutter hatte mir einmal erzählt, dass er oft in Theatern aufgetreten war und als er Ende zwanzig und dreißig war, sagten alle, dass er wie Rajesh Khanna aussah, der Superstar des indischen Kinos. Seine Augen waren von der Art, die einem das Herz erwärmen, braun, funkelnd und gut gelaunt. Wie gelbe Nelken und eine Tasche voller Sonnenschein strahlte er positive Energie aus und verbreitete Glück, wohin er auch ging. Ich kann mich noch daran erinnern, wie ich auf seinem Schoß saß, mit meinen beiden Pferdeschwänzen, einem Malbuch in der einen Hand und einer Schachtel Wachsmalstifte in der anderen, während er mir unermüdlich lustige kleine Anekdoten aus seiner Vergangenheit erzählte und die uralten Geschichten von Gopal Bhar, Akbar und Birbal, Vikram und Betal, Garne von Thakumar Jhuli und kleine Episoden aus den beiden großen indischen Epen, dem Ramayana und dem Mahabharata.

"Er war ein sehr seltener Mensch", brach mein Großvater in meine Gedanken ein. "Du wirst keine andere Person wie ihn finden." Ich wusste, dass er Recht hatte. Meine Mutter sagte oft, dass Kaka diejenige war, die sie großgezogen hatte, da mein Großvater die meiste Zeit beschäftigt war. Er war wie ein Vater für sie. Er half meiner Großmutter beim Kochen, brachte ihr manchmal Lebensmittel vom Markt, half meiner Mutter beim Unterricht, schenkte ihr all die Liebe und Aufmerksamkeit, die meine Großeltern nicht konnten. Unsere Hunde schwärmten immer um ihn herum, da er ihnen jeden Tag kleine Leckereien brachte. Mit anderen Worten, er war jedermanns Favorit. Als Bruder einer anderen Mutter war er vielleicht der größte Wohltäter, den mein Großvater je hatte. Nachdem er ihm Obdach gegeben hatte, als er obdachlos war, sah er meinen Großvater sowohl durch seine Höhen als auch durch seine Tiefen und stand

wie ein Fels in Zeiten der Not.

Er ist vor fast sechs Jahren verstorben, und ich konnte immer noch nicht akzeptieren, dass er nicht mehr ist. Vor allem wegen der unnatürlichen Art und

Weise, in der er starb. Wann immer ich an dieses freundliche Gesicht, diese wohlwollenden Augen denke, spüre ich einen schmerzhaften Kloß in meiner Kehle. Der Klang seiner sanften Stimme, die Art und Weise, wie er seinen Kopf zurückwarf und herzlich lachte, und die Art und Weise, wie seine Augen bei jeder meiner kleinen Errungenschaften aufleuchteten, sei es eine Zehn auf Zehn in meinen Klassenaufgaben oder eine A+ in meiner Zeichenprüfung, werden nie aus meiner Erinnerung verblassen. Er war uns allen lieb, vollkommen gesund und herzlich, und wir haben ihn verloren, noch bevor wir es wussten. Und was noch tragischer ist, ist die Tatsache, dass er auf dem Weg zu unserem Haus war, als er sich mit dem schrecklichen Unfall traf, der sein Leben kostete.

"Mach dir keine Sorgen um mich", hatte er die Hand meines Großvaters gehalten und mühsam geäußert, bevor sein gebrochener Körper in den Krankenwagen gerollt wurde. "Ich werde in ein paar Tagen als Geige fit sein."

Und er kam nie zurück.

"Es ist traurig, dass wir keine solchen Freundschaften mehr haben", sagte ich. "Freunde, die wie eine Familie sind, die dich lieben und sich ohne Hintergedanken um dich kümmern, die immer bereit sind, zu dir zu stehen, komme, was da wolle."

"Die Zeiten haben sich geändert", antwortete mein Großvater. „Kinder, wo haben sie heute die Zeit, sich tatsächlich mit anderen Menschen zu verbinden? Sieh dir deinen Bruder an. Er hat noch nie einen Freund zu uns nach Hause kommen lassen."

"Ich habe keine engen Freunde", sagte er. "Da ist ein Junge, Rolle Nummer fünfunddreißig, er ist gut zu mir. Ich mag ihn."

"Wie heißt er?" Ich habe meinen Bruder gefragt. Dies war das erste Mal, dass er einen Freund erwähnte.

"Ich erinnere mich nicht an seinen Namen. Aber ich mag die Rolle Nummer zweiundzwanzig nicht. Er isst alle meine Tiffins und kopiert alle meine Hausaufgaben."

"Was ist das für ein seltsames Rollennummern-Ding? Ihr nennt euch nicht beim Namen oder was?"

Mein Bruder zuckte mit den Schultern und beschäftigte sich wieder mit der TV-Fernbedienung.

"Siehst du", sagte Großvater. "Die meiste Zeit sind sie an diese Geräte geklebt und tun, was... ich verstehe nicht wirklich. So funktioniert das nicht. Du warst

nicht so, als du ein Kind warst. Du würdest lesen und singen und schreiben, deiner Großmutter bei ihren Aufgaben helfen, mit den Hunden spielen. Damals war alles ganz anders. Wir waren mehr daran interessiert, mit unseren Freunden zu spielen. Menschen über verschiedene Paras hinweg spielten zusammen. Wir hatten jede Woche Gulli-Danda-Spiele. *Wir hatten nur eine Welt, in der echte Bindungen geknüpft und geschätzt wurden. Außerdem gab es wenig Zugang zu Informationen. Daher gab es den Drang zum Experimentieren, die Chance, Fehler zu machen und tatsächlich aus ihnen zu lernen."*

"Und jetzt entscheiden wir uns meistens dafür, die ausgetretenen Pfade zu gehen. Es scheint, als gäbe es nichts Neues zu entdecken. Alles ist bereits gesagt und getan ", sagte ich.

"Es gibt immer etwas Neues zu entdecken", sagte er mir. "Du musst nur bereit sein, zu opfern."

"Was opfern?"

"Was auch immer dich von der Straße zur Entdeckung wegzieht", sagte er. "Mit anderen Worten, Ablenkungen. Wann immer du auf dem Weg zu einer neuen Entdeckung bist, wird die Welt versuchen, dich auf verschiedene Weise abzulenken. Wenn Sie sich die Welt als eine Person vorstellen, ist es eine Person, die sehr geheimnisvoll ist. Es steckt so viel mehr dahinter, als es dir zeigt. Es belügt dich oft und führt dich in die Irre, um seine Geheimnisse zu schützen. Die meisten von uns bleiben mit der Welt zufrieden, so wie wir sie sehen. Aber es gibt einige, die nie zufrieden sind, die die Verkleidung durchschauen können. Sie beginnen zu erforschen, um die Geheimnisse der Welt zu enthüllen. Und in dem Moment, in dem die Welt einen Hauch davon bekommt, wie jeder Mensch, wird sie defensiv und schickt verschiedene Hindernisse aus, um ihren Weg zu blockieren. Es handelt aus Selbsterhaltung. Diese Hindernisse nehmen die Form von... Menschen und Umständen in deinem Leben an, die alle versuchen, dich vom Weg zur Entdeckung in die Irre zu führen." Ich nickte und war erstaunt, wie gut er seine Gedanken artikulierte.

"Und Sie müssen erkennen, dass es weder mit den Menschen noch mit den Umständen zu tun hat", fuhr er fort. "Sie sind nicht schuld. Es ist nicht so, dass sie schlechte Menschen sind. Es ist nur so, dass ihre Prioritäten sich sehr von Ihren unterscheiden. Sie sind also nicht die, gegen die du kämpfen solltest. Es ist alles zwischen dir und der Welt. Und hier steht man vor der Wahl, aufzugeben oder weiterzumachen. Wenn du dich für letzteres entscheidest, musst du die Menschen aufgeben, die versuchen, dich zu führen... dich in die Irre zu führen. Du musst

dich von ihnen distanzieren, Isolation suchen, wenn das notwendig wird. Noch einmal, ich sage nicht, dass sie schlechte Menschen sind, aber sie werden vielleicht nie verstehen, woher du kommst... weil... weil... weil..."

"Weil sie nicht ich sind", beendete ich.

"Ja", seine Augen leuchteten auf. "Und Sie müssen auch angesichts eines Unglücks, das auf Sie zukommen könnte, stark sein, egal wie körperlich oder emotional anstrengend es auch sein mag. Das Leben geht weiter. Du musst auch weitermachen. Du kannst nicht stecken bleiben, wo du bist. Wir haben nicht die ganze Zeit. Tun Sie, was Sie können, um sich aus dem Problem herauszuziehen und wieder auf eigenen Beinen zu stehen. Wir können nicht kontrollieren, was mit uns passiert... aber... aber bis zu einem gewissen Grad können wir kontrollieren, wie wir darauf reagieren. Gib niemals das Leben auf, egal wie schwer es wird. Überleben ist die größte Herausforderung. Alles kommt danach."

Ich nickte erneut.

"Die Dinge werden nie so passieren, wie du es willst. Aber wer erfolgreich sein will, muss sich an das Chaos gewöhnen. Du musst den Komfort opfern. Sie können nicht erwarten, ein sehr komfortables Leben zu führen, Ihre Mahlzeiten zur richtigen Zeit einzunehmen, zehn Stunden zu schlafen, Zeit mit Familie und Freunden zu verbringen, Ihre Hobbys zu üben und so weiter, wenn Sie wirklich etwas suchen. Wir... wir haben nicht die ganze Zeit, Liebes. Ein gutes Leben ist etwas, das ausschließlich den Privilegierten zur Verfügung steht, denen, die sich keine Sorgen machen müssen, was sie nachts essen oder wo sie schlafen werden oder was sie mit ihrem Leben anfangen wollen."

"Das ist so wahr. Du hast absolut recht, Dadu."

"Aber andererseits solltest du auch deine Grenzen kennen. Wir alle haben unsere Grenzen. Nicht jeder ist für alles gemacht. Wir sind nicht alle auf die gleiche Weise geschaffen."

"Wie erkenne ich die Leute, die versuchen könnten, mich in die Irre zu führen?" fragte ich.

"Das wird dir dein Bauchgefühl sagen", antwortete er. "Der Bauch lügt nie. Sie könnten in Form von Freunden, Verwandten, Angehörigen, Fremden oder sogar Eltern kommen."

"Wie deine Eltern."

"Ja. Sie haben mich nie unterstützt. Also, ich... ich musste mich von ihnen distanzieren, auch wenn ich es nicht wollte. Hätte ich ihren Rat befolgt und weiter in der Mühle gearbeitet, wäre ich nie in der Lage gewesen, meinen Träumen nachzujagen. Ich wäre nie die Person, die ich heute bin."

"Was ist, wenn ich nicht stark genug bin, um diese Leute aufzugeben? Was ist, wenn sie mir zu nahe stehen?"

"Mach dir darüber keine Sorgen", antwortete er mit einem Lächeln. "Die richtigen werden immer bleiben. Wie deine Großmutter. Sie gab mich nie auf, egal wie schwierig die Dinge für sie wurden. Sie brachte unzählige Opfer, damit ich an meinen Zielen arbeiten konnte. Ich fühle mich wirklich schuldig, wenn ich darüber nachdenke, wie sie ihr eigenes Potenzial verschwenden musste, damit ich meine Ziele erreichen konnte. Als ich jung war, war ich zu hitzköpfig und stolz, all das anzuerkennen. Jetzt fühle ich mich sehr schuldig. Die Tatsache, dass deine Großmutter ihre eigenen Träume nicht erfüllen konnte, um sich um die Familie zu kümmern, ist eines meiner größten Bedauern im Leben. Aber sie hat sich nie beschwert, und sie ist immer geblieben."

"Was ist, wenn sie nicht bleiben?"

"Nun, dann musst du sie loslassen", antwortete er. „Wenn Sie sich wirklich auf etwas festgelegt haben, gibt es immer einen Preis, den Sie zahlen müssen. Sei mit Menschen zusammen, die dir beim Wachsen helfen, nicht mit denen, die versuchen werden, dich zu sticheln."

"Glaubst du an Glück oder Schicksal?"

"Ich würde gerne glauben, dass wir unser eigenes Schicksal bestimmen", sagte er. "Und Glück ist nur ein Klumpen Lehm in unseren Händen. Es nimmt jede Form an, die wir ihm geben können. Aber leider stimmt das nicht. Ich habe nie an Astrologie oder Horoskope geglaubt, aber ich weiß, dass Privilegien Ihnen definitiv einen Vorsprung verschaffen. Du bist bereits im Leben voraus, wenn du ein starkes Unterstützungssystem hast, wenn du in der Lage bist, dich dreimal am Tag zu ernähren. Nicht viele Menschen haben das Glück, all das zu haben. Du kannst nicht ändern, wo du geboren bist. Aber bis zu einem gewissen Grad können Sie ändern, was danach passiert. Aber auch hier gilt das nicht für alle. Ob Sie in der Lage sind, Ihre Lebensumstände zu ändern oder nicht, hängt von einer Vielzahl externer Faktoren ab, die möglicherweise nicht in Ihrer Kontrolle liegen. Also, ähm... ich habe keine Antwort auf diese Frage."

"Ich habe auf diese Weise großes Glück. Ich habe den nötigen Vorsprung." "Stimmt", nickte er. *"Aber was mich wirklich glücklich macht, ist, dass man das nie für selbstverständlich hält. Du bist ein starkes Kind. Du hast schon sehr früh im Leben viel durchgemacht, aber... aber du hast dir nie erlaubt, wie ein Opfer behandelt zu werden. Ich bin sehr stolz auf dich."*

Ich spürte einen köchelnden Schmerz in meinem Herzen, der mich zu ertränken drohte, aber ich versuchte mein Bestes, es nicht zu zeigen.

"Es war für mich möglich, weil ich immer ein starkes Unterstützungssystem hatte", sagte ich ihm. *"Etwas, das du als Kind nie hattest."*

"Deine Mutter auch nicht", schaute er nach unten. *"Obwohl sie mein Kind war. Ich konnte mich kaum um sie kümmern. Das ist ein weiteres großes Bedauern, das ich habe. Sie hätte so viel mehr verdient." "Ich habe viel durchgemacht, ich stimme zu, aber ich wurde immer versorgt"*, sagte ich ihm. *"Manchmal frage ich mich, ob das ein schlechter*

ding."

"Warum scheint es eine schlechte Sache zu sein?" Er sah mich fragend an.

"Ich habe ständig das Gefühl, dass ich dem Universum eine große Schuld schulde, weil ich hier in dieser Familie geboren wurde. Und wann immer ich mich mit etwas unzufrieden fühle, wann immer ich das Gefühl habe, dass mir in irgendeiner Weise Unrecht getan wurde, frage ich mich, ob ich mir überhaupt erlauben sollte, mich enttäuscht zu fühlen. Verdiene ich es überhaupt, mich zu beschweren?" "Es ist gut, dass Sie wissen, wie Privilegien funktionieren, und Sie haben keine Angst, es zuzugeben", sagte er. *"Aber das bedeutet nicht unbedingt, dass deine Erfahrungen nicht gültig sind. Es stimmt, dass ich keine bestimmten Privilegien hatte, die du als Erwachsener hattest, wie eine unterstützende Familie, die dir beim Wachsen geholfen hat, eine gute Unterkunft und alle anderen Notwendigkeiten des Lebens, aber du hattest auch nicht die einfachste Zeit, aufzuwachsen. Es gibt absolut nichts, wofür du dich schämen solltest."*

Der Kloß in meiner Kehle war wieder da.

"Du bist ein guter Mensch", fuhr er fort. *"Ein wenig einsam. Kümmern Sie sich immer um Ihre eigenen Angelegenheiten. Mach dein eigenes Ding. Aber du bist immer aus dem Weg gegangen, um anderen in Not zu helfen. Und... und du hast dein Privileg nie missbraucht."*

"Das ist eine Menge Lob. Du beschämst mich jetzt."

Ich kratzte an meiner Schläfe. Ich wollte das Thema wechseln, weil ich angefangen hatte, mich selbstbewusst zu fühlen. "Kannst du mir ein bisschen über deine Eltern erzählen? Warum haben sie dich nicht unterstützt?"

"Meine Mutter war immer allergisch gegen all die Dinge, die wir uns nicht leisten konnten", *sagte er mir.* "Ich konnte nicht verstehen, warum. Für sie war alles, was besser war als das, was wir hatten, unnötig, und ein Verlangen nach ihnen auszudrücken, war sündhaft. Wir mussten mit unserem Los strikt zufrieden sein und niemals den Mund aufmachen, um uns zu beschweren. Schon als Kind fand ich etwas von Natur aus Problematisches an ihrer Denkweise. Wenn wir keine Träume und Bestrebungen hätten, wie würden wir jemals unsere Situation ändern? Wie oder warum ist es falsch zu träumen? Aber laut meiner Mutter hatten wir nicht das Recht, von einem besseren Leben zu träumen, weil wir arm waren. Wir durften uns nicht dem Träumen hingeben, weil sie es für einen Luxus hielt. Auch die Einstellung meines Vaters war ähnlich. Er mochte es, auf Nummer sicher zu gehen und immer wieder dasselbe zu tun. Das lag vielleicht daran, dass er so viele Münder zu füttern hatte. Er konnte es sich nicht leisten, abenteuerlustig zu sein. Später im Leben konnte ich verstehen, warum er so war, wie er war. Ich sage nicht, dass sie falsch lagen und ich recht hatte, aber ich wusste, dass ich ganz anders war als sie."

"Ich verstehe."

"Ich konnte mir nie vorstellen, mit meinem Los vollkommen zufrieden zu sein", *fügte er hinzu.* "Sich niederzulassen schien, als würde man die Niederlage akzeptieren. Ich kann nicht sagen, ob ich Recht oder Unrecht hatte, aber ich war nicht glücklich mit der Art und Weise, wie die Dinge waren. Ich wollte meinen Kopf mit Stolz hochhalten können. Ich wollte mir ein besseres Leben schaffen. Ich habe nie jemandem die Schuld für meine Situation gegeben, am allerwenigsten meinem Vater. Aber der Gedanke, den Rest meines Lebens wie mein Vater zu verbringen, eingesperrt in einer kleinen Stadt, all meine Stunden in einer Fabrik oder einer Jutemühle zu verbringen, völlig ahnungslos gegenüber dem Rest der Welt, apathisch gegenüber einem besseren Leben, hat mich entnervt. Es gab eine ganze Welt da draußen, die darauf wartete, erkundet zu werden. So viele Orte zu sehen... so viele Länder zu besuchen... so viele verschiedene Dinge zu tun und nur ein Leben, um alle Wünsche des Herzens zu erfüllen."

Ich nickte lächelnd.

"Es ist erschreckend, wie wenig Zeit wir alle haben!", *fuhr er fort.* "Ich konnte es mir nicht leisten, mein ganzes Leben in Anonymität zu verbringen und dann eines Tages *zu sterben, ohne eine Spur hinterlassen zu haben. Es schien mir kein lebenswertes Leben zu sein. Ich hatte Träume. Mit meinem Los vollkommen zufrieden zu sein und nie zu wagen, Risiken einzugehen, schien keine gute Art zu leben zu sein."*

"Was genau ist zwischen dir und deinen Eltern passiert, als du dich geweigert hast, in der Mühle zu arbeiten?"

"Ich hatte mich geweigert, in der Mühle zu arbeiten, die mir alle zwei Wochen ein stabiles Einkommen garantiert hätte. Das war ein großes Risiko angesichts der finanziellen Situation meiner Familie zu diesem Zeitpunkt. Natürlich wurde ich von meinen eigenen Eltern und Geschwistern "egoistisch", "das schwarze Schaf der Familie" und so viele andere Namen genannt. Aber ich sehe das alles als Teil meines Kampfes. Tatsächlich schaue ich jetzt zurück und sehe es als Segen. Wenn ich mich mit ihnen leicht zurechtfinden würde, wenn ich alle Annehmlichkeiten und Privilegien, das Gefühl der Sicherheit und Stabilität hätte, würde ich bald selbstgefällig werden. Es ist mein Kampf, der mich gelehrt hat, jede Kleinigkeit, die ich später erreicht habe, wertzuschätzen. Es gab mir auch ein Gefühl der Erfüllung, weil ich weiß, wie hart ich für jedes bisschen gearbeitet habe, das ich verdient habe. Nichts wurde mir jemals auf einem Teller gegeben."

"Erzähl mir bitte mehr darüber."

Sommer 1957

"Deine Mutter hat mir erzählt, dass du in letzter Zeit nicht zur Schule gegangen bist", sprach mein Vater eines Morgens das Thema an, während er in kreisenden Bewegungen ein Stück Alaun über seine frisch rasierten Wangen rieb.

"Ja", antwortete ich furchtlos. "Ich sehe keinen Sinn mehr, zur Schule zu gehen. Keiner meiner Brüder studierte über die achte Klasse hinaus. Ich habe wie sie gearbeitet und Geld verdient."Du meinst, ein paar Lampen und Ventilatoren hier und da zu reparieren und kaum fünf Rupien pro Woche einzubringen, oder?", sagte mein

vater mit etwas Spott in der Stimme.

"Ich habe gerade erst angefangen, Baba", erklärte ich. "Gib mir etwas Zeit. Und ich habe gute Arbeit geleistet. Du kannst jeden in der Nachbarschaft fragen, sie werden es dir sagen. Langsam werde ich das erweitern, immer mehr Reparaturen durchführen und wenn ich genug Ersparnisse habe, kann ich einen eigenen Laden wie Sudha Kaka eröffnen.'

"Wir haben nicht den Luxus zu warten, *Khoka*", antwortete Vater. "Wir haben auch nicht den Luxus, groß zu träumen.

Und du willst einen Shop eröffnen? Geschäfte machen? Wie alt sind Sie? Du bist kaum vierzehn! Was passiert, wenn Ihr Unternehmen Verluste erleidet? Wer bezahlt Ihre Mitarbeiter? Und wie lange müssen wir genau warten, bis Sie Ihren eigenen Shop einrichten und anfangen, Gewinne zu erzielen?'

"Ein paar Jahre."

"Wie viele meinst du mit" wenige "?", fragte er streng. "Ich kann mir nicht sicher sein."

"Das ist das Problem mit dem Geschäft", sagte mein Vater. "Man kann sich nie sicher sein. Laxmi ist erwachsen geworden. Wir haben uns auf die Suche nach einem passenden Match gemacht. Und weißt du, was diese Worte bedeuten?"

"Welche?", fragte ich verwirrt. "Passende Übereinstimmung?"

"Ja", nickte er. "Es bedeutet mehr Mitgift. Du hast fünf Schwestern. Glaubst du, deine beiden älteren Brüder und ich können alle ihre Ehen allein finanzieren? Kartik ist noch zu jung, um die Schule abzubrechen und Arbeit zu finden. Krishna muss ein weiteres Jahr studieren."

"Was kann ich tun, um zu helfen, Baba?"

"Lass den ganzen Elektrizitätswahnsinn und tritt in die Mühle ein", antwortete mein Vater. "Ich arbeite jetzt seit über zwanzig Jahren dort, ich kann dir leicht einen Platz besorgen. Sie müssen jeden Tag zur Arbeit gehen, aber Sie werden gutes Geld bekommen. Fast das Doppelte von dem, was du jetzt verdienst."

"Aber, Baba, das ist es, was ich schon immer tun wollte. Ich will nicht in der Mühle arbeiten."

Mein Vater, der den Faden seines Pyjamas knüpfte, drehte sich um, um mir in die Augen zu schauen. Er sagte kein Wort. Nur seine Augen sprachen. Und dieses Mal starrten sie mich an. Er warf sein Stück Alaun aus dem Fenster, stellte sein Glas Wasser mit einem scharfen Knall auf den Tisch und schrie nach meiner Mutter.

"SARASWATI!"

Sie eilte sofort mit ungepflegten Haaren aus der Küche, das lose Ende ihres zerrissenen und verfärbten Saris um ihre Taille gelegt, einen öligen Spachtel in der einen Hand und den Rollstift in der anderen.

"Was ist passiert?", fragte sie nervös.

»Ist mein Tiffin fertig?«, fragte er mit Vollmacht. "Ja, das ist es."

»Worauf wartest du dann?«, brüllte er. "Gib es mir!"

Mutter eilte zurück in die Küche, ließ ihren Spachtel in Eile fallen und geriet dann in Panik, weil sie die Kiste nicht finden konnte. Vater wollte nicht warten. Er wollte, dass sich meine Mutter schuldig und verantwortlich für das ganze Ereignis fühlt, und das war seine Art, es zu tun. Die Wut, die er ursprünglich für mich empfand, wollte er an meiner Mutter auslassen, weil sie ein leichtes Ziel für ihn war. Sie sprach nie zurück, sie befragte ihn nie, sie nahm alles auf und litt schweigend. Also ging er ohne den Tiffin, den sie so sorgfältig für ihn vorbereitet hatte. Er wusste, dass sie krank war, aber er entschied sich immer noch, gnadenlos zu sein. Er schlug auf dem Weg nach draußen die Tür zu und murmelte vor sich hin, dass er uns nicht länger sehen konnte. Als meine Mutter mit seinem Tiffin aus der Küche kam, war er schon weg. Sie sank mit einem schweren Seufzer auf den Boden, ihre Hände waren ganz klebrig und weiß, ihre Stirn war von Schweiß durchzogen.

"Dieser Mann kann es kaum erwarten", murmelte sie atemlos, während ich ihr ein Glas Wasser anbot und ihr mit einem zerlumpten Handtuch den Schweiß von Stirn und Hals rieb.

Sie schob mich mit äußerster Abneigung weg: "Geh weg von mir! Meine Hüften reißen!"

Mein Vater kehrte in dieser Nacht nicht nach Hause zurück. Er schickte die Nachricht durch Vishnu Kaka, seinen Freund und Kollegen, dass er für ein paar Wochen Überstunden machen würde, um zusätzliches Geld für Laxmis Hochzeit zu verdienen. So kann er vielleicht nicht jeden Tag nach Hause zurückkehren. Zwei Tage vergingen ohne viel Zeremonie. In der dritten Nacht kehrte er nach Hause zurück, einige Stunden nachdem Rampeyari, der Anzünder, mehrmals seine alte Leiter auf und ab geklettert war, die Dochte der Straßenlaternen getrimmt, die Ölflecken abgewischt und akribisch Öl in jede der Laternen gegossen hatte, die die Straße vor unserem Haus säumten.

Vater sprach mit niemandem. Er sah mich kaum an. Er aß sein Abendessen schweigend, ging früh ins Bett und stöhnte dann die ganze Nacht, um jeden von uns wach zu halten. Er hatte anscheinend einen Körperschmerz. Mutter blieb die ganze Nacht wach und massierte seine Hände und Beine, obwohl sie selbst in den letzten zwei Tagen kaum etwas gegessen hatte. Ich konnte nicht sagen, ob mein Vater wirklich krank war oder ob er nur etwas tat, damit ich mich schuldig fühlte. Aber sobald der Hahn am nächsten Morgen krähte und die Flammen in den Laternen nacheinander erloschen, saß er aufrecht auf seinem Bett, nahm ein hastiges Bad, kaute abgestandene Chapati, stürzte sie mit Wasser nieder und ging zur Mühle. Er kehrte für weitere vier Nächte nicht nach Hause zurück. Die ständige Sorge meiner Mutter um die Gesundheit meines Vaters machte mich unglücklich. Sie flehte mich an, in die Mühle zu gehen und ihm zu helfen, damit er keine Überstunden auf Kosten seiner Gesundheit machen müsse.

Eines Tages hörte ich sie zu Laxmi sagen: "Dein armer Vater arbeitet Tag und Nacht so hart, um dir eine gute Hochzeit zu bescheren, aber sieh dir deinen Bruder an, der den ganzen Tag auf seinem Hintern sitzt! Ich kann mir nicht vorstellen, wie ein Kind so immun gegen das Elend seines Vaters sein kann."

Ich konnte mir nicht vorstellen, wie eine Mutter den Kampf ihres Kindes so vergessen konnte! Ich saß nicht den ganzen Tag auf meinem Arsch. Ich war kaum zu Hause. Tatsächlich hatte ich mehr Reparaturarbeiten aufgenommen, meine Raten erhöht und erst in der Vorwoche einen Pauschalbetrag von zehn Rupien verdient. Genau so viel würde ich in der Mühle verdienen. Ich habe keine Pausen eingelegt. An manchen Tagen habe ich sogar das Mittagessen ausgelassen. Mutter wusste davon. Ich machte ihr klar, dass Vater keine Überstunden machen musste, dass es nicht wirklich notwendig war. Ich hatte auch eine Lehre bei einem Tischler in Bagbazar absolviert, der mir Holzarbeiten beibrachte. Auch dort habe ich ein kleines Stipendium verdient. Es schien, als würde nichts, was ich tat, jemals anerkannt werden, wenn ich mich nicht der Mühle anschloss. Und dann kam Bishnu Kaka an diesem Abend vorbei, um uns mitzuteilen, dass mein Vater schwer erkrankt war und an diesem Nachmittag ins Krankenhaus gebracht werden musste. Meine Mutter brach in Tränen aus und beschuldigte mich nun offen, der Grund für all das zu sein. Ich war am Ende meines Verstandes.

Am nächsten Morgen stand ich früh auf, um meinen Träumen Lebewohl zu sagen. Ich trug ein sauberes altes Hemd, eine halbe Hose und meine üblichen Chappals und machte mich mit leerem Magen, gebrochenem Herzen und Tränen in den Augen auf den Weg in die Mühle. Eine zwanzigminütige Bootsfahrt über den Fluss Hooghly und ich waren dort. Aber was mich völlig überrascht hat, war die Tatsache, dass auch mein Vater in der Mühle war und er überhaupt nicht krank aussah. Ich war sehr erleichtert, aber auch verblüfft. Er schien sich nicht zu freuen, mich in der Mühle zu sehen, und zu diesem Zeitpunkt kümmerte es mich nicht einmal. Mein Magen knurrte hin und wieder und ich sehnte mich nach etwas von dem Tee, den die Arbeiter um mich herum genossen. Als ich eingeschrieben wurde, hielt mein Vater eine Fassade aufrecht, die mir zu sagen schien, dass es ihm eigentlich egal war, ob ich in die Mühle kam oder nicht, weil er durchaus in der Lage war, das Notwendige selbst zu tun. Er sah nicht unwohl aus, nur schlaflos. Er lief ziemlich mühelos herum, sprach mit den anderen Arbeitern, untersuchte die Maschine und achtete auf notwendige Reparaturen. Er wollte mich wissen lassen, dass er mich nicht brauchte, um für ihn da zu sein. Aber ich wusste, dass ich da sein musste, obwohl ich es nicht wollte, dass dies alles ein Trick war, um mich so schnell wie möglich einzuschreiben. Ich hatte die Anschuldigungen und den Spott satt, hatte es satt, immer wieder zu hören, dass ich geboren wurde, um meine Familie zu verschlingen, und dass ich mir absolut keine Sorgen um jemanden außer mir selbst machte. Jetzt, da ich in der Mühle war und genau das tat, was er von mir wollte, erkannte er mich immer noch nicht an. Das war in Ordnung. Ich hätte wenigstens etwas Ruhe. Mir wäre es lieber, er würde nicht mit mir sprechen, als mich immer lächerlich zu machen, wenn ich versuchte, eine Rede zu beginnen. Denn ich wusste, wenn ich zu Hause bliebe und meine Reparaturarbeiten fortsetze, würden alle meine Mahlzeiten in meiner Kehle stecken bleiben, mein Bett würde sich wie ein Stein anfühlen und ich würde Tag für Tag daran erinnert werden, dass ich mich schämen sollte, unter seinem Dach zu leben und nicht genug Miete zu zahlen.

"Du wirst diese Entscheidung nicht bereuen." Das waren die einzigen Worte, die er zu mir sprach, während wir an diesem Abend auf dem Weg nach Hause waren. "Bettler können keine Wähler sein, Sohn."

"Hmm", antwortete ich und erstickte ein Gähnen. Ich konnte ihm sagen, dass es nicht wirklich meine Entscheidung war, dass er derjenige war, der mich in all das manipuliert hatte, dass ich mehr mit meinen Reparaturen und meiner Schreinereiarbeit verdient hätte. Aber es war nicht so, als ob er sich dessen nicht bewusst wäre. Wenn es um Baba ging, galt die Vernunft nicht, Gehorsam war alles, was gültig war. Unerschütterlicher, bedingungsloser Gehorsam. Ob das, was er vorschlug, logisch war oder nicht, wir mussten ihm gehorchen. Ich verzichtete jedoch darauf, den Mund aufzumachen, weil ich keinen Ärger mehr machen wollte. Außerdem ließ mich die Schaukelbewegung des Bootes in Verbindung mit der allmählichen Verdunkelung des Abendhimmels schläfrig werden.

In den nächsten Tagen erfuhr ich im Detail, wie rohe Jute zu Stoff verarbeitet wurde. Es war ein aufwendiger Prozess und in den ersten Tagen hat es mir Spaß gemacht. Riesige Lastkähne, beladen mit Juteballen, kamen jeden Morgen am Fluss an. Die Ballen wurden dann entladen und in der Godown aufbewahrt, wo sie schließlich nach ihrer Qualität klassifiziert wurden. Es gab weiche Jute und harte Jute, die jeweils für die Herstellung verschiedener Gegenstände verwendet wurden. Die Ballen wurden dann gelockert und mit dem Jute-Batching-Öl (JBO) behandelt, einer Chemikalie, die die Fasern entwirrte und den braunen Jute-Strähnen ein haarähnliches Aussehen verlieh. Die entwirrte Jutemasse wurde dann durch die Streumaschine geleitet, die ein Bündel kammartiger Strukturen aufwies, die die Jutefasern ausrichteten. Es erinnerte mich daran, wie meine Schwestern sich um ihr üppiges, schwarzes, verworrenes Haar kümmerten, es zuerst aus dem festen Halt ihrer Brötchen lösten, dann akribisch von den Wurzeln bis zu den Enden ölten und dann langsam mit Kämmen glätteten.

Ich liebte es zu sehen, wie Jutetuch hergestellt wurde. Ich lernte etwas Neues, und das war definitiv ganz anders als das, was ich bereits wusste. Es gab so viele Maschinen, von denen ich nie wusste, dass es sie gibt, die Karde, die Ziehmaschine, Streuer und Spinner. Aber nach einem Monat schien die Wiederholung des gesamten Prozesses das Lebenselixier aus mir herauszusaugen. Es gab keinen Raum für Innovationen, keinen Platz für die Phantasie. Wiederholung!

Wiederholung! Ich lebte mein Leben nach der Uhr und tat jeden Tag dasselbe Undenkbare wie eine Maschine. Ich fühlte mich nicht wie ein Mensch. Ich fühlte mich wie eine Nummer, ein Paar Hände, die an einer unscheinbaren Struktur befestigt waren, die keine eigenen Wünsche oder Wünsche haben durfte. Ich fragte mich, wie mein Vater es geschafft hatte, über zwei Jahrzehnte hier zu arbeiten. Ich sah meine Kollegen an und fragte mich, wie sie Zufriedenheit in der Arbeit fanden, die sie jahrelang jeden Tag wiederholten. Wir waren alle in einer Art Lähmung gefangen, unsere Existenz reduzierte sich auf nichts als bloße Hände. Wie konnten sie es nicht sehen? Der *Maalik* kümmerte sich nicht einmal darum, ob wir lebten oder starben.

Außerdem herrschte eine große Uneinigkeit unter den Arbeitern. Sie gerieten oft in Schlägereien, Auseinandersetzungen und Missverständnisse und es schien, als gäbe es immer eine Art unausgesprochenen Krieg zwischen den hinduistischen Arbeitern und den muslimischen Arbeitern. Mit jedem Tag schwand meine Motivation. Der einzige Teil des Tages, auf den ich mich freute, war die Heimreise, die Bootsfahrten über den Fluss, die Abendtrance, die durch den Gesang des Bootsmanns ausgelöst wurde, die untergehende Sonne, die den Himmel mit Mandarinen-, Zinnober- und Auberginenfarben durchzieht, die sanften Geräusche des Flusswassers, das an den Rudern vorbeirauscht, am Ufer durch eine kleine Tasse Zitronentee geweckt wird und dann mit schweren Schritten und einem Kopf voller Träume den ganzen Weg zurück nach Hause geht.

Und dann, eines Tages, verlangte einer von uns mehr Löhne. "Aber du bist gerade beigetreten!", antwortete der Manager.

"Warum sollten die anderen mehr Lohn für die gleiche Arbeit bekommen, die ich mache?, fragte Rahim bhai.

"Aus dem einfachen Grund, dass sie seit Jahren hier arbeiten. Sie haben mehr Erfahrung. Du lernst immer noch dazu. Sobald Sie den gesamten Prozess gelernt haben und eine Weile hier gearbeitet haben, werden Sie genau wie sie bezahlt.'

"Aber ich kenne den gesamten Prozess bereits! Ich arbeite hier seit über drei Monaten! Ich trage genauso viel zur Produktion bei wie sie."

"Hör zu, Mann, Regeln sind Regeln. Sie müssen befolgt werden. Ich bin ein Manager, ich bezahle die Arbeiter nicht. Ich selbst bin ein bezahlter Angestellter, genau wie Sie. Wenn du mehr Lohn willst, musst du leider mit dem Maalik *sprechen*."

Ich sah, wie Rahim bhai die Kabine des Managers mit einem verzweifelten Gesichtsausdruck verließ, und später am Nachmittag, als er ganz allein in einer Ecke saß und seinen Tee trank und ein paar Brote aß, ging ich auf ihn zu und fragte: "Was ist los, Rahim bhai?"

"Der Manager wird meinen Lohn nicht erhöhen", antwortete er, ohne nach oben zu schauen. "Er sagt, es hängt alles vom Maalik *ab*. Amma ist sehr krank. Meine vier Schwestern sind alle unverheiratet. Ich bin das einzige verdienende Mitglied in meiner Familie. Ich weiß nicht, wie lange ich hier arbeiten muss, um so viel zu verdienen wie die anderen. Wie viel zahlen sie dir?"

"Zehn Rupien", antwortete ich.

"Und du arbeitest hier seit...?" "Einen Monat." "

"Nur einen Monat...", lachte er. "Ich arbeite hier seit über drei Monaten. Und sie zahlen mir nur sieben Rupien.' 'Das ist so falsch! Das wusste ich nicht, Rahim

bhai ", sagte ich zu ihm. "Lass mich mit dem Manager sprechen."

"Wofür?" Er sah mich ungläubig an. "Du weißt, dass es für keinen von uns gut enden wird."

"Warum nicht?", antwortete ich. "Das ist nicht richtig. Sie sollten dir auch zehn Rupien zahlen. Du bist schon länger hier als ich. Wir müssen uns dagegen aussprechen. Ich bin sicher, die anderen werden uns auch beistehen. Kommst du mit mir?"

Als wir zurück in die Kabine des Managers gingen, lehnte er sich in seinem Stuhl zurück, wirbelte seinen Schnurrbart und rauchte ein *Bidi*. Wir standen zögernd vor seiner offenen Tür. Und dann räusperte ich mich endlich und sagte ein lautes und unmissverständliches „Sir".

Er sah zu mir auf, seine Brille hing an der Nasenspitze.

»Was ist jetzt *der* Jamela?«, fragte er mit kehliger Stimme.

"Sir, ich glaube, es ist ein Fehler passiert."

»Was für ein Fehler?«, erkundigte er sich kalt und ließ einen dicken Rauchstrom durch seine Nasenlöcher ausströmen.

"Sir, ich arbeite erst seit einem Monat hier, aber ich werde mehr bezahlt als..."

"Schau, Junge", hob er steif eine Hand und schnitt mich ab. "Du bist hierher gekommen, um dich für diesen muselmanischen Kerl einzusetzen, nicht wahr?"

"Sein Name ist Rahim, Sir."

"Es ist mir egal, wie er heißt", winkte er abweisend mit der Hand. "Ich weiß, wofür du hier bist, und bevor du in seinem Namen sprichst, lass mich dir sagen, dass es wirklich nicht meine Verantwortung ist. Wenn du willst, kannst du mit dem *Maalik* darüber sprechen. Ich befolge nur seine Befehle. Er ist es, der entscheidet, wer wie viel bezahlt bekommt."

"Aber das ist nicht richtig!" rief Rahim bhai frustriert. "Wann immer ich komme, um mit dir zu reden, sagst du dasselbe! Ich habe den Maalik noch nie *gesehen*. Nicht einmal in drei Monaten! Wo soll ich ihn finden? Bist du nicht derjenige, der ihm unsere Beschwerden mitteilen soll? Ist das nicht deine Aufgabe?"

Es folgten fünf Sekunden absoluter Stille.

"Wie kannst du es wagen, in meinem Zimmer zu stehen und mit mir in diesem Ton zu sprechen?" Der Manager ließ seinen Schnurrbart in Ruhe, setzte sich jetzt auf und stellte seine Brille heftig nach. "Du wirst nicht dafür bezahlt, mich daran zu erinnern, was mein Job ist."

"Sir, bitte lassen Sie sich nicht beleidigen", versuchte ich, ihn zu beschwichtigen. 'Rahim bhais Mutter ist extrem krank. Es war sehr schwierig für ihn, eine sechsköpfige Familie zu führen..."

"Ich rede nicht mit dir!", unterbrach er mich wieder grob.

Rahim bhai stand neben mir, seine Augen auf den Boden gerichtet. Und genau in diesem Moment wusste ich, dass wir nichts tun konnten.

Und dann fing alles an, an diesem Nachmittag, nach dem Mittagessen. Zwischen Rahim bhai und einigen der anderen Arbeiter brach eine Schlägerei aus. Ich wusste nicht, worum es ging, aber nach dem, was ich gesammelt hatte, hatte Rahim bhai wahrscheinlich versehentlich eine Dose Chargenöl fallen lassen. Es verschüttete sich überall. Jemand rutschte aus und fiel flach auf den Hintern. Das sorgte für Aufruhr. Der Manager kam vorbei und beschuldigte ihn, ihn absichtlich fallen gelassen zu haben, weil sein Gehalt nicht erhöht wurde. In seiner Wut schob Rahim bhai den Manager von sich weg, und einige der anderen Arbeiter stellten sich zusammen, um ihn sofort anzugreifen. Das war das erste Mal, dass ich Rahim bhai weinen sah. Als die anderen ihn beschuldigten, die Beherrschung verloren zu haben, weil er ein "rindfleischfressender Muselmann" war, waren die anderen muslimischen Arbeiter von Natur aus verärgert, und so brach die Schlägerei aus. Ich erhielt selbst ein paar Schläge, als ich versuchte, im Namen von Rahim bhai einzugreifen, und wurde später vom Manager vor allen anderen dafür ins Gesicht geschlagen.

»Ich habe dir zehn Rupien bezahlt, nur weil dein Vater bettelnd zu mir kam!«, schrie er mich an, als ich in seiner Kabine vor ihm stand. "Sein Lohn wäre vor einem Monat erhöht worden, wenn dein Vater nicht darum gebeten hätte. Und so zeigst du deine Dankbarkeit! Indem du dich auf die Seite des Feindes stellst! Du bist GEFEUERT!"

Da wurde mir klar, dass ich nichts mehr davon brauchte. Ich brauchte den Mühlenjob nicht. Ich brauchte keinen Lohn. Ich brauchte meinen Vater nicht, um um mich zu betteln. Ich konnte es mir nicht leisten, einen weiteren Tag in der Mühle zu verschwenden. Es war mir egal, ob ich gefeuert wurde oder nicht. Ich war keiner von ihnen. Das könnte ich nie sein. Was mir am meisten weh tat, war, als der Manager enthüllte, dass Rahim bhais Löhne gestiegen wären, wenn ich nicht in die Mühle gegangen wäre. Aber nur weil der Manager meinem Vater nahe stand, handelte er auf Wunsch meines Vaters und beschloss, mir den Lohn zu geben, der eigentlich Rahim bhai gehörte. Also, all die Probleme, die Rahim bhai durchmachen musste, waren eigentlich wegen mir. Und ich war mir nicht einmal bewusst, dass ich in dieses ganze Durcheinander verwickelt war!

"Ich komme nie wieder hierher zurück", rief Rahim bhai, als er an diesem Abend weinend die Mühle verließ.

"Ich auch nicht", sagte ich mir. Ich würde nach Hause gehen und mit meinem Vater sprechen.

Zum ersten Mal seit dreißig Tagen war die Bootsfahrt nach Hause nicht angenehm. Der Himmel war an diesem Abend rötlich-orange und wurde langsam violett. Die Vögel nähten den Himmel zusammen, als das letzte Tageslicht zu verblassen begann. Bald würde alles dunkel sein. Das Flusswasser umspülte mich sanft. Irgendwo weit weg am Horizont sah ich eine Gruppe von Menschen, die in Trauerweiß gekleidet waren, als sie Rituale am Fluss durchführten. Die Leiche lag auf den Stufen des Ghats. Der Rauch des Weihrauchs wirbelte über ihre Köpfe und wurde zu nichts. Es hat mich bis auf die Knochen gekühlt, obwohl ich die verstorbene Person nicht kannte. Eines Tages würde mein lebloser Körper auf diesen Stufen liegen. Würde jemand um mich weinen? Würde jemand wissen, wessen Leiche es war? Würde meine Abwesenheit zu spüren sein? Würde meine Anwesenheit einen Unterschied machen?

Die traurigen Schreie des Bootsmanns, als er über seinen lange verlorenen Bruder sang, durchdrangen mich tief und zackig. Als er sang: "*Praan kande, kande, praan kande re, bhaai er dekha pailam na, pailam na...*" (Meine Seele schreit, meine Seele schreit vor Schmerz, denn ich konnte meinen Bruder nie wieder sehen), war ich in der Nähe

mich selbst zu weinen. Ich hatte nie einen Bruder verloren, den ich liebte, oder einen Freund. Ich konnte mich auf keiner persönlichen Ebene mit dem Song identifizieren. Trotzdem fühlte ich mich seltsam berührt. Es gab etwas an der Atmosphäre an diesem Abend und der Melodie des Liedes, das mein Herz enorm schmerzen ließ. Auch ich würde eines Tages auf einem Scheiterhaufen verbrannt und zu Asche verwandelt werden. Und dann, von Asche zu Staub, werde ich nichts sein. Nur ein Name auf den Lippen einiger Nachfolger, wenn ich Glück hatte. An wie viele meiner Vorfahren habe ich mich erinnert? Ich kannte meinen Urgroßvater kaum. Niemand hat jemals über ihn gesprochen. Niemand hat jemals gefragt, was für eine Person er war. Die Wellen des Wassers gaben mir das Gefühl, dass mir die Zeit davonlief. Alles, was ich hatte, war dieses Leben. Ich musste das Beste aus dem machen, was ich hatte. Ich konnte mir nicht erlauben, eines Tages wie diese Wellen zu verblassen und in den Ozean des Vergessens zu fließen. Ich spürte wieder dieses extreme Gefühl der Dringlichkeit, so wie ich mich früher fühlte, als ich die faszinierenden Lichter in Sudha Kakas Laden betrachtete.

Es hatte angefangen zu regnen, als wir die Bank erreichten. Daher kein Zitronentee. Die Straße war düster, durchnässt und menschenleer. Bald regnete es Katzen und Hunde. Ich hatte keinen Regenschirm dabei, also konnte ich nicht viel tun. Ich ging im Regen den ganzen Weg zurück nach Hause, jeder Zentimeter meines Körpers war nass und kalt, mein Pyjama klebte unangenehm an meinen Beinen. Das Wasser tropfte aus meinen Haaren in meine Augen und störte meine Sicht. Ich wusste nicht, was mich erwarten würde, als ich nach Hause kam. Je näher ich nach Hause kam, desto entfernter fühlte ich mich. Meine Schritte auf dem Asphalt klangen mir fremd. Ich hatte oft gehört, dass die Leute sagen, Zuhause ist, wo das Herz ist. Ich beneidete sie. Welch ein Glück, dass sie sich auf solche Sprüche beziehen konnten! Um am Ende eines verrückten Tages ein Zuhause zu haben, in das man zurückkehren kann, Menschen, die man schätzen und von denen man geschätzt wird, jemanden, an den man sich zum Trost kuscheln kann, irgendwohin, wo man hingehört. Wo kann ich Trost finden? Ich war obdachlos, obwohl ich ein Zuhause hatte. Noch nie hatte ich mich so verloren gefühlt. Vater untersuchte eine Ritze auf dem Dach, als ich nach Hause kam. Regenwasser sammelte sich in einem winzigen Blecheimer, der auf dem Boden darunter stand. Mutter saß in einer Ecke und rieb Kartik mit einem Handtuch liebevoll den Kopf trocken, mit einem kleinen zufriedenen Lächeln im Gesicht.

"Du wirst eines Tages mein Tod sein", schimpfte sie liebevoll. "Ich hätte nie gedacht, was mit deiner armen Mutter passieren würde, wenn du eine Lungenentzündung bekommst, oder?"

Es fühlte sich an, als würde jemand Messer gegen mein Herz schleifen.

"Mutter, ich bin zu Hause", rief ich und stand von Kopf bis Fuß durchnässt an der Tür.

Sie sah zu mir auf, das Lächeln auf ihrem Gesicht verblasste sofort. Mein Herz schmerzte, ein freundliches Wort von ihr zu hören, aber mein Kopf warnte mich vor dem unvermeidlichen Herzschmerz.

"Geh und nimm ein Bad", antwortete sie ohne jede Emotion und ging dann zurück, um Kartiks Kopf zu reiben.

Ich nahm leise ein Handtuch, einen Eimer und eine Tasse und machte mich auf den Weg zum nächsten Wasserhahn am Straßenrand. Es regnete immer noch stark und mit dem Regen, der hart gegen meinen Rücken schlug, füllte ich den Blecheimer und goss mir ein paar Mal das eiskalte Leitungswasser über den Kopf. Meine einzige Wärmequelle waren die Tränen, die in Streifen über meine Wangen liefen, als ich zurück in die unwirtliche Höhle ging, die ich mein Zuhause nannte.

Und dann passierte es beim Abendessen. Wir saßen alle zusammen, um im Kreis auf dem Boden zu essen. Mutter hatte Reis, Daal und etwas mit Kartoffeln zubereitet. Vater sah aus, als wäre er sehr schlecht gelaunt. Er schnappte ohne Grund nach einem meiner älteren Brüder. Ich goss etwas Daal über meinen Reis und versuchte, einen Schluck zu schlucken, aber es fühlte sich nicht richtig an. Wenn ich ihm nicht mein Herz entblößt hätte, wusste ich, dass sich nichts richtig anfühlen würde. Ich war mir der schwerwiegenden Folgen bewusst, die sich aus meinem Geständnis ergeben könnten, aber ich war entschlossen, mich zu behaupten und ihm verständlich zu machen.

"Ich wurde gefeuert", erklärte ich schließlich.

Niemand achtete auf mich. Vater aß weiter, Mutter drängte Krishna, noch etwas Reis zu nehmen. Es war, als hätten sie mich überhaupt nicht gehört.

"Vater", rief ich ihn jetzt an, um seine Aufmerksamkeit zu erregen.

"Ahh! Lass ihn wenigstens seine Nahrung in Ruhe haben «, intervenierte Mutter. "Dies ist nicht die Zeit, um..."

Vater hob die Hand, Mutter hörte auf zu sprechen. "Was hast du zu sagen?" Seine entzündeten Augen bohrten sich tief

in meins.

"Ich... ich wurde von der Mühle gefeuert", gestand ich. "Gefeuert? Wie um alles in der Welt wurdest du gefeuert?"

"Hast du... ähm... den Manager gebeten, mir mehr zu zahlen als den anderen neuen Arbeitern?" Ich habe ihn gefragt.

"Hätte ich vielleicht. Wie geht es dir?"

"Das wusste ich nicht", sagte ich ihm. Meine Hände begannen zu zittern.

"KOMM auf DEN PUNKT!", starrte er. "Wie bist du gefeuert worden?"

"Heute fragte mich Rahim bhai, wie viel ich bezahlt würde und... ich... ich sagte es ihm", erklärte ich. "Wir beide erkannten, dass es einen Fehler gegeben haben muss, also ging ich zum Büro des Managers, um mit ihm darüber zu sprechen. Der Manager sagte, dass er nichts damit zu tun habe, er führe nur die Befehle *des Maaliks* aus. Später, am Nachmittag, verschüttete Rahim bhai versehentlich eine Dose JBO und der Manager beschuldigte ihn, dies absichtlich getan zu haben. Die anderen Arbeiter sagten einige wirklich schlimme Dinge und so begann der Kampf. Ich habe versucht, Rahim bhai zu verteidigen und... und... deshalb hat mich der Manager gefeuert. Dann erzählte er mir alles über das, worum du ihn gebeten hattest."

"Ich werde morgen mit dem Manager sprechen", erklärte mein Vater. "Bereite dich mit einer angemessenen Entschuldigung vor."

"Ich will mich nicht entschuldigen, Baba", sagte ich zu ihm. "Ich will nicht zurück."

"Was hast du gerade gesagt?"

"Ich sagte... ich will nicht zurück."

»Und warum ist das so?«, erkundigte er sich. "Du hast gute Arbeit in der Mühle geleistet."

"Was dort passierte, war nicht richtig", fand ich irgendwie den Mut zu sagen. "Ich kann nicht den Lohnanteil verdienen, den jemand anderes verdient hat. Und die Atmosphäre ist dort sehr ungesund. Es gibt so viele Vorurteile, so viel Feindseligkeit! Ich war überhaupt nicht glücklich, dort zu arbeiten. Außerdem war die Arbeit so mühsam."

"Du arbeitest nicht für das Glück, Sohn. Du arbeitest für Löhne. Du arbeitest, um zu essen."

"Aber ich verdiente so viel mehr mit meinen Reparaturen und Schreinerarbeiten", argumentierte ich. "Und es hätte nur mit der Zeit zugenommen."

„Ihre Reparaturarbeiten waren keine stabile Einnahmequelle. Heute haben Sie Reparaturen, morgen vielleicht nicht. Eine andere Person könnte eine Reparaturwerkstatt neben deiner eröffnen und deine Umsätze werden sofort sinken. Die Mühle gibt Ihnen jede Woche einen festen Lohnbetrag. Du musst die Dinge nicht dem Zufall überlassen."

"Tut mir leid", sagte ich zu ihm. Ich weiß nicht, woher ich die Kraft habe. "Aber ich kann nicht tun, was du sagst."

Ich werde nie den Ausdruck in seinem Gesicht vergessen, als ich das sagte. Aber ich schaute ihn immer wieder an, direkt in seine Augen, während ich fortfuhr: "Ich möchte mein Leben auf meine eigene Weise leben. Ich weiß mit Sicherheit, dass ich mit meiner Reparaturarbeit mit der Zeit mehr verdienen werde. Und für wen mache ich das alles? Für unsere Familie. Was auch immer ich bis heute verdient habe, ich habe alles meiner Mutter gegeben. Und ich bin bereit, so hart wie möglich zu arbeiten, um dir zu helfen, Laxmis Hochzeit zu finanzieren, aber nicht auf diese Weise. Ich möchte etwas Eigenes haben, Baba. Etwas, auf das ich stolz sein kann. Ich will nicht in der Mühle arbeiten. Ich fühle mich dort wie eine Maschine, nicht wie ein Mensch. Bitte verstehe, Baba. Bitte vertraue mir. Ich werde dich nicht enttäuschen."

Ich konnte den Ausdruck auf seinem Gesicht nicht lesen, als ich mit dem Sprechen fertig war. Einen Moment lang dachte ich, er hätte verstanden, was ich sagen wollte. Für einen Moment dachte ich, er sei bereit zu kooperieren, denn er schwieg. Aber im nächsten Moment war mein weißes Hemd mit gelbem Daal beschmiert und mein Reis lag über den ganzen Boden verstreut. Ein Glas Wasser flog auf mich zu, das Wasser spritzte über meinen Hals und meine Brust. Ich wich gerade noch rechtzeitig aus, so dass das Glas direkt hinter mir gegen die Wand stieß und laut zu Boden fiel. Mein Vater zog mich an meinem Hemdkragen hoch und drängte mich aus dem Raum.

"Ich würde lieber sterben, als dich meinen Sohn zu nennen!" Ich habe ihn sagen hören. "Du verdienst es, auf der Straße zu leben. RAUS AUS MEINEM HAUS!'

Ich sah meine Mutter hilflos an. Sie stand still und unterwürfig an der

Tür.

»VERSCHWINDE!«, schrie mein Vater. "Und komm nie wieder hierher zurück!"

Mit Tränen, die über mein Gesicht strömten, schaute ich ein letztes Mal auf mein Haus und ging hinaus. Ich wusste nicht, wohin ich gehen sollte, ich wusste nicht, was ich tun sollte. Ich war hungrig, untröstlich und mittellos. Und es regnete immer noch.

Gegen elf Uhr dreißig in dieser Nacht klopfte ich in Palpara an eine vertraute Tür. Es war mir extrem peinlich, aber zu diesem Zeitpunkt konnte ich mir keine Alternative vorstellen. Er war ein Anblick für schmerzende Augen, als er die Tür öffnete, aber sein Gesicht fiel beim Anblick von mir.

»Sridhar!«, rief er. »Was ist passiert? Was machst du hier mitten in der Nacht? Geht es allen gut zu Hause? Du siehst am Boden zerstört aus!"

"Kann ich bitte ein paar Nächte hier bleiben?", war alles, was ich sagen konnte.

"Natürlich kannst du das!", antwortete er. "Das geht ohne

sagen. Du bist mein bester Freund!' 'Danke, Vikash. Vielen Dank."

"Wofür dankst du mir, Dummkopf? Komm rein.

Du frierst!"

Und so habe ich mein Zuhause gefunden.

Zwischenspiel

"Was ist passiert?" Mein Großvater riss mich aus meiner Träumerei. "Was denkst du?"

Ich antwortete: "Ich bin gerade ein bisschen eifersüchtig auf dich." Warum?", fragte er amüsiert.

"Du hattest eine Sache, die ich immer wollte", sagte ich ihm. "Ein bester Freund."

Er lächelte mit einem weit entfernten Blick in seinen Augen.

"Wie auch immer, wie war die Umgebung in Palpara?" Ich habe ihn wieder befragt.

"Erfrischend anders als die von Bidyalanka", antwortete Großvater. "Oder vielleicht fühlte ich mich einfach so, weil ich... ich weg von meinem Haus war. Jeder Ort, der von meinem Haus entfernt war, war wie eine Atempause für mich. Ich hatte viele Freunde in Palpara, die mir alle auf unterschiedliche Weise geholfen haben. Ich begann mein Geschäft mit zweihundert Rupien, die mir von einem Mann namens... angeboten wurden ", hielt er inne, um sich zu erinnern. "Su-Subhash, ich glaube, sein Name war."

"Es ist okay, Grandpa, du kannst dir Zeit nehmen und dich daran erinnern. Es gibt keine Eile."

"Sein Name war Subhash Ray, denke ich", erinnerte sich Großvater nach einigem Nachdenken.

»Wer war er?«, fragte ich ihn. "Ein Verwandter?"

"Nein, er wohnte in der Nähe von Vikashs Haus", antwortete er. "Diese Nachbarschaft war fast wie eine Großfamilie. Alle waren sehr freundlich zueinander. Und da er Vikashs Familie besonders nahe stand, kam er oft zu Besuch. So lernte ich ihn kennen. Er war ein reicher Mann. Er hatte viel Reichtum von seinen Vorfahren geerbt. Er war viel älter als ich, hatte aber große Zuneigung zu mir und glaubte an meine Fähigkeiten. Er stand oft daneben und beobachtete, während ich mit meinen Lichtern experimentierte. Er war ein wirklich freundlicher und großmütiger Mensch! Er hat für mich getan, was sich meine Familie nie die Mühe gemacht hat. Dank ihm konnte ich meinem Traum Flügel verleihen.

Zweihundert Rupien waren damals eine enorme Summe. Menschen, die hundert Rupien pro Monat verdienten, galten als extrem reich."

"Und wie viel hat dein Vater verdient?"

"Mein Vater verdiente jede Woche fünfzehn Rupien von der Mühle. Und er musste vierzehn Menschen in der Familie ernähren."

"Warum hatten die Menschen so viele Kinder, wenn sie wussten, dass ihr Einkommen sie nicht unterstützen würde?" Ich habe mich gefragt.

"Es gab damals keine Familienplanung", antwortete mein Großvater.

"Und ich nehme an, die Idee war, so viele männliche Kinder wie möglich zu haben."

"Ja", antwortete mein Großvater, "für die Mitgift, die sie mitbringen würden. Außerdem… könnten die Jungen schon in sehr jungen Jahren anfangen zu verdienen, was mehr Einkommen für die Familie bedeuten würde. Bis ich vierzehn war, hatte ich fast jedes Jahr Geschwister. Einige von ihnen starben kurz nach der Geburt. Meine letzte Schwester… ähm... diejenige, die nach Ganesha geboren wurde, starb, als sie zwei oder drei Monate alt war."

"Es muss wirklich schmerzhaft gewesen sein."

"Nur vorübergehend", antwortete er grimmig. "Wir hatten es viele Male durchgemacht. Es war nichts Neues… Außerdem war es ein Mädchen. Ein zusätzlicher Mund zum Füttern. Wäre es ein Junge gewesen, wären meine Eltern sehr lange verärgert gewesen. Der Tod eines kleinen Mädchens würde weniger Kosten für die Familie bedeuten. Du müsstest nicht die Last tragen, sie zu heiraten. Aber ein Sohn könnte arbeiten und mehr für die Familie verdienen, eine Frau mitbringen und so weiter."

"War es nicht schwer für deine Mutter?"

»Der Tod des kleinen Mädchens?«, fragte er. "Nein, es war nicht so schwer, das ganze Jahr über schwanger zu sein, zu kochen, zu putzen, auf uns alle aufzupassen und obendrein den schmerzhaften Prozess der Wehen mehrmals zu durchlaufen und dann die Stimmungsschwankungen meines Vaters zu ertragen."

Mein Herz konnte nicht anders, als die Frauen zu erreichen, von denen erwartet wurde, dass sie jedes Jahr wie Verkaufsautomaten funktionieren, ein Baby nach dem anderen verschlingen, manchmal zu zweit und zu dritt, und dann so behandelt werden, als wären sie überhaupt nicht wichtig. Als ob der unerträgliche Schmerz, die unaufhörlichen Blutungen und das unergründliche körperliche Unbehagen nichts bedeuteten. Als ob sie irgendwie verpflichtet wären, all das durchzumachen und weiterhin anstrengende Aufgaben zu erfüllen, während sie ihr eigenes Wohlbefinden vernachlässigen, um sich um die Familie zu kümmern, nur weil sie Frauen waren. Doch es waren immer die Männer, deren Stimmungsschwankungen und Wutprobleme eine freie Hand erhielten, als hätten sie sich irgendwie das Recht verdient, schreckliche Menschen zu sein.

"*In meinen späteren Jahren, als ich vergleichsweise gut etabliert war*", brach mein Großvater in meine Gedanken ein, "*hatte ich zwei andere Wohltäter. Einer von ihnen war ein sehr freundlicher Mann namens Sudhir Bose, der mir eine beträchtliche Menge Geld gab, um meine erste Charge von 6.2 Miniaturlampen zu kaufen. Und der andere Mann war... ich glaube, sein Name war Sailendranath Ghosh. Die Leute nannten ihn liebevoll Madan Da.*"

"*Ich glaube, ich habe diesen Namen schon einmal gehört.*"

"*Du hast ihn auch getroffen*", antwortete mein Großvater. "*Er hat uns oft besucht, als du klein warst.*"

"*Wie hat er dir geholfen?*"

„*In meinen frühen Jahren ging mir oft das Geld aus, da ich früher mehrere Projekte gleichzeitig jonglierte. Madan Da war der Besitzer eines Ladens, der Elektrogeräte auf dem Laxmiganj Bazaar verkaufte. Früher kaufte ich viele Waren aus seinem Laden auf Kredit, Waren im Wert von Tausenden von Rupien... und zahlte es ihm zurück, wenn ich Geld verdiente, sei es sechs Monate oder ein Jahr später. Er hat sich auch sehr um mich gekümmert. Er war immer um meine Gesundheit und mein Wohlbefinden besorgt. Und er vertraute mir so sehr, dass er mich nie um das Geld drängte und auch kein Interesse daran hatte. Er wusste, dass ich es ihm zurückzahlen würde, sobald ich meine Zahlungen erhalten hatte.*"

"*Das war so nett von ihm.*"

"*Das war es auf jeden Fall*", überlegte er. "*Wenn ich jetzt darüber nachdenke, kann ich nicht umhin zu erkennen, dass ich, obwohl ich aus meinem Haus geworfen wurde, nie wirklich eine Familie hatte.*"

"*Das ist genau das, was ich gedacht habe!*" Ich habe es ihm gesagt. "*Das Universum hat dir immer freundliche Menschen auf den Weg gebracht, die dir geholfen haben, deinem Ziel näher zu kommen. Ich schätze, so funktioniert das Universum für diejenigen, die wirklich entschlossen sind.*"

"Ich weiß nicht, ob es Gott oder das Universum war", sagte er. *„Aber ohne diese Leute wäre ich heute nichts gewesen. Vielleicht ist dies, wie Glück für einige funktioniert. Kleine Taten der Freundlichkeit können das Leben von jemandem verändern."*

"So habe ich mich auch immer gefühlt", sagte ich ihm. *"Aber manchmal werden freundliche Absichten auf sehr negative Weise interpretiert. Selbst wenn Sie wirklich versuchen zu helfen, sagen die Leute oft, dass Sie es für Aufmerksamkeit tun oder um sich gut zu fühlen.' Warum habe ich das Gefühl, dass das persönlich ist?"* Mein Großvater hat schnell etwas entdeckt, das meinen Worten zugrunde liegt. *"Hast du so etwas erlebt?"*

Ich nickte. „Letztes Jahr haben ein paar Gleichgesinnte und ich eine kleine Gruppe gegründet, um wirklich benachteiligten Menschen mit Essen und anderen Grundbedürfnissen zu helfen. Wir mussten uns weitgehend auf Fundraising verlassen, was nur über soziale Medien möglich war, da unsere eigenen Kreise begrenzt waren und wir als Studenten kein eigenes Einkommen hatten. Aber einige Leute dachten, wir versuchten, uns selbst zu helfen."

Er schüttelte traurig den Kopf. "Das ist traurig. Aber ich kann Ihnen eines sagen, als meine Familie mich im Stich ließ und ich nirgendwohin gehen konnte, als ich kein Geld hatte, um mein eigenes Unternehmen zu gründen... bei jedem Schritt meiner Reise, wann immer ich mit Schwierigkeiten konfrontiert war, waren es freundliche Menschen, die mir halfen, durch die Gegend zu segeln. Ob sie es aus Aufmerksamkeitsgründen taten oder einfach nur, um sich gut zu fühlen, kann ich nicht wirklich sagen, aber ich habe immens von ihrer Hilfe profitiert. Und in einem Land wie dem unseren, in dem die betroffenen Behörden nicht die notwendigen Schritte unternehmen, um Armut und Ungleichheit zu minimieren, helfen willige Menschen wie Sie sehr. Lassen Sie sich also niemals von nutzlosen Kommentaren davon abhalten, das Richtige zu tun. Versuchen Sie stattdessen, die erhaltenen Spenden so effizient wie möglich zu verwenden, und lassen Sie es mich wissen, wenn Sie Hilfe benötigen. Ich möchte auch Teil Ihrer Gruppe sein." Ich spürte ein seltsames Gefühl der Erleichterung. Seine Worte fühlten sich an wie eine Brise, die durch mein Haar wehte und mich warm und

abgeschlossen.

"Sie sind drin, Sir!" Ich sagte glücklich. *"Nun, lass uns darüber reden, was passiert ist, nachdem du von zu Hause weggegangen bist."*

"Seit ein paar Jahren nichts Bedeutendes", antwortete er. "Ich arbeitete in einer Tischlerei und war bekannt als" der Bidyalanka-Kerl, der jedes elektrische Problem lösen kann ". Wann immer also Menschen in der Nachbarschaft oder in der näheren Umgebung mit Problemen konfrontiert wurden... sei es eine Röhrenlampe oder eine Glühbirne, die außer Betrieb geraten war, oder ein Ventilator, der aufgehört hatte, sich zu drehen, riefen sie mich immer zu sich. Und ich ging, um ihnen bereitwillig zu helfen und verdiente etwas Geld."

»Wie viel?«, fragte ich ihn neugierig.

"Vielleicht zwei oder drei Rupien. Eine Fünf-Rupien-Münze war damals ein Luxus."

Ich kritzelte jedes Wort, das aus seinem Mund fiel, obwohl der Rekorder auf meinem Telefon eingeschaltet war.

"Es war vielleicht irgendwann in den frühen 1960er Jahren, als ich vierzehn Rupien dafür erhielt, dass ich einen Fahrradschuppen in Ashok Palli für die Durga Puja dekorierte", sagte mein Großvater.

»Vierzehn Rupien!«, rief ich. "Du musst überglücklich gewesen sein!"

"Oh, das war ich! Ich erinnere mich, dass ich mich plötzlich extrem reich fühlte!' Wo genau ist dieser Ort Ashok Palli?" Ich habe versucht zu testen,

sein Gedächtnis.

"Es ist kein Teil von Chandannagar. Es ist ein Teil einer Nachbarstadt, direkt gegenüber dem Graben, der unsere Stadt umgibt."

"Ja, die Franzosen hatten diesen Graben rund um Chandannagar gebaut, um unsere Stadt gegen Eindringlinge zu befestigen", fügte mein Bruder, der die ganze Zeit schweigend unserem Gespräch zugehört hatte, stolz hinzu und erhielt von unserem Großvater einen Klaps auf seinen Kopf.

"Also, wie ist die Arbeit von Ashok Palli gelaufen?" Ich sprang zur nächsten Frage.

"Die Puja sollte in einem Fahrradschuppen stattfinden. Aber das Problem war, dass es in diesem bestimmten Gebiet keinen Strom gab, da es ziemlich abgelegen war ", sagte mein Großvater.

"Wie hast du dann den Schuppen ohne Strom dekoriert?" Ich wollte es wissen. "Haben Sie tragbare Batterien verwendet?"

"Nein", *antwortete er.* *"Es gab Strom in ganz Chandannagar, das etwa einen halben Kilometer von Ashok Palli entfernt war. Ich nahm die Erlaubnis von der Stromversorgung und befestigte lange Kabel von einem der Lichtmasten in Chandannagar zum Fahrradschuppen in Ashok Palli."*

"Wie ist das überhaupt möglich? Du sagtest, es sei einen halben Kilometer entfernt und dazwischen gäbe es einen Wassergraben und so viele Häuser!"Ja, ich musste die Kabel über die Dächer der Häuser und über den Graben tragen. Es gab sogar ein Frauen-College auf meiner Route. Sie dachten wahrscheinlich, ich sei ein Irrer, weil ich bemerkte, dass ein paar von ihnen in der anderen

richtung, als sie mich bemerkten."

Er blieb dort stehen und brach in einen Lachanfall aus, dem sich mein Bruder enthusiastisch anschloss.

"Oh, Dadu!", *sagte er und wischte die Tränen weg.* *"Ich kann nicht aufhören zu lachen!"*

Ich konnte nicht anders, als an ihrer Fröhlichkeit teilzuhaben.

"Du bist wirklich einzigartig, weißt du", *sagte ich zu meinem Großvater.* *"Und womit hast du den Schuppen dekoriert?"*

"Sehr einfache Sachen", *erinnerte er sich glücklich.* *"Klammern, Röhrenleuchten... ähm... winzige Kronleuchter und kleine Disco-Kugeln. 6.2 Miniaturlampen waren noch nicht in Mode."*

Ich kritzelte in mein Notizbuch und kicherte immer noch. *"Ich kann nicht glauben, dass du die Kabel tatsächlich über die Dächer der Leute getragen hast."*

"Oh, das habe ich!", *antwortete er.* *"Obwohl der Kampf hart war, waren das die besten Tage meines Lebens."*

Da schaute meine Mutter durch die Lücke zwischen den beiden Türen hinein, um uns mitzuteilen, dass Bonnys Mathematiklehrer angekommen war. Mein Bruder, der zutiefst enttäuscht war, sah sie an, weil sie die Überbringerin schlechter Nachrichten war, und schleppte sich widerwillig aus dem Raum.

"Ich habe danach ein größeres Projekt", *erinnerte sich mein Großvater ein paar Augenblicke später.* *"Ich glaube, es war das Jahr 1966. Es war mein erster Versuch einer Straßenbeleuchtung für Jagadhatri Puja."*

"Wie ist es gelaufen?"

"Meine Lichter wurden abgelehnt."

"Was?", rief ich. "Deine Lichter wurden abgelehnt?"

"Ja", runzelte er die Stirn. "Es war ein benachbarter Ort. Ich hatte einen Lichtertunnel mit… ähm… 25-Watt-Lampen gebaut. Wir haben zum ersten Mal Rollen verwendet."

»Rollen?«, fragte ich ihn. "Was sind das?"

"Die Lichter funktionierten von selbst mit Hilfe der Rollen", antwortete er. "Sie erforderten keinen manuellen Aufwand meinerseits. Jeder Bogen des Tunnels hatte eine eigene Rolle. Erinnerst du dich, wie ich im Saraswati Puja in meiner Schule den ganzen Abend beim Idol saß und den Draht an jeden Nagel drückte, um den Laufeffekt zu erzeugen?"

"Ich erinnere mich. Du konntest den Veranstaltungsort nicht für eine Minute verlassen."

"Genau das haben die Walzen jetzt getan", sagte er. "Ich müsste nicht die ganze Zeit anwesend sein. Ich müsste nur die Rollen an die Stromquelle anschließen und die Lichter würden automatisch laufen.'

„Zu meiner Zeit gab es zwei großartige Künstler, Prabhash Kundu

und Jiban Bhar. Ich war sehr inspiriert von ihrer mechanischen Arbeit im Lalbagan Durga Puja, aber was sie verwendeten, passte nicht zu dem, was ich mit meinen Lichtern machen wollte. Also musste ich mir etwas anderes einfallen lassen."

"Also, wo hast du diese Rollen gefunden? Waren sie bereits in Chandannagar verfügbar?'

"Nein, ich habe sie selbst gemacht", antwortete mein Großvater. "Was?", fragte ich ihn erstaunt, "Du hast die Walzen gemacht?

Wie?"

"Das ist eine ganz neue Geschichte!", lächelte er.

"Eine Geschichte, die ich sehr gerne hören würde." Okay, dann. Fangen wir an!'

Herbst 1965

"Ihre Ideen sind einzigartig!" Vikash hat es mir eines Tages erzählt. "Aber hast du darüber nachgedacht, was du tun wirst, wenn du mit mehr als drei Lichtern arbeiten musst?"

"Ich habe über dasselbe nachgedacht", antwortete ich. "Ich kann vier oder fünf Lichter in einer einzigen Reihe manuell steuern, höchstens ein Dutzend, aber nicht mehr."

"Und du musst die ganze Zeit bei ihnen sein", fügte Vikash hinzu. "Das ist sehr unbequem. Gibt es keine Möglichkeit, dass die Lichter automatisch ohne Ihre Beteiligung laufen können? Auf diese Weise können Sie mehrere Projekte aufnehmen, anstatt sich auf eines nach dem anderen zu konzentrieren.'

"Es gibt definitiv einen Ausweg", murmelte ich. "Das muss es geben! Es ist nur so, dass ich noch nicht in der Lage war, an einen zu denken."

"Ich bin sicher, du wirst bald etwas herausfinden", ermutigte er. "Ich habe Vertrauen in dich."

Es war sieben Jahre her, seit ich aus meinem eigenen Haus geworfen worden war, weil ich mich geweigert hatte, in der Jutemühle zu arbeiten, und Zuflucht bei meinem besten Freund Vikash gesucht hatte. Seitdem hatte ich immer wieder dort gelebt. Es war ein sehr altes, aber prächtiges Haus, wie das der Zamindars, mit einem offenen Innenhof in der Mitte und großen, geräumigen Zimmern, die ringsum gebaut wurden. Im Inneren des Hauses befand sich ein separater Gebetsraum und eine Tulsi-Mandap *stand streng* in einer Ecke des Hofes. Wir sollten uns nicht in ungewaschener Kleidung in die Nähe wagen.

Jeden Abend betete seine Mutter, die ich Kakima nannte, das enorme Idol von Lord Krishna im Gebetsraum an und dann, gekleidet in einen weißen Sari mit einem breiten roten Rand und Champa-Blüten im

Haar, kam sie nach unten und zündete Kerzen und Öllampen am Fuße der Tulsi-Mandap an und hinterließ eine anhaltende Duftspur. Ein schwerer Ausbruch von Sandelholz, Weihrauch und Blumen. In ihren Gesten lag Anmut, Freundlichkeit in ihren Augen und Fülle in ihren Handflächen. Mit den Händen nah an ihrem Busen, kniete sie im Gebet davor und ging dann von Raum zu Raum, um Süßigkeiten aus dem Gebetsraum unter uns allen zu verteilen.

"Mögest du ein sehr langes und wohlhabendes Leben führen, meine Liebe", sagte sie immer, als sie mir das *Prasad* anbot und hell lächelte. "Du bist ein sehr guter Junge."

Ich fragte mich oft, ob meine Mutter eine völlig andere Person wäre, wenn sie das Glück gehabt hätte, in eine wohlhabende Familie zu heiraten. Sie würde es wahrscheinlich tun. Wir wären auch anders. Umstände verändern Menschen. Ich wusste es besser als jeder andere in meiner Familie, weil ich in den letzten Jahren erlebt hatte, wie es sich anfühlte, auf der anderen Seite zu sein. Worte des Lobes und der Ermutigung von Ältesten zu hören, Menschen um sich zu haben, die an deine Fähigkeiten glauben, kann wirklich einen Unterschied für die eigene Persönlichkeit machen. Ich konnte in Vikashs Haus atmen, ich fühlte mich gut; ich wurde selbstbewusster, weil sie mir nie das Gefühl gaben, hoffnungslos zu sein, sie bewunderten meine Bemühungen und schätzten mich für meine Arbeit. Sie haben mir nie das Gefühl gegeben, minderwertig oder unwürdig oder egoistisch zu sein. Kakima hatte immer ein freundliches Wort für mich. Sie äußerte sich oft besorgt über mein Wohlbefinden, kümmerte sich um mich, wenn ich krank war, und fragte mich jeden Tag, ob ich gut gegessen hätte. Aber ich konnte nicht verstehen, warum es meiner Mutter so schwer fiel, mir so etwas zu sagen. Es war nicht so, als wäre sie dazu nicht in der Lage. Sie hat Kartik immer mit ihrer Liebe und Zuneigung überschüttet, auch wenn er herumgesessen und nichts getan hat. Sie war auch nicht so schlecht mit meinen älteren Brüdern. Warum wurde ich immer wie eine Ausnahme behandelt? Wie ein Ungeziefer, das sie gerne unter ihrem Fuß zerquetschen würde?

Vikash hatte eine riesige Familie und mehrere Onkel, Tanten und

Schwestern. Also, wann immer es ein Festival gab, summte sein Haus mit Schwärmen von Menschen, die von Säuglingen bis zu alten Großeltern reichten, die alle so bescheiden und fröhlich waren, dass ich mich perfekt zu Hause fühlte. Sie gaben mir nie das Gefühl, ein Außenseiter zu sein. Tatsächlich war ich ein ebenso wichtiges Familienmitglied wie Vikash selbst, und ihre Freundlichkeit mir gegenüber war bedingungslos. Da ich aus einer solchen Familie stamme, wusste ich, dass Freundlichkeit eine Tugend war, mit der mein bester Freund geboren wurde. Oder war Freundlichkeit nur eine Tugend, die neben Privilegien aufkeimte? Je privilegierter man ist, desto einfacher ist es, freundlich zu sein. Aber was ich an Vikash am meisten bewunderte, war seine Demut. Er hätte sich leicht mit einem der reicheren Jungen in der Schule anfreunden können, wie Chandu, aber er wählte mich. Und er blieb an meiner Seite und half mir durch dick und dünn. Das musste er nicht. Was war für ihn drin? Nichts. Aber er hatte sich einfach dafür entschieden. Er behandelte mich wie seinen eigenen Bruder. Und dann kam der Tag. Es war Vishwakarma Puja.

Einige unserer Schulfreunde waren an diesem Morgen zu ihm nach Hause eingeladen worden. Wir sollten mittags einen Drachenkampf auf seinem Dach haben. Es war eine jährliche Tradition und derjenige, dessen Drachen die längste Zeit überlebte, ohne dass seine Schnur vom scharfen Manja der *anderen* Drachen durchtrennt wurde, würde das Turnier gewinnen. Die spezielle Drachenschnur namens Manja *wurde* von uns mit unseren eigenen Händen hergestellt. Je stärker der Manja ist, desto höher ist die Chance, den Wettbewerb zu gewinnen. Die Herstellung des Manja spielte *also* bei diesen Wettbewerben eine sehr wichtige Rolle. In den letzten sieben Jahren haben entweder Vikash oder ich den Wettbewerb gewonnen und wir haben uns nie gegenseitig die Drachen abgeschnitten. Es war eine eigene kleine Tradition, auf die wir uns nie formell geeinigt hatten, aber wir folgten beide. Wir haben für unsere Manja gedrehte Polyesterfäden *verwendet* und sie mit einem speziell vorbereiteten Klebstoff und fein pulverisiertem Glas beschichtet. Es war so scharf, dass es sich durch das Fleisch schneiden konnte, wenn es nicht vorsichtig gehandhabt wurde. Unser Sieg war, wie wir wussten, auch in diesem Jahr garantiert.

Auf das Drachenkampfturnier folgte eine üppige Mahlzeit mit heißen, geschwollenen Pooris, *Chana Masala*, würzigem Aloo-Dum, in fette runde Scheiben geschnittenen Auberginen, die in reinem Senföl gebraten wurden, und einem speziellen Fischcurry aus frischem *Kaatla Mach*. Allein der Gedanke an das Mittagessen ließ mir den ganzen Morgen das Wasser im Mund zusammenlaufen. Außerdem konnte ich die verschiedenen Artikel riechen, die in der Küche zubereitet wurden, die vielen Gewürze, die gemahlen wurden, die in den großen Glasgefäßen aufbewahrt wurden, die schließlich verwendet wurden, das reiche Aroma der Armen, die in das heiße, kochende Öl freigesetzt wurden, die Fischfilets, die mit Salz und Kurkuma-Pulver mariniert wurden, überzogen mit einer Mischung aus Zwiebeln, Knoblauch und Ingwerpaste, wobei die Zutaten des Aloo-Dum und *Chana Masala* nacheinander in die riesigen Pfannen gegossen wurden und der Spachtel sie in dicke, köstliche Pasten rührte. Die verschiedenen Aromen wehten durch die Luft und spielten mit meiner Selbstbeherrschung und machten mich ungeduldig, nervös und ungewöhnlich hungrig. Als Chandu vor Jahren versuchte, mir das Bein zu reißen, weil ich die Schule abgebrochen hatte und immer noch keinen stabilen Job hatte, ließ ich mich nicht einschüchtern. Stattdessen knurrten mein Magen und ich ihn unisono laut und bedrohlich an.

"Wenn du nicht die Klappe hältst, werde ich dir im Schlaf einen Stromschlag verpassen!" Er sah mich an, als wäre ich völlig verrückt. Aber etwas in meinem Gesicht deutete vielleicht darauf hin, dass ich nicht scherzte, denn er war nirgendwo in meiner Nähe zu sehen

für den Rest des Vormittags.

Es war schließlich Mittag und wir waren alle auf dem Dach, neun von uns, mit brandneuen Drachen und Spindeln. Ich hatte weder einen Drachen noch eine Spindel gekauft. Es war nicht so, dass ich sie mir nicht leisten konnte, aber ich wollte es einfach nicht. Ich investierte den größten Teil meines Einkommens in den Kauf von frischem Licht und anderer Ausrüstung für meine Experimente, und den Rest gab ich aus, um Lebensmittel und andere Notwendigkeiten für Vikashs Familie zu kaufen, obwohl sie mir strikt gesagt hatten, dass ich es nicht tun sollte. Ich war ein arbeitsfähiger, einundzwanzigjähriger Mann und ich zahlte gerne für meinen Anteil. Ich konnte nicht zulassen, dass sie mir auf unbestimmte Zeit Nahrung und Unterkunft boten, ohne einen Beitrag zu leisten. Es hat mein Selbstwertgefühl gestochen. Ich müsste dasselbe für meine Familie tun, wenn ich zu Hause wäre. Es war also nichts Außergewöhnliches. Außerdem hatten sie mehr als genug für mich getan und ich konnte es mir nicht leisten, meine mageren Einnahmen aus Drachen und Spindeln für eine morgendliche Unterhaltung zu vergeuden. Vikash hatte mehrere alte Drachen und Spindeln, die so gut wie neu waren, also benutzte ich einen von ihnen.

Als ich in den Himmel schaute, war ich verlockt von den Hunderten von Drachen, die bereits in der Luft waren und heftig gegeneinander konkurrierten. Das war eines der besten Dinge an Vishwakarma Puja. Der Himmel! Hunderte von hellen, farbenfrohen Drachen flogen frei, schwebten fröhlich im Wind und sahen aus wie exotische Vögel jeder Farbe und Größe. Einige flogen Drachen nur aus Liebe dazu, ohne die Absicht zu haben, andere Drachen abzuschneiden oder gegen ihre Nachbarn anzutreten. Und einige, wie wir, fanden nichts belebender als einen Drachenkampf mit Zähnen und Nägeln. Gewinnen oder verlieren war uns egal. Wir meldeten uns für den Nervenkitzel, den Spaß, das laute Fluchen und Schwören, das wir mit voller Freiheit ausüben durften, da wir bereits ins Erwachsenenalter gesegelt waren, und das üppige Fest, das nach einem langen und zermürbenden Halsabschneider-Wettbewerb folgte. Der Drachenkampf begann, und in etwa fünfzehn Minuten hatte ich zwei meiner Freunde sowie einen ahnungslosen Nachbarn erfolgreich besiegt. "BHO-KATTA!", schrien meine Freunde jedes Mal und kamen herüber, um mir den Rücken zu klopfen. In den nächsten zehn Minuten hatte Vikash zwei weitere Drachen abgeschnitten. Vier Drachen runter, nur noch fünf Drachen übrig. Bhola, Chandu, Parashuram, Vikash und ich standen in einem erbitterten Wettbewerb. Bald schnitt Parashuram Bholas Drachen ab und sein Drachen wurde wiederum von Chandu abgeschnitten. Zwei weitere Drachen stehen noch aus, abgesehen von meinem, dem meines besten Freundes und dem meines Erzfeindes. Ich beschloss, letzteres zu besiegen und es dann als Unentschieden zu bezeichnen.

Aber gerade als ich dabei war, dies zu tun, gab mir der Anblick der Spindel, die mühelos in meinen Händen rollte, eine Gehirnwelle. Ich stand einen Moment da, gebannt und starrte auf meine Spindel wie ein Liebhaber, der tief in die Augen seiner Geliebten schaut.

"Was ist los mit dir?" Bhola schrie auf. "Nimm seinen VERDAMMTEN DRACHEN runter!"

Stattdessen rollte ich in *meinem* Manja wie in Trance. "WAS in ALLER WELT MACHST DU DA?", schrie

Parashuram.

Taub für all ihre Ausrufe, brachte ich meinen Drachen langsam herunter und übergab ihn Vikash.

»Ziehst du dich zurück?«, fragte er mich überrascht.

"Ich hatte gerade eine Idee!" Ich sprach benommen. "Kann ich mir diese Spindel für eine Weile ausleihen?"

"Natürlich kannst du das!" Er sah verblüfft aus. "Aber warum nicht zuerst das Spiel beenden?"

"Ich... ich denke, ich habe eine Lösung gefunden!" Ich habe geweint.

Vikash sah mich an, als würde ich in einer fremden Sprache sprechen.

"Ich muss sofort gehen!" Ich bestand darauf.

"Okay! Geh!", sah er aufgeregt aus, trat dann an mich heran und flüsterte mir ins Ohr. "Ich werde mich dir anschließen, sobald ich Chandu in den Arsch getreten habe."

Und dann eilte ich mit der Spindel in der Hand lachend in mein Zimmer.

"Er ist völlig verrückt geworden, nicht wahr?" Ich hörte Chandus Bemerkung, als ich die kalte, harte Mosaiktreppe hinunterkletterte, aber damals war mir nichts wichtig.

Ich musste am Aufruf einer Erfindung teilnehmen!

In den nächsten Tagen besuchte ich mehrere Schreiner in der ganzen Stadt, um eine kleine, zylindrische, spindelförmige Holzkonstruktion für mich anfertigen zu lassen, durch deren Länge ein Loch gebohrt wurde. Ich habe auch einen großen Teil meiner monatlichen Ersparnisse für den Motor eines Tischventilators ausgegeben, den wesentlichen Teil des gesamten Arrangements. Es war dieser Motor, der meine Spindel drehen ließ, sobald sie an eine Stromquelle angeschlossen war. Sobald meine Spindel fertig war, platzierte ich sie horizontal in einem Holzrahmen und zeichnete fünf vertikale Linien mit gleichem Abstand zwischen ihnen auf ihrem Körper. Dann pflanzte ich auf jeder Linie eine Kupferplatte, diagonal untereinander, ohne dass zwei Platten direkt nebeneinander gepflanzt wurden. Und ich legte einen einzelnen Kupferstreifen auf ein Ende der Walze, der wie ein durchgehender Ring umlaufend war.

"Wofür ist das?" Vikash hat mich eines Tages gefragt.

"Das wird mein Leiter der Elektrizität sein", sagte ich stolz.

Als nächstes habe ich alle fünf Kupferplatten mit winzigen Kupferdrähten an den Leiter angeschlossen, so dass, sobald die Energie den Leiter erreicht hat, alle winzigen Platten elektrisch aufgeladen werden. Und ich befestigte einen separaten und unabhängigen Draht lose an meinem Leiter. Dieser wäre an den Steckpunkt angeschlossen und fungiert als kontinuierlicher Stromversorger. Ich wählte fünf Glühbirnen aus meiner Sammlung. Jeder von ihnen hatte zwei Drähte. Ich nahm von jeder Lampe einen Draht und fixierte sie mit Klebeband auf dem Gestell genau so nebeneinander, dass die Enden der Drähte gerade die fünf entsprechenden Linien auf der Rolle berührten. Die fünf verbleibenden Drähte habe ich zu einem gemeinsamen Draht zusammengefügt, der mit dem Steckpunkt verbunden war. Es gab also zwei Stromquellen, eine ausschließlich für die Walze und die andere für den Tischlüftermotor.

Mein Herz ließ einen Schlag aus, als ich sowohl die Stromquellen einschaltete als auch die Walze sich langsam zu drehen begann. Die Drähte, die an das Gestell geklebt waren, wurden fixiert, aber die Walze drehte sich. Und ich wurde von einem Gefühl der Ekstase überschwemmt, als ich sah, dass beim Drehen meiner Holzrolle die fixierten Glühbirnendrähte nacheinander die elektrisch geladenen Kupferplatten berührten, und die Glühbirnen leuchteten und verblassten in einer Linie nacheinander. Ich sprang vor Freude und hätte mit meinen Freudenschreien fast die Decke heruntergezogen!

"Vikash! Vikash! Komm und sieh, was ich gemacht habe!"

Ich war so überwältigt, dass ich nicht verhindern konnte, dass meine Tränen flossen!

"Du hättest Elektroingenieur werden sollen, weißt du!" Vikash weinte, als er es sah. "Du wirst weit kommen, mein Freund!"

"Es ist alles wegen deiner Hilfe", sagte ich ihm. "Ich wäre nicht in der Lage gewesen, das zu tun, wenn du nicht an meiner Seite gewesen wärst."

"Ich habe nichts getan! Es war alles deine Idee, dein Design."

"Du hast mir eine Unterkunft gegeben", meine Stimme war voller Emotionen. "Du hast mir deine Spindel geliehen. Du hast immer an mich geglaubt. Ich weiß nicht, ob ich es dir jemals zurückzahlen kann."

"Das musst du nicht!", rief er. "Vergiss mich einfach nicht, wenn du ein Star wirst."

Und da fingen wir an, durch unsere Tränen zu lachen.

Die Rollen dienten einem doppelten Zweck. Erstens, nachdem ich meinen Tischlüftermotor an die Stromquelle angeschlossen hatte, musste ich mich einfach zurücklehnen und zusehen, wie meine Walze mit meinen Lampen Wunder vollbrachte. Zweitens leuchteten die Lampen alle zu unterschiedlichen Zeiten, abhängig von der Position der Kupferplatten. Hätte ich die Teller nebeneinander gepflanzt, würden sie alle zusammen leuchten und verblassen. Aber da ich die Teller diagonal gepflanzt hatte, flackerten die Lampen nacheinander in einer Reihe.

Schließlich entwickelte ich meine Walzen und lernte, neuere Mechanismen herzustellen, die es Hunderten von Lichtern auf einer Platte ermöglichten, auf einer einzigen Walze zu arbeiten, Licht- und Schatteneffekte sowie Animationseffekte zu erzeugen, die alle von der strategischen Lage der Kupferplatten auf der Oberfläche der Walze abhängen und auf die unterschiedlichen Designs und spezifischen Anforderungen der einzelnen Platten zugeschnitten sind. Es war eine meiner bedeutendsten Innovationen, diejenige, deren Blaupause mir durch eine dürftige Spindel offenbart wurde. Ich habe zum ersten Mal meine Rollen benutzt, um die Straßen eines benachbarten Ortes für die Jagadhatri Puja zu beleuchten. Mehr als die Durga Puja war es die Jagadhatri Puja, die ich jedes Jahr mit angehaltenem Atem erwartete. Die Botschaft von Durga Puja war mir egal, da ich selbst ein wenig wie die Asura aussah, während der Rest des Gefolges schön und fair aussah. Die Menschen, die Asuras in den lokal inszenierten Sketchen spielten, waren entweder dunkel gefärbt oder mit dunkler Farbe bedeckt. Ein paar Mal wurde ich eingeladen, diese Rolle zu spielen, und meine Brüder freuten sich, sich über mich lustig zu machen. Darauf habe ich mich also nicht gefreut. Jagadhatri Puja war das Fest, das in unserer verschlafenen kleinen Stadt mit mehr Pomp und Pracht gefeiert wurde. Es wurden neue Kleider gekauft, Häuser gereinigt, alte Schuhe poliert, Gesichter verschönert und die Stadt wie eine frisch verheiratete Braut gekleidet, als sie sich darauf vorbereitete, Gäste aus nah und fern willkommen zu heißen. Es war eine Zeit des Feierns und der Wiedervereinigung, der Heimkehr und der gesellschaftlichen Zusammenkünfte. Menschen aus dem ganzen Land kehrten nach Hause zurück, um die fünf verheißungsvollen Tage der Puja zu feiern. Früher, in Abwesenheit von Elektrizität, platzten sie Feuerwerkskörper und benutzten brennende Fackeln um die *Mandaps* und während des Eintauchens. Wie ich später erfuhr, wurden diese Praktiken alle von den Franzosen ins Leben gerufen und inspiriert, die jedes Jahr am 14. Juli in unserer Stadt riesige Feuerwerkskörper-Shows zum Gedenken an den Fall der Bastille veranstalteten, und diese Traditionen wurden auch nach ihrem Verschwinden aufrechterhalten.

Als ich ein Kind war, hatte ich von meinen Ältesten gelernt, dass Maa Jagadhatri ein Aspekt von Maa Durga selbst ist. Und obwohl ich mich nie an die ausgeklügelten Geschichten von Maa Durga und Maa Kali erinnern konnte und sie oft miteinander vermischte, erinnerte ich mich immer an die Geschichte von Maa Jagadhatri.

"Die Geschichte besagt, dass sich die Götter Indra, Varun und die anderen nach der Erschaffung von Maa Durga als allmächtig betrachteten. Sie weigerten sich, Shakti anzuerkennen, die ursprüngliche kosmische Energie, die das gesamte Universum regierte. Sie begingen den abscheulichen Fehler, sich für mächtiger als sie zu halten., hatte Dada gesagt.

»Was ist dann passiert?«, hatte ich eifrig gefragt.

"Das machte Shakti natürlich wütend und sie beschloss, sie zur Rechenschaft zu ziehen. So erschien sie vor ihnen in der Verkleidung der Maya, ließ ein Stück Gras vor ihnen wachsen und bat jeden von ihnen, zu versuchen, das Gras zu pflücken, wenn sie könnten. Sie alle machten sich über Maya lustig, weil sie ihnen eine so einfache Aufgabe gestellt hatten, aber dann, einer nach dem anderen, scheiterte jeder von ihnen am Test. Da erschien Shakti vor ihnen als Göttin Jagadhatri, die auf einem Löwen saß."

"Was ist dann mit dem Elefanten? Welche Bedeutung hat es?"Die Götter erkannten bald ihren Fehler und ihr Stolz nahm die Form eines Elefanten an. Und so verehren wir

Maa Jagadhatri, eine Göttin, die auf einem Löwen mit einem Elefanten unter ihr sitzt."

Es war bekannt, dass Maharaja Krishnachandra Roy aus Krishnanagar, Westbengalen, wie ich später erfuhr, zuerst den Jagadhatri Puja begonnen hatte. Er war vom Nawab von Bengalen, Aliwardi Khan, eingesperrt worden, weil er sich geweigert hatte, ihm sein Königtum zu geben, und wurde am Tag der Durga Nabami, dem letzten Tag der Durga Puja, freigelassen. Der Maharadscha war äußerst betrübt, weil er nicht in der Lage war, das eine Fest zu genießen, auf das er sich jedes Jahr freute, und seine Inhaftierung ruinierte die Feierlichkeiten von Durga Puja in seinem Königreich. Maa Jagadhatri soll den Maharadscha in seinen Träumen besucht haben und ihn gebeten haben, sie beim nächsten Shukla Nabami anzubeten. Er befolgte die Anweisung der Göttin buchstabengetreu und begann die Jagadhatri Puja. Die Puja breitete sich schließlich auf andere Städte aus, darunter Chandannagar.

Wie letztes Jahr wollten mich auch dieses Jahr die Leute von Ashok Palli für die Dekoration ihres Schuppens engagieren, diesmal für die Jagadhatri Puja. Sie waren bereit, den Betrag auf achtzehn Rupien zu erhöhen, aber ich wollte diesmal etwas anderes machen, etwas

Größeres. Ich wollte meine Erfindung nutzen. Während ich noch darüber nachdachte, ob ich ihr Angebot annehmen sollte oder nicht, kamen ein paar Männer aus einem benachbarten Ort bei Vikash vorbei, um mich zu sehen.

"Wie hast du mich gefunden?» Ich erkundigte mich, ein wenig verwirrt.
"Subhash Babu hat uns deine Adresse gegeben."

Sie wollten, dass ich ihre Straße dekoriere, die zum Pandal führte, und sagten, dass sie mich meinen Willen haben lassen würden, solange meine Arbeit beeindruckend sei. Außerdem waren sie bereit, mir fünfundzwanzig Rupien für meine Arbeit zu zahlen.

Ich kam auf die Idee, einen Lichtertunnel aus gewölbten Bambusstreifen mit entlang ihrer Länge gesäumten Glühbirnen zu bauen. Jeder Bogen hatte eine separate Rolle mit diagonal gepflanzten Kupferplatten, die die Lampen von einem Ende zum anderen Ende der Bambusstreifen laufen ließen. Es war ein Großprojekt, da ich jetzt eine ganze Straße dekorieren müsste. Sie zahlten mir fünfundzwanzig Rupien, was weit über meinen Erwartungen lag. Aber angesichts der Idee, an der ich arbeiten wollte, wusste ich, dass fünfundzwanzig Rupien die Kosten kaum decken würden. Trotzdem war ich bereit, es zu tun. Damals tendierte ich zu neueren Innovationen wie eine Motte zur Flamme und war bereit, das Risiko einzugehen, diesmal etwas Neues und Anderes zu präsentieren.

Mein Freund Parashuram und ich verbrachten schlaflose Nächte damit, extrem hart zu arbeiten, um etwa fünfundzwanzig Rollen zu kreieren. Es kostete mich fünfzig Rupien, was doppelt so viel war, wie mir versprochen wurde, und ich wusste, dass ich auf meine Ersparnisse zurückgreifen musste, um meine Arbeit zu beenden. Aber ich wollte Lob verdienen, mehr als Geld. Ich wollte, dass die Leute vorbeikommen und meine Arbeit schätzen. Wahrscheinlich, weil ich so hungrig vor Bewunderung war, als ich aufwuchs, dass ich mein ganzes Leben lang danach hungerte. Geld war mir nie so wichtig wie Respekt und Bewunderung. Wir haben mehr als einen Monat gebraucht, um alle Rollen zu erstellen, aber wir haben den Prozess sehr genossen.

Ein paar Tage vor der Puja besichtigten wir noch einmal die Straße, notierten alle notwendigen Messungen und schlossen unseren Deal mit den Ausschussmitgliedern ab. Zwei Tage später waren wir auf dem Gelände, klebten kleine, äquidistante Bambusstangen auf beide Seiten der Straße und verbanden jedes Paar auf der anderen Straßenseite mit dünnen gewölbten Bambusscheiben, die in riesigen Halbkreisen geformt waren, wobei sich die Krone fast zehn Fuß über den Boden erstreckte. Es sah aus wie der Eingang zu einer Höhle, die schließlich zum Hauptpandal führte. Dann befestigten wir mehrere 25-Watt-Lampen, die über die gesamte Länge der Bambusstreifen in gelbes Cellophan eingewickelt waren.

»Warum gelb?«, hatte Parashuram mich befragt. "Warum nicht rot oder blau oder grün? Warum verwenden wir nicht alle Farben?"Gelb wird das Beste sein", erklärte ich und visualisierte die nachts leuchtenden Bögen. "Es ist die hellste Farbe. Die Glühbirnen

wird wie Glühwürmchen im Dunkeln der Nacht leuchten."

Das brillante Bild in meinem Kopf trieb mich an, meine Nase an den Schleifstein zu legen und den ganzen Tag hart an den Bögen zu arbeiten. Ich wollte meiner Phantasie Leben einhauchen, und die Aufregung, etwas Neues zu tun, hatte mich gegen die Schmerzen von Hunger und Durst immun gemacht. Bis zum Abend hatten wir die Installation der Bögen entlang fast der Hälfte der Straße abgeschlossen. Und genau wie ich es mir vorgestellt hatte, sahen die Bögen atemberaubend schön aus, als wir nach Einbruch der Dunkelheit einen Prozess durchführten. Es war fast so, als würde ich durch einen verzauberten Tunnel gehen, der von Glühwürmchen und Glühwürmchen beleuchtet wurde, und ich konnte nicht anders, als ein paar Zeilen aus einem meiner Lieblingslieder von Tagore zu summen.

'O Jonaki, ki shukhe oi daana duti melecho!' (Oh Glühwürmchen, wie fröhlich flatterst du mit den Flügeln!)

"Du hattest recht", klopfte Parashuram mit funkelnden Augen auf meinen Rücken. "Es sieht wunderbar aus! Ich kann mir nicht vorstellen, wie es aussehen wird, wenn wir alle Bögen installiert haben. So etwas hat es hier noch nie gegeben."

Ich war so aufgeregt, dass ich in dieser Nacht kaum schlafen konnte. Ich summte Tagores Melodie immer und immer wieder und dachte sogar daran, den Ausschussmitgliedern am nächsten Tag vorzuschlagen, dass sie dieses Lied im Puja-Pandal spielen. Ich wusste nicht, dass ich am nächsten Morgen einen bösen Schock bekam, denn als wir am nächsten Tag auf der anderen Hälfte der Straße wieder zur Arbeit gingen, sahen wir, dass alle unsere Lichter zusammen mit den Bambusstreifen verschwunden waren. Nur die Bambusstangen und die Walzen blieben, die Walzen, an denen wir über einen Monat lang den ganzen Tag und die ganze Nacht so hart gearbeitet hatten. Wir eilten sofort zum Pandal, um mit den Mitgliedern des Puja-Komitees zu sprechen, und dachten, es sei vielleicht ein Fall von Diebstahl oder Raub. Wir waren definitiv nicht darauf vorbereitet,

waren wir dabei, von ihnen zu hören.

»Was ist passiert?«, fragte Parashuram einen von ihnen. "Wo sind die Lichter?"

"Wir haben sie hinter dem Pandal versteckt", antwortete er, streichelte beiläufig sein Kinn und sah uns kaum an.

"Warum hast du sie entfernt?"

"Schau mal, Kumpel, lass mich ehrlich zu dir sein", sah er ein wenig verärgert aus, als er befragt wurde. "Es ist nicht ganz das, was wir wollten. Wir wollten etwas Größeres und Helleres. Diese Lichter sind zu schwach! Die Straße sieht dunkel und düster aus. Es ruiniert die Essenz des Festivals. Wenn Sie etwas mit vorgefertigten Röhrenleuchten machen können, wäre das großartig. Wir bezahlen Sie für die Röhrenleuchten. Aber erwarte nicht, dass wir für die Glühbirnen bezahlen, denn als wir deinem Plan zugestimmt haben, haben wir nicht erwartet, dass deine Arbeit so ungeschickt ist.' 'Aber wir haben unsere Arbeit noch nicht beendet!" Ich weinte, Tränen stechen meine Augen. "Wir hatten nur zehn Bögen installiert. Es sind noch fünfzehn. Wir können mehr Bögen installieren, wenn du das willst. Warum verstehst du das nicht? Es ist unvollständig! Es wird extrem hell aussehen, wenn es fertig ist!'

"Wenn du etwas mit Röhrenleuchten machen kannst, kannst du das gerne tun", erklärte er. "Ansonsten kannst du woanders arbeiten gehen. Deine Glühbirnen sind hinter dem Pandal, sammle sie nach Belieben."

Als wir zu dem kleinen Stück sumpfigem Land hinter dem Pandal rannten, um zu sehen, ob unsere Lichter sicher waren, fanden wir alle unsere Bambusstreifen sorglos auf dem Boden verstreut. Zum ersten Mal in meinem Leben zitterte ich von oben nach unten wie ein Mann, der barfuß auf einem stromführenden Draht steht. Ich hätte nichts dagegen, wenn sie meine Idee einfach abgelehnt hätten, aber sie wären einen Schritt weiter gegangen und hätten meine Kunst missachtet, sie hätten sie wie Müllstücke auf den Boden geworfen. Ich würde sie nicht so leicht damit davonkommen lassen.

"Verliere nicht den Mut, mein Freund", versuchte Parashuram mich zu trösten. "Ich bin sicher, dass wir das nächste Mal irgendwo akzeptiert werden."

"Ich werde diesen Männern zeigen, was ich kann!" Ich habe versucht, meine Tränen zurückzuhalten.

"Ich bin sicher, das wirst du."

Mein Zorn war abgeklungen, meine Lichter lagen verstreut herum, meine Tasche war leer und mein Herz brach.

"Ich werde sie dafür bezahlen lassen, was sie getan haben", schluchzte ich auf Parashurams Schulter.

"Es wird alles in Ordnung sein", versicherte Parashuram. "Vertrau mir!" "Ich werde nie wieder für sie arbeiten!"

"Das musst du nicht."

Und das habe ich nie getan. Ich habe in meinem ganzen Leben nie wieder für dieses Komitee gearbeitet. Egal wie sehr sie mich später anflehten, egal wie viel Geld sie bereit waren, mir anzubieten. Meine Kunst hatte eine ebenso wichtige Position in meinem Herzen wie Gott. Und ich schuldete es nicht mir selbst, sondern meiner Kunst, dass sie die Vergeltung erhielten, die sie verdienten.

Zwischenspiel

"*Also, was hast du dann gemacht?*"

"*Ich ging und beleuchtete die Straße mit einem Haufen Röhrenlampen, wie sie es wollten*", zuckte mein Großvater mit den Schultern. "*Ich brauchte Geld. Ich hatte jedes bisschen meiner Ersparnisse für den Tunnel ausgegeben. Also befestigte ich die Röhrenleuchten an den Bambusstangen, wie sie es von mir verlangt hatten, und nahm meine Rollen und Bögen mit nach Hause. Die Straße sah schrecklich aus!*"

"*Das ist so enttäuschend!*"

"*Aber ich habe im nächsten Jahr den gleichen Tunnel mit größeren Glühbirnen und Rollen für Bidyalanka gebaut und große Anerkennung gefunden. Bidyalanka zog das größte Publikum in diesem Jahr an*", seine Augen glühten.

"*Also, deine Bemühungen sind nicht ganz den Bach runtergegangen.*" Nein, haben sie nicht ", lächelte er. Und dann kam die

transformative Panels in... in... 1968, denke ich. Es handelte sich um rechteckige Strukturen, die mit dünnen, flexiblen Bambusstreifen entworfen wurden, die in Form von Blumen, Tieren oder beliebigen Designs gemustert werden konnten. Und in Anlehnung an die Muster, die Sie an die 6.2-Miniaturen angehängt haben.'

"*Ich verstehe nicht ganz*", sagte ich absichtlich. Ich wollte, dass er sich erinnert.

"*Okay, denken Sie an eine Seite aus einem Zeichenheft*", mein Großvater setzte sich auf und sein Selbstvertrauen wurde erneuert. "*Du zeichnest zuerst die vier Ränder, richtig?*"

"*Richtig.*"

"*Das sind die vier Seiten eines Panels*", antwortete er. "*Der Rahmen.*"

"*Uh-huh.*"

"*Nun, wo zeichnest du die... die... Umrisse einer Blume oder eines Elefanten oder was auch immer du zeichnen willst?*"

"*Innerhalb des Randes oder Rahmens*", antwortete ich.

"*Absolut*", nickte er. "*Du tust das gleiche hier. Es sei denn, Sie verwenden keinen Bleistift, um die Umrisse zu zeichnen. Du verwendest dünn geschnittene Streifen aus flexiblem Bambus, die in Stücke geschnitten und wie Ton gebogen werden können, um jede gewünschte Form zu bilden."*

"Okay", verstand ich endlich. "Es muss eine Basis gegeben haben, auf der du diese Muster angebracht hast, oder?"

"Natürlich, das ist gesunder Menschenverstand! Die Entwürfe würden sonst abfallen!", lachte mein Großvater und dachte, was für ein Idiot ich sein muss, um solche Fragen überhaupt zu stellen. "Die Basis wurde mit stärkeren und dickeren Bambusstreifen hergestellt, die sowohl horizontal als auch vertikal platziert wurden, um eine gitterartige Struktur zu bilden, die die Designs hielt."

"Und das alles war deine Idee?" Ich war verzaubert.

"Nicht wirklich", antwortete mein Großvater. "Ich hatte gesehen, wie die Männer von Sudhir Dhara und Deben Sarkar im Vorjahr etwas Ähnliches für das Bagbazar Puja-Komitee getan hatten. Sie hatten 12-Volt-Lampen verwendet, die in Autoscheinwerfern zu finden waren, und die Lampen so angeordnet, dass sie eine Szene der Ehe darstellten."

"Wie war das?", fragte ich, absolut begeistert von der Anzahl der Details, an die er sich erinnern konnte.

Es war sehr schön! Ich war fasziniert. Das war der Anstoß, der zu neueren Ideen in meinem Kopf führte. Aber sie hatten feste Lichter benutzt. Ich wollte es anders machen."

"Also, was hast du auf deinen Panels gemacht?" Ich habe ihn weitergeschoben. "Welche Art von Designs hast du gemacht?"

"Da ich zum ersten Mal mit Panels gearbeitet habe, habe ich nichts Kompliziertes getan, ich habe es einfach gehalten", erklärte mein Großvater energisch, aufrecht sitzend und mit funkelnden Augen. "Es gab eine Tafel, auf der ich eine fliegende Taube aus Miniaturlampen zeigte. Es gab Tafeln mit dem bengalischen Alphabet. Tafeln mit Blumen und Fischen und so weiter."

"All diese Lichter bewegten sich?

"Ja, jeder von ihnen", antwortete er. "Der Vogel flatterte mit den Flügeln, die Blumen blühten, solche Dinge. Damals wusste noch niemand von dieser Technik. Im Laufe der Zeit habe ich verschiedenen Leuten beigebracht, wie man Walzen herstellt und die Designs zum Leben erweckt, und dann haben sie anderen beigebracht, und so verbreitete sich die Kunst durch Chandannagar.'

"Wow! Und wer hat diese Entwürfe gezeichnet?"

"Es gab in unserer Zeit einen großartigen Künstler. Sein Name war Mahadev Rakshit. Er war derjenige, der alle meine Entwürfe auf Papier zeichnete. Dann haben wir die Strukturen entsprechend gemacht. Nach seinem Tod übernahm ein Mann namens Satinath die Leitung. Beide waren unglaublich talentiert."

"Und bewegten sich diese Entwürfe oder bewegten sie sich immer noch?" Ich konnte fast hören, wie mein Herz vor Aufregung in meiner Brust schlug. Ich konnte nicht glauben, wie gut er sich an alles erinnerte! So viele Details aus seiner Vergangenheit! Jeder einzelne Name! Und er stammelte kaum, während er sie erzählte.

"Die auf dem Papier bewegten sich natürlich nicht,"

antwortete er sachlich. *"Es war wie in Animationen... weißt du... Figuren bewegen sich, Farben ändern sich und alles. Wir haben diese Effekte mit den Lichtern geschaffen. Auf dem Papier hatten wir nur die Zeichnungen, die Maße und so weiter. Die Bewegungen der Lichter hingen alle von den Positionen der Kupferplatten auf der Walze ab.'*

"Es muss extrem schwierig gewesen sein, die komplizierten Designs einer riesigen Platte mit einer einzigen Holzrolle zu verbinden."

"Das war es", antwortete mein Großvater. "Man musste über ein solides technisches Verständnis verfügen, um die Platten richtig auf einer Walze platzieren zu können. Alles hing von der Position der Platten ab.'

"Ich erinnere mich, dass Großmutter mir erzählte, dass sie die Teller selbst auf mehrere Rollen gepflanzt hatte. War sie auch wirklich gut darin?"

Mein Großvater nickte eine Weile ernst und dann, zu meiner Überraschung, verdoppelte er sich plötzlich vor Lachen.

"Was ist los?", fragte ich ihn amüsiert. "Lass mich auch den Witz hören."

"Sag deiner Großmutter nicht, dass ich dir das gesagt habe", kicherte er. "Aber keine der Walzen, an denen sie gearbeitet hat, konnte jemals verwendet werden!"

"Wirklich?"

"Keiner von ihnen", antwortete er. "Sie hatte keine Ahnung, was sie tat. Sie pflanzte die Teller nach dem Zufallsprinzip, wo immer sie wollte. Aber es machte sie extrem glücklich, dass sie mir half. Also ließ ich sie tun, was sie wollte."

Ich habe gelacht. "Sie glaubt immer noch, dass sie ein Profi darin ist, Teller auf Rollen zu pflanzen! Tatsächlich sagte sie mir, dass sie mit so viel Selbstvertrauen

Ich habe ihr auch geglaubt! Sie sagte, es ist die einfachste Sache aller Zeiten und dass jeder es tun könnte, wenn er nur die Technik kennt."

Mein Großvater lachte noch lauter darüber. Ich auch. Es war in der Tat eine urkomische Entdeckung!

"Nachdem sie ihr Fachwissen auf meine Walzen übertragen hatte, pflanzten meine Arbeiter die Teller zurück in ihre richtige Position, als deine Großmutter nach Hause ging, um Mahlzeiten zuzubereiten. Und dann kehrte sie am nächsten Tag wieder zurück, als die Walzen fertig waren, und sie zeigte auf die leuchtenden Paneele und schrie vor Freude: „Siehst du... sieh mal! Das sind die, die ich gemacht habe! Und du dachtest, nur du könntest es schaffen!" Ich hörte ihr liebevoll zu und ließ sie wissen, dass die, die sie gemacht hatte, die besten von allen waren. Und das Glück in ihren Augen würde meinen Tag ausmachen!" Ich konnte nicht anders, als mich ein wenig überwältigt zu fühlen. Ich konnte mir vorstellen, wie meine Großmutter, jung, schön und ein wenig hasenhirnig, inmitten all der Arbeiter hart in der Fabrik arbeitete, mit ihren langen, dunklen Haaren, die in einem mit weißem Jasmin verzierten Knoten gebunden waren, Kupferplatten auf einer Rolle mit einem Hammer nagelte. Und mein Großvater stand direkt neben ihr und schaute auf das Chaos, das sie mit bewundernden Augen angerichtet hatte, grinste heimlich vor sich hin, ließ sie aber gleichzeitig glauben, dass sie gute Arbeit leiste, nur um das entzückende Lächeln auf ihrem Gesicht zu sehen, als die Tafeln leuchteten. 'Im folgenden Jahr zeigte ich Lichter unter Wasser', meine

sagte Großvater.

"Ja, ich habe viel darüber gehört. Alle reden von den Unterwasserlichtern. Es war ein Wendepunkt in deiner Karriere, soweit ich weiß."

"Oh, das war es definitiv", sagte er mit einem weit entfernten Blick in seinen Augen. "Der Einsatz war auch ziemlich hoch. Ich hätte verlieren können

mein Leben. Tatsächlich war ich zu einem bestimmten Zeitpunkt fast dabei.' 'Opa, ich möchte alles darüber wissen, jeden einzelnen

detail!", bestand ich darauf.

"Na dann, komm nach dem Mittagessen zurück", sagte er begeistert zu mir. "Ich... ich werde versuchen, mich an die Details zu erinnern und dir alles zu erzählen."

Als ich an diesem Nachmittag mit meinem Notizbuch und Telefon in sein Zimmer ging, fand ich ihn schlafend. Ich starrte ihn eine Weile liebevoll an, die grauen Haarstreifen auf seinem Kopf waren mit schwarzen Strähnen gespickt, die Haut an seinen Händen und seinem Gesicht war mit dem Alter faltig geworden. Der Schlaf schien seinen Zügen eine seltsame Würde zu verleihen. Man konnte die starke Persönlichkeit sehen, die einst unter dem weichen, faltigen Äußeren lag. Aber als er aufwachte, war er ein anderer Mann, ein Mann, der nach seiner Brille und seinen Hörgeräten fummelte, wackelig und unsicher. Er hatte seine Sprach- und Gedächtnislücken weitgehend überwunden und darauf war ich sehr stolz. Tatsächlich war es genau das, was mich am Laufen hielt. Ich hätte schon vor Ewigkeiten aufgegeben und wäre tiefer in den Abgrund der Depression gesunken, wenn er keine Anzeichen einer Besserung gezeigt hätte.

Ich stieß ihn sanft an, um ihn aufzuwecken. Er öffnete langsam die Augen, sah mich an und fragte mich, was passiert sei. Aber als ich ihn an die Geschichte der Unterwasserlichter erinnerte, die er mir erzählen sollte, sah er mich mit leeren Augen an.

Mein Herz ließ einen Schlag aus.

"Was redest du da?", fragte er mich schwach. "Ich bin wegen des Buches hier, Großvater", sagte ich zu ihm. "Das Buch, das ich über dich schreibe. Du hast mir gesagt, ich solle heute Abend zu dir kommen."

»Das Buch?«, sah er verblüfft aus. "Welches Buch?"

"Erinnerst du dich nicht?" Etwas in mir zerbrach. "Ich habe dich die ganze Zeit interviewt. Du hast mir alles über dein Leben erzählt."

"Was sagst du?"

"Du erinnerst dich wirklich nicht?" Meine Stimme war kaum ein Flüstern.

Er sah mich einfach sprachlos an, als wäre ich ihm völlig fremd. Und für einen Moment kam die Welt um mich herum zum Stillstand.

"Ich... ich glaube, ich verstehe nicht."

"Es ist okay", zitterte meine Stimme. "Es ist okay... du schläfst jetzt." Ich ging kalt, taub und still aus der Tür. Ein Strom von Tränen strömte unwillkürlich aus meinen Augen. Ich eilte in mein Zimmer und verriegelte die Tür, um neugierigen Blicken und unaufhörlichen Nachforschungen zu entgehen. Ich weinte nicht gerne vor anderen. Tatsächlich mochte ich es überhaupt nicht, zu weinen. Meine Tränen haben

fühle ich mich extrem selbstbewusst, fast nackt.

"Alles wird gut", sagte ich mir, als ich mich in der Stille meines Zimmers auf mein Bett setzte und mir die Tränen aus den Augen rieb. "Er wird sich erinnern. Er wird sich an alles erinnern."

Ich fühlte mich wie ein Idiot zum Weinen und bemühte mich, optimistisch zu sein, mich davon zu überzeugen, dass alles nur vorübergehend war. Aber als ich allein in der Stille meines Zimmers saß, konnte ich nicht anders, als mir das alte und faltige Gesicht meines Großvaters vorzustellen, als er sich energisch aufsetzte und alle Details seines Lebens verschüttete, seine trüben Augen funkelten, seine Augenbrauen berührten fast seine Stirn, wenn er sich an etwas erinnerte, von dem er dachte, dass es mich interessieren würde, und die lustige Art, wie er seine Hände zur Erklärung hin und her bewegte. Er wäre in Ordnung. Es ging ihm besser. Er hatte mehrmals gestottert, aber es war in Ordnung. Ich konnte sehen, wie hart er arbeitete und seine Hilflosigkeit bewegte mich, aber als es ihm endlich gelang und er lange Sätze sprach, ohne zu stottern oder den Faden seiner Gedanken zu verlieren, konnte ich sein Gesicht mit Hoffnung und Freude leuchten sehen, und das wiederum gab mir das Gefühl, lebendig zu sein.

Vielleicht war die Degeneration meines Großvaters einer der vielen Gründe, warum ich in Depressionen geriet. Seit seiner Kindheit war er mein Vorbild. Vor jeder kleinen Prüfung schlich ich mich in sein Zimmer, um seinen Segen zu suchen. Seine Worte wirkten immer wie ein Katalysator für mich. Sein Glaube an mich drängte mich, härter zu arbeiten.

Eines Abends, mitten in meinen Prüfungen, erhielt ich einen Anruf von einem meiner Onkel, der mir erzählte, dass Großvater während der Fahrt mit seinem Roller einen Unfall hatte. Ein paar Minuten später wurde er von drei stämmigen Männern in unser Haus getragen. Er sah so verängstigt und gebrechlich aus und klammerte sich an sie, um Unterstützung zu erhalten, dass ich in Tränen ausbrechen wollte. Ich versuchte, die Situation zu verharmlosen, indem ich versuchte, ihn stattdessen zum Lachen zu bringen.

"Wie ist ein erwachsener Mann wie du von einem winzigen Roller gefallen?" Ich fragte ihn, als ich Salbe auf seine Wunden auftrug. "Das habe ich nicht von dir erwartet, Dadu."

Er zuckte nur zusammen, als seine Wunden stachen.

Die Röntgenberichte zeigten später eine schwere Verletzung seines Knies und er war fast vier Monate nach dem Unfall bettlägerig mit seinem Knie in einem Gipsverband. Die meiste Zeit dieser Zeit schlief er entweder oder verzweifelte stundenlang, dass er nie wieder auf die Beine kommen würde, denn er konnte nicht einmal den geringsten Druck auf sein Knie aushalten.

In diesen vier Monaten erlitt er einen sichtbaren Zusammenbruch, sowohl physisch als auch emotional. Er weinte zu leicht, rauchte übermäßig, hustete seine Lungen aus, ließ sein Handy mehrmals fallen, weil seine Hände einfach nicht aufhörten zu zittern, und konnte sich nicht an die meisten Dinge erinnern, die jeden Tag passierten.

Eines Nachmittags rief er mich in sein Zimmer und erzählte mir das Schlimmste, was er jemals hätte sagen können. Das Licht in seinen Augen war zu verblassen begonnen. Er konnte nicht einmal das Licht in seinem Zimmer einschalten, weil es seine Augen schmerzte und Kopfschmerzen verursachte. Die Lichter, die er einst so leidenschaftlich geliebt hatte, waren ihm jetzt fast abstoßend geworden. Seine tränenden Augen hielten ihre Helligkeit nicht mehr aus.

Er hielt meine Hand und sagte mit großen Schwierigkeiten: "Ich kann keine kleinen Dinge mehr tun... ich-ich vergesse alles... ich kann nicht hören. Die Leute werden irritiert, wenn ich spreche. Sie schreien mich an. Die Lichter tun meinen Augen weh. Ich kann nicht einmal sprechen, ohne festzustecken. Ich kann kaum aufstehen..."

"Alles wird gut, Grandpa", versuchte ich ihm zu versichern.

"Nein, hör mir zu", bestand er darauf. "Ich... ich werde nicht in Ordnung sein. Ich kann es fühlen. Mir wird es nie gut gehen."

Seine Augen waren zwei Hohlräume völliger Dunkelheit. Ich kann mich nicht erinnern, mich vorher so traumatisiert gefühlt zu haben. Ich hatte den ganzen Nachmittag bitterlich in meinem Kissen geweint und hatte am Ende drei Tage lang hohes Fieber.

Und so trat ich auf meine Abwärtsspirale.

Herbst 1968, 1969

"Tu das nicht, Sridhar", hatte Vikash mich mehrmals gewarnt: "Es ist in Ordnung, neue Ideen zu entwickeln, aber diese ist zu gefährlich!"

"Lass es mich wenigstens versuchen", hatte ich ihm gesagt. "Lass mich sehen, ob es überhaupt möglich ist."

Als ich 1968 vom Bidyalanka Puja-Komitee mit der Straßenbeleuchtung beauftragt wurde, hatte ich mich freiwillig gemeldet, auch die Ufer unseres alten Teiches aus drei Hauptgründen zusätzlich zu dekorieren. Nummer eins, ich war daneben aufgewachsen. Nummer zwei, es war die Quelle einiger unserer üppigsten Mahlzeiten in der Kindheit gewesen. Und Nummer drei, es war die Kulisse für mehrere meiner kindischen Spielereien gewesen. Als jedoch nach Sonnenuntergang die Lichter um den Teich leuchteten, sah der von den Ufern des Teiches umschlossene Raum extrem leer aus. Aber natürlich hätte ich nichts dagegen tun können, weil der umschlossene Raum nichts als nackentiefes Wasser enthielt.

Damals dachte ich zum ersten Mal über die Möglichkeit nach, Lichter unter Wasser leuchten zu lassen, und lachte über mich selbst, weil ich so unpraktisch war. Aber dann blieb die Idee für eine Weile bei mir hängen und was am Abend unmöglich schien, schien mir eine Idee zu sein, die es wert war, in der Nacht einen Versuch zu geben. Ich war mir nicht einmal sicher, ob die Idee realisierbar war, da sie beispiellos war. Außerdem war es ein sehr riskantes Geschäft, die 25-Watt-Lampen unter Wasser zum Leuchten zu bringen. Und wenn ich diese Lichter unter Wasser zum Leuchten bringen müsste, müsste ich natürlich ins Wasser gehen, um sie zu reparieren, sie zu testen und alles andere zu tun, was in dieser Situation erforderlich wäre, und das würde mich den Gefahren eines schweren Stromschlags aussetzen, falls die Leuchten aus irgendeinem Grund explodieren würden. Ich war jedoch neugierig und wollte immer etwas Neues ausprobieren, etwas

Einzigartiges machen, auch wenn es riskant war. Ich habe mich entschlossen, meine Idee unabhängig von den damit verbundenen Risiken zu testen.

Also, eines schönen Tages senkten mein Freund Parashuram und ich eine kleine Platte mit 25-Watt-Lampen im Bidyalanka-Teich, um zu sehen, ob unser Plan überhaupt machbar war und auch um eine Vorstellung von den wahrscheinlichen Risiken zu bekommen. Ich stand knietief im Wasser und diskutierte, wie wir die Aufgabe angehen könnten, ohne uns selbst zu verletzen. Die Lampen leuchteten hell und bunt. Wir hatten absolut keine Ahnung, was uns erwarten würde.

»Bist du sicher, dass du das tun willst?«, fragte Parashuram mit einem nervösen Lachen.

"Hmm", nickte ich ernst, ohne ihn anzusehen. "Aber... was ist, wenn wir sterben?"

"Du kannst auf der Bank stehen, wenn du willst", sagte ich zu ihm. "Ich werde es testen und dich wissen lassen. Wenn etwas schief geht, kann mindestens einer von uns Hilfe bekommen.'

Es schien, dass es genau das war, was er von mir hören wollte.

Also watschelte Parashuram über den Teich, kletterte heraus, stand auf den Stufen am Ufer und bot mir moralische Unterstützung an, während ich tapfer im Wasser stand und einen Stock in der Hand hielt. Ich wusste, dass wir keine Alternative hatten. Jede neue Erfindung beginnt mit jemandem, der bereit ist, die Risiken zu tragen. Früher oder später musste ich es tun, und je früher ich damit fertig war, desto besser.

"Hör zu, Parashuram", sagte ich zu ihm. "Wenn ich einen Schock bekomme, eile nicht ins Wasser, um mich rauszuholen. Schalten Sie zuerst das Licht aus, ziehen Sie den Netzstecker, warten Sie ein paar Minuten und helfen Sie mir erst dann."

Er nickte.

"Bitte ignoriere meine Warnung nicht", sagte ich ihm noch einmal. "Selbst wenn ich hier im Wasser sterbe, musst du tun, was ich gesagt habe. Schritt für Schritt. Eile nicht impulsiv herein."

"Du wirst nicht sterben, hör auf, solche Dinge zu sagen", sagte er mir, obwohl er es war, der zuerst die Möglichkeit des Todes angesprochen hatte. "Und ja, ich werde deinem Rat zum Wort folgen." Und wenn ich lebend herauskomme ", lächelte ich." Wir gehen nach Bimal Mishtanna Bhandar, okay?"

»Ja, Sir!«, rief er. "Du behandelst mich mit Samosas und ich werde dich mit Jalebis behandeln."

"Und wir werden danach rauchen. Abgemacht?' 'Abgemacht!'

Es gab so viel, wofür man leben konnte. Ich wollte unbedingt am Leben bleiben. Und ich wusste, dass ich viel glücklicher wäre, wenn unser Experiment erfolgreich wäre. Die Jalebis und Samosas wären so viel schmackhafter und das Rauchen danach würde mich nicht schuldig fühlen lassen. Tatsächlich hatte ich das Gefühl, dass ich das Recht auf Rauchen verdient hatte.

Also schloss ich meine Augen, murmelte ein schnelles Gebet und zerschmetterte mit meinem Stock eine glühende Lampe.

Dann wartete ich auf den Aufprall. Es gab keine, die ich fühlen konnte.

Meine Muskeln, die die ganze Zeit angespannt und steif gewesen waren, entspannten sich langsam. Parashuram und ich sahen uns an, und mein sanftes Nicken wurde mit einer fröhlichen kleinen Vorrichtung beantwortet, die er auf den Stufen des Ghats vor Aufregung aufführte. "Wir HABEN ES GESCHAFFT! WIR HABEN ES GESCHAFFT! JA!"

An diesem Nachmittag entdeckten wir, dass die Idee der Unterwasserbeleuchtung nicht nur machbar, sondern auch ziemlich risikofrei war, da nur ein winziges Stück Wasser um die kaputte Lampe herum elektrifiziert werden würde, nicht der ganze Teich. Unsere Ängste waren im Grunde auf einem Fundament aus Mythen aufgebaut! Überglücklich füllten wir an diesem Nachmittag unseren Magen und unsere Herzen und dann machte ich mich an die Arbeit an meinem neuen Projekt. Die Mitglieder des Puja-Komitees hatten mich gebeten, die Lampen unter Wasser so anzuordnen, dass sie die Buchstaben des in Bengali geschriebenen Wortes „Bidyalanka" bildeten. Das war für mich in Ordnung. Tatsächlich schien das ein einfaches, unkompliziertes Projekt zu sein. Also stimmte ich bereitwillig ihrem Vorschlag zu.

"Ich werde es tun", sagte ich zu ihnen und beobachtete, wie ihre Gesichter vor Freude aufleuchteten.

Für dieses Projekt habe ich nicht die weichen Scheiben aus flexiblem Bambus verwendet. Stattdessen verwendete ich dicken, biegsamen Draht, um die Buchstaben des Wortes zu erstellen, und umrahmte das Wort dann mit dicken Bambusstreifen. Nach ein paar Wochen war das Wort gesprochen, die Buchstaben sahen hervorragend aus und die Lampen leuchteten wie eh und je. Aber zwei Tage vor der Jagadhatri Puja, auf Chaturthi, als wir gerade den Rahmen in den Teich gesenkt hatten, um die Lichter zu testen, tauchte eine Gruppe von Elektroingenieuren der Bhar Company, der einzigen Stromversorgungsfirma in Chandannagar, aus dem Nichts auf und befahl mir, die Arbeit sofort einzustellen, da sie gefährlich sei und eine tödliche Bedrohung für die Besucher darstellen könnte.

"Aber die sind nicht gefährlich", bestand ich darauf. "Ich habe sie getestet." Man weiß nie, was passieren könnte, junger Mann ", warnte einer der Ingenieure. 'Wer übernimmt die

verantwortung, wenn jemand verletzt wird?'

"Es wird keine Verletzung geben", sagte ich immer wieder. "Selbst wenn eine Lampe im Wasser explodiert, ist es ziemlich sicher."

"Nein, Kumpel, das können wir nicht zulassen", sagte ein anderer Ingenieur unnachgiebig.

"Lass es mich dir wenigstens zeigen", bat ich. "Ich habe extrem hart dafür gearbeitet. Lassen Sie mich Ihnen zeigen, wovon ich spreche. Dann kannst du dich entscheiden."

Nach ein paar langen Minuten unermüdlicher Überredung beschlossen sie, mir eine Chance zu geben.

Ich signalisierte Parashuram sofort, das Licht einzuschalten und nahm dann einen Stock, der in der Nähe lag, ging selbstbewusst hüfttief in den Teich und platzte eine Lampe vor ihnen. Und dann platzte ich wieder.

»Geht es dir gut?«, fragte Parashuram. "Absolut", zuckte ich mit den Schultern.

Die Ingenieure sahen überrascht aus. Ich hätte die Lampen eines ganzen Briefes sprengen und ihn erneut erstellen können, wenn es nötig gewesen wäre, sie davon zu überzeugen, dass er sicher war. Wie auch immer, ich hatte Glück. Sie waren überzeugt, nachdem ich drei Lampen gezündet hatte und sagten, dass sie mich mit dem Plan fortfahren lassen würden.

Die fleißigen Ingenieure ließen jedoch einen Zaun um den Teich herum errichten, um die Sicherheit der Besucher zu gewährleisten, was ich nicht ablehnen konnte.

Die Unterwasserleuchten waren in diesem Jahr ein phänomenaler Erfolg und im folgenden Jahr boten mir die Gründer der Boroline Company eine stattliche Menge Geld an, um den Namen ihres Unternehmens mit Unterwasserleuchten zu bewerben, wie ich es im Vorjahr für Bidyalanka getan hatte. Und das war das Jahr, in dem ich wegen meines übermäßigen Selbstvertrauens hätte sterben können.

Die Lichter wurden im Herbst 1969 wieder in den Bidyalanka-Teich gesenkt, die weißen und grünen 25-Watt-Lampen bildeten die Buchstaben des Wortes „Boroline". Es war nur Panchami, aber Bidyalanka war verstopft. Die Menschen waren in Scharen angekommen und drängten sich an die Ufer des Teiches, während ich dort im Wasser stand und Parashuram signalisierte, während die Lichter unter Wasser zu meinen Füßen leuchteten. Da ich mir der Hunderte von Augen bewusst war, die mich hinter dem Zaun beobachteten, drückte ich meine Missbilligung an den Lichtern aus und beschloss, etwas dagegen zu tun, nur so zum Teufel!

"Sie sind zu dunkel", schrie ich Parashuram an, obwohl er fast direkt neben mir stand, und dann schüttelte ich ohne Grund kräftig den Kopf.

"Was sagst du da?" Er sah verwirrt aus. "Sie sehen so viel besser aus als letztes Jahr!"

"Nein", antwortete ich mit meinen Händen auf den Hüften und schlug die Pose eines Besserwissers ein, den mein Publikum sehen konnte. "Etwas stimmt nicht. Die Drähte müssen angezogen werden.'

An den Lichtern war nichts auszusetzen. Die Drähte waren

perfekt. Aber ich wollte, dass die Leute mich bei der Arbeit im Teich sehen, anfällig für ihre imaginären Gefahren, während die Lichter noch unter Wasser leuchteten. Für sie war es etwas Tödliches und Gefährliches und ich wollte ihre Mythen zerschlagen. Einige von ihnen standen zitternd vor Angst da, die Handflächen gegeneinander gepresst, erschrocken, und beteten um meine Sicherheit. Ich liebte die Aufmerksamkeit. Dadurch fühlte ich mich wie eine lokale Berühmtheit! Ich löste absichtlich ein paar Drähte und mischte mich in sie ein, schloss sie an, trennte sie und schloss sie dann wieder an, während die entsprechenden Lichter im Wasser flackerten und die Menschen um mich herum vor Überraschung und Angst nach Luft schnappten.

"Schau, das ist Sridhar Das!" Ich habe jemanden sagen hören. "Ziemlich waghalsig, dieser junge Bursche!"

»Wo ist er? Wo ist er?« sagten einige andere, wahrscheinlich die, die dahinter standen, die den Teich nicht sehen konnten.

"Oh, da ist er! Er ist so jung!«, sagte ein anderer. "Nichtsdestotrotz, so mutig!", antwortete ein anderer.

Und die Lampen waren nicht die einzigen Dinge, die an diesem Abend leuchteten.

Dann kam ein Moment, in dem die Menge auf der Bank ein wenig zu enthusiastisch wurde. Plötzlich gab es ein lautes explosives Geräusch, da der Zaun die aufgewühlte Menge nicht zurückhielt und bald nachgab. Die gedemütigten Schreie der Menschen, die dem Teich am nächsten standen, erwischten mich unvorbereitet, und der lose Draht ergriff meinen Finger und verbrannte meine Haut. Die Elektrizität ließ meine ganze Hand kribbeln. Als ich versuchte, es mit einem Ruck zu befreien, fiel es mir auf den Rücken und verbrannte dort auch ein Stück Haut. Als nächstes fiel es genau dort ins Wasser, wo ich gestanden hatte.

Ich erinnere mich nicht, was folgte, weil ich sofort ohnmächtig wurde. Soviel zur Selbstüberschätzung!

Ich wurde sofort bewusstlos aus dem Teich getragen. Jemand hatte bereits einen Krankenwagen gerufen. Die meisten von ihnen dachten, ich würde es nicht lebend schaffen, weil mein Puls für eine Weile nicht erkannt werden konnte. Und das Gerücht verbreitete sich in der ganzen Stadt, dass ich mit meinen Stiefeln gestorben war.

"Tod durch Missgeschick", nannten sie es.

Es war jedoch alles ein Fehlalarm und sie erwiesen sich bald als falsch, als ich drei Stunden nach meinem Missgeschick im örtlichen Krankenhaus wiederbelebt wurde.

Parashuram hatte die Drähte repariert, die ich absichtlich gelöst hatte, direkt nachdem ich aus dem Wasser getragen worden war und die Bilder meiner Lichter die Schwarz-Weiß-Seiten der lokalen Zeitungen und Zeitschriften erreichten, einschließlich detaillierter Berichte über meinen Tod, gefolgt von meiner "wundersamen Auferstehung".

Ich dachte, das wäre das Ende meiner vielversprechenden Karriere, aber innerhalb einer Woche wurde ich mit neueren Projekten überflutet, nicht nur aus der ganzen Stadt, sondern auch aus Kalkutta. Einige Big Shots aus Paikpara wollten mich im Vorfeld für die Kali Puja im nächsten Jahr buchen. Das Puja-Komitee des College Square wollte meine Unterwasserbeleuchtung. Ich erhielt mehrere Anrufe aus den Nachbarstaaten, die mir alle anboten, mich ansehnlich zu bezahlen, und danach gab es kein Zurück mehr.

Zwischenspiel

Ich war in meinem Zimmer und mein Großvater saß mit einem zarten Lächeln auf dem Gesicht auf der Bettkante. Ich rieb mir den Schlaf von den Augen und setzte mich sofort auf. Mein Lieblingslied, "The Winds of Change" von den Scorpions, spielte auf meinem Handy. Mir wurde klar, dass ich eingeschlafen war, während ich ihm zugehört hatte. Ich schaltete es aus und überprüfte die Uhrzeit. Vier Uhr dreißig, sagte die Uhr in meinem Telefon.

"Ich habe auf dich gewartet", sagte er. "Du hast gesagt, du würdest am Nachmittag zu meinem Vorstellungsgespräch kommen."

"Erinnerst du dich an das Interview?" Mein Herz hüpfte. "Natürlich tue ich das! Warum sollte ich es vergessen?"

"Ich bin heute Nachmittag zu dir gegangen", sagte ich ihm. "Ich habe dich geweckt. Aber du scheinst dich an nichts zu erinnern."

"Das liegt wahrscheinlich daran, dass ich... geschlafen habe", antwortete er mit einem Lachen. "Ich brauche ein paar Minuten, um mich an Dinge zu erinnern, nachdem ich aufgewacht bin."

Ich seufzte erleichtert. Ich dachte, er sei völlig ausgeblendet und leide unter einer Art Gedächtnisverlust. Jetzt fühlte ich mich wie ein Idiot, weil ich etwas so Offensichtliches übersah und mich einer ausgewachsenen Mitleidsparty hingab.

Großvater lachte noch etwas über den verwirrten Gesichtsausdruck und bat mich dann, mich zu erfrischen und zuerst etwas Tee zu trinken, weil er wusste, dass ich ohne ihn nicht gut funktionieren könnte. Ich spritzte mir etwas Wasser ins Gesicht und versuchte mich davon zu überzeugen, dass es mir besser ging. Ich wusste, dass ich keinen Grund mehr hatte, verärgert zu sein. Alles war in Ordnung. Großvater war absolut in Ordnung.

Ich schlurfte in das Zimmer meines Großvaters, kurz nachdem ich meinen Tee getrunken hatte. Ich war überrascht, dass ich diesmal keine Fragen stellen musste. Er war bereits mit den Antworten fertig. Er hatte sogar einige der Fakten auf einen kleinen Medikamentenumschlag im Postkartenformat geschrieben. Es gab keinen Mangel an diesen winzigen Umschlägen in seinem Zimmer. Als er sich die Zeitung von Zeit zu Zeit ansah, erzählte er mir ausführlich über das erste Mal, als er mit den Unterwasserlichtern arbeitete, und den schrecklichen Schock, den er beim zweiten Mal erhielt.

"Es war alles wegen meines übertriebenen Selbstvertrauens!", sagte er mir, während ich ihm verwundert zuhörte.

"Erzähl mir etwas, Großvater", sagte ich, nachdem er mir alles über die Unterwasserlichter erzählt hatte. "Bevor Sie anfingen, mit Lichtern zu arbeiten, gab es während der Jagadhatri Puja in Chandannagar keine Straßenbeleuchtung oder Puja-Prozession?"

"Ja, gab es", antwortete er. "Aber es gab keine dekorative oder automatische Beleuchtung als solche. Sie waren alle repariert."

"Wie waren diese früheren Lichter?"

"Einfache Glühbirnen oder Röhrenleuchten würden verwendet, um die Straßen zu beleuchten. Sie würden in dreieckigen oder sternförmigen Mustern platziert werden. Aber es waren alles feste Lichter, die entweder an den Bäumen oder an Bambusstangen entlang der Straßen befestigt waren."

"Und was ist mit der Prozession?"

"Die Prozessionen waren interessant", antwortete er mit einigem Interesse. "Anfangs gingen die Leute mit riesigen Petromax-Lampen hinter dem Idol her, wie riesige Kerosinlampen, die an ihren Schultern hingen. Vorher würden sie mit angezündeten Fackeln in ihren Händen marschieren."

"Dann... entwickelte es sich schließlich", fuhr er fort, "und Tableaus wurden eingeführt. Menschen, die sich als Charaktere aus der Geschichte oder der Hindu-Mythologie verkleiden, manchmal aus populären Volksmärchen, und sie spielten ihre Rollen auf den sich bewegenden Tableaus.'

"Also war es im Grunde wie ein bewegliches Theater?" "Genau."

Ich habe mir umfangreiche Notizen gemacht.

"Vor langer Zeit ist bei einer der Prozessionen etwas wirklich Interessantes passiert", sagte Großvater. "Ich erinnere mich nicht genau, in welchem Jahr... aber ein Puja-Komitee hatte versucht, die Hinrichtung des revolutionären Khudiram Bose darzustellen. Der Typ, der die Rolle des Bose spielte, war so aufgeregt, dass er mit der Rolle, in der er sich an den auf dem Tableau befestigten Stangen und Stangen aufhängen sollte, über Bord ging. Er sollte nur für eine Minute mit dem Halfter um den Hals für die Hinrichtungsszene auf einem kleinen Hocker stehen, aber in seiner Begeisterung trat er den Hocker und wäre erstickt, wenn er nicht rechtzeitig gerettet worden wäre. Die gesamte Prozession wurde abgebrochen, weil der Mann sofort ins Krankenhaus gebracht werden musste."

"Was?"

"Ich weiß, was du denkst", lächelte Großvater. "Warst du dabei, als es passierte?" Ich habe ihn gefragt. "Ich meine,

ist es vor deinen Augen passiert?"

"Ja, ich war da. Es ist in Bidyalanka passiert."

Ich war überzeugt, dass dieser Typ meinen Großvater irgendwie dazu inspiriert hatte, selbst ein Draufgänger zu sein, wenn es darum ging, Risiken einzugehen.

"Also, das zweite Mal, als du mit den Unterwasserlichtern gearbeitet hast, war es im Jahr 1969, richtig?" Ich erkundigte mich.

"Ja", nickte er.

"Und dann kam 1970, das Jahr, in dem du Oma kennengelernt hast!" Ich rieb mir aufgeregt die Hände.

"Ja, und dann habe ich sie 1971 geheiratet", sagte Großvater. "Aber davor, im... 1969, starb mein Vater."

"Oh", seufzte ich. "Was war mit ihm passiert?"

"Wir wissen es nicht wirklich. Er klagte über Brustschmerzen und starb dann ein paar Tage später im Krankenhaus."

"War es ein Herzinfarkt oder so?"

"Es hätte sein können", antwortete er. "Keiner von uns war sich sicher." Er war nicht so alt, oder? Das ist so traurig."

"Ja, das war es", antwortete er. "Aber ich habe mich mit der Arbeit beschäftigt und bald ist deine Großmutter in mein Leben getreten."

"Erzähl mir alles darüber", grinste ich von Ohr zu Ohr.

"Ich... ich erinnere mich nicht wirklich viel an diese Jahre. " Wie kann das wahr sein?" Ich habe ihn gefragt. "Du scheinst

erinnern Sie sich an die meisten Details aus Ihrer Vergangenheit. Du solltest dich an etwas aus deiner Ehe erinnern!"

"*Du solltest besser deine Großmutter danach fragen*", antwortete Großvater, sichtlich unbehaglich. "*Ich bin sicher, sie kann dir mehr Informationen geben.*"

"*Okay dann*", sagte ich ziemlich enttäuscht. "*Ich werde sie fragen.*"

Mein Großvater, seine Federn gekräuselt, griff jetzt zu seiner Zigarettenschachtel, um sich zu trösten. Plötzlich fiel mir ein, dass ich ihn nie gefragt hatte, wie er rauchabhängig wurde.

"*Wann hast du angefangen zu rauchen?*" *Ich habe ihn befragt.*

"*Wirst du das alles auch in dein Buch schreiben?*" *Er sah schuldig aus.*

"*Wenn es interessant ist, dann auf jeden Fall.*"

"*Okay, dann hör zu*", sagte mein Großvater. "*Alles begann, nachdem ich die Schule verlassen hatte. Parashuram und ich besuchten den Bahnhof, um die köstlichen Kichererbsen und Aloe Kaabli zu essen, die auf den Plattformen verkauft wurden, und um Mangos von den Bäumen zu stehlen, die in der Nähe wuchsen. Wenn die Personenzüge an uns vorbeikamen, warfen einige der Passagiere ihre halb geräucherten Zigaretten aus den Abteilfenstern und wir holten sie von den Gleisen ab und rauchten die Reste. So hat alles angefangen.*"

Ich war entsetzt. "*Du machst Witze, oder?*" *Er schüttelte den Kopf.*

"*Was hast du überhaupt auf den Bahngleisen gemacht? Es ist gefährlich, einfach so auf den Gleisen herumzulaufen!*"

"*Wir haben auch gelegentlich Fahrten zu den nahe gelegenen Stationen auf diese Weise angehängt*", antwortete er.

"*Wurdest du nie vom Ticketsammler erwischt?*"

"*Ein paar Mal, ja*", gab er zu. „*Aber es hat uns damals alles Spaß gemacht. Vom TC erwischt und gescholten zu werden, war aufregend. Und wir warteten auf unsere Chance zu rauchen. Also beteten wir, dass die Passagiere im sich nähernden Zug großzügig sein würden.*"

"*Großzügig, die Spuren mit Zigarettenkippen zu übersäen?*" *Jetzt, wo du es so sagst, fühle ich mich wirklich schuldig,* "

Antwortete Opa.

"*Das solltest du!*" *Ich gab vor, verärgert zu sein.* "*Die Bahngleise waren nicht dein Spielplatz. Am wichtigsten ist, warum um alles in der Welt würdest du Zigaretten rauchen, die von Fremden herumgeworfen werden?*"

Mein Großvater hatte einen entfernten Blick in seinen Augen. „Die Leute vergessen oft, dass ich auch ein Mensch bin. Sie... sie erwarten immer, dass ich perfekt bin, vorbildlich. Aber ich war auch mal ein Kind und dann ein junger Mann. Ich habe viele Fehler in meinem Leben gemacht, auf die ich nicht stolz bin. Also sei nicht zu schockiert, meine Liebe. Es tut mir weh, diesen Ausdruck in deinem Gesicht zu sehen. Ich fühle mich, als hätte ich... als hätte ich dich mit dieser Geschichte enttäuscht."

"Nun, ich bin froh, dass du zumindest überlebt hast, um die Geschichte zu erzählen", sagte ich ihm. "Weil das, was du getan hast, wirklich gefährlich war. Auf den Schienen herumzuspielen und Zigarettenreste zu rauchen, die von Fremden weggeworfen wurden, beides große Gesundheitsgefahren.' Was hätte ich sonst tun können? Wir hatten kein M-Geld

zigaretten zu kaufen. Die Straßen und Eisenbahnschienen waren also die einzigen Orte, an denen wir Zugang zu ihnen bekamen."

"Welche Zigarettenmarke haben Sie damals geraucht?" Ich sagte, ich solle die Stimmung ein wenig aufhellen.

"Charminar-Zigaretten", erinnerte er sich mit einem Augenzwinkern. "Das waren die einzigen Zigaretten, die sich gewöhnliche Leute wie wir damals leisten konnten. Goldflocke war viel zu teuer für meine Mittel."

"Okay, das ist eine ziemliche Geschichte, muss ich sagen", antwortete ich. "Aber ich weiß nicht, ob ich es in das Buch aufnehmen soll."

»Nachdenklich«, sagte Großvater. "Ich denke, du solltest es auf jeden Fall in das Buch aufnehmen. Das ist ein Fehler, den ich habe, meine älteste Sucht. Ohne dies wird mein Charakter weder aufrichtig noch vollständig sein. Außerdem möchte ich... Ich möchte nicht als dieser perfekte Mann dargestellt werden, der nie etwas falsch gemacht hat. Davon habe ich schon genug und es erschöpft mich."

Ich spürte diese plötzliche Welle der Bewunderung in meinem Herzen für den Mann vor mir, aber ich wollte es nicht zeigen. "Okay, das werden wir sehen", sagte ich ihm stattdessen. "Aber jetzt kommen wir zu dem Punkt, über den wir vorher gesprochen haben. Über dich und Großmutter. Ich weiß, dass es eine Liebesheirat war und keine Ihrer Familien unterstützte sie." Ich spielte mit dem Thema in einem vergeblichen Versuch, ihm eine Antwort zu entlocken. "Sie haben nicht einmal an der Trauung teilgenommen." "Das haben sie nicht", antwortete er. „Einige meiner Freunde standen

von uns zu dieser Zeit. Wir heirateten in Ramen Da's Haus." "Wer war er?"

"Ein alter Bekannter", antwortete er. *"Er war älter als ich und... und liebte mich wie seinen eigenen Bruder."*

"Ich verstehe", bemerkte ich. *"Also, warum haben Ihre Familien Ihre Ehe nicht unterstützt?"*

"Weil sie eine Brahmanin war. Und wir gehörten einer niederen Kaste an. Wir waren Vaishyas."

"Das war's?"

"Kastenübergreifende Ehen waren in unserer Zeit ein Tabu", antwortete mein Großvater. *"Wir durften nicht in unserem Bidyalanka-Haus leben, nachdem ich sie gegen den Willen meiner Familie geheiratet hatte."*

"Warte, hast du nicht mit Vikash Kaka in Palpara gelebt?" *Nein, ich durfte wieder in mein Haus, sobald ich nach dem Erfolg der Bidyalanka genug Geld verdient hatte*

panel-Leuchten ", antwortete er.

"Ist das nicht unfair?" Ich konnte nicht anders, als es zu sagen.

"Natürlich war es unfair", stimmte Großvater zu. *"Aber ich habe alles ertragen, weil sie... sie waren die einzige Familie, die ich hatte. Ich renovierte unser Ferienhaus zu einem Pucca-Haus mit all dem Geld, das ich verdient hatte, um meiner Mutter und meinen Brüdern bessere Lebensbedingungen zu bieten. Ich habe für die Familie gesorgt und den größten Teil der täglichen Ausgaben bezahlt. Meine Mutter war jedoch nie liebevoll zu mir. Sie war nicht stolz auf meine Leistungen. Sie erkannte sie kaum an. Sie kam nur zu mir, wenn sie Geld brauchte und... und war sehr unkompliziert. Als ob ich irgendwie verpflichtet wäre, sie zu bezahlen. Ich machte mir einen separaten Raum mit einer permanenten Decke, Fliesen auf dem Boden, verputzten Wänden, einem kleinen Aquarium, einem Radio und verschiedenen Arten von Lichtern. Nachdem ich deine Großmutter geheiratet hatte und zum zweiten Mal aus dem Haus geworfen wurde, war mein Zimmer von meinen Brüdern besetzt."*

"Also, was haben du und Großmutter getan? Wo bist du hin?' *'Wir lebten in einem der Häuser von Ramen's Da, in der Nähe der Strand Road entlang des Ganges. Ich habe ihm jeden Monat Miete bezahlt."*

"Und wie war das Leben dort?"

"Ich blieb kaum zu Hause. Das solltest du besser deine Großmutter fragen. Ich habe kaum Zeit, um mit ihr zu verbringen."

"Sag mir wenigstens, wie du sie getroffen hast!" Ich habe darauf bestanden. "Ich werde ein Buch über dich schreiben, ich muss die Dinge unbedingt aus deiner Sicht wissen."

"Okay, ihr Vater war mir sehr nahe", antwortete er kurz. "So habe ich sie kennengelernt..."

"Das weiß ich", unterbrach ich ihn. "Ich möchte wissen, wie du sie getroffen hast, weißt du, das erste Mal, als du sie gesehen hast und all das. Versuchen Sie zu verstehen, dass dies ein sehr wichtiger Teil des Buches sein wird!'

"Ich... ich erinnere mich nicht wirklich", wiederholte mein Großvater hartnäckig. "Geh und frag deine Großmutter.'"

Meine Großmutter war in ihrem Gebetsquartier, als ich am nächsten Abend nach ihr suchte. Sie meditierte nicht, also stach mich mein Gewissen nicht, als ich sie um das Interview bat.

"Warum? Warum die Eile?" Sie war ein wenig irritiert. So war sie immer, wenn sie im Gebetsraum unterbrochen wurde.

"Ich habe keine Zeit!" Ich habe es ihr gesagt. "Ich wollte schon sehr lange mit dir sprechen, aber wenn ich nach dir suche, betest du entweder oder schaust fern."

"Okay, gut, ich komme", kapitulierte sie, blies dreimal die Muschel und verließ schließlich ihren Stuhl.

Die zahlreichen Götzen, die sie anbetete, schienen mit wertenden Augen auf mich zurückzublicken, da ich die Dauer ihrer Anbetung verkürzt hatte.

Meine Großmutter war klein, prall und sah ziemlich jugendlich aus, war aber mit einem Problem in ihrer Wirbelsäule gebeugt, das nicht behoben werden konnte. Obwohl sie ein Multiorganversagen überlebte, war sie für ihr Alter ziemlich aktiv und hartnäckig, aber die Schmerzen, die ihre Gliedmaßen betrafen, standen ihr oft im Weg. Sie war immer noch extrem schön, obwohl sie nicht so aussah, wie sie es tat, als sie jung war. Ich habe mehrere Leute getroffen, die mir gesagt haben, dass ich meiner Großmutter ähnle. Sie dachte immer, sie machten Witze, aber ich konnte nicht anders, als jedes Mal ein wenig stolz zu sein, wenn jemand das sagte.

"Was willst du wissen?" *Jetzt saß sie bequem auf ihrem Bett mit ihrer kleinen Schachtel Betelblätter, Betelnüsse und Tabak.*

"Nun, erzähl mir alles über deine Ehe mit Grandpa." Warum fragst du nicht deinen Großvater danach?"

"Habt ihr beide einen Geheimhaltungseid geschworen, dass ihr niemals über euer Liebesleben sprechen werdet? Er hat sich die Lippen zugeknöpft, deshalb bin ich hier. Ich frage mich, was genau in deiner Ehe passiert ist, was? Da muss etwas faul sein."

"Nichts, außer dass es die unangenehmste Ehe aller Zeiten war. Das ist wahrscheinlich der Grund, warum es deinem Großvater peinlich ist, darüber zu sprechen."

"Uh-huh? Warum?"

"Zunächst einmal war es nicht geplant", sagte Großmutter und schnitt die Betelnüsse mit großer Präzision in Scheiben. "Keine unserer Familien war daran beteiligt."

"Ich habe das alles schon eine Million Mal gehört! Erzähl mir etwas Neues!"

"Nun, weißt du, dass dein Großvater mich mitten in unserer Hochzeitszeremonie verlassen hat, um ein paar Lichter zu reparieren, die beim Hochzeitsbankett eines anderen in Bagbazar nicht mehr funktioniert hatten?"

"Meinst du das ernst?"

"Frag deinen Großvater, wenn du mir nicht glaubst", antwortete sie und kaute ihren Paan. Ihre Lippen hatten im Laufe der Jahrzehnte aufgrund der Kattha, mit der sie die Blätter vor dem Verzehr einkleidete, eine dauerhafte rötliche Färbung erhalten. "Er ging mitten in unseren Hochzeitsritualen auf mich los. Kurz zuvor wollten wir siebenmal um das heilige Feuer herumgehen."

"Das muss so peinlich für dich gewesen sein!"

"Natürlich war es das! Erschwerend kommt hinzu, dass alle Menschen, die bei unserer Ehe anwesend waren, mir absolut fremd waren, und die meisten von ihnen waren Männer."

"Oh mein Gott!"

"Auch alles, was ich am Tag meiner Ehe trug, war geliehen. Angefangen vom Sari bis zu den Ornamenten, alles. Und wir heirateten im Haus einer Person, deren Schwiegermutter meine Familie mitten in einer steinkalten Winternacht aus einem anderen Haus in Bidyalanka geworfen hatte."

"Wird das besser? Oder noch schlimmer?"

"Nun, meine Mutter und ich waren zur gleichen Zeit schwanger."

Ich war nur froh, dass ich meinen Tee damals nicht getrunken hatte.

"Sagen Sie mir alles, von Anfang an", verlangte ich, und dann schaute ich auf meine Uhr und sagte: "Sie haben den ganzen Abend!"

Was ich nicht wusste, war, dass direkt im Nebenzimmer, getrennt von uns durch nur eine dünne Trennwand, Großvater saß, der sich an alles erinnerte. Er erinnerte sich an jedes einzelne unappetitliche Detail. Er wusste einfach nicht, wie er sich mit ihnen arrangieren sollte, nachdem er sie achtundvierzig Jahre lang begraben hatte.

Sommer 1970

Ich erinnere mich wirklich nicht an den Tag, an dem ich sie zum ersten Mal sah, aber ich erinnere mich an die Neugier und Aufregung in der Nachbarschaft, die ihrer Ankunft folgte. Sie kam mit ihren Eltern, ihren drei Schwestern und zwei Brüdern an und mietete die kleine Einzelzimmerhütte direkt neben unserem Haus, die ein billiges Asbestdach und keinen Strom hatte. Sie sahen alle sehr gut aus und die Art und Weise, wie sie mit anderen interagierten, unterschied sich erfrischend von dem, was ich gewohnt war. Ihr Name war Sumitra, sie war die älteste aller ihrer Geschwister und die schönste. Ich konnte nicht umhin, die auffallende Ähnlichkeit zwischen ihr und der berühmten indischen Schauspielerin Vyjayanthimala zu bemerken. Sie waren alle hochkastige Mukherjee-Brahmanen. Gerüchten zufolge waren sie alle aus Kalkutta gekommen und waren alle sehr gut ausgebildet, verfeinert und sprachen oft auf Englisch miteinander, was ich später erfuhr, dass es tatsächlich wahr war.

"Warum leben sie also in Ramen Das heruntergekommener Hütte und nicht in einem schönen Pucca-Haus?", fragte mein mittlerer Bruder, den ich Mejda nannte, eines Tages.

"Nach allem, was ich gehört habe, scheint ihr Vater enorme Geschäftsverluste erlitten zu haben, und sie wurden aus ihrem angestammten Haus in Kalkutta geworfen", sagte ein anderer Bruder, Shejda, und drehte seinen Schnurrbart.

"Wie auch immer, sie sehen alle sehr gut aus", sagte Kartik mit funkelnden Augen.

"Und sie sprechen Englisch", fügte Krishna hinzu.

"Sie sind alle Brahmanen", schnippte unsere Mutter aus der Küche. "Und das ist alles, worüber wir uns Sorgen machen sollten. Wenn ich jemals jemanden von euch sehe, der versucht, sich mit ihnen zu verbrüdern, werde ich nicht zulassen, dass ihr wieder einen Fuß in dieses Haus setzt. Habe etwas Selbstachtung." Im Jahr 1970 war ich ein

Mann von achtundzwanzig Jahren, unabhängig und frei. Mein Lieblingsplatz war der Manorama Medical Store, der einem meiner Freunde aus Palpara gehörte. Ich verbrachte die meiste Zeit meiner Freizeit dort, trank Tee, las Zeitungen und führte gelegentlich Gespräche mit den anderen Leuten, die sich dort versammelten. Einer von ihnen war Sunil Babu, ein medizinischer Vertreter. Er war ziemlich viel älter als ich, aber das hinderte uns nicht daran, uns zu verbinden.

Im Laufe unserer lockeren Gespräche stellten wir fest, dass wir ähnliche Geschmäcker und mehrere gemeinsame Interessen an Essen, Musik, Filmen und Fußball hatten. Wir waren beide überzeugte Anhänger von Mohun Bagan, wir liebten es, die Melodien von Kishore Kumar, Mohammed Rafi und Hemanta Mukherjee zu summen, wir waren leidenschaftliche Bewunderer von Uttam Kumar und Suchitra Sen, wir betrachteten uns beide als unschlagbar im Schach und das zementierte unsere Freundschaft. Ich entdeckte auch, dass Sumitra Sunil Babus Tochter war. Auf einer unbewussten Ebene, nehme ich an, war das ein wichtiger Faktor, warum ich mich so zu Sunil Babu hingezogen fühlte und in seinen guten Büchern sein wollte. Er lud mich eines Nachmittags zum Mittagessen zu sich nach Hause ein, und dann hatte ich die Gelegenheit, seiner Tochter offiziell vorgestellt zu werden.

"Es gibt bessere Häuser in Palpara", sagte ich Sunil Da über meinen Reis und Daal. "Warum ziehst du nicht dorthin?"

"Ich glaube nicht, dass ich sie mir leisten könnte", antwortete er demütig.

"Darüber musst du dir keine Sorgen machen", versicherte ich ihm. "Ich habe Freunde in Palpara. Ich kann dir eine anständige Unterkunft besorgen." "Dieser Ort ist anständig genug für uns, Sridhar", sagte er.

"Außerdem komme ich von hier aus schneller zum Bahnhof."

Das klang nicht nach einer gültigen Ausrede. Ich konnte nicht verstehen, wie die acht von ihnen in diesem Einzelzimmer lebten. Es war sogar noch kleiner als das Cottage, in dem wir in den 1940er und 50er Jahren lebten. Sumitras Mutter war Mitte dreißig, sah aber ungewöhnlich gebrechlich und krank aus. Ihr jüngster Bruder Gopal war kaum ein Jahr alt. Sie hatte drei wunderschöne Schwestern mit dem

Spitznamen Mana, Nuna und Annie, die alle zwischen fünfzehn und zwanzig Jahre alt waren, und einen weiteren Bruder, Proshanto, der etwa zwölf Jahre alt war. Sumitras unmittelbarer jüngerer Bruder Gedo, der gerade zwanzig Jahre alt war, war in Kolkata unterwegs und verfolgte einen MBBS im National Medical College. Sumitra selbst hatte gerade das Lady Brabourne College mit einem Honours Degree in Bengali abgeschlossen. Sunil Babu prahlte oft damit, dass sie die beste Schülerin in ihrer Gruppe sei.

"Mana wird bald bei einem unserer Verwandten in Kalkutta einziehen", sagte Sunil Da. "Und ich werde nicht jeden Tag hier sein. Dieser Ort ist anständig genug für sechs Personen."

"Warum wirst du nicht hier sein?" Ich habe ihn gefragt.

"Meine Firma ist in Kalkutta", sagte er mir. "Also muss ich die meiste Zeit dort verbringen."

Erst später erfuhr ich, dass er eine zweite Frau und drei weitere Kinder in Kalkutta hatte, mit denen er gelegentlich zusammenlebte. Ich wusste nicht genau, was ich darüber denken sollte, also hatte ich darauf verzichtet, überhaupt darüber nachzudenken.

Ich war fast fertig mit meinem Mittagessen und wollte gerade gehen, als ich sie sah. Sie hatte gerade ein Bad genommen, ihr Sari war teilweise nass, und das dicke, lange, schwarze Haar, das den größten Teil ihres Rückens bedeckte, roch nach Jasmin. Ihre Augen waren groß, dunkel und verträumt, mit einer Einbraue, die sie schützend wie einen Adler schmückte. Mit ihrer durchscheinenden Haut und ihren roten Lippen aus dem Saft von *Paan* sah sie makellos aus, wie eine schlanke Marmorstatue, die Art von Schönheit, die ruhig, heiter und balsamisch für die Augen war, aber gleichzeitig stark genug, um mir den Wind aus den Lungen zu schlagen. Nie zuvor hatte ich mich bei einer Frau so gefühlt.

In dem Moment, in dem sich unsere Augen trafen, blitzte sie ein neugieriges Lächeln auf und sprach mich ohne jede Spur von Zurückhaltung direkt an: "Du gehst schon, Sridhar Babu?"

"Ähm... ja", antwortete ich erstaunt. Ich hatte nicht erwartet, dass sie so aufgeschlossen ist. Außerdem hatte mich noch nie jemand mit "Sridhar Babu" angesprochen. Wäre ich hellhäutig gewesen, hätte sie sicherlich das Rouge auf meinen Wangen bemerkt. Aber das war ich nicht, also rettete mich das vor einer Menge Verlegenheit. In Momenten wie diesen erwies sich mein Teint als vorteilhaft.

"Ich habe von meinem Vater viel über dich gehört", fügte sie respektvoll hinzu. "Es ist eine Ehre, neben deinem Haus zu leben."

"Nein, nein, so ist es nicht", winkte ich abweisend mit der Hand. "Es ist eine kleine Stadt und nur eine Handvoll Leute kennen mich. Das ist nichts, worauf man stolz sein kann."

"Wirst du dieses Jahr die Unterwasserbeleuchtung machen?", fragte sie mit echter Aufregung in ihren Augen.

"Ja, aber in Kalkutta. Nicht hier."

"Das ist meine älteste Tochter Sumitra", stellte Sunil Da sie mir stolz vor.

"Ich ahnte es", antwortete ich, während sie mit ihrem Eimer, ihren funkelnden Augen und ihrer im Sonnenlicht leuchtenden Haut stand, die durch das zerbrochene Fenster hereinkam und heller leuchtete als jedes andere Licht, das ich je zuvor gesehen hatte.

Herbst 1970

Wie es das Schicksal wollte, verliebte ich mich Hals über Kopf in Sumitra. Es war keine Liebe auf den ersten Blick, nein. Es ist im Laufe der Zeit passiert. Vielleicht war es ihre selbstlose, nährende Natur, die mich ansprach. Es gab auch ein unerschütterliches Gefühl von Würde und Unabhängigkeit an ihr, das ich sehr bewunderte. Mit all ihren Noten und Qualifikationen konnte sie leicht an eine der besten Universitäten in Kalkutta für ihren Master-Abschluss kommen und ihr Leben von vorne beginnen. Aber ihre Geschwister standen ganz oben auf ihrer Prioritätenliste und für sie war sie bereit, alles zu opfern. Ich wollte ihr helfen, ihre Ausbildung fortzusetzen, damit sie eines Tages Dozentin werden kann. Das war ihr Traum. Aber sie hatte mir sehr deutlich gemacht, dass sie nicht wirklich glücklich sein würde, wenn sie selbstsüchtig ihren Traum verfolgte und ihre hilflose Mutter und ihre Geschwister allein ließ, um für sich selbst zu sorgen.

Im Laufe der Zeit lernten wir uns kennen, da ich oft ihr Haus besuchte und Sunil Babu meins besuchte, wenn er wieder in der Stadt war. Ihre Armut war so groß, dass sie oft ohne Nahrung auskommen mussten. Sumitra hat ihre Mühen nie mit mir geteilt. Sie setzte immer ein mutiges und fröhliches Gesicht auf, wenn wir uns auf der Straße oder bei ihnen begegneten. Aber es war ihr Bruder Proshanto, der in mir eine Vertraute fand und mich über alles auf dem Laufenden hielt, was in ihrer Familie vor sich ging. Ich habe Sumitra nie meine Gefühle ausgedrückt, aber ich hatte das Gefühl, dass sie sie verstand. Und ob sie dasselbe über mich dachte oder nicht, war etwas, worüber ich nie nachgedacht habe. Eine Heirat kam für mich so gut wie nicht in Frage, weil meine Verhältnisse noch etwas instabil waren. Ich wollte nur dann an die Ehe denken, wenn ich sicher sein konnte, dass ich meiner Frau ein gutes Leben geben konnte.

Sunil Babus Frau hatte viel Zuneigung zu mir und betrachtete mich wie ihren jüngeren Bruder. Obwohl sie wenig hatten, lud sie mich oft zu Tee und Mahlzeiten ein, opferte ihren Anteil und ging selbst ohne

Essen aus. Als ich davon erfuhr, bot ich ihnen an, ihnen beim Einkauf von Lebensmitteln und bei der Stromversorgung ihres Hauses zu helfen, aber sie lehnten jedes Mal ab, weil sie ein Gefühl der Würde und des Selbstwertgefühls hatten. Ihre Verarmung überstieg jedoch schließlich jedes andere Gefühl, zwang sie, praktisch zu sein, und sie erlaubten mir, ihnen zu helfen, über beide Runden zu kommen. Als Sunil Babu in die Stadt zurückkam, bat ich ihn, bei mir zu speisen und bei mir zu übernachten, damit die Geschwister das kleine Haus für sich haben und ihre Tage bequem verbringen konnten.

Meiner Mutter gefiel meine Verbindung zur Mukherjee-Familie überhaupt nicht. Sie konnte erraten, welche Gefühle ich für Sumitra hatte, und beschloss, Maßnahmen zu ergreifen, um mich davon abzuhalten, sie erneut zu besuchen. Wir hatten einen Bekannten, der sehr wohlhabend war. Ohne mein Wissen stellte sie eine Übereinstimmung zwischen mir und seiner Tochter fest und begann, meine Ehe weit im Voraus zu planen, um jede Möglichkeit einer blühenden Beziehung zwischen Sumitra und mir zu vereiteln.

»Wo warst du die ganze Zeit?«, fragte mich meine Mutter eines Tages ganz aus heiterem Himmel.

»Ich war bei Sunil Babu zu Hause«, antwortete ich ehrlich. "Warum?" "Du wirst morgen Ramesh Babus Haus besuchen,"

hat meine Mutter die Bombe abgeworfen. "Ich werde dich begleiten. " Wofür? " fragte ich, völlig unwissend über die

entwicklungen, die ohne mein Wissen stattgefunden hatten. "Du bist schon achtundzwanzig Jahre alt, Sohn", erinnerte sie mich. "Es ist Zeit für dich, zu heiraten und eine

deiner eigenen Familie."

"Und was hat Ramesh Babu damit zu tun?" Wir müssen unser Wort zu ihnen halten, nicht wahr? "

antwortete Mutter und sah mich nicht an. "Warte..." Ich war verwirrt. "Welches Wort?"

Meine Brüder sahen mich an, als wäre ich absolut verrückt.

"Ich bin hier völlig ratlos. Kann mir jemand sagen, was los ist?"

"Das Wort Ehe natürlich", zuckte einer von ihnen mit den Schultern.

"Heirat?"

"Ja, du heiratest Ramesh Babus Tochter Purnima", informierte mich ein anderer.

"WAS?", rief ich ungläubig. "Ich kenne sie nicht einmal! Ich erinnere mich nicht einmal daran, wann ich das letzte Mal mit Ramesh Babu gesprochen habe. Tatsächlich möchte ich jetzt nicht einmal heiraten."

"Wir erinnern uns an sie", antwortete meine Mutter. "Wir kennen Purnima seit ihrer Geburt. Sie ist perfekt für dich! Sie kommt aus einer wohlhabenden Familie. Wir gehören derselben Kaste an. Sie sind bereit, Ihnen eine reiche Mitgift, eine Goldkette, Goldknöpfe, Möbel und auch Bargeld anzubieten. Außerdem wäre Purnima eine sehr gute Haushälterin. Sie ist nicht wie jene gebildeten, modernen Frauen, die nur an sich denken. Sie sind so kompromisslos, dass sie mit niemandem in Harmonie leben können. Vielleicht sieht Purnima nicht so gut aus, aber die Schönheit verblasst mit der Zeit. Sie werden eine sichere Zukunft mit ihr haben und auf lange Sicht glücklich sein. Und sei nicht albern, du musst irgendwann heiraten, und je früher, desto besser."

"Nun, *ich* bin derjenige, der heiraten soll, richtig?" Ich habe Einspruch erhoben. "Ich sollte derjenige sein, der diese Entscheidungen trifft."

»Genau deshalb werden wir sie morgen besuchen«, sagte meine Mutter sachlich. "Damit du sie und ihre Familie gut kennenlernst."

Ich klammerte mich verzweifelt an meine Haare.

»Was ist daran so schlimm?«, fragte meine Mutter und sah mich scharf an. "Deine älteren Brüder sind alle verheiratet und wohlauf. Jeder von ihnen hat das Mädchen meiner Wahl geheiratet und schaut, wie glücklich sie sind. Sie haben noch nie so viel Aufhebens gemacht. Sie erhielten alle eine beträchtliche Mitgift. Betten, Schränke, Gold und Bargeld. Säcke mit Reis, Weizen und Hülsenfrüchten werden uns jedes Jahr von Balarams Schwiegereltern zugesandt. Sie sind alle sehr anständige Menschen. Was macht dich anders?"

"Ich glaube, ich bin noch nicht bereit für die Ehe", sagte ich ihr unverblümt. "Und wenn ich heirate, werde ich dafür sorgen, dass ich das Mädchen meiner Wahl heirate."

Es gab einen Moment der Stille, nachdem ich das gesagt hatte.

»Das Mädchen deiner Wahl, was?«, fragte mich meine Mutter bitter. "Mukherjee Babus älteste Tochter, meinst du?"

"Was genau lässt dich das denken?" Ich habe versucht, meine Ruhe zu bewahren.

"Du denkst, ich bin blind, Sohn?", starrte sie mich an. "Ja, ich habe vielleicht nicht an schicken Colleges studiert, ich bin vielleicht eine ungeschulte, unerfahrene Kleinstadtfrau, aber ich bin seit über fünfunddreißig Jahren verheiratet und habe elf Kinder großgezogen. Ich kenne die Welt und die Menschen, die darin leben, besser als du. Deine Ehe mit Purnima ist abgeschlossen. Und du wirst morgen ihre Familie besuchen. Das ist das Ende der Sache."

"Ich werde Purnima NICHT heiraten und werde sie auch morgen nicht besuchen", erklärte ich, und zum ersten Mal in meinem Leben missachtete ich die Befehle meiner Mutter.

"Was hast du gesagt?", fragte sie mich erstaunt über meine Kühnheit.

»Du hast richtig gehört, Maa«, bestätigte ich. "Ich werde sie nie heiraten."

Meine Brüder sahen wütend aus. "Warum?", knurrte meine Mutter.

"Weil es mein Leben ist", sagte ich ihr. "Und ich werde meine eigenen Entscheidungen treffen."

"Alles für diese Brahmanenhure, oder?", zischte sie. "Glaubst du, du wirst sie heiraten und sie dazu bringen, unter meinem Dach zu leben? Denkst du, du wirst mich jedes Mal winden, wenn sie meine Füße berührt?"

"Sie ist keine Hure", kochte mein Blut. "Wag es nicht, sie so zu nennen!"

"Oh, jetzt wirst du also diktieren, was ich tun soll und was nicht, was?", glänzten die Augen meiner Mutter. "Wer bringt dir das alles bei, Sohn? Dieser nuttige Goldgräber? Du musst aus diesem Hexenzauber exorziert werden, um wieder klar denken zu können."

"Sie ist keine Schlampe!" Ich schrie. "Sie ist auch kein Goldgräber! Wenn es hier jemanden gibt, der ein Goldgräber ist, dann bist du es.

Das einzige Mal, dass du überhaupt mit mir reden willst, ist, wenn du Geld willst. Der einzige Grund, warum du meine Brüder geheiratet hast, ist die Mitgift. Je mehr Mitgift, desto besser die Braut. Wen interessiert schon, was sie wollen? Und sag mir nicht, dass es dein Dach ist, wenn ich derjenige bin, der hauptsächlich die Familie unterstützt."Nun, wir brauchen dein Geld nicht, Junge!", erwiderte meine Mutter mit schriller Stimme. "Behalte dein Geld für dich. Deine Brüder sind fähig genug, für die Familie zu sorgen. Und denk daran, du bist nicht der Einzige, der die Familie führt, und dieses Haus wurde dir nicht allein gewollt.

Solange ich lebe, ist dies mein Dach, und wenn du jemals dieses Brahmanenmädchen heiratest, hast du keinen Platz unter meinem Dach."

"Ich brauche keinen Platz unter deinem elenden Dach", zischte ich. "Ich gehörte sowieso nie hierher. Du kannst für den Rest deines Lebens mit deinen geliebten Söhnen unter deinem geliebten Dach sitzen, das ist mir egal! Aber erwarte nicht, plötzlich die Rolle einer fürsorglichen Mutter zu spielen und nach all den Jahren, in denen du mich wie einen Außenseiter behandelt hast, ein Mitspracherecht in meinem Leben zu haben. Ich werde nie vergessen, wie du mich behandelt hast, Mutter. Solange Vater lebte, hast du mir gegenüber ein Auge zugedrückt, als ich dich am meisten brauchte. Und jetzt, da er weg ist, hast du angefangen, genau wie er zu reden. Alles, was ich je getan habe, tat ich ohne deine Liebe, deine Unterstützung. Ich lebe seit Jahren in Vikashs Haus und es war dir egal, ob ich tot oder lebendig war. Und weißt du was? Sie gaben mir nie das Gefühl, ein Außenseiter zu sein. Aber du hast es getan. Meine eigene Mutter! Wann immer ich an diesem Haus vorbeikam, hast du dein Gesicht abgewandt, als wäre ich nicht einmal dein Sohn. Ich sollte dich nicht einmal meine Mutter nennen. Ich werde mein eigenes Haus bauen. Ich muss nicht Teil dieser verseuchten Kloake sein, die du dein Zuhause nennst. Und weißt du was? Ich *werde* Sumitra heiraten, wenn sie mich akzeptiert. Halte mich auf, wenn du kannst."

Ich schloss die Tür meines Zimmers ab, stürmte aus dem Haus und schlug das rostige Eisentor hinter mir zu.

Winter 1970

"Sridhar", Parashuram berührte sanft meine Schulter, als ich in meiner neuen Fabrik saß und zwei Drähte schweißte. Es war die schäbige Veranda des Hauses eines Nachbarn, die er mir jeden Monat gegen Miete anbot. "Mukherjee Babus Tochter sucht dich."

"Wer? Annie?", fragte ich und sah nicht von meiner Arbeit auf. "Nein, Sumitra ", antwortete er.

Ich sah jetzt zu ihm auf, eine Kleinigkeit überrascht. Sumitra kam normalerweise nie auf der Suche nach mir. Es war immer entweder Proshanto oder Annie, die zu mir kamen, wann immer sie es brauchten.

"Nun, wo ist sie?" Ich habe ihn gefragt.

"Direkt vor der Tür", antwortete er. "Soll ich sie reinbringen?" "Ja, natürlich."

Ich stand sofort auf, richtete meine Haltung auf, rieb mir mit einem meiner Pulloverärmel den Schweiß von der Stirn und fuhr mit den Fingern durch meine Haare und versuchte, ansehnlich auszusehen.

Ein paar Sekunden später betrat Sumitra zum ersten Mal meine Fabrik. Und anstatt den Wind aus meinen Lungen zu schlagen, schlich sich ein seltsames Gefühl der Angst in mich, als ich ihr bleiches, tränenreiches Gesicht sah.

"Was ist los, Sumitra?" Ich ging zu ihr hinüber. "Warum weinst du?"

Für einen Moment konnte sie kein Wort sprechen. Tränen rollten einfach über ihre Wangen und sie versuchte vergeblich, ihr Schluchzen mit dem lockeren Ende ihres blassgelben Sari zu ersticken. Die Jungen, die ich angeheuert hatte, um in meiner Fabrik zu arbeiten und mich bei meinen Projekten zu unterstützen, nahmen das Stichwort und gingen.

"Ich... ich weiß nicht, wie ich dir das sagen soll, Sridhar Babu", zitterten ihre Lippen. "Aber ich muss."

"Du weißt, dass du mir alles sagen kannst", ich war nie gut darin gewesen, Menschen zu trösten, und in diesem Moment war ich ahnungslos. "Sag mir, was dich stört."

"Deine Brüder haben unser Leben zur Hölle gemacht", biss sie sich auf die Lippe und versuchte, ihre Tränen zurückzuhalten. "Es ist ein Monat her, ich habe dir nichts gesagt, weil... weil ich keinen Ärger machen wollte. Aber nach dem, was sie heute getan haben... Ich weiß nicht, wie ich mein Gesicht in der Nachbarschaft zeigen soll."

Ich war definitiv nicht auf so etwas vorbereitet. "Was haben sie getan?" fragte ich schwach.

"Sie haben Steine auf unsere Fenster geworfen und das Glas zerschmettert. Sie haben sich mit unserem Asbest herumgeschlagen und meinen Schwestern in der Öffentlichkeit schreckliche Namen gegeben. Gestern Abend haben sie die Stromleitung abgeschnitten. Gopal ist seit ein paar Tagen extrem krank. Und t... heute... als ich mit seinen Fiebermedikamenten vom Manorama Medical nach Hause ging, nannten sie meine Mutter eine... eine Prostituierte und mich eine Schlampe. Sie haben allen in und um die Nachbarschaft erzählt, dass ich dich wegen Geld verführt habe."

Und dann brach sie in Tränen aus. Etwas in mir schnappte.

"Meine Mutter ist keine Prostituierte", sie war untröstlich. "Sie ist die aufopferndste Frau, die ich je gekannt habe."

"Ich weiß, Sumitra. Ich weiß. Das musst du mir nicht sagen."

"Sie war mit meinem Vater verheiratet, als sie kaum über fünfzehn war", fuhr sie fort. "Und seitdem hat sie ihr ganzes Leben damit verbracht, ihn zu lieben und ihm zu dienen, sich nie zu beschweren, nie etwas zu verlangen. Selbst als mein Vater anfing, eine andere Frau zu sehen und sie in weniger als einem Jahr heiratete, erhob meine Mutter keinen Einwand. Sie war erschüttert, aber sie ertrug alles und stellte die Aktivitäten meines Vaters nie in Frage. Sie hat nie versucht, ihn davon abzuhalten, das zu tun, was er tun wollte."

"Du brauchst mir wirklich nichts davon zu sagen", sagte ich noch einmal zu ihr. "Ich weiß, wie sie ist. Und ich kenne dich. Ich entschuldige mich im Namen meiner Brüder Sumitra. Sie haben etwas getan, das keine Begnadigung verdient. Ich schäme mich wirklich für das, was sie..." "Und nur um dich wissen zu lassen, Sridhar Babu, ich... ich habe nicht versucht, dich zu verführen ", unterbrach sie mich. "Ich bin nicht hinter deinem Geld her. Das war ich nie. Ich war gut zu dir, weil du extrem großzügig zu meiner Familie warst. Ich wusste nicht, wie ich es dir mit etwas anderem als Dankbarkeit zurückzahlen sollte. Aber ich versuche jetzt, etwas Arbeit zu finden, damit wir nicht ständig auf deine Unterstützung angewiesen sind. Allerdings will hier niemand mich oder eine meiner Schwestern einstellen, weil sie denken, wir sind... wir sind Schlampen. Das ist jetzt unsere Identität."

Als ich an diesem Nachmittag nach Hause ging, um meine Brüder zur Rechenschaft zu ziehen, taten sie so, als wüssten sie nicht, wovon ich spreche. Sie gingen sogar so weit, die Mukherjees als "eine Familie von Lügnern" zu bezeichnen, und meine Mutter nahm mit höchster Freude an dem Gespräch teil.

"Warum heiratest du sie nicht?", verspottete mich einer meiner Brüder. "Es ist mehr als drei Monate her, seit du gesagt hast, dass du es tun würdest. " Ja. Außerdem wäre ein zusätzlicher Raum im Haus auf jeden Fall praktisch für uns, weißt du ", fügte ein weiterer
mit einem bösen Grinsen.

Meine Mutter ermutigte sie mit ihrem charakteristischen Kichern.

"Sag, was du willst", sagte ich ihnen ruhig. "Aber wenn du es wagst, die Schwestern noch einmal zu belästigen oder sie unangemessene Namen zu nennen, werde ich dir das antun, was du ihnen letzte Nacht angetan hast."

"Was haben wir letzte Nacht getan?" Einer meiner älteren Brüder täuschte Unschuld vor. "Wovon redest du?"

"Du weißt, was du getan hast", starrte ich ihn an. "Erspare mir bitte das Drama."

"Wir haben ihren Strom nicht abgeschaltet", platzte einer der Jüngeren heraus und wurde sofort von einem anderen auf den Kopf geschlagen.

"Nun, da hast du es!" Ich habe applaudiert. "Du hast gerade gezeigt, wie eine Familie von Lügnern tatsächlich aussieht."

"Warum gehst du nicht aus dem Haus, Junge?", intervenierte meine Mutter jetzt. "Wenn wir alle so schlecht sind, warum sollte man sich dann die Mühe machen, bei uns zu leben? Du musst nicht zweimal überlegen, ob du Zuflucht suchst. Du bist jetzt berühmt! Ich kenne viele Leute, die sich freuen würden, Ihnen ihr Zimmer und mehr anzubieten."

Genug war genug. Meine Mutter hatte alle Grenzen zivilisierten Verhaltens überschritten und war aus dem Weg gegangen, um mich vor meinen Brüdern zu demütigen. Mein eigenes Blut hatte sich gegen mich gewendet. Ich hatte keinen Grund mehr, in diesem Haus zu leben. Also packte ich sofort meine Sachen und ging zu Vikash. Seine Türen standen mir immer offen. Tatsächlich hatten sie mir ein separates Zimmer in ihrem Haus gegeben, in dem ich bleiben konnte, wann immer ich wollte.

Ich habe in dieser Nacht spät in meiner Fabrik gearbeitet, auch nachdem alle meine Jungs gegangen waren. Es war beißend kalt, vielleicht die kälteste Nacht des Jahres, und ich war nicht in bester Laune. Meine Arbeit war das Einzige, was mich am Laufen hielt, das Einzige, was ich als Ablenkung einsetzen konnte, um mich von den Hohnreden meines eigenen Blutes, meiner Familie, abzulenken. Ich war absolut in meine Arbeit vertieft, als Parashuram hereinbrach.

"Was zum Teufel ist los?" Ich fragte ihn schockiert. "Es ist 2 Uhr morgens!"

"Du musst sofort zu deinem Haus gehen", sagte er mir. "Ist jemand gestorben?" Ich flippte aus, sofort überwältigt

mit Schuldgefühlen.

"Nein, aber es besteht die Möglichkeit, dass es jemand tut, wenn du jetzt nicht gehst."

Ich eilte nach Hause und ließ meine Arbeit ruhen, und gerade als ich das Tor erreicht hatte, bemerkte ich, wie die Familie Mukherjee im Dunkeln auf einer Brüstung vor ihrem Haus saß und in der bitteren Kälte zitterte. Der kleine Gopal, krank vor Fieber, war in Sumitras zitternden Armen. Ihr blasses Gesicht war vom Weinen gerötet und ihre Mutter und ihre Schwestern, die alle in einer Decke zusammengekauert waren, weinten.

"Was ist los?" Ich fragte sie verwirrt und schaute auf das Vorhängeschloss an ihrer Tür.

"Ramen Babus Schwiegermutter lässt uns nicht mehr in ihrem Haus wohnen", zitterten Annies Lippen. "Wir haben sie angefleht, uns eine Nacht bleiben zu lassen, aber sie wird sich nicht bewegen. Gopal hat sich den ganzen Abend übergeben. Er wird in der Kälte sterben."

"Aber die Miete ist bezahlt!" Ich habe geweint. "Was ist los mit der Dame?"

"Sie glaubt, dass wir Besucher im Haus haben."

"Also?", fragte ich verwirrt.

Sie sahen mich an, als hätte ich die dümmste Frage gestellt.

"Ich glaube nicht, dass er versteht", flüsterte Nuna Annie ins Ohr.

"Kunden", sagte Sumitra mit leeren Augen. "Sagen Sie Kunden, Annie. Keine Besucher. Sie glaubt, dass wir ihre Unterkunft in ein Bordell verwandelt haben."

"Was?" Ich war schockiert. "Ja", antwortete sie.

Ich nahm sie sofort alle mit in die Wärme meiner Fabrik und überließ Parashuram die Verantwortung, setzte mich auf meinen Roller und eilte zu Ramen Babus Schwiegermutter. Ich zähmte meine Wut und klopfte viermal an die Tür. Es gab keine Antwort, und ich musste schreien. Es war fast 3 Uhr morgens, mit keiner Seele auf der Straße außer den Hunden und den Schakalen, und da stand ich in der Kälte und Dunkelheit und schrie nach jemandem, der die Tür öffnen sollte. Die Tür wurde schließlich von der bebrillten alten Witwe geöffnet, die in der einen Hand einen Stock und in der anderen eine Petroleumlampe hielt. Bevor sie mich fragen konnte, was ich dort mache, machte ich sie mit dem Zweck meines Besuchs vertraut.

"Was sagst du da, Sridhar?" Sie sah überrascht aus. "Es ist dein eigener Bruder, der heute Abend mit drei anderen jungen Männern zu mir kam und sich darüber beschwerte, dass diese Schwestern mein Haus als Bordell benutzt haben."

Ich versuchte mein Bestes, ihr die Wahrheit der Situation so ruhig wie möglich zu erklären.

Schockiert und traurig, nachdem sie die ganze Geschichte erfahren hatte, reichte mir die alte Frau die Schlüssel zu ihrer Hütte und innerhalb einer halben Stunde sorgte ich dafür, dass die Mukherjees wieder sicher und warm in ihrem Haus waren.

Sommer 1971

Im folgenden Jahr, im Monat April, als Sunil Babu wieder in der Stadt war, ging ich selbstbewusst auf ihn zu und bat um Sumitras Hand in der Ehe. Ganz im Gegensatz zu meinen Erwartungen missbilligte Sunil Babu das Spiel.

"Aber warum?"

"Ich kann meine Tochter nicht in eine Familie einheiraten lassen, die keinen Platz für sie hat", sagte er. "Außerdem möchte ich, dass sie studiert. Um ihren Master zu machen und unabhängig zu sein. Sie ist zu jung für die Ehe. Ich bin sehr dankbar für alles, was du für meine Familie getan hast, Sridhar, aber ich kann das nicht gutheißen."

Später erfuhr ich jedoch, dass einer der Hauptgründe, warum er unsere Ehe missbilligte, meine Kaste war. Er war der Meinung, dass Sumitra als Brahmane niemals in der Lage sein würde, sich an das Leben mit einem Vaishya anzupassen, und es würde auch eine kontaminierte Blutlinie erzeugen. Es fühlte sich an wie ein Schlag in meinen Bauch. Also tat ich, was ich tun musste, stur wie ich war. Eine Woche später ging ich direkt nach Sumitra und schlug ihr die Heirat vor.

"Aber ich habe noch nie so an dich gedacht, Sridhar Babu", enthüllte sie. "Außerdem weißt du, wie es zwischen unseren Familien ist."

"Was wäre, wenn zwischen unseren Familien alles in Ordnung wäre?

Würdest du mich immer noch ablehnen?"

"Ich... ich weiß nicht", antwortete sie, und zum ersten Mal konnte sie meinen Augen nicht begegnen.

Sie starrte auf den kalten, harten Boden, spielte mit dem lockeren Ende ihres Sari und ein paar Augenblicke später, als ich sie fragte, ob es ihr gut gehe, antwortete sie mit gebrochener Stimme und schaute nicht auf. Da wurde mir klar, dass sie weinte. "Was ist mit dir passiert?" Ich habe sie verblüfft befragt.

"Warum weinst du schon wieder?"

"Es ist nichts passiert", antwortete sie und rieb sich die Tränen. "Es tut mir leid wegen meines Vaters. Du hast so viel für uns getan, und sogar nach all dem, was er..."

"Das ist nicht deine Schuld. Wir können die Art und Weise, wie die Leute denken, nicht ändern."

"Ich... ich wünschte nur, ich wäre nicht als Brahmane geboren", antwortete sie mit zitternden Lippen. "Dann wäre das alles kein Problem gewesen."

Und trotz der angespannten Situation konnte ich nicht anders, als in ein Lachen auszubrechen. Sie blickte mich durch ihre Tränen an und schwieg eine Weile. Dann sah ich, wie die Ecken ihrer Lippen ein wenig zuckten.

"Ein Brahmane zu sein, hätte es auch nicht gelöst", sagte ich ihr. "Solange es Ungleichheit gibt, wirst du entweder ein Unterdrücker oder unterdrückt oder beides sein. Es gibt kein Entkommen aus der Hierarchie."

Eine Träne tropfte über ihr Auge.

"Oh, Sridhar Babu, ich habe dein Leben ruiniert, nicht wahr?", sagte sie. "Sie lassen dich wegen mir nicht in deinem eigenen Haus bleiben."

"Das ist kein Problem", sagte ich ihr. "Ich war nie ein Teil dieser Familie."

"Sag das nicht", unterbrach sie mich. "Es ging dir gut, bevor ich hierher kam. Du hast dich ganz gut mit ihnen verstanden."

"Oh, du weißt nichts."

"Ich fühle mich schrecklich", schluchzte sie. "Ich habe mich selbst, meine Familie und dich zum Narren gemacht. Jeder denkt, ich bin eine Schlampe und sie reden schlecht über dich, weil du nett zu mir bist."

"Nichts davon ist deine Schuld", versicherte ich ihr. "Du hast absolut nichts damit zu tun. Lassen Sie sich von niemandem vom Gegenteil überzeugen. Das ist die Schuld unserer Gesellschaft. Sie beschuldigen immer die Frau für alles, was schief geht. Sie sind bereit, an jedes Gerücht zu glauben, dass sie von einer Frau hören, ohne sich auch nur die Mühe zu machen, die Fakten zu überprüfen. Es sind allein meine Brüder, die daran schuld sind, und ich möchte ihnen eine Lektion erteilen. Aber du hast meine Frage nicht beantwortet, Sumitra."

"Welche Frage?"

"Würdest du immer noch nein zu mir sagen, wenn alles in Ordnung wäre zwischen unseren Familien?"

"Ich dachte, du wärst nicht bereit für die Ehe, Sridhar Babu", sagte sie.

"Ich bin immer noch nicht bereit für die Ehe", sagte ich ihr. "Ich will niemanden heiraten und sie wegen meiner Kämpfe leiden lassen. Ich wollte wohlhabend genug sein, bevor ich über die Ehe nachdachte."

"Was hat dich dann veranlasst, deine Meinung zu ändern?"

"In diesem Tempo glaube ich nicht, dass ich jemals bereit für die Ehe sein werde", antwortete ich ehrlich. „Ich habe rein finanziell darüber nachgedacht. Aber ich kann nicht leugnen, dass ich tief in dich verliebt bin. Ich möchte dir ein komfortables Leben abseits dieses Schlamassels bieten. Aber ich weiß nicht, wie lange es dauern wird, bis ich dorthin komme. Alles, was ich weiß, ist, dass ich dich liebe, und das habe ich schon eine Weile. Ich weiß auch, dass ich enorm hart arbeiten muss, um dir dieses Leben geben zu können. Anstatt dass wir beide alleine kämpfen, warum können wir nicht zusammen kämpfen? Aber was wichtiger ist als all das, ist, wie du über mich denkst. Hast du wirklich nie an mich als Mann gedacht?"

Ein paar Momente unangenehmer Stille folgten, an deren Ende sie den Kopf von einer Seite zur anderen schüttelte und mich immer noch nicht ansah.

"Kümmerst du dich wirklich nicht um mich? Nicht einmal ein bisschen?"

Sie schüttelte wieder den Kopf von einer Seite zur anderen und ich wusste nicht genau, was ich davon halten sollte.

"Du tust es oder du tust es nicht?" Ich fragte sie verwirrt. "Sag es mir ehrlich, Sumitra. Du musst keine Angst vor irgendjemandem oder irgendetwas haben. Aber ich will die Wahrheit. Ich konnte mich in letzter Zeit nicht auf meine Arbeit konzentrieren, weil mich diese Gedanken aufgefressen haben. Bitte sag mir die Wahrheit. Wenn du wirklich nicht so für mich fühlst, werde ich deine Entscheidung respektieren und dich nie wieder belästigen."

"Ich... ich tue es", stammelte sie. "Ich sorge mich um dich."

"Willst du mit mir ein Haus bauen?" Ich fragte sie und hielt ihre Hände ernst.

Nach einer langen Schweigeminute nickte sie schüchtern mit dem Kopf und eine große Träne spritzte auf mein Handgelenk: "Ja."

Mein Herz ließ einen Schlag aus und für einen Moment hatte ich keine Ahnung, was ich sagen würde. Und dann sind das genau die Worte, die meinem Mund entgangen sind.

"Dann lass uns weglaufen."

"Was?" Sie sah mich schockiert an.

"Ja, lass uns weglaufen und heiraten. Wir werden ein paar Wochen später wiederkommen, wenn sich die Dinge hier niedergelassen haben."

"Das kann ich nicht tun, nein! Ich kann Gopal nicht allein lassen.""Wir werden ihn holen", sagte ich zu ihr. ʻGopal wird leben

mit uns. Wir werden ihn aufziehen. Ist deine Mutter auch gegen unsere Ehe?"

"Nein, ist sie nicht", antwortete Sumitra. "Sie hat dich immer gemocht. Aber es gibt noch etwas, das du nicht weißt.""Was?", fragte ich.

Sie sah mich ein paar Sekunden lang an, entschied, ob sie das Geheimnis preisgeben sollte oder nicht, und sagte dann: "Meine Mutter ist schwanger."

"Schon wieder?"

"Ja, schon wieder", seufzte sie. "Es ist fast einen Monat her. " Weiß es dein Vater?" Ich habe sie gefragt.

"Ja, das tut er."

"Nun, dann... dann sind es wohl gute Nachrichten."

"Ich weiß nicht, wie es dir in diesem Moment wie eine gute Nachricht erscheint", sah sie ein wenig verärgert aus. "Wir können uns kaum selbst ernähren und jetzt kommt ein weiteres Baby. Es ist nichts als Folter für das Baby, in einer solchen Umgebung geboren zu werden. Außerdem ist meine Mutter bereits krank. Ich weiß nicht, ob sie die Belastung einer weiteren Geburt überleben kann."

Ich wusste nicht, was ich sagen sollte, also kratzte ich mich am Kopf. "Vor all dem wegzulaufen, scheint eine großartige Idee zu sein,"

seufzte sie. "Aber ich kann es nicht tun. Ich muss mit meiner Mutter reden. Ich muss sicherstellen, dass es ihr gut geht. Ich muss auch mit meinen Schwestern reden. Ich möchte mit dir weglaufen, wenn es nur machbar wäre."

Und machbar war es, für ein paar Wochen später, am 6. Mai 1971, heiratete mich Sumitra.

Zwischenspiel

"Also, es war ein Happy End!" Ich streckte meine Arme und Beine aus. Es war fast Mitternacht. *"Du hast endlich geheiratet und glücklich bis ans Ende deiner Tage gelebt."*

"Es war alles andere als ein Happy End", antwortete sie und winkte abweisend mit der Hand. *"Weil der eigentliche Kampf danach begann. Sowohl für ihn als auch für mich."*

"Sag es mir."

"Jetzt?" Sie sah müde aus. *"Ich dachte, ich könnte endlich die Wiederholung meiner Soaps sehen."*

"Ja, jetzt", verschränkte ich meine Arme gegen meine Brust. *"Warum? Es ist erst 12 Uhr! Ich lerne die ganze Nacht während meiner Prüfungen!'*

"Bist du jemals die ganze Nacht wach geblieben, um ein krankes Kind zu beruhigen, das am nächsten Morgen in deinen Armen starb?"

"Gut", gab ich auf. *"Es tut mir leid."*

"Ich fahre morgen fort", erklärte meine Großmutter. *"Ich habe einen ganzen Abend mit dir verbracht. Lass mich jetzt die Seifen sehen."*

»Nein!«, sagte ich vehement. *"Du wirst heute Abend ein Opfer bringen, um deiner Enkelin zu helfen, ein Buch zu schreiben. Arbeite mit mir zusammen und ich werde gute Dinge über dich in mein Buch schreiben.'*

Meine Großmutter sah mich empört, genervt und müde an.

Ich habe aufgegeben. Wir reden morgen früh. Gleich nachdem du aufgewacht bist."

Am nächsten Morgen setzten wir uns gemeinsam bei zwei Tassen Tee hin.

"Letzte Nacht hat mir Mutter etwas über Opa erzählt, der mit Verbrennungen an seinen Gliedmaßen aus dem Krankenhaus weggelaufen ist. Kannst du mir mehr über diesen Vorfall erzählen?"

"Es geschah, als er die Unterwasserbeleuchtung für die Durga Puja am College Square in Kalkutta herstellte", antwortete meine Großmutter und trank ihren Tee.

"Es war irgendwann Mitte 1971. Wir waren verheiratet. Ich war schwanger. Er arbeitete in seiner Fabrik und es gab einen brennenden Ofen mit einem riesigen Becher darauf, der mit heißer, kochender Masse gefüllt war."

"Was ist diese Verbindung?" fragte ich.

"Es ist wie... ähm... ein Nebenprodukt von Kohle", antwortete Großmutter. "Es ist zunächst fest und du musst es schmelzen."

"Wofür wird es verwendet?"

"Dein Großvater hat den dicken geschmolzenen Teer verwendet, um die Halterungen der 25-Watt-Lampen gegen Wasser zu versiegeln."

"Ich habe mich immer gefragt, wie er diese Lichter wasserdicht gemacht hat. Jetzt habe ich die Antwort. Vielen Dank."

"Also kippte dieser Becher voller kochender Verbindung versehentlich auf seine Gliedmaßen", sagte Großmutter. "Und als es passierte, versuchte er instinktiv, die Verbindung mit seinen bloßen Händen zu entfernen, bevor sie sich an seinen Beinen verfestigte, und auch seine Hände wurden dabei verbrannt. So sehr, dass man seine Knochen fast durch das klaffende Fleisch sehen konnte!"

Ich konnte nicht anders, als zusammenzucken und mir den Vorfall vorzustellen.

"Er wurde sofort ins Krankenhaus gebracht", fuhr meine Großmutter fort. "Und die Ärzte sagten ihm, er solle eine Woche lang seine Hände und Beine nicht benutzen, wenn er gesund werden wolle. Sie beschlossen, ihn unter strenger Aufsicht zu halten. Aber du weißt, wie stur er ist. Er entkam noch in dieser Nacht aus dem Krankenhaus und hinkte auf einem Stock."

"Was? In diesem Zustand?"

"Ja", nickte Großmutter. "Ich war verrückt, als Parashuram kam und mir sagte, dass er wieder in seiner Fabrik war und wieder arbeitete. Fast im vierten Monat schwanger, rannte ich zu ihm und flehte ihn an, aufzuhören, was er tat, aus Angst, dass sich seine Wunden infizieren könnten. Aber er sagte mir mit strengem Gesicht, ich solle nach Hause gehen. Er krümmte sich vor Schmerzen, aber er hörte nicht zu. Mit seinen Händen und Beinen alle bandagiert, saß er da und schweißte die Drähte mühsam, weil ihm seine Arbeit wichtiger war."

"Warum konnte er nicht im Krankenhaus bleiben? Was war die Eile?"

"Die Puja war in vier Tagen", antwortete Oma. "Das war sein großer Durchbruch und er arbeitete an mehreren Projekten gleichzeitig. Vier Tage später ging er mit

allen seinen Wunden angezogen nach Kolkata und hinkte auf demselben Stock. Ich habe noch nie so schlechte Blasen gesehen wie die in meinem ganzen Leben! Aber seine Arbeit in diesem Jahr war ein großer Erfolg. Bald engagierten ihn die meisten der renommierten Puja-Komitees in Kolkata, um nicht nur für Durga Puja, sondern auch für Kali Puja für Beleuchtung zu sorgen.' Können Sie einige der Komitees in Kalkutta nennen, die

für die er gearbeitet hat?"

"Natürlich", erinnerte sie sich. *"Er arbeitete für Paikpara und die Kali Puja in der Keshab Chandra Street, die vom berühmten starken Mann des Kongresses, Krishna Chandra Dutta, gegründet wurde. Er war im Volksmund als "Fata Keshto" bekannt."*

"Er hat für Fata Keshto gearbeitet?"

"Das ist richtig", antwortete Großmutter. *"Er kam sogar zu uns nach Hause."*

"Wow!", antwortete ich fasziniert. *"Für wen hat er sonst noch gearbeitet?"* Er arbeitete für das KNC-Regiment in Barasat ", antwortete Großmutter.   *"Das ist ein andererrenommiert ausschuss   die jedes Jahr Kali Puja organisiert. Er beleuchtete auch die Amherst Street in Kalkutta. Für Durga Puja arbeitete er für Komitees wie Mohammad Ali Park, Central Avenue, Bakul Bagan, Ekdalia Evergreen Club, Singhi Park, Dhakuria, Garia,*

Tollygunge, Ballygunge, Jodhpur Park..."

"Von dem, was du sagst, scheint es, als hätte er überall in Kalkutta gearbeitet."

"Das hat er", antwortete meine Großmutter. *"Er hat mindestens einmal in seinem Leben für die meisten der berühmten Komitees gearbeitet."*

»Ich brauche eine Liste der Ausschüsse«, sagte ich zu ihr. *"Du wirst mit Großvater sprechen und mir eine Liste mit allen Namen der Komitees geben, für die er gearbeitet hat. Weil ich in meiner Erzählung sachlich korrekt sein muss."*

"Gut", stimmte sie zu. *"Er arbeitete auch an mehreren Orten außerhalb von Westbengalen. Fast der gesamte nördliche und nordöstliche Teil Indiens, einschließlich Delhi, Gujarat, Haryana, Bihar, Rajasthan, Uttar Pradesh, Chhattisgarh, Jharkhand, Orissa, Assam, Tripura und so weiter. Er arbeitete auch in Hyderabad. Es war damals noch ein Teil von Andhra..."*

"Bitte schreibe mir diese Liste, Großmutter", sagte ich. *"Es gibt zu viele Orte, an die ich mich erinnern kann."*

"In Ordnung", *sagte sie.*

"Erzähl mir mehr über die Kämpfe."

"Nun, er hat während seiner gesamten Karriere gekämpft", antwortete Großmutter faktisch. „Zunächst einmal hat er jedes Jahr mehrere und alle großen Projekte durchgeführt. Er kam kaum nach Hause zurück. Er lebte praktisch in seiner feuchten, unhygienischen Fabrik. Obwohl er nach den großen Projekten ziemlich viel zu verdienen begann, hungerte er an den meisten Tagen, weil er entweder sein ganzes Geld zurück in das Geschäft steckte, um die anderen Projekte zu finanzieren, oder seine Schulden zurückzahlte. Seine Arbeit beschäftigte ihn so sehr, dass er nachts einfach nach Hause kam, um zu schlafen. Vielleicht drei oder vier Stunden Schlaf. Und früh am Morgen war er wieder weg."*

"Hast du dich nicht einsam gefühlt?"

"Natürlich habe ich das", nickte sie. *"Ich fühlte mich sehr einsam. Ich bin mit so vielen Brüdern und Schwestern aufgewachsen, dass ich immer an Gesellschaft gewöhnt war. Nach der Heirat fühlte ich mich absolut allein. Dein Großvater war kaum zu Hause, ich durfte nicht bei meinen Schwiegereltern leben. Wir lebten in einer gemieteten Wohnung in Mary Park, in der Nähe der Strand Road, weit weg von all den Leuten, die ich kannte. Ich erinnere mich, jeden Tag aus Einsamkeit geweint zu haben. Ich habe es sogar bereut, geheiratet zu haben. Ich war krank und schwanger und einsam. Und ich konnte deinem Großvater nicht einmal die Schuld geben, weil ich wusste, dass er so hart arbeitete."*

"Ich verstehe."

"Dein Großvater hat den ersten Jamai Shashthi *nach unserer Heirat auf der Polizeistation bestanden"*, informierte sie mich. *"Wusstest du davon?"*

Jamai Shashti *ist ein jährlicher indischer Anlass, bei dem die Schwiegermütter für ihre Schwiegersöhne fasten, sie zu üppigen Mahlzeiten zu sich einladen und sie mit Geschenken und Köstlichkeiten überschütten.*

»Warum?«, *rief ich.*

"Meine Mutter hatte gerade Süßigkeiten auf einem Teller arrangiert und ihn vor deinen Großvater gestellt, als sich ein Jeep voller Polizisten in unsere Hütte drängte und anfing, ihn zu plündern", sagte Großmutter. *"Die Brüder deines Großvaters, die nie etwas Gutes im Schilde führten, hatten ihnen mitgeteilt, dass wir heimlich Sprengstoff in der Hütte herstellten, um den Naxaliten zu helfen. Sie fanden*

natürlich nichts, aber sie trugen ihn zur Polizeiwache und beraubten ihn der Gelegenheit, seinen ersten Jamai Shashti *zu feiern."*

"Waren Großvaters Brüder in ihrer Jugend vorübergehend gestört?" Ich war überrascht, als ich mich an all die Gesichter erinnerte, die mich immer nur anlächelten und mich extrem willkommen fühlten, wenn ich in ihrer Mitte war. *"Sie waren in meiner Kindheit immer so gut zu mir. Ich habe sie immer gemocht."*

"Oh, sie haben uns damals immer Ärger gemacht", antwortete meine Großmutter. *"Aber dann änderten sie sich schließlich alle, nachdem sie geheiratet und Kinder bekommen hatten. Sie wurden so viel reifer und verantwortungsbewusster. Ihre Kinder, deine Onkel, sie alle haben mich so sehr geliebt. Deine Mutter hat die ganze Zeit mit ihnen gespielt, solange wir in diesem Haus lebten."*

"Sie lieben dich immer noch."

"Oh ja, das tun sie. Sie sind jetzt alle erwachsen und gut etabliert. Sie haben eigene Familien. Ich bin so glücklich, wenn sie mich besuchen."

"Also, da haben wir mindestens ein Happy End", sagte ich. *"Ja, aber die ersten Tage nach meiner Heirat waren sehr*

schwer für mich ", sagte Großmutter, als sie ihren zweiten Keks zerbrach. *„Darüber hinaus hatte ich sehr schwierige und schmerzhafte Schwangerschaften. Ich hatte einen Sohn, bevor deine Mutter geboren wurde. Und eine Tochter nach ihr. Beide starben. Alle drei waren Verschlussbabys. Also musste ich auf die normale Lieferung verzichten und jedes Mal einen Kaiserschnitt machen. Und natürlich war Chandannagar in den 1970er Jahren überhaupt nicht medizinisch fortgeschritten. Während der Geburt meines ersten Kindes litt ich zwei Tage lang unter Wehenschmerzen und wurde dann im allerletzten Moment zum OT gebracht. Mein Sohn wurde in Ordnung geboren, aber mein Bauch wurde wegen des Verschlusses vertikal geschnitten, und ich hatte mehrere Wochen nach meiner Geburt starke Schmerzen. Das einzig Gute war, dass mich meine Schwiegermutter nach der Geburt meines Jungen zu Hause willkommen hieß."*

"Das war nett von ihr."

"Nun, du musst auch die Tatsache berücksichtigen, dass dein Großvater damals ziemlich viel verdient hat. Das war auch ein guter Grund. Sie war jedoch nie nett zu ihm. Sie war immer irgendwie kalt und formell in ihren Interaktionen mit deinem Großvater."

"Was war ihr Problem? Warum hasste sie Großvater so sehr?"

"Vor allem, weil er mich, einen Brahmanen, geheiratet hat", informierte sie mich. "Außerdem hatte sie von meiner Familie keine Mitgift erhalten."

"Also, Mitgift war ein weiterer großer Grund!"

"Ja, das war es. Aber sie war nie schlecht zu mir. Tatsächlich liebte sie mich mehr als ihre anderen Schwiegertöchter."

"Wow, das ist unerwartet", sagte ich. "Aber sag mir etwas, warum ist dein erstes Kind gestorben? Was war mit ihm passiert?"

"Er war weniger als eineinhalb Monate alt, als er Durchfall bekam", antwortete sie. „Gleichzeitig litt auch meine kleine Schwester, die einen Monat vor meinem Sohn geboren wurde, an Durchfall. Annie kümmerte sich um sie, da unsere Mutter extrem krank war und am National Medical College in Kalkutta aufgenommen wurde. Mein Bruder Gedo, der dort Arzt war, kümmerte sich um sie."

"Warum war sie krank?"

"Sie litt an einer puerperalen Sepsis", sagte sie. "Eine Art Septikämie."

"Das ist Mary Wollstonecraft passiert, nachdem sie Mary Godwin ausgeliefert hat!" Ich habe geschrien. "Genau so ist sie auch gestorben!"

"Ich weiß nichts über Mary Wollstonecraft", antwortete meine Großmutter. "Du behältst deine englischen Literaturreferenzen für dich. Aber ja, die puerperale Sepsis ist tödlich."

"Okay, du fährst fort", sagte ich ihr, während ich weiter kritzelte. "Also habe ich meinen kranken Sohn eines Abends zu einem Arzt vor Ort gebracht,"

fuhr Großmutter fort. "Er gab ein Medikament, das sowohl seine lockere Bewegung als auch seinen Urin stoppte. Er weinte stundenlang vor Schmerzen. Er weinte die ganze Nacht. Meine Schwiegermutter hatte etwas Weihwasser von einer tantrischen Frau in einem benachbarten Ort erworben und sie fütterte es immer wieder an mein Kind, aber nichts half." Sie hielt inne, überwältigt von Emotionen und fuhr nach einem Moment fort", Er starb in den frühen Morgenstunden. Ich hatte mich immer noch nicht vollständig von den Schmerzen der Operation erholt, als er in meinen Armen starb."

Ich spürte einen Kloß in meiner Kehle und versuchte, ihn zu schlucken, aber ich konnte es nicht.

"Nach der Einäscherung setzte mich dein Großvater auf seinem Roller hinter sich und wir fuhren weit weg von der Stadt, weit, weit weg, bis es absolut dunkel war,

und selbst dann hörte er nicht auf", *sagte Großmutter wehmütig.* *"Wir erreichten Digha, fast zweihundert Kilometer von Chandannagar entfernt, und übernachteten für zwei Nächte in einem billigen Hotel. Wir sprachen nicht viel, wir aßen kaum und versuchten auf verschiedene Weise, mit unserem Verlust fertig zu werden. Ich verbrachte viele Stunden damit, ziellos auf das Meer zu starren. Dein Großvater glaubte zum ersten Mal in seinem Leben nicht, dass seine Arbeit durch seine Abwesenheit gefährdet wurde. Stattdessen beschuldigte er sich selbst, mir und unserem Sohn gegenüber nachlässig zu sein. Keiner von uns konnte die Idee akzeptieren, nach Hause zurückzukehren und in denselben Raum zu treten, in dem unser Kind fast zwei Monate lang gelebt und geatmet, gelacht und geweint hatte. Wir wussten, dass seine Wiege, sein Öltuch, die kleinen Kissen, die winzigen Schürzen, die Babynahrung und die Utensilien immer noch in diesem Raum verstreut waren und dass die Luft immer noch nach ihm roch. Und wir konnten nicht daran denken, ohne ihn dorthin zurückzukehren."*

Es wurde immer schwieriger für mich, meine Tränen zurückzuhalten.

"Woher weißt du, dass das Weihwasser, das deine Schwiegermutter aus dem Tantra mitgebracht hatte, nicht giftig war oder so?" Ich habe gefragt. "Es könnte der Grund gewesen sein, warum er gestorben ist. Er war nur ein Neugeborenes."

"Nein, es war der tödliche Durchfall, der ihn wegnahm", antwortete sie mit Überzeugung. "Du wirst bald wissen, warum."

"Okay."

"Am Morgen des dritten Tages", fuhr sie fort, "als mich dein Großvater fragte, ob ich bereit sei, nach Hause zurückzukehren, sagte ich ihm, er solle mich stattdessen zu einem der Orte meiner Tanten in Dakshineswar bringen. Er stimmte bereitwillig zu. Wir waren gerade dort angekommen und meine Tante hatte uns überzeugt, etwas zu essen zu haben, als..." und hier hielt sie wieder inne.

Etwas zog sich sofort in meiner Kehle zusammen, weil sie nicht gut aussah. Ich hielt den Atem an für die schreckliche Information, die im Begriff war zu folgen.

"Wann?", fragte ich sie.

"Die Freunde deines Großvaters, Parashuram und Vikash, kamen an und baten uns, nach Hause zu kommen."

»Warum?«, *erkundigte ich mich.*

"Als wir fragten, warum, teilten sie uns mit, dass... dass meine kleine Schwester in der vergangenen Nacht gestorben war und auch meine Mutter noch am selben Morgen im Krankenhaus gestorben war."

Meine Hände erreichten unwillkürlich meinen Mund, als ich versuchte, diese schockierenden Informationen zu verarbeiten.

»Meine Schwester hatte das Gebräu nicht, oder?«, sagte Großmutter. "Aber sie ist auch gestorben. Es war der Durchfall."

Ich konnte mir nicht einmal vorstellen, was sie durchgemacht hatte. So viele Tote in so kurzer Zeit waren undenkbar! "Zwei Jahre später, 1974, wurde uns deine Mutter geboren,"

sagte meine Großmutter. „Sie hat zwei Tage lang nicht geweint. Sie konnte aus irgendeinem Grund nicht normal atmen. Wir dachten, sie würde es nicht schaffen. Aber Gedo war für sie verantwortlich, und er versuchte sein Bestes, er blieb die ganze Nacht wach und rettete ihr das Leben. Er verfolgte damals seinen Arzt in der pädiatrischen Abteilung und es ging ihm recht gut. Am dritten Tag weinte sie. Damals nannten wir sie Sanghamitra, nach Kaiser Ashokas ältester Tochter, die eine Friedensbotschafterin war. Und dann wurde uns ein Jahr später eine weitere Tochter geboren, während ich extrem krank war. Sie hatte Krämpfe, wurde rot und blau und starb nur wenige Tage nach ihrer Entbindung im Krankenhaus. Ich war zwei ganze Tage lang im Delirium gewesen, nachdem ich sie geboren hatte. Die Ärzte dachten nicht, dass sie mich retten könnten, aber drei oder vier Tage später, als ich das Bewusstsein wiedererlangte und die Krankenschwestern bat, mich mein Kind sehen zu lassen, sagten sie, sie sei nicht mehr."

Ich konnte kein Wort sprechen. Ich wusste nicht, was ich sagen sollte. "Und gerade als ich dachte, dass endlich alles in Ordnung ist,"

meine Großmutter erzählte: "Im Jahr 1978 wurde mein engster Bruder Gedo, der in der Tat die einzige Hoffnung unserer Familie war, am selben Tag, an dem er sein Praktikum beendete, erhängt aufgefunden."

"Was?" Meine Stimme war heiser. "Warum?"

"Zu dieser Zeit wurden Colleges und Universitäten in Kalkutta von der naxalitischen Bewegung auseinandergerissen", sagte Oma. "Niemand weiß wirklich, warum er gestorben ist. Es war schon immer ein Rätsel. Einige waren der Meinung, dass er verliebt war und Selbstmord beging, einige glaubten, dass er von seinen Feinden ermordet wurde, da er der Führer einer der prominentesten Studentengewerkschaften war, einige sagen, dass er von einem der Naxaliten getötet

wurde. Ich war Gedo seit seiner Geburt sehr nahe gewesen. Wir wurden nur ein Jahr auseinander geboren. Und ich wusste besser als jeder andere, dass er der letzte sein würde, der für etwas so armseliges wie eine Liebesaffäre Selbstmord begeht. Er war der Topper in seiner Charge und hatte extrem gute Aussichten, er würde sein Leben für nichts aufgeben. Als seine Leiche gefunden wurde, war sein Zimmer in Unordnung, aber er war vollständig in seine Robe und alles gekleidet, trug seine Brille und polierte Stiefel. Seine Hände waren hinter ihm gefesselt, was zu dem Glauben führte, dass es kein Selbstmord war. Wir haben uns sehr bemüht, die Ursache für seinen Tod herauszufinden, aber wir haben nicht viel Hilfe von der Polizei erhalten. Also gab mein Vater nach einiger Zeit den Versuch auf."

Ich stand von dem Stuhl auf, auf dem ich saß, ging zu meiner Großmutter und umarmte sie lange und fest. Ich war noch nie jemand, der Menschen umarmt oder viel Emotion zeigt. Tatsächlich

Ich habe mich immer vor solchen Displays gescheut. Aber genau dort, in diesem Moment, war es unfreiwillig. Ich wurde von Emotionen überflutet, als ich sie festhielt und den süßen Duft ihrer Haare und die Erinnerungen an neunzehn ereignisreiche Jahre meines Lebens einatmete, von denen ich die meisten mit ihr verbrachte.

Meine Großmutter war diejenige, die mich aufgezogen hat, die mich jeden Morgen geweckt, gebadet, gefüttert, meine Haare gebürstet, eingeschlafen hat und sich um alle meine Bedürfnisse gekümmert hat. Tatsächlich war "Dida-dima" das erste Wort, das ich jemals sagen lernte. Es bestand aus vier Silben und klang unangenehm, aber so nannte ich sie und ich wollte es nicht anders haben.

Ich war gerade drei Jahre alt und untrennbar mit ihr verbunden, als sie eines Abends aus dem Waschraum taumelte und auf dem Bett ohnmächtig wurde. Sie wurde sofort ins Krankenhaus gebracht, wo die Ärzte sie ansahen und Worte sagten, die mir fremd vorkamen. Ich war zu jung, um zu verstehen, was "Multiorganversagen" bedeutete, aber irgendwie fühlte es sich an, als würde ich sie nie wiedersehen, und das ließ mich aus Angst in die Hose pinkeln. Mein Großvater war, wie ich mich noch erinnere, auf den kalten, weißen Fliesen des Krankenhauses zusammengebrochen und hatte sein Herz herausgeschrien. Meine Mutter, die als einzige stand, hatte auch so ausgesehen, als würde sie zusammenbrechen.

Die nächsten Monate, die ich fast ganz allein mit einem Hausmeister zu Hause verbrachte, waren die dunkelsten meines Lebens. Ich hörte meinen Großvater fast jeden Tag in seinem Zimmer wie ein Irrer mit sich selbst reden und meine Mutter verbrachte Tage ohne Hoffnung im Krankenhaus. Meine Großmutter war *schließlich ins Koma gefallen und die Ärzte sagten, es gäbe keine Hoffnung mehr für sie. Dennoch betete ich jeden Tag für sie. Tatsächlich ist das alles, was ich getan habe. Ich betete, ich weinte, ich aß, ich übergab mich und wachte mitten in der Nacht heulend auf. Sie war diejenige, mit der ich geschlafen habe, seit ich einen Monat alt war, und jetzt war sie nicht mehr bei mir. Ich hatte schreckliche Albträume ohne sie an meiner Seite, ohne ihre weichen Hände, die sich durch mein Babyhaar bürsten, ohne ihre süße Stimme, die mir Gutenachtgeschichten erzählte, ohne ihre sanften Klopfen auf meinem Rücken, die mich in den Schlaf wiegten.*

Diesmal war sie vor mir eingeschlafen, und sie war weit, weit weg in ein unbekanntes Gebiet getrieben, vielleicht verloren, um nie wieder zurückzukehren. Und unser Haus, so schien es, war in absoluter Dunkelheit versunken.

Aber vielleicht hatte Gott meine Gebete erhört und beschlossen, meinen unschuldigen Wunsch zu erfüllen, denn meine Großmutter öffnete eines Tages nach mehreren Wochen die Augen. Die Ärzte nannten es ein Wunder. Ich erinnere mich, mich gekniffen zu haben, um sicher zu sein, dass ich nicht träumte. An diesem Tag fühlte es sich an, als ob das Licht in unserem Haus zurückkehrte, obwohl sie mehrere Monate lang nicht nach Hause kam. Fast ein Jahr lang war meine Großmutter nicht mehr dieselbe und ich fragte mich oft, ob sie es jemals sein würde.

"Ich kann nicht glauben, wie schrecklich deine Vergangenheit gewesen ist!" Ich habe es ihr an diesem Morgen gesagt.

"Es war schon immer dunkel", antwortete sie. "Für mich und deinen Großvater. Wenn man es aus der Ferne betrachtet, wirkt es hell und sonnig. Aber je näher man kommt, desto dunkler wird es. Wir haben gemeinsam die schlimmsten Erfahrungen gemacht. Aber was auch immer dein Großvater heute ist, ist nur, weil er nie aufgegeben hat. Er trotzte allen Widrigkeiten." "Es ist ironisch", überlegte ich. "Der Mann, der die Welt mit seinen Lichtern erleuchtete, ist selbst durch die dunkelsten Gassen gegangen. Vielleicht muss man durch die Dunkelheit gehen, um um das Licht voll und ganz zu schätzen."

"Nun, wenn du es so siehst", sagte meine Großmutter, "ist er selbst das Licht."

"Wie das?"

"Wenn man an seine Tafeln und Figuren denkt, ist es hinter der Lichtquelle immer dunkel", erklärte sie. "Aber vor der Lichtquelle platziert, sieht selbst das alltäglichste Objekt verschönert und schillernd aus. Wenn Sie an das Leben Ihres Großvaters denken, besonders an seine Kindheit und woher er kam, war alles

dunkel. Nichtsdestotrotz beleuchtete er den Weg vor sich, schuf neue Möglichkeiten für zukünftige Generationen, eine neue Kunstform, eine einzigartige Kultur..."

"Jetzt erstrahlt alles in dem Glanz, den er geschaffen hat."

"Das fasst sein ganzes Leben und seine Karriere zusammen." Ich nickte voller Ehrfurcht.

"Lichter können nur in der Dunkelheit scheinen, meine Liebe", sagte meine Großmutter.

"Das ist wunderschön!", sagte ich zu ihr.

"Nun, vergiss nicht, gute Dinge über mich zu schreiben!" Die Augen meiner Großmutter funkelten.

"Natürlich nicht", antwortete ich. "Aber es gibt noch etwas, das ich wissen möchte."

"Was ist los?"

"Nach dem, was ich von Mutter, Großvater und sogar von dir gehört habe... scheint es mir, dass er nie Zeit für dich hatte. Hat das Ihre Beziehung in keiner Weise beeinflusst?"

Meine Großmutter lächelte nur, aber es war ein ziemlich verräterisches Lächeln.

"Es scheint, als hättest du viel dazu zu sagen", kommentierte ich. "Es ist okay, wir können das später machen."

Sie stieß einen übertriebenen Seufzer der Erleichterung aus.

Erinnerungen meiner Großmutter

Fünf Jahre hatte ich mit diesem Mann verbracht, unter demselben Dach gelebt, auf demselben Bett geschlafen. Fünf Jahre. Und er war mir immer noch fremd. Ich beobachtete ihn jeden Tag, als er morgens aufwachte, ein hastiges Bad nahm und zur Arbeit ging, ohne mich zweimal anzusehen. Meine Augen folgten ihm, als er mit langen Schritten durch den Raum ging. Fünf Jahre lang hatte ich mit Stolz leuchtend roten Zinnober auf das Scheiteln meiner Haare aufgetragen und stille Gebete für seine Sicherheit, Geborgenheit und sein Wohlbefinden gesprochen. Ich war vor Sonnenaufgang aufgewacht und hatte heimlich den Staub von seinen Füßen gewischt. Eine Frau, die ich kannte, hatte einmal gesagt, dass das Herz einer Frau anbeten muss, um zu lieben. Ich denke, meine Mutter hatte diesen Rat ein wenig zu ernst genommen, und solange sie am Leben war, versäumte sie es nie, meinem Vater jeden Morgen den Staub von den Füßen zu wischen, selbst wenn sie wusste, dass er sie allein ließ, um unsere Stiefmutter zu besuchen. Und ich glaube, ich hatte es auf meine Mutter abgesehen, obwohl ich es nie wollte, obwohl ich dem Gedanken, jemals so zu werden wie sie, heftig widerstanden hatte. Ich hatte gesehen, wie sie endlos vor meinen Augen litt, und ich hatte mir geschworen, dass ich mein Leben niemals so werden lassen würde wie ihres.

Ich wäre meine eigene Frau. Meine Stiefmutter war eine moderne Frau. Sie hatte einen Job, ein Eigenleben. Sie war bereit, alles für ihren Job zu opfern, so viele Kompromisse wie möglich zu machen, um ihren Job in der Keramikglasfabrik intakt zu halten. Sie war sehr unabhängig und eigensinnig. Vielleicht war sie deshalb so unwiderstehlich für meinen Vater. Menschen, die sich selbst lieben, werden von allen geliebt. Und obwohl sie der Grund für den Kummer meiner Mutter war, konnte ich nicht anders, als zu bewundern, wie stark sie war. Tief in meinem Herzen wollte ich wie sie sein. Das war jedoch alles andere als das, was ich geworden war, und das ist etwas, was mir erst klar wurde, nachdem ich verheiratet war. Ich fragte mich manchmal, ob ich es überhaupt verdient hatte, mich als moderne Frau zu bezeichnen.

Mein kleines Mädchen, Mini, schlief fest neben mir auf meinem Bett. Es war eine Woche her, seit ich nach der Geburt und dem anschließenden Tod meines dritten Kindes aus dem Krankenhaus zurückgekehrt war. Ich lag wach, Tränen tröpfelten aus meinen Augen und benetzten eine Seite meines Kissens. Es war 5 Uhr morgens und ich blutete. Meine Bluse war von der Milch meiner geschwollenen Brüste durchnässt. Sie pochten vor Schmerzen. Bald würde mein Mann aufstehen, der normalen Übung folgen und für weitere zwanzig Stunden weg sein. Ich wüsste nicht, was er den ganzen Tag gemacht hat. Ich wüsste nicht, wann er zurückkommen würde. Bis dahin würde ich im Halbschlaf sein. Also stand ich mühsam auf, das Fleisch auf meinem Bauch kribbelte, die Stiche drohten aufzureißen, und wie jeden Morgen, als die frühen Vögel vor unserem Fenster zwitscherten und die ersten Strahlen der Morgendämmerung einen neuen Tag einläuteten, nahm ich den Staub von seinen Füßen und rieb ihn auf meinen Kopf, meine Stirn und meinen Busen, in der Hoffnung, dass er nicht aufwachen würde. Ich musste es überhaupt nicht tun, aber ich tat es trotzdem.

"Was... was ist los?", rührte er sich.

"Nichts!", antwortete ich und biss mir auf die Lippe, sowohl vor Schmerzen als auch vor Verlegenheit. "Nichts ist falsch. Deine Decke ist heruntergefallen."

»Warum bist du aufgestanden?«, fragte er. "Ich hätte es selbst aufheben können."

"Ich... ich wollte nicht, dass du dir eine Erkältung holst."

"Bitte schlaf weiter", sagte er und setzte sich auf das Bett. "Brauchst du etwas?"

"Nein", hielt ich die Wahrheit zurück. "Ich brauche nichts."

Ich brauchte ihn dringend. Jede Pore meines Körpers und jede Unze meiner Seele, die von dem schmerzenden Bedürfnis prickelte, musste von dem Mann, den ich meinen Mann nannte, noch einmal begehrt werden. Fünf Jahre lang hatte ich sehnsüchtig in sein Gesicht geschaut, während er neben mir schlief. Ich hatte Durst nach seiner Liebe und Zuneigung, so wie eine Wüste nach Regen dürstet. Ich hatte gesehen, wie er jede Faser seines Wesens den Paneelen in seiner Werkstatt widmete, in der Hoffnung, dass er mich eines Tages so ansehen würde, wie er diese Lichter ansah. Oh, wie ich sie beneidete! Wie ich diese Lichter sein wollte! Wenn er mir nur die halbe Aufmerksamkeit schenken würde, die er ihnen schenkte, würde ich mich als gesegnete Frau betrachten. Bin ich wie meine Mutter geworden? Würde ich das gleiche Schicksal teilen?

Fünf Jahre lang hatte ich ihn geliebt und gehasst. Oftmals hatte ich vor seinem Haus weglaufen und nie zurückblicken wollen. Konnte ich nie. Oft hatte ich meine Ehe bereut und mich auch dafür bestraft, dass ich mich so gefühlt hatte, indem ich tagelang gefastet hatte. Ich war dankbar und fühlte mich verschuldet. Aber ich fühlte mich auch vernachlässigt, verlassen und verletzt. War es Liebe oder Verschuldung, die ich für ihn empfand? Ich konnte mir nicht sicher sein. Er hatte mir nichts Böses getan. Er kümmerte sich um alle meine körperlichen Bedürfnisse. Nicht nur meine, sondern auch die meiner Brüder und Schwestern. Aber war es genug? Wie könnte ich das ständige Gefühl ignorieren, unerwünscht, unwichtig und ungeliebt zu sein? Er hat sich um mich gekümmert, so wie er sich um die Pflanzen in seinem Garten gekümmert hat. Er bespritzte sie jeden Tag mit Wasser, nährte den Boden mit Mist und versprühte bei Bedarf Insektizide. Er tat alles, was nötig war, aber nichts darüber hinaus. Aber ich war keine Pflanze. Ich war seine Frau. Oh, wie ich mir manchmal wünschte, ich wäre eine Pflanze und nicht seine Frau! Ich wünschte, ich hätte keine eigenen Wünsche oder Wünsche. Mein Leben wäre so viel einfacher gewesen. All diese Emotionen und Erwartungen würden eines Tages mein Tod sein.

Ich war leider ein lebender, atmender Mensch, mit einem verfluchten Mutterleib, wie sie sagten, einer verfluchten Familie, einer toten Mutter, einer toten Schwester, zwei toten Kindern und einem gleichgültigen Ehemann. Wie lange könnte ich damit rechnen, so zu überleben? Wofür würde ich leben? Und selbst wenn ich überleben würde, wäre es ein lebenswertes Leben? Ein Leben ohne Liebe war für mich so gut wie ein lebendiger Tod. Waren es die Sünden meines Vaters, die mich so sehr leiden ließen? Oder suchte ich nach jemand anderem, um die Schuld auf mich zu schieben, nachdem mein Mann mein Bett verlassen hatte und außer Sichtweite war? Wann wurde ich so nörgelnd und beschwerdevoll? Wann habe ich angefangen, mich so einem unergründlichen Selbstmitleid hinzugeben? Ich war nie diese Frau in Kalkutta. Würden meine Freunde von Lady Brabourne mich erkennen, wenn sie mich jetzt sehen würden?

Manchmal zitterte ich vor dem überwältigenden Wunsch, ihm wirklich boshafte Dinge zu sagen. Meine Finger juckten vor Wut, während ich seine Mahlzeiten zubereitete, und ich wollte sie so ungenießbar wie möglich machen. Einmal gab ich so viel Salz in sein Curry, dass ich sicher war, dass er nicht mehr als einen Löffel essen konnte. Das war meine Art, mich an ihm zu rächen. Aber ganz überraschend aß er alles, als wäre nichts falsch daran. Sein Verstand war offensichtlich woanders. Und ich war es, der in dieser Nacht nichts gegessen hat. Ich konnte ihm meinen Körper nicht verweigern, denn das war das einzige Mal, dass ich mich gebraucht fühlte. Aber bald darauf fühlte ich mich absolut unfruchtbar, als ich in der diskreten Stille der Nacht an die Decke blickte und wusste, dass er bald in die Arme der Kunst zurückkehren würde, mit der ich weder in Schönheit noch in Anmut konkurrieren konnte. Die Kunst ließ ihn um ihren Finger wickeln, gefangen unter ihren leuchtenden Flügeln. Er war nur ihr verzauberter Sklave. Keine noch so große Liebe oder Verlockung meinerseits konnte den Bann brechen, den sie über ihn geworfen hatte. "Stimmt etwas nicht mit dir?", fragte er mich vorher.

auf dem Weg in seine Fabrik. "Nein", antwortete ich kurz.

»Warum hast du geweint?«, erkundigte er sich. "Was ist passiert? Hast du Schmerzen?"

"Du wirst es nie verstehen", sagte ich ihm von meinem Bett aus. "Ich werde es nicht verstehen?"

"Nein", antwortete ich.

»Bist du verärgert über das Kind?«, fragte er.

Ich wusste nicht, was ich sagen sollte. Ja, ich war verärgert über das Kind. Aber ich war auch über so viele andere Dinge verärgert, der Hauptgrund war er selbst. Ich konnte es nicht mehr ertragen. Ich brach in eine Flut von Tränen aus und wimmerte, bis die Stiche über meinem Bauch weh taten. Er kam leicht ängstlich zu mir herüber und setzte sich direkt neben mich auf das Bett und fuhr mir mit den Fingern durch die Haare. "Bitte sei nicht so traurig", flehte er mich an. Aber ich konnte die Zuneigung in dieser Geste nicht anerkennen, genauso wie der Magen nach einer langen Hungersnot seine Fähigkeit verliert, Nahrung zu verdauen. Mein Herz fühlte sich eiskalt an, mein Körper war gebrochen und meine Seele erschöpft. Ich fühlte nichts als Schmerz.

"Sag mir, was ist los?", bestand er darauf.

"Liebst du mich immer noch?" Ich fragte ihn nach einer Ewigkeit.

"Was ist das für eine Frage? Natürlich tue ich das." "Warum kümmerst du dich dann nicht um mich?", klang meine Stimme.

unnatürlich für meine eigenen Ohren.

Er sah mich ein wenig verblüfft an.

"Warum hast du mich geheiratet?" Ich schluchzte. "Um mich den ganzen Tag allein in diesem Haus verrotten zu lassen?"

»Wie kannst du sagen, dass du allein bist?«, fragte er. "Du hast die ganze Zeit so viele Leute um dich herum. Du hast meine große Familie, Gopal und Annie. Wen brauchst du noch?"

"Ich... ich brauche dich. Ich habe dich geheiratet. Nicht deine Familie. Ich bin deine Frau. Ich brauche dich."

"Aber ich bin immer da", sagte er sachlich. "Meine Fabrik ist in der Nähe, du kannst mich jederzeit erreichen." Mit ihm zu sprechen war ein fruchtloses Unterfangen. Es war, als würde man mit einer Wand sprechen. Manchmal fragte ich mich, ob er mich wirklich nicht verstanden oder absichtlich missverstanden hatte. Alles, was ich wusste, war, dass ich keinen Platz in seinem Schema der Dinge hatte. Ich hatte keine Rolle in seinem Leben zu spielen. Ich war nur ein Accessoire, ein Schmuckstück.

Ich sollte in den vier Wänden seines Hauses eingeschlossen bleiben. Ich sollte lächeln und respektvoll zu Leuten sein, die mich wie Dreck behandelten. Ich sollte für den Rest meines Lebens kochen und putzen und empfangen und liefern, ohne Anerkennung, Wertschätzung oder Belohnung. Alles nur, weil ich eine Frau war und Frauen dies "tun" sollten. Die Menschen in Kalkutta waren so viel liberaler. Wo war ich gelandet? Warum hat mein Vater uns jemals hierher gebracht? Das war nicht die Art von Leben, von der ich geträumt hatte. Aber andererseits hatte ich das Herz einer Frau, und egal, was wir Frauen durchmachen mussten, wir waren stolz auf unsere Fähigkeit, alles mit einem Lächeln zu ertragen, unser ganzes Glück auf dem Altar der Liebe zu opfern, damit unsere Ehemänner, Väter, Brüder und Söhne hinausgehen und tun konnten, was sie glücklich machte. Was für eine verdammte Existenz!

Ich verbrachte den ganzen Tag im Bett und weinte, während meine Schwiegermutter sich um meinen einjährigen Mini kümmerte, weil sie wusste, wie krank ich war. Sie saß an meinem Bett und versuchte, mich mit Geschichten aus ihrer Kindheit zu trösten, wie sie im Alter von acht Jahren in Übereinstimmung mit dem alten indischen Brauch, der als "Gouri-daan" bekannt ist, verheiratet wurde, wie sie auch mehrere Kinder an verschiedene Krankheiten verloren hatte. Sie bezeichnete mich oft als "bamuner*meye*", was "Brahmins Mädchen" bedeutet, selbst inmitten unserer Gespräche. Und obwohl sie manchmal wirklich sarkastisch sein konnte, kümmerte sie sich mehr um mich als um jede ihrer anderen Schwiegertöchter. Sie hat mir an diesem Tag selbst Tee gemacht. Und als ich ihr sagte, sie solle sich nicht so viel Mühe für mich geben, bat sie mich nur, leise zu sein.

"Sag kein Wort", sagte sie fest zu mir. "Wenn ich mich um meine Söhne kümmern kann, warum kann ich mich dann nicht um meine Töchter kümmern?"

"Aber Maa, du bist selbst nicht so gut..."

"Psst! Mir geht es vollkommen gut!«, erwiderte sie. „Das sind die normalen Altersschmerzen. Wir sind aus Stahl, meine Liebe. Du bist ein *bamuner meye*, weich und zart, du bist anders. Ihr werdet alle leicht krank, ihr leidet so sehr für die kleinsten Beschwerden. Du tust mir wirklich leid. Aber wir sind das alles gewöhnt. Unsere Mütter haben uns seit unserer Geburt auf dieses Leben vorbereitet."

"Danke, Maa... dafür... dass du so nett zu mir bist." Behalte all dein "Dankeschön" für dich ", sagte sie, als sie

stellte ein kleines Glas Tee auf den Tisch neben mein Kissen. "Wir verstehen nicht alle diese englischen Wörter. Mein schönes kleines Mondkind hat Schmerzen, das ist das Mindeste, was eine Maa tun kann."

Dann nahm sie Mini auf den Schoß und sah sie ein paar Minuten lang liebevoll an. Sie sagte mir: "Dein Kind wird überhaupt nicht so sein wie du. Sie wird eine Kriegerin sein, merkt euch meine Worte. Sie hat unser Blut in ihren Adern und die Farbe Ihres Mannes in ihrer Haut. Sie wird auch nicht das einfachste Leben haben. Aber sie wird eine wilde Frau sein."

»Das wünsche ich mir auch«, erwiderte ich. "Ich möchte, dass sie stark ist."

"Sie wird stärker sein als all dein Stamm zusammen", lachte sie, während sie Minis Kleidung wechselte. "Mein kleines Kriegerkind. Du wirst wie dein Vater sein, nicht wahr, Baby?"

Mini gurrte unverständlich als Antwort.

Ganz im Gegensatz zu meinen Erwartungen kehrte mein Mann in dieser Nacht etwas früher nach Hause zurück. Er hatte mir einen Strauß Rosen und eine Schachtel meiner Lieblingssüßigkeiten von Surya Modak, einer der ältesten und renommiertesten Konditoreien der Stadt, mitgebracht.

"Es tut mir leid, wenn ich dir das Gefühl gegeben habe, dass ich mich nicht genug für dich interessiere", sagte er zu mir und saß neben mir auf dem Bett und hielt meine Hand. "Es ist nicht so, dass du mir nicht wichtig bist. Tatsächlich bist du für mich die wichtigste Person auf dieser Welt."

Ich wandte mein Gesicht ab und weinte.

"Schau hier, schau mich an", drehte er mein Gesicht zu seinem und dann, tief in meine Augen schauend, sagte er: "Alles, was ich gerade tue, ist für unser Wohlbefinden. Wie lange willst du so leben? In einem

Einzelzimmer mit einer einzigen Toilette, die vom gesamten Haushalt geteilt wird. Ich möchte dir und Mini ein besseres Leben geben."

Er streichelte meine Wangen.

"Ich möchte etwas Land kaufen, ein Haus für uns bauen", fuhr er fort. "Eine große, genau wie du es dir immer gewünscht hast, größer als dein Haus in Kolkata. Es wird zweistöckig sein mit einem Garten, einem separaten Raum nur für dich, einem Büro, einem Wohnraum und ich werde es mit schönen Holzmöbeln dekorieren. Auch Gopal kann dort bequem bei uns wohnen. Es ist zu eng hier für so viele von uns, meinst du nicht?"

Ich nickte sanft.

"Jetzt weine nicht, meine Liebe!" Er pflanzte einen liebevollen Kuss auf meine Stirn. "Bitte haben Sie Geduld mit mir. Ich möchte sowohl deine als auch meine Träume erfüllen. Und wenn ich jetzt nicht arbeite, kann ich das Land nicht kaufen oder das Haus nicht bauen. Du weißt, wie der Preis für Land jedes Jahr steigt, nicht wahr? Also muss ich jetzt hart arbeiten. Denn je mehr ich verdiene, desto eher kann ich das Haus für uns bauen."

Tränen rollten mir über die Augen.

"Ich habe dich nicht geheiratet, um dich in Ruhe zu lassen", sagte er. "Ich möchte auch Zeit mit dir verbringen. Und genau deshalb arbeite ich jetzt so hart, damit ich eines Tages ohne Angst und Schuld bei dir sein kann. Ich habe alles, was ich heute habe, aus dem Nichts aufgebaut. Ich hatte nie Ruhe, Geld von Bekannten zu leihen oder auf unbestimmte Zeit bei Vikash zu wohnen, aber damals war ich hilflos. Jetzt habe ich mehrere Schulden zu begleichen und erst nachdem ich sie beglichen habe, werde ich entlastet. Und dann kann ich anfangen, für die Immobilie zu sparen. Du verstehst mich, oder?"

Ich nickte und verfluchte mich innerlich, weil ich so unempfindlich gegenüber seinen Kämpfen war.

"Jetzt nimm das", sagte er, als er die Schachtel mit Süßigkeiten öffnete. "Ich habe deinen *Lieblings-Jolbhora-Talshansh-Sandesh aus Surya* Modak mitgebracht. Du magst den Rosensirup in diesen Süßigkeiten, nicht wahr? Diese Box ist ganz für Sie. Du musst es mit niemandem teilen, nicht einmal mit mir."

Aber ich würde die Süßigkeiten nicht anfassen, wenn er nicht den ersten Bissen genommen hätte.

Erinnerungen meines Großvaters

Rückblickend bedauere ich nur, dass ich mich nicht um meine Frau und meine Kinder kümmern konnte, als sie mich am meisten brauchten. Ich hatte ihnen genau das angetan, was ich meiner Familie vorgeworfen hatte. Ich hatte sie versehentlich verlassen, als sie mich brauchten. Ich heiratete Sumitra gegen den Willen unserer beiden Familien, versprach ihr ein gutes Leben zu geben, aber ich konnte mein Versprechen nicht erfüllen und ich werde mir das nie verzeihen können. Vielleicht waren ihre körperlichen Bedürfnisse alle erfüllt, aber ich war nie in der Lage, ihre Emotionen zu erwidern. Meine Arbeit war immer meine oberste Priorität, und ich konnte weder der liebevolle Ehemann sein, den sie von mir wollte, noch ein liebevoller Vater. Es fiel mir immer schwer, meine Gefühle auszudrücken, und ich konnte nicht ausdrücken, was ich für meine Familie empfand.

Der Tod meines ersten Kindes, das Gefühl seiner kalten Haut gegen mein warmes Fleisch und der Geruch des tödlichen Durchfalls, der ihm das Leben nahm, sind mir noch frisch in Erinnerung. Ich habe mein Kind mit meinen eigenen Händen eingeäschert und ich war nie in der Lage, darüber hinwegzukommen und werde es auch nie tun. Es regnete stark an diesem Tag, als ich mein Kind in meinen kalten, taub gewordenen Armen trug, schwer in der Stille des Todes, eingewickelt in ein mattes weißes Tuch. Während der Wind heulte und der Regen gegen unsere beiden Körper prallte und meine Tränen nicht zu unterscheiden waren, ging ich. Ich konnte nicht anders, als von Zeit zu Zeit auf ihn herabzusehen und ihn für Wärme näher an meinen Körper zu halten, aus Gewohnheit, dass mein Kind sich eine tödliche Erkältung holen würde, wenn ich nicht vorsichtig wäre. Und dann erinnerte ich mich an die groteske Wahrheit, dass es keine Rolle mehr spielte. Er war lange weg und die Kälte würde ihn nie wieder stören.

Als es endlich Zeit für mich war, ihn gehen zu lassen, erinnere ich mich, wie ich ihn mit einem steinschweren Herzen sanft auf die Bahre legte. Er sah friedlich aus, mein Kleiner, frei von all seinen Schmerzen und

Leiden, aber seine Augenlider waren blass und er sah ein wenig blau aus. Und das nasse weiße Tuch, das ihn bedeckte, weigerte sich zu brennen. Es war, als wäre mein kleiner Sohn genau dort, widersetzte sich dem Tod mit aller Kraft, bettelte um eine weitere Chance zu leben, während ich, sein Vater, mit einer brennenden Fackel in meiner Hand neben ihm stand, gleichgültig gegenüber all seinen Bitten, und sich darauf vorbereitete, ihn im Einklang mit den Ritualen in Staub zu verwandeln. Achtundvierzig lange Jahre sind vergangen und diese Erinnerung verfolgt mich immer noch.

Nach dem Tod unseres dritten Kindes war Sumitra völlig erschüttert. Die schöne Frau, deren Augen einst wie die hellsten Lichter funkelten, war nun ängstlich, panisch, pessimistisch geworden, immer auf der Suche nach Gefahr, Krankheit und Elend. Wir hatten damals noch keine Mobiltelefone und ich war oft außerhalb der Station und arbeitete in verschiedenen Bundesstaaten im ganzen Land. Wir waren tagelang nicht in Kontakt und meine Frau aß oder schlief nachts nicht, bis ich nach Hause kam. Sie würde ihr Bestes geben, um die Dinge zu Hause in Ordnung zu halten. Sie fastete an mehreren Tagen der Woche für meine Gesundheit und Sicherheit und betete unaufhörlich zu Gott. Aber die Dinge änderten sich bald zum Besseren.

In den 1970er Jahren arbeitete ich für mehrere Puja-Komitees in Kalkutta und führte weitere Projekte außerhalb von Westbengalen durch. Anfang 1980 investierte ich mein Einkommen in ein großes Grundstück in Kalupukur. Meine Frau mochte die Idee nie, denn was ich gekauft hatte, war eigentlich ein riesiger, dichter Bambuswald, in dem Schakale oft nachts herumstreunen sollten. Ich stand jedoch fest zu meiner Entscheidung, weil ich immer eine Ahnung hatte, dass sich das Stück Land aufgrund seiner günstigen Lage eines Tages wie Gold verkaufen würde. Es befand sich an einer Hauptstraße, in der Nähe des Bahnhofs und hatte auch einen Teich, der mit Fischen gefüllt war. Die Bevölkerung war in diesem Gebiet vergleichsweise dünn besiedelt. Natürlich konnte ich nicht das gesamte Grundstück auf einmal kaufen und musste mir Geld von meinen Freunden leihen, aber ich zahlte ihnen den vollen Betrag zurück, sobald ich ihn verdient hatte, zusammen mit Zinsen.

1982 beschloss ich, für mich, Sumitra und unsere einzige Tochter ein Haus auf diesem Grundstück zu bauen, damit wir dort getrennt und in Frieden leben konnten. Aber da der größte Teil meiner Einnahmen in die Finanzierung meiner neuen Projekte floss, hatte ich in diesen Jahren sehr wenig Geld. Ich konnte den Bau meines eigenen Hauses kaum bezahlen. Ich musste mehrmals auf die Bauarbeiter verzichten und die Ziegelsteine des Hauses selbst verlegen. Aus der Ferne dachten die Leute, ich verdiene viel Geld, aber nur die, die mir nahe standen, wussten die Wahrheit über meine Kämpfe. Später baute ich eine neue Fabrik entlang des Teiches. Es hatte ein Dach aus Asbest, aber es war groß, geräumig und vergleichsweise kühler als seine Umgebung.

Meine Fabrik war wie meine Kultstätte. Es war meine Lebensgrundlage, es war der Ort, an dem ich meinen kreativen Ideen Flügel verlieh und damit ein äußerst heiliger und geheiligter Teil meines Eigentums. Ich schmückte es schließlich mit Zierpflanzen, wie man einen Schrein schmückt, und pflanzte üppige Passionsreben auf beiden Seiten des Eisentors. Sie kletterten entlang der Schienen des Tores und trugen Trauben von Passionsblumen, die wie exotische Spinnen aussahen. Sie waren von einem satten violetten Farbton und strahlten einen süßen Duft aus, der die Sinne so beruhigt! Es gab auch ein leeres Stück Land auf der anderen Seite des Teiches, das ich geräumt hatte, damit ich meine Platten zur Probe ausstellen konnte, bevor ich sie entlang der Straßen installierte. Und hinter meinem Haus und in der Nähe der Fabrik baute ich ein paar Zimmer und Toiletten, damit meine Helfer nachts dort bleiben konnten, wenn sie wollten.

In den 1980er Jahren ist etwas Interessantes passiert. Ich wurde zum Kultursekretär des Boys 'Sporting Club in Chandannagar ernannt. Ich wusste damals nicht, dass ich diese Bezeichnung für siebzehn lange Jahre behalten würde. Es war ein renommierter Club, der in diesem Jahrzehnt äußerst aktiv war und jedes Jahr hervorragende Konzerte mit berühmten Bollywood-Prominenten, Playback-Sängern und Dramatikern als Gastkünstler organisierte. Und es versteht sich von selbst, dass mir die meiste Verantwortung für die Bühnenbeleuchtung, die Kulisse und Geräusche, die Dekoration der Clubgebäude und die massive Begrenzungsmauer zufallen würde. Ich hatte die einmalige

Gelegenheit, Prominente zu treffen und ihnen vorgestellt zu werden, von denen ich nie erwartet hätte, dass ich sie jenseits des schwarzweißen Fernsehbildschirms oder der Statik des Radios treffen würde.

Hier hatte ich die Gelegenheit, Kishore Kumar in all seiner Pracht zu sehen, der mit Ringelblumengirlanden um den Hals auf der Bühne tanzte und das Publikum mit seiner lebhaften Haltung und seinen urkomischen Possen auf Trab hielt. Es war hier, in den frühen Morgenstunden, gerade als das müde Publikum, das es leid war, die ganze Nacht draußen zu sein, sich gerade in seine Wohnungen zurückzog, als Hemanta Mukherjees himmlische Melodie „Jeona Darao Bondhu", was so viel bedeutet wie „Halte durch, mein Freund", sie schlafwandelnd zurück zum Konzertgelände fand, als ob sie unter dem Einfluss eines Zaubers stünden. Ich hatte auch die Gelegenheit, Hema Malini, das Traummädchen von Bollywood, und Helen, die erste Schauspielerin, die Kabarett und Bauchtanz in indischen Filmen einführte, zu sehen, wie sie ihren Körper anmutig wie eine Schlangenbeschwörerflöte schwingen. Ich wurde Zeuge, wie der herausragende Utpal Dutta mit seinen beispiellosen theatralischen Fähigkeiten die Bühne in Brand setzte. Sumitra versäumte es nie, diese Konzerte zu besuchen. Und ich erkannte immer wieder, während sie in den leuchtenden Lichtern stand, mit ihren langen Haaren offen, den Rücken hinunterfiel und ihre weiten, hypnotisierten Augen wie die Sterne am Himmel funkelten, wie die Schönheit meiner Geliebten die derjenigen übertraf, die zur Glamourwelt gehörten.

1985 erlebte ich meinen ersten großen Durchbruch im internationalen Bereich, als Tapas Sen, einer der bekanntesten Bühnenlichtdesigner Indiens, mich mit seinem Sohn und einigen anderen Bekannten besuchte. Er bot mir ein sehr ehrgeiziges Projekt an und fragte mich, ob ich bereit wäre, meine Lichter auf der

Festival of India in Russland, für drei Monate in Moskau, St. Petersburg und Taschkent. Nach Sens Anweisungen und mit Hilfe meiner Jungs bereitete ich zehn Tafeln vor, jede 10 Fuß lang und 20 Fuß breit, mit ikonischen indischen Symbolen wie dem Pfau, dem Elefanten, einer Muschel , Alpana-Designs und dergleichen. Die Russen waren alle so beeindruckt von diesen Lichtern, dass sie wissen wollten, mit welcher Computersoftware ich die Lichter in Bewegung gesetzt hatte. Als ihnen meine einfachen Holzrollen gezeigt wurden, auf denen die riesigen Platten arbeiteten, baten sie darum, eine in ihrem Museum zu behalten. Meine Walze bleibt bis heute dort.

Die zweite Hälfte der 1980er Jahre verbrachte ich in Chandannagar und arbeitete für die verschiedenen Komitee-Jubiläen. Am bemerkenswertesten war das Barabazar-Jubiläum 1989. Ich beleuchtete die schöne Straße von Barabazar mit zwanzig Elefantenfiguren, die Rosenwasser durch ihre Stämme sprühten. Und so erfreut waren alle Kinder, dass sie in diese Gegend strömten, um die Elefanten herumliefen, lachten und freudig bis in die frühen Morgenstunden "*Chal Chal Chal Mere* Haathi" sangen! Die Eltern trugen ihre winzigen Zehen auf ihren Schultern, nur damit sie den duftenden Sprühnebel von Rosenwasser auf ihren Gesichtern genießen konnten. Die Atmosphäre schien von einer seltsamen, antiquarischen Magie verzaubert zu sein, mit den Menschen, die wie in einem Stupor durch die Straße gingen, den Elefanten, die wie gigantische Konstellationen im Dunkeln der Nacht leuchteten, dem mystischen Klang des Dhaak, gepaart mit den erhabenen Aromen von Weihrauch und Myrrhe und den hypnotisierenden Melodien von Tagore, die durch die Lautsprecher spielten und Nachtschwärmer von nah und fern einluden, zu kommen und ein Teil der Pracht unserer Stadt zu sein.

Für das Jubiläum von Bidyalanka habe ich auf meinen 6.2 Miniaturtafeln die verschiedenen Voraussetzungen und Etappen von Jagadhatri Puja in Chandannagar dargestellt. Ich hatte in diesem Jahr zehn aufwendige Platten hergestellt, zwei auf jedem LKW, und sie waren ein großer Erfolg. Angefangen mit der Sammlung von *Chanda*, über die Herstellung der riesigen Idole von Maa Jagadhatri in all ihrer Pracht und Pracht, gefolgt von der Konstruktion der riesigen Puja-Pandalen, der viertägigen Verehrung der extravaganten Idole, die wunderschön mit Gold- und Silberornamenten geschmückt sind, und den kunstvoll bestickten und stark paillettenbesetzten Banarasi-Sari, bis hin zu den wunderbaren Fähigkeiten der Dhaakis und dem verlockenden Dhunachi-Tanz. Als nächstes kamen die Tafeln auf der großen Puja-Prozession, wo die Idole, nachdem sie auf separate Lastwagen geladen wurden, in einer glühenden Kavalkade mit einer fabelhaften Prozession von Lichtern, die sie eskortieren, durch die

Stadt gebracht werden. Schließlich tauchen die Idole in den Ganges ein, die Lichter werden heruntergefahren, die Besucher verabschieden sich tränenreich und fahren am nächsten Morgen mit den frühesten Zügen nach Hause. Ich habe nicht vergessen, den Menschen Tribut zu zollen, die die Straßen gereinigt, Papier abgeholt und die Stadt wieder sicher und bewohnbar gemacht haben. Ich machte eine separate Lichtertafel ausschließlich über ihre Aktivitäten als Zeichen der Liebe und Dankbarkeit der Stadt für sie.

In den 1990er Jahren arbeitete ich an größeren Projekten in Kalkutta, nicht nur an Durga Puja oder Kali Puja Illuminationen, sondern dekorierte die Eden Gardens mit meinen Lichtern, als Nelson Mandela 1990 einen Besuch abstattete. Da es in diesem Jahr an Arbeitskräften mangelte, wickelten meine Frau, ihr Bruder, mein junger Neffe Haru und mehrere andere Jungen aus der Nachbarschaft die Hunderte von 6.2-Miniaturen mit bunten Zellophanpapieren ein, während ich sie auf die Tafeln steckte. Ich hatte die Gelegenheit, die Eden Gardens bei der Cricket Association of Bengal Jubilee noch einmal zu beleuchten. Fünfzig riesige Fackeln aus Lichtern wurden für diesen Anlass verwendet. Ich hatte auch die Verantwortung, das Vidyasagar Setu bei seiner Einweihung zu beleuchten. Jeder Buchstabe des Wortes "Vidyasagar Setu", den ich erstellen musste, war 16 Fuß hoch und bestand aus Hochspannungslampen. Es wurde direkt an der Spitze der Hauptspanne der Brücke angebracht, über 115 Fuß über dem Boden. Der ehemalige indische Premierminister Narasimha Rao wurde eingeladen, den Anlass zu eröffnen. Als er mir die Hand schüttelte, war ich auf Wolke sieben! Die Einweihung der imposanten Statue von Indira Gandhi in Kolkata war ein weiteres wichtiges Projekt, an dem ich gearbeitet habe. Der ehemalige Ministerpräsident von Bengalen, Buddhadeb Bhattacharya, enthüllte die Statue, indem er einen Knopf auf einer Fernbedienung drückte, der den Blumenvorhang allmählich fallen ließ und die Statue enthüllte. Ich war für die Herstellung der Fernbedienung sowie für die Dekoration des Veranstaltungsortes mit meinen Lichtern verantwortlich.

Bald entstanden dreidimensionale mechanische Modelle aus Masonitplatten und Fokusleuchten, und 1996 wurde ich eingestellt, um für ein anderes Komitee mit der neuen Technologie zu arbeiten. Die Prozession in diesem Jahr war auf vier Lastwagen pro Ausschuss beschränkt worden, und ich schaffte es, zwölf mechanische Zahlensätze darin unterzubringen, indem ich in jedem Lastwagen drei Stufen baute. Und auf diesen Bühnen zeigte ich die dreidimensionalen Figuren des berühmten Zauberers,

P.C. Sarkar, der Menschen in Kisten zerlegt, Menschen hinter Vorhängen verschwinden lässt, Menschen in tanzende Skelette verwandelt und eine Pflanze aus einem Topf Erde wachsen lässt, sobald das Licht seiner Hand darauf fällt. Jedes einzelne Modell, egal wie groß oder klein, war dreidimensional, da ich in meiner Darstellung der Zaubershow so realistisch wie möglich sein wollte. Das Barasat Jagadhatri Puja-Komitee erhielt in diesem Jahr dreiundzwanzig Preise und die Einwohner meiner Stadt sagten, dass sie noch nie zuvor eine magische Lichtshow gesehen hätten. Ein paar Jahre später porträtierte ich eine Zirkusshow in ähnlicher Weise und erntete beispiellose Anerkennung.

Im Jahr 1998, als Amartya Sen den Nobelpreis für Wirtschaft gewann, wurde er in das Netaji Indoor Stadium in Kalkutta eingeladen und erhielt eine von mir speziell entworfene laminierte Leuchte, die die beiden großen Nobelpreisträger Tagore und Sen darstellt, zwei Blumen auf demselben Stiel. Es war der stolzeste Moment meines Lebens und keine Worte können jemals ausdrücken, wie ich mich an diesem Tag gefühlt habe.

Im Laufe der Jahre beschäftigte mich mein lieber Freund Amiya Das, der Bürgermeister von Chandannagar, mit mehreren Projekten des öffentlichen Dienstes, der Dekoration des Rabindra Bhavan, der Strandstraße und sogar der Wasseranlage. Er blieb 21 Jahre lang Bürgermeister und war eine ständige Quelle der Ermutigung und Unterstützung für mich. Ich wurde sogar mit der Einführung der ersten Ampeln in Chandannagar an wichtigen Kreuzungen betraut.

Ein paar Jahre später arbeitete ich für eine Anzeigenfirma in Malaysia. Ich hatte für sie einen dreidimensionalen mechanischen Drachen konstruiert, der tatsächliches Feuer aus seinem Mund freisetzte, einen mechanischen Rohrbrunnen, der Wasser ejakulierte, und einen mechanischen Zug, alle aus 6.2 Miniaturen, die über perforierte Masonitplatten gepflanzt waren. Sie wollten mir eine lebenslange

Beschäftigung anbieten und waren sogar bereit, mir dreimal mehr zu zahlen, als ich von meinen Projekten in Indien erhielt. Die bloße Aussicht, mein Land, insbesondere meine liebe Stadt, zu verlassen, schien mir jedoch unmöglich, und ich lehnte ihr Angebot höflich ab.

Und dann kam das Millennium und damit begann eine neue Ära in meinem Leben. Eine Ära, die ihren gerechten Anteil an Höhen und Tiefen hatte. Auf der einen Seite war ich mit Beleuchtungsprojekten in London, Irland, Los Angeles und Malaysia beschäftigt und mein Name und Ruhm wurde in ausländischen Zeitungen verbreitet. Auf der anderen Seite hatten mich die vertrauten Gesichter meiner eigenen Stadt, insbesondere meine zeitgenössischen Lichtkünstler, zum Gespött gemacht, ihre Kritik und ihr Spott tropften durch die Seiten lokaler und regionaler Zeitungen. Es fühlte sich an, als hätten sie sich darauf vorbereitet, mich aus den Höhen, die ich erklommen hatte, herunterzuziehen.

Ich hatte einfach versucht, die dringend benötigte Veränderung herbeizuführen.

Sie reagierten mit bitterer Rebellion.

Zwischenspiel

"Und nur ein Jahr später fiel die Rebellion durch, als genau die Leute, die sich gegen deinen Großvater verschworen und ihn am bittersten kritisiert hatten, seinem Beispiel folgten", erzählte mir meine Mutter.

Ich lachte laut auf und fand dieses Wissen sündhaft befriedigend.

"Lesen Sie jetzt einen Artikel über Chandannagar-Leuchten. Sie werden mehrere Lichtkünstler sehen, die über die Einführung von LED-Leuchten als positive und willkommene Abwechslung sprechen. Keiner von ihnen berührt jemals das Thema, wie dein Großvater von ihnen verspottet und gedemütigt wurde, als er zum ersten Mal versuchte, die Idee zu popularisieren. Und heute, wo immer Sie hinschauen, finden Sie LEDs", fügte Mutter hinzu. *" Hier arbeitet niemand mehr mit 6.2 Miniaturen oder 25-Watt-Lampen."*

"Ich kann nicht verstehen, warum Großvater mir das nie erzählt hat", fragte ich mich.

"Er war schon immer so", antwortete Mutter. *"Ich finde es manchmal seltsam, wie immun er gegen jede Art von Feindschaft, Negativität, Kontroverse oder Spott ist. Er erkennt sie nie an. Es ist fast so, als ob er nicht einmal sehen kann, was passiert!"*

"Glaubst du, er erinnert sich an diese Dinge?"

"Natürlich tut er das", sagte meine Mutter. *"Wer würde das nicht tun? Aber gleichzeitig war er diesen Dingen gegenüber immer seltsam gleichgültig. Es ist, als ob nichts Negatives ihn jemals berühren könnte."* *"Ich erinnere mich, dass du mir gesagt hast, dass er viele Feinde hatte, die versuchten, seine großen Projekte zu sabotieren"*, erinnerte ich sie.

"Aber er hat mir von keinem von ihnen erzählt."

"Ich werde es dir sagen", antwortete sie. *"Oh, es gibt so viele Vorfälle! Ich wusste, dass er sich nie über sie öffnen würde, weil er immer über die guten Dinge reden will. Ich habe mich oft gefragt, wie mein Vater sie ertragen und seine Arbeit fortsetzen konnte. Jeder andere an seiner Stelle hätte aufgegeben."*

"Erzähl mir alles!"

"*Einmal*", begann meine Mutter, "*nur einen Tag vor der großen Prozession, ging dein Großvater, um seinen Tafeln einen letzten Versuch zu geben und entdeckte, dass ein Verräter Bleichpulver über mehrere von ihnen gegossen hatte, was die meisten seiner Lichter beschädigte. Er hatte nur einen Tag Zeit, um sie zu reparieren. Die Paneele waren riesig, es gab nicht genug Zeit und er war so gestresst, dass er ohnmächtig wurde und ins Krankenhaus gebracht werden musste.*"

"*Was? Wer war der Verräter? Hat er es herausgefunden?*"

"*Ja, das hat er. Es war einer seiner eigenen Helfer, der von einem seiner Rivalen bestochen wurde, um die Tafeln vor der Prozession zu zerstören, damit er in diesem Jahr keine Preise gewinnen konnte. Und nur ein Jahr später, vielleicht bei einer seiner wichtigsten Prozessionen, für die er extrem hart gearbeitet hatte, bestach ein anderer Lichtkünstler einen seiner anderen Helfer, um eine ganze Lichtergruppe auszuschalten, kurz bevor sie an der Jury vorbeikam.*"

"*Es tut mir so leid für Opa. Was hat er getan, als er davon erfuhr?*"

"*Es gab nichts, was er tun konnte*", sagte Mutter. "*Sie verschwanden, nachdem sie den Schaden angerichtet hatten. Er musste sich all der Demütigung und dem Spott stellen. Und es betraf nicht nur ihn, es betraf uns alle.*"

"*Ich verstehe.*"

"*Einmal in den späten neunziger Jahren oder vielleicht in den frühen zweitausend Jahren schuf er eine riesige rollende Lichterkugel, die ein Einführungsstück war, gefolgt von mehreren Prozessionstafeln. Der Ball war so faszinierend, dass er, als er im Dunkeln der Nacht durch die Straße rollte, wie ein heißer, lodernder Feuerball aussah! Er hatte wahrscheinlich weiße und goldene Miniaturen verwendet, um es zu machen. Und es war eine dreidimensionale Figur, eine echte rollende Kugel wie die Sonne. Die Leute standen von ihren Stühlen auf und brüllten erstaunt, als es vorüberging! Seine Prozession in diesem Jahr war zweifellos die beste... aber die Richter disqualifizierten sie.*"

"*Es disqualifiziert? Aus welchen Gründen?*"

"*Sie betrachteten den Ball als*" zusätzlichen "*Gegenstand*", antwortete Mutter.

"*Nein!*", schrie ich frustriert und versetzte mich in Großvaters Schuhe. "*Wie könnte dieser Ball ein zusätzlicher Gegenstand sein, wenn heutzutage fast alle Prozessionen mit separaten Einführungsstücken beginnen? Entweder ein Pfau mit seinen Federn oder eine Tanzpuppe oder ein Clown oder ein Drache! Alle von ihnen haben Einführungsstücke! Wie konnten sie ihn disqualifizieren?*"

"Es war definitiv unfair."

"Wie hast du dich gefühlt, als alles passiert ist?" Ich fragte sie. "Schrecklich", antwortete sie, ohne auch nur nachdenken zu müssen. "Ich fühlte mich schrecklich. Ich weiß nichts über deinen Großvater, aber ich persönlich war immer noch nicht in der Lage, diesen Leuten zu vergeben. Das Komitee, für das er den Ball machte, bezahlte ihn nicht einmal, weil sie vom Wettbewerb disqualifiziert worden waren. Die älteren Leute im Komitee unterstützten ihn, aber die hitzköpfigen jüngeren Männer glaubten, dass dein Großvater die Regeln gebrochen hatte und so war es seine Schuld. Aber es wurde von der Öffentlichkeit so gut angenommen, dass ab dem nächsten Jahr mehrere andere Lichtkünstler damit begannen, Einführungsstücke für ihre Prozessionen zu machen."

"Und wurden sie auch disqualifiziert?"

"Nein", antwortete meine Mutter. "Das war eigentlich unfair. Wenn es Regeln gibt, sollten die Regeln für alle gelten, nicht wahr? Nicht nur eine Person. Im nächsten Jahr hatten alle renommierten Puja-Komitees Einführungsstücke. Wie viele Prozessionen würden sie disqualifizieren? Daher galten ab dem folgenden Jahr Einführungsstücke als Teil der Prozession. Es wurde zum Trend. Und die Puja-Komitees, die sie gemacht haben, hatten einen Vorteil gegenüber den anderen Komitees, die das nicht getan haben."

"Ich weiß nicht, was ich sagen soll, wirklich. Sie haben ihn verspottet, weil er den Trend eingeführt hat, und dann einfach mitgemacht?"

"So war es", zuckte sie mit den Schultern. "Wie seltsam!"

"Außerdem kamen jedes Jahr mehrere aufstrebende Lichtkünstler zu deinem Großvater, um das Handwerk zu erlernen, und er würde sie sehr gerne unterrichten", fuhr Mutter fort. "Er brachte ihnen alles von Grund auf bei, wie die Paneele hergestellt wurden, wie die Designs gezeichnet wurden, wie die Verbindungen funktionierten. Er demonstrierte sogar in ihrer Anwesenheit, wie die Rollen funktionierten. Nachdem sie alles von ihm gelernt hatten, gründeten sie ihr eigenes Unternehmen, was genau das war, was dein Großvater von ihnen wollte. Aber nur wenige erkannten ihn an. Einige von ihnen sprachen hinter seinem Rücken schlecht über ihn, verbreiteten absichtlich Gerüchte über ihn, um ihn in Verruf zu bringen. Aber für deinen Großvater war es nie wichtig, weil er bis dahin ein gewisses Maß an Anerkennung erreicht hatte. Er war schon berühmt. Und jedes Mal, wenn er gefragt wurde, was er von der Kritik halte, sagte er, dass es egal sei, solange sie ihre Arbeit gut machen und ihren Lebensunterhalt verdienen. Er

glaubte, dass sie das Geschäft am Leben hielten und war glücklich, weil er nicht wollte, dass diese Branche mit ihm beginnt und endet. Er wollte Nachfolger, die den Staffelstab weitertragen und mehr Arbeitsplätze schaffen. Also hat er nicht wirklich darauf geachtet, was sie sagten."

"Wie konnte er von all dem so unberührt sein?" Ich habe meine Mutter gefragt.

"Ich glaube nicht, dass er davon unberührt war", antwortete Mutter. "Er wollte es einfach nicht zeigen. Außerdem wollte er seine Zeit und Energie nicht damit verschwenden, darüber nachzudenken, was andere Leute sagten. Er wusste, dass er eine größere Größe hatte und sich extrem auf seine Arbeit konzentrierte."

"Wie auch immer", fuhr ich mit der nächsten Frage fort. "Welche von Großvaters Werken hattest du am liebsten?"

"Alle von ihnen! Aber es gab nur wenige, die mich wirklich erstaunt haben. Eine davon war eine mechanische Rakete. Ich war wütend, als ich eines Tages von der Schule nach Hause kam und meine Mutter mir zwei Scheiben Brot und eine Schüssel Puffreis zum Mittagessen anbot. Aber als ich die Küche betrat, sah ich das halbgare Essen auf dem Herd sitzen. Anscheinend hatte mein Vater beide Zylinder weggetragen, um das Gas als Treibstoff für seine Rakete zu verwenden."

"Er hat eine fliegende Rakete gebaut?"

"Es ist nicht einfach geflogen", antwortete Mutter stolz. "Es löste Feuer aus, als es in den Himmel geschossen wurde, es umkreiste einen Mond aus Lichtern, der von einem mechanischen Satelliten aufgezeichnet wurde. Dann gab es diesen mechanischen Fernseher, der in einem Abstand von der Rakete befestigt war, mit einer beweglichen Antenne oben, die Signale vom Satelliten auffing und die gesamte Raketensendung auf dem Bildschirm des Fernsehers ausstrahlte. Und ein Paar saß auf einer Couch vor dem Fernseher und sah es sich an."

"Wow! Und all diese wurden aus Lichtern gemacht? Dieses ganze aufwendige Set?" Ich konnte das Erstaunen nicht von meinem Gesicht fernhalten. "Alles", antwortete meine Mutter. "Es war alles aus Lichtern und die Figuren waren alle dreidimensional, nicht flach.

Die Rakete sah fast echt aus!"

"Das ist erstaunlich!", antwortete ich gebannt. "Was hat unser alter Mann sonst noch gemacht?"

"Ein mechanisches, dreidimensionales U-Boot", sagte Mutter, "das genau wie ein echtes U-Boot funktioniert.

"Es ist unter Wasser gereist?"

"Oh ja, das tat es!" sagte Mutter. *"Es tauchte in den Teich, reiste unter Wasser und tauchte dann an einem anderen Teil des Teiches wieder auf."*

"Und es wurde auch aus Lichtern gemacht?"

"Alles, worüber ich spreche, war aus Lichtern", antwortete Mutter. *"Dein Großvater war ein Lichtkünstler, um Himmels willen!"*

"Und das alles habe ich vermisst", seufzte ich. *"Ich habe diese Zahlen noch nie gesehen, weshalb es für mich so unglaublich klingt. War er der Erste, der diese mechanischen Figuren gemacht hat?"*

"Es gab damals eine Reihe von Leuten, die mechanische Figuren in Chandannagar herstellten, aber dein Großvater ging einen Schritt voraus, indem er diese Figuren mit Lichtern schmückte. Und später führte er sogar Geräusche ein. Wie ein brüllender mechanischer Tiger, ein pfeifender Zug, Figuren aus der indischen Mythologie und so weiter."

"Er hat auch einen Zug gebaut?"

"Ja, er hat einen mechanischen Zug mit einer Reihe von Fächern gebaut, hell erleuchtet. Er machte die Gleise des Zuges, die Signale mit roten, gelben und grünen Lichtern und sogar kleine Figuren von Menschen in den Abteilen. Er war so genau, wenn es um die Detaillierung ging. Der Zug fuhr auf diesen Gleisen wie ein echter Zug. Es hielt an den Bahnsteigen an, stoppte beim roten Signal, verließ wieder das grüne, pfiff und setzte Rauch frei. Die Zahlen waren alle riesig und die Spuren gingen rund um den Bidyalanka-Teich."

Ich starrte sie mit weit aufgerissenen Augen an.

"Ein paar Jahre später machte er für eine der Puja-Prozessionen dreidimensionale mechanische Modelle von Spiderman, kletterte auf Wolkenkratzer, sprang von einem Gebäude zum anderen und kämpfte mit den Schurken aus der Show. Damals war Spiderman eine erfolgreiche TV-Show, die wir religiös gesehen haben. Er nutzte die Hintergrundmusik dieser Show, um die ganze Stimmung zu erzeugen. Das steht ganz oben auf meiner Favoritenliste."

"Ich wünschte, ich hätte sie gesehen!" Ich rief aus. *"Woher hat er seine Ideen?"*

»Das solltest du ihn auf jeden Fall fragen«, sagte Mutter. *"Ich habe noch eine letzte Frage an dich"*, sagte ich zu ihr. *"Wie war deine Kindheit? Wie hast du dich gefühlt, als du klein warst,*

die Tochter einer lokalen Berühmtheit zu sein?"

"Nun, mein Vater war immer beschäftigt", antwortete Mutter ehrlich. *"Ich konnte nicht viel Zeit mit ihm verbringen. Außerdem hatte ich große Angst vor ihm. Er war sehr streng, weißt du. Er war keiner, der irgendeinen Unsinn tolerierte. Absolute Stille herrschte in unserem Haus, wenn wir das Geräusch seines Rollers in der Garage hörten. Er wollte, dass ich studiere, und ließ mich in den siebziger Jahren in das St. Josephs-Kloster aufnehmen, das die beste Schule in Chandannagar war."*

"Das ist es immer noch", antwortete ich und fühlte mich ein wenig nostalgisch für meine Schule. *"Es war auch das teuerste. Er wollte, dass ich studiere, da er das selbst nicht getan hat. Also hat er mich natürlich oft gescholten, wenn ich nicht studiert habe oder von der Schule abwesend geblieben bin. Außerdem hat mich mein Vater nicht dazu erzogen, jemand zu sein, der unter dem geringsten Druck zusammenbricht. Er hat mich zu meiner eigenen Frau erzogen. Als meine Freunde zusammen rumhingen und einkaufen gingen, brachte mir mein Vater bei, wie man ein Vierrad fährt. Er hat mir beigebracht, wie man schwimmt, wie man Gymnastik macht, wie man Fahrrad fährt, wie man Auto fährt und hat mir immer wieder die Bedeutung der Selbstversorgung und finanziellen Unabhängigkeit aufgezeigt, eine starke Frau, die in keiner Weise von einem Mann abhängig ist. Er sagte mir ständig, ich solle mich in Zukunft nicht mehr auf jemanden verlassen, weder auf ihn noch auf meinen Mann."*

"Wenn du mich fragst, würde ich sagen, dass er seiner Zeit weit voraus war!", fügte meine Mutter hinzu. *"Er hatte zwei Helfer, Rustom und Mustafa, die für ihn gearbeitet hatten, seit sie zehn oder elf Jahre alt waren. Ihr Vater war früher ein Lumpenpicker und diese beiden Kinder waren extrem unterernährt. Sie begleiteten ihren Vater jeden Tag und halfen ihm bei seiner Arbeit. Eines Tages fragte dein Großvater seinen Vater, ob er bereit sei, seine Söhne studieren zu lassen. Aber er war nicht dafür und da ihre Familie dringend Geld brauchte, fragte er deinen Großvater, ob sie stattdessen für ihn arbeiten könnten. Bis sie vierzehn waren, ließ dein Großvater sie einfache Aufgaben erledigen, wie Tee bringen, Zellophanpapier um winzige Lampen wickeln, die Miniaturen zählen und so weiter. Er bezahlte sie sowohl in bar als auch freundlich, gab ihnen zu essen, angemessene Kleidung zum Anziehen. Schließlich lehrte er sie die Beleuchtungsarbeit und sie arbeiteten mit ihm an all seinen Projekten bis zu dem Tag, an dem er in Rente ging.'*

"Ich erinnere mich gut an sie", sagte ich zu ihr.

"Sie sind sogar alle vier Mal mit ihm nach London gegangen. Dein Großvater liebte sie so sehr, dass er ihnen, als er sich aus dem Geschäft zurückzog, fast seine

gesamte Ausrüstung gab, damit sie ihre eigenen unabhängigen Unternehmen gründen konnten, und sie sind heute zu großen Namen in der Branche geworden.'

"Ja, sie sind berühmt", erinnerte ich mich glücklich. "Sie arbeiten jedes Jahr an einigen der schönsten Projekte. Außerdem erinnern sie sich noch an mich und reden mit mir, als wäre ich fünf Jahre alt. Ich vermisse diese Tage."

"Du solltest sie besuchen", schlug meine Mutter vor. "Ich bin sicher, sie werden viele Geschichten zu erzählen haben."

"Das klingt nach einer großartigen Idee, aber sag mir etwas..." "Was?"

"Gibt es etwas, das dir an Grandpa nicht gefallen hat?" Ich habe sie gefragt.

"Ich dachte, du wärst fertig damit, mich zu befragen." Okay, das ist das letzte, versprochen!"

"Dein Großvater hat nie viel über Familie nachgedacht, außer wenn einer von uns im Sterben lag", antwortete sie mit einem geraden Gesicht. "Ich habe meine Mutter nie etwas Schönes tragen sehen, bis ich einen eigenen Job bekam und anfing zu verdienen. Dein Großvater hatte ihr einmal ein Paar goldene Armreifen gekauft, aber dann hat er sie für Geld verpfändet, als es an Geld mangelte, und sie hat diese Armreifen nie wieder gesehen. Mit meinem ersten Gehalt kaufte ich ihr zwei schöne Seiden-Sari. Einmal während der Puja kaufte ich ihr zehn wunderschöne Saris, zwei für jeden Tag bis Dashami. Und ich habe jeden Monat einen Teil meines Einkommens gespart, um ihren Goldschmuck zu kaufen, weil ich wusste, wie sehr sie sich immer heimlich danach gesehnt hatte."

"Ist das der Grund, warum sie jetzt immer Schmuck trägt?"

"Ja", lächelte meine Mutter. "Ich habe sie gebeten, das zu tun. Sie durfte nie welche tragen, als sie jung war. Aber besser spät als nie, oder?"

"Ja", antwortete ich.

"Außerdem", fuhr meine Mutter fort. "Dein Großvater war nie gesellig. Er behielt immer für sich und mischte sich mit einer begrenzten Anzahl von Menschen. Seine alten Freunde, seine Kunden und seine Helfer. Er war auch schon immer ein schlechter Charakterbeurteiler. Er vertraut den Menschen sehr leicht und ist oft blind für die Fehler der Menschen, die er mag."

"Wie die Helfer, die ihn verraten haben?"

"Ja", sagte sie. "Und egal, was jemand hinter seinem Rücken tat oder sagte, wenn er in der Gestalt eines Wohlgesinnten auftauchte und ihm ein wenig schmeichelte, konnte er leicht gewonnen werden. Er hungerte nach Bewunderung. Die Leute haben ihn oft so ausgenutzt. Er war oft aufbrausend und hat seiner Arbeit fast immer Vorrang vor seiner Familie eingeräumt. Wir gingen nie auf Familienausflüge, er ging nie zu einem der Eltern-Lehrer-Meetings oder den Funktionen, in denen ich tätig war, in meine Schule. Er hat nie wie ein liebevoller Vater mit mir gesprochen. Er war immer ein strenger Disziplinar. Mehr als ihn zu lieben, hatte ich Angst vor ihm. Nun, das habe ich schon vorher gesagt, nicht wahr?"

"Das hast du."

"Ja, und das liegt vielleicht an der Vernachlässigung, der er als Kind ausgesetzt war. Er hatte noch nie gesehen, was es heißt, ein liebender Ehemann oder ein liebender Vater zu sein. Er hatte keine Beispiele, denen er folgen konnte. Oder vielleicht war er einfach nicht dazu verdrahtet, so zu funktionieren."

"Aber er ist jetzt so liebevoll."

"Nur für dich", antwortete meine Mutter. "Er war nur für dich so. Ja, er hat sich im Laufe der Jahre als Mensch sehr verändert, aber du bist der Einzige, der all seine Liebe und Zuneigung genossen hat. Er ist heutzutage gut zu uns, aber er geht über Bord, wenn es um dich geht."

"Ich frage mich warum", murmelte ich. "Er war aber nicht immer so. Ich erinnere mich, dass ich selbst als Kind große Angst vor ihm hatte. Erst nachdem er aufgehört hatte zu arbeiten, begann er sich zu öffnen."

"Manche Leute ändern sich im Laufe der Zeit sehr, denke ich", antwortete sie. "Einige zum Besseren, andere zum Schlechteren."

"Ja, das stimmt. Wie auch immer, danke, Maa! Du hast mir heute sehr geholfen."

Erinnerungen meiner Mutter

Der Unterricht in Moralwissenschaften war an diesem Morgen in vollem Gange und Schwester Andrea las die zehn Gebote aus der Bibel vor, als einer der Oberstufenlehrer an die Tür des Klassenzimmers der siebten Klasse klopfte. Sie war eine Anglo-Indianerin und seit ich sie kannte, konnte ich nicht anders, als jedes Mal anzuhalten und zu starren, wenn sie vorbeikam. Ihre Haut war aus Porzellan, mit einer glatten, buttrigen Textur und einem reichen und gesunden Glanz. Ihr langes und gewelltes Haar erstreckte sich bis zu ihren Hüften und war von einem helleren Farbton als Braun, aber dunkler als Orange. Und ihre grünen Augen! Sie sahen aus wie zwei kleine Smaragde. Wie glücklich sind manche Menschen, mit solchen Eigenschaften geboren zu werden! Ich frage mich, wie sie sich jedes Mal fühlen, wenn sie in den Spiegel schauen. Konnten sie sehen, wie gesegnet sie waren? Oder hatten sich ihre Augen an ihre Schönheit gewöhnt? Ich wünschte, ich wäre mit nur einem Jota dieser Perfektion geboren worden. Ich wollte keine grünen Augen, Bronzehaare oder Porzellanhaut. Ein mittlerer Hautton würde mir genügen. Warum hatte ich es nicht auf meine Mutter abgesehen? Sie war nicht elfenbeinhäutig, sie hatte dunkle Augen, dunkle Haare, aber sie war so schön. Ich fühlte mich manchmal wie ein Außenseiter neben ihr. Ich fühlte mich überall wie ein Außenseiter.

Schwester Andrea hörte auf zu lesen und öffnete die Tür. »Kommen Sie herein, Miss Leticia«, sagte sie angenehm.

"Danke, Schwester", antwortete Miss Leticia und ging mit einem Haufen Notizen in der Hand und einem Hauch von Selbstvertrauen in unsere Klasse.

»Guten Tag, Miss!«, sagten wir im Chor und standen alle zusammen auf.

"Guten Tag, Mädels", antwortete sie. "Bitte setz dich."

Wir setzten uns möglichst geräuschlos auf unsere jeweiligen Sitze.

»Ist Sanghamitra Das heute anwesend?«, fragte sie und sah sich um.

Ich spürte, wie etwas in mir versank, als ich verwirrt und ein wenig verängstigt aufstand.

"Ja, Fräulein", sagte ich sanftmütig und hob meine Hand.

Sie sah mich mit dem an, was ich als Enttäuschung wahrnehmen konnte, und ich schluckte den Ball der Angst hinunter, der sich in meiner Kehle gebildet hatte, und wartete darauf, dass sie sprach. "Deine Gebühren wurden nicht bezahlt", sagte sie streng, ihre Stimme kurz und trocken. "Es ist über vier Monate her und es ist das zweite Mal in diesem Jahr. Zeigen Sie diesen Hinweis Ihren Eltern und sagen Sie ihnen, dass Sie nicht an den Prüfungen des zweiten Semesters teilnehmen dürfen, wenn die Gebühren nicht bis zum fünfzehnten des nächsten Monats beglichen sind.'

Völlig verlegen fühlte ich fast, wie der Boden unter meinen Füßen nachgab, als ich sah, wie mehrere meiner Klassenkameraden Blicke austauschten und sich heimlich anlächelten. Sogar die chinesischen Hostel-Studenten machten sich über mich lustig. Ich wusste nicht, warum ich mich immer noch schlecht fühlte. Daran hätte ich mich mittlerweile gewöhnen sollen. Was könnte ich sonst noch erwarten, das zu sein, was ich war? Ich trat irgendwie von meiner Bank weg und ging den Weg der Schande vor allen, um die Nachricht von Miss Leticia einzusammeln. Und während ich das tat, konnte ich ihr perfektes Gesicht kaum ansehen. Wie konnte mein Vater mein Schulgeld jeden Monat vergessen? Hat er nicht verstanden, wie demütigend es für mich war, vor all meinen Klassenkameraden so herausgegriffen zu werden? Es wäre in Ordnung, wenn es ein- oder zweimal passieren würde, aber es passierte regelmäßig. Das musste ich jedes Jahr erleben.

Nach der Pause erhielten wir unsere Mathe-Testpapiere und ich hatte es geschafft, nur acht von zwanzig Punkten zu erzielen. Unsere Lehrerin sah mich missbilligend an, als sie mir meine Zeitung reichte. Ich konnte ihr nicht in die Augen sehen. Gott sei Dank, dass sie unsere

Noten nicht laut gerufen hat, damit die ganze Klasse sie hören kann! Als meine Bankpartnerin mich fragte, wie viel ich erzielt hatte, sagte ich ihr "sechzehn" und ich konnte ihr auch nicht in die Augen sehen. Ich bewahrte das Papier tief in meiner Tasche auf, vergraben unter all meinen Büchern und Notizbüchern. Man konnte meinen Klassenkameraden nicht trauen. Einmal, während ich weg war, hatten sie meine Tasche geöffnet und sie nach einem meiner Testpapiere durchsucht, um zu überprüfen, ob ich tatsächlich die Noten erzielt hatte, die ich ihnen gesagt hatte, und dann, als sie herausfanden, dass ich fünf Noten weniger erzielt hatte als das, was ich gesagt hatte, verspotteten sie mich für den Rest des Tages und nannten mich schreckliche Namen. "Blackie ist ein Lügner! Blackie ist ein Lügner!" Und ich habe den ganzen Weg zurück nach Hause in der Rikscha geweint. Ich hatte meiner Mutter wiederholt gesagt, dass ich Mensuration nicht verstehen könne und dass Exponenten für mich keinen Sinn machten, dass ich jemanden brauchte, der mich anleitet. Nach viel Überzeugungsarbeit brachte mein Vater einen Tutor nach Hause, der einer seiner alten Schulfreunde war. Er würde keine Gebühren nehmen. Jetzt war mein Lehrer ein sehr guter Mann, aber das Problem war, dass er überhaupt kein Englisch verstand. Und alle Summen in unserem Mathebuch waren in Englisch. Also erklärte er mir alles auf Bengalisch und ich bekam unweigerlich eine Null von drei in jeder der vier langen Problemsummen, denn obwohl ich gut in Englisch war, konnte ich nichts erreichen, wenn es um Matheprobleme ging. Meine Mutter konnte Englisch, aber sie war keine Expertin, wenn es um Mathematik ging.

"Hey, warum hängst du heute nicht mit uns zum Mittagessen ab?", fragte mich meine Freundin Anindita, als sie bemerkte, dass ich nach der Mittagsklingel allein im Unterricht saß. "Wir machen ein Picknick." Sie war die einzige Person in der Schule, die nett zu mir war, vielleicht weil ihre Mutter mit meiner Mutter befreundet war. "Es ist in Ordnung", antwortete ich. "Ich muss meine wissenschaftlichen Hausaufgaben machen, weißt du. Schwester Agnes wird wirklich wütend sein, wenn ich mich nicht unterwerfe mein Notizbuch heute."

"Okay, dann", zirpte sie. "Aber du wirst ganz allein sein. Das ist nicht sehr nett, oder?"

"Ich werde nicht allein sein", sagte ich. "Ich bin mir sicher, dass es auch andere geben wird. Die Klasse ist nie leer zum Mittagessen. Außerdem sind die Hausaufgaben wirklich wichtig. Ich muss es mit Haken oder mit Gauner beenden. Ich möchte keinen weiteren Verzugsschein bekommen."

Es war nicht die Wahrheit. Ich hatte meine naturwissenschaftlichen Hausaufgaben vor Ewigkeiten beendet. Es ist nur so, dass ich nicht noch einmal rausgehen und für die zwei Scheiben Brot und eine Banane gedemütigt werden wollte, die ich in den letzten sieben Jahren jeden Tag als mein Standard-Tiffin zur Schule getragen hatte. Ein Picknick beinhaltete das Teilen von Essen miteinander. Es war obligatorisch. Und neben diesen verlockenden Schachteln mit Eiernudeln, gebratenem Reis, Chili-Huhn, Fischschnitzeln und Gebäck stach mein Brot und meine Bananen wie ein Witz hervor. Niemand würde sie haben wollen. Also, nachdem Anindita gegangen war, stopfte ich mir die Brotscheiben schnell in den Mund und trank sie mit Wasser hinunter. Die Banane habe ich für Parameshwar Kaku, den Rikschaabzieher, aufgehoben, denn er nahm alles, was ich ihm anbot, gerne an und verpfiff mich nie an meine Mutter.

Ich mochte jedoch nicht alles an der Schule. Tief in meinem Herzen war ich wirklich daran gebunden. Ich mochte die gelben und grünen Gebäude, die üppigen grünen Felder, die Noten des Klaviers, das Zwitschern der Kindergartenkinder, die strengen Gänge, die eleganten weißen Hemden und die marineblauen Röcke, die riesige Kapelle, dunkel, feierlich und ehrfurchtgebietend, wo ich vor dem heiligen Kreuz kniete und jeden Tag betete und sogar weinte, wenn die Dinge zu viel für mich wurden, um zu ertragen. Ich bin immer alleine in die Kapelle gegangen. Irgendwie half es mir, mich besser mit Gott zu verbinden. Ich mochte die täglichen Gebete, die Aufrufe zum Schweigen, das Läuten der Glocken, sogar die Regeln und Vorschriften. Es wäre nicht falsch, wenn ich sagen würde, dass mir alles an meiner Schule gefällt, außer den Leuten. Ich fragte mich, warum es nie eine Regel gab, die Mobbing, Beschimpfungen und die Behandlung deiner Klassenkameraden wie Dreck verbot. Wir haben Fehler gemacht, weil wir unsere Hausaufgaben nicht gemacht haben, vergessen haben, ein Buch mitzubringen, unhöflich zu den Schwestern und Lehrern waren, uns nicht die Nägel geschnitten haben oder saubere Uniformen getragen haben. Aber es wurden keine Maßnahmen gegen Schüler ergriffen, die anderen Schülern gegenüber unhöflich waren, die ihr Leben in der Schule zur Hölle machten.

Wenn ich jemals ein Gefühl der Zugehörigkeit zu meiner Schule hatte, lag es im Leblosen - dem Gefühl des Ortes, dem Geruch des Grases, der Stille, der Gelassenheit, der Ruhe, den antiquarischen Gebäuden, dem Klang der Glocken, den unbemerkten Ecken und Ecken, in denen wilde blaue Blumen blühten. Sie wuchsen nicht immer im Freien, dem Sonnenlicht und dem Regen ausgesetzt, aber wenn man sie genau ansah, konnte man nicht umhin zu bemerken, wie kompliziert die Muster auf ihren Blütenblättern waren. Sie überlebten sogar unter widrigen Bedingungen, ohne dass sich jemand um sie kümmerte oder sie überhaupt bemerkte, im Gegensatz zu den ausgefallenen Rosen und Orchideen, die unter dem geringsten Mangel an Aufmerksamkeit und Sorgfalt schwanden. Sie wussten, wie sie unter allen Bedingungen alleine überleben konnten. Sie waren wild und frei und unabhängig.

In einer Sache hatte ich jedoch recht. Die Klasse war nie leer zum Mittagessen. Etwa fünfzehn Minuten später fingen meine Batchkameraden an, einen nach dem anderen zu ergießen, müde davon, zu lange in der Sonne zu sein. Sie saßen in Gruppen auf Schreibtischen mit den Füßen auf den Bänken und hielten kaum den Mund. Sie mochten nichts lieber als interessanten Klatsch und ich mochte nichts lieber, als meinen Kopf auf den Schreibtisch zu legen und ein kurzes Power-Nickerchen zu machen. Aber heute konnte ich es irgendwie nicht. Ich konnte nicht anders, als einige ihrer Gespräche zu belauschen, insbesondere die der Gruppe, die die letzten beiden Bänke direkt hinter mir belegte.

"Du hättest Taniyas Reisefotos vom letzten Jahr sehen sollen!", rief Sara. "Sie sind alle so hübsch! Sie hat heute das ganze Album mitgebracht."

»Wo ist sie hin?«, fragte Shreya.

"Sie gingen nach Darjeeling", antwortete Sara. "Ich wünschte, meine Eltern würden mich dieses Jahr nach Agra bringen. Ich möchte wirklich das Taj Mahal sehen! Es ist eines der sieben Weltwunder! Aber da mein Vater sich plötzlich mit Büroarbeiten beschäftigte, mussten wir alle unsere Reisepläne stornieren. Wir machen jedes Jahr eine Reise. Letztes Jahr waren wir in Shimla. Dies ist das erste Mal, dass wir absagen mussten.'

»Das ist so traurig!«, seufzte Ananya. „Wir machen auch jedes Jahr eine Reise. Dieses Jahr fahren wir nach Kerala. Wir werden übermorgen abreisen."

»Gute Reise!«, antwortete Sara traurig. "Ich wünschte, ich könnte dasselbe zu mir selbst sagen. Aber egal, wir fuhren direkt nach den Prüfungen für eine Woche nach Kalkutta und übernachteten bei einem Cousin. Meine Mutter und ich gingen zum Neuen Markt und sie kaufte mir drei Paar Jeans, fünf Oberteile und zwei neue Strümpfe für die Pujas. Wir hatten auch unser Mittagessen im berühmten Restaurant Aminia...'

"Oh! Ich war auch dort!«, rief Shreya. "In der Tat, eine ganze Reihe von Malen. Die Biryani, die sie herstellen, sind einfach unglaublich! Es schmilzt im Mund!"

"Total", stimmte Sara zu.

»Wo bist du sonst hingegangen?«, fragte Ananya.

"Wir waren im Globe Cinema!" Sara sagte stolz: "*Die Abenteuer von Tarzan zu* sehen!"

So ein Glückspilz! Vergessen Sie Familienausflüge, ich war noch nie in Kolkata gewesen. Es war die Stadt meiner Träume, eine Stadt, die mich jedes Mal zu rufen schien, wenn die Schule für einen Urlaub schloss. Ich hatte so viel über Kolkata gehört, dass ich das Gefühl hatte, frei durch seine Gassen und Nebenstraßen navigieren zu können, ohne überhaupt eine Karte konsultieren zu müssen.

Meine Mutter hatte fast zwanzig Jahre in Kalkutta gelebt. Sie sprach oft darüber. Sie sprach über die große Durga Puja und erinnerte sich daran, wie ihr Großvater sie, als sie klein waren, jeden Abend in den Wellington Park brachte, um auf den Schaukeln zu reiten und

Zuckerbonbons und zerstoßenes Eis zu essen. Das Victoria Memorial war für mich wie das Taj Mahal. Wenn ich es nur eines Tages sehen könnte! Sie hatte mir einmal erzählt, dass mein Vater sie ein paar Tage nach ihrer Hochzeit zum Besuch des Victoria Memorials mitgenommen hatte. Und dann, als er erfuhr, dass sie schon einige Male dort gewesen war, legte er sich in eine Ecke des weitläufigen Gartens und bat sie, ihm eine Fußmassage zu geben. Meine Mutter hat sich daran gehalten. Ich wusste nicht, wie ich mich dabei fühlen sollte. Es war lustig, aber gleichzeitig ein wenig frustrierend. Würde ich das jemals für jemanden tun können? Dachte ich nicht.

Die Schule schloss an diesem Tag für unseren Puja-Urlaub und ich war genauso glücklich wie traurig. Ich war glücklich, weil ich nicht jeden Tag in die Schule kommen und all die Gesichter ansehen musste, die ich verabscheute. Ich könnte ein wenig mehr schlafen, mit den Jungs aus der Nachbarschaft in der Gul-Fabrik spielen und die Dinge locker angehen, da es für jeden zweiten Tag keine Klassentests geben würde. Aber auf der anderen Seite müsste ich den ganzen Tag zu Hause sitzen und verrotten, während meine Cousins und Nachbarn alle Ausflüge machten, neue Kleider anzogen und in Kalkutta Pandalhopping machten. Sie würden mit wunderbaren Geschichten über alles zurückkommen, was sie gesehen und getan und gegessen und getrunken hatten, und ich würde ihre leuchtenden Gesichter leer ansehen, ohne etwas von mir zu teilen.

"Mutter, ich bin zu Hause", verkündete ich, als ich erschöpft auf dem Diwan zusammensackte.

"Geh schnell duschen, sei nicht faul", antwortete meine Mutter aus der Küche.

"Kann ich es morgen nehmen? Ich bin heute extrem müde. Auf keinenFall! Wir sollten täglich baden. Sie gehen zum

Gul Fabrik jeden Tag und kehren Sie ganz schwarz nach Hause zurück. Und dann wäschst du dich nicht einmal, bevor du zur Schule gehst. Du willst doch nicht den Kohlenstaub auf deiner Haut sitzen lassen und dich dunkler aussehen lassen, oder?"

"Nenn mich nicht so!" Ich schrie, verletzt.

"Was?" Die Stimme meiner Mutter wurde durch das laute Pfeifen des Schnellkochtopfs übertönt. "Wie habe ich dich genannt?"

"Du hast gesagt, ich bin schwarz!"

"Habe ich etwas Falsches gesagt?", antwortete sie über einem kochenden Topf. "Warum kommst du dann die ganze Zeit weinend zu mir, wenn deine Freunde dich ärgern? Ich versuche, dir einen guten Rat zu geben. Nimm es oder lass es, es liegt an dir. Aber du musst jeden Tag duschen."

Sie hatte nichts Falsches gesagt. Ich wusste, dass ich dunkel war. Die Leute haben mich jeden Tag daran erinnert, aber ihre Worte haben mich gestochen. Ich wünschte, sie wäre nicht so direkt in Bezug auf die Sache, die mich am meisten verletzt hat. Ich fühlte mich hilflos, als sie mir solche Dinge sagte. Ich war an diesem Tag extrem müde und auch traurig. Das Wetter war bereits bewölkt und der bloße Gedanke, kaltes Wasser über meinen Körper gießen zu müssen, ließ mich zucken. Außerdem wusste ich nicht, wie ich ihr von der Mathearbeit erzählen sollte. Ich wusste, dass sie sich nicht allzu sehr aufregen würde. Sie war nicht diejenige, die einen Anfall bekam, wenn ich schlecht traf. Aber sie wäre auch nicht stolz auf mich. Ich wollte sie glücklich machen. Also nahm ich mein Handtuch und ein paar frische Klamotten und ging leise ins Badezimmer.

An diesem Abend besuchte mich meine Freundin Soma, die ein neues Kleid trug und wie eine Rose aussah. Sie hatte immer meinen Rücken und wir spielten jeden Tag zusammen mit ein paar anderen Kindern in der Nachbarschaft. Sie war von Natur aus etwas schüchtern und schüchtern. Ich war mutig und aggressiv, solange ich nicht in der Schule war. Wir haben ein tolles Duo gemacht. Die Jungs mochten sie alle sehr, weil sie sehr hübsch war, aber sie störten sie nie, weil sie Angst hatten, von mir verprügelt zu werden. Ich hatte schon einmal Jungs verprügelt, die versucht hatten, sich über mein Aussehen lustig zu machen. Sie hatten alle ein wenig Angst vor mir. Außerdem war mein Vater in diesen Gegenden sehr beliebt, sowohl wegen seiner Lichtshows als auch wegen seines feurigen Temperaments. Daher behandelten sie mich mit viel Respekt. Ich war der Gruppenleiter. Sie befolgten alle meine Befehle und störten meinen besten Freund nie. Das war das einzig Gute in meinem Leben, denn ich fühlte mich wie eine Kriegerkönigin in ihrer Mitte, im Gegensatz zu dem, was ich in Gegenwart der hochmütigen Mädchen fühlte, die mich in der Schule schikanierten.

"Dein Kleid ist so hübsch!" Ich sagte es ihr an diesem Abend, während ich mit langen Schritten auf die Gul-Fabrik zuging.

"Ja, es ist ein neues Kleid", antwortete sie, als sie Schwierigkeiten hatte, mit meinem Tempo Schritt zu halten. "Meine Tante gab es mir für die Puja. " Und du hast es schon getragen! Was für ein gieriges Mädchen du

sind! Was wirst du jetzt während der Puja tragen?' 'Warum? Ich werde alle anderen Kleider tragen, die ich habe."

"Wie viele Kleider hast du dieses Jahr bekommen?" Ich fragte sie neugierig.

"Ich habe acht!", antwortete sie glücklich.

"Acht neue Kleider!" Ich war erstaunt und gleichzeitig ein wenig eifersüchtig. "Du hast wirklich Glück. Nicht jeder hat so großzügige Verwandte."

"Eigentlich habe ich nur vier von meinen Verwandten bekommen", gestand sie mit einem Grinsen. "Die vier anderen Kleider sind die, die mein Vater mir gekauft hat."

"Ah, ich verstehe."

»Wie viele Kleider hast du dieses Jahr bekommen?«, fragte sie. "Noch nichts", antwortete ich ehrlich. "Aber Baba sagte, er werde

bringen Sie mich heute abend, nachdem er mit der Arbeit fertig ist, in den Laden und holen Sie mir ein neues Kleid. Also, ich freue mich darauf."

»Aber die Puja ist in zwei Tagen!«, sagte Soma. "Alle netten werden jetzt weg sein."

"Was kann ich tun?" Ich habe traurig geantwortet. "Er ist immer so beschäftigt. Aber ich bin froh, dass er mich heute wenigstens ausschalten wird."

"Er ist wirklich beschäftigt, was, dein Baba?", grübelte sie. "Er ist der geschäftigste Mensch, den ich je gesehen habe."

»Ganz natürlich, nicht wahr?«, sagte Soma. "Jeder schaut so sehr zu ihm auf und erwartet von ihm, dass er sich immer etwas Neues einfallen lässt. Es ist traurig, dass du kaum Zeit mit ihm verbringen kannst."

"Das ist in Ordnung", sagte ich zu ihr. "Um ehrlich zu sein, ist alles in Ordnung, solange Baba nicht zu Hause ist. In dem Moment, in dem er zurückkommt, können wir nicht laut sprechen, wir können die Lautstärke des Fernsehers nicht erhöhen, wir können nicht lachen oder Spaß haben. Er will mich immer mit Büchern sitzen sehen. Studieren. Also müssen wir besonders vorsichtig und leise sein, wenn er in der Nähe ist. Es ist wie in der Schule. Nein, schlimmer noch, es ist wie im Gefängnis. Es ist so eine Erleichterung, wenn er zur Arbeit geht!"

"Hey, rede nicht so über deinen Vater!" Sie hat mir auf den Arm geschlagen. "Er ist ein guter Mensch. Ein bisschen beängstigend, das stimmt, aber trotzdem ist er ein guter Mann."

Ich machte ein Gesicht zu ihr. Was wusste sie?

Aber später am Abend, als ich mich verkleidete, um mit ihm auszugehen, fühlte ich mich ein wenig schuldig, weil ich meinen Vater vorher schlecht geäußert hatte. Ich wusste, dass er ein guter Mann war, dass er sehr hart arbeitete, dass er meiner Mutter extrem treu war und immer hundert Prozent für jedes Projekt gab, das er unternahm. Ich wünschte nur, er wäre nicht die ganze Zeit so einschüchternd. Aber so war er mit allen. Ich war keine Ausnahme. Alle hatten Angst vor ihm. Angefangen bei meiner Mutter, meinen Tanten und Onkeln, den Jungs aus der Nachbarschaft, sogar seinen Kunden und dem Puja-Komitee, für das er arbeitete. Die einzigen Menschen, zu denen er nett war, waren Vikash Kaka und Parashuram Kaka und seine Helfer. Bei ihnen war er ein ganz anderer Mensch.

Ich fragte mich, ob er nett zu mir wäre, wenn ich seinen Maßstäben der Perfektion gerecht werden könnte. Er war ein Perfektionist in seinem Tätigkeitsbereich. Aber ich war in nichts Besonderem großartig. Ich könnte ein paar Dinge mäßig gut machen. Ich konnte schwimmen, ich nahm normalerweise aktiv am Sport teil, ich konnte

Turnen, Sitar spielen, singen und tanzen, aber ich nahm nichts davon zu ernst, also war ich in keiner Weise außergewöhnlich talentiert. Ich wünschte, ich könnte auch mein Aussehen ändern. Alle meine Cousins waren immens fair und hübsch, genau wie meine Tanten, und ich sah bei jedem Familientreffen in ihrer Mitte fehl am Platz aus. Sie saßen überall um mich herum in ihren schönen Kleidern, mit hübschen kleinen Ornamenten, die auf ihrer rosigen Haut glitzerten, lächelten, lachten, redeten und sich in der strahlenden Wärme der Komplimente sonnten, die die anderen Gäste großzügig auf sie schütteten. Während alles, was sie jemals zu mir sagten, war: "Oh mein Gott, du siehst genau wie dein Vater aus!"

Ich hasste mich auf allen Gruppenfotos. Ich dachte nicht, dass ich es verdient hätte, dort zu sein, als würde ich die gesamte Ästhetik irgendwie verderben, indem ich einfach im Rahmen war. Der einzige Ort, an dem ich nicht auffallen würde, war neben meinem Vater, da ich ihn in jeder Hinsicht verfolgt hatte. Aber selbst er mochte es nicht, mich in der Nähe zu haben. Ich tat nichts, um ihm die Möglichkeit zu geben, bei diesen Versammlungen mit mir zu prahlen. Ich fühlte, dass ich eine große Enttäuschung für ihn war, weshalb er immer so unzufrieden mit mir aussah. Wenn ich härter arbeitete und bessere Noten erzielte, schaute er vielleicht auf, nahm Notiz von mir, hörte mir mit Interesse zu und sprach manchmal liebevoll mit mir. Es ist nicht so, dass ich meinen Vater nicht mochte. Ich liebte ihn und war sehr stolz auf seine Leistungen. Aber er hat mich auch sehr verärgert.

"Warum hast du so viel Puder auf dein Gesicht aufgetragen?" lachte Gopal Mama unkontrolliert, als ich an diesem Abend ganz verkleidet aus meinem Zimmer kam. "Du siehst aus, als hätte dich jemand mit einer Tüte Mehl geschlagen."

"Hör auf", sagte ich zu ihm. "Ich sehe gut aus."

"Okay, wie du willst", pfiff er nonchalant. "Ich war nur ehrlich."

Ich machte ein Gesicht zu ihm. Er war der beliebteste Junge in der Nachbarschaft wegen seines hübschen Aussehens und seiner charmanten Manieren. Aber was die meisten Leute nicht über ihn wussten, war, dass er ein Meistermanipulator war, der seinen einfachen

Charme mühelos einschalten konnte, um alles zu bekommen, was er wollte. Er war nur ein paar Jahre älter als ich, und wir waren fast wie Geschwister. Als er viel jünger war und ich in der Grundschule war, kaufte er mir Bänder, Haarspangen und Glasarmreifen von lokalen Messen, gab mir Huckepackfahrten zum Laxmiganj Bazaar, von wo aus wir beide den majestätischen Rath Yatra sehen und Jalebis aus winzigen Papiertüten essen würden. Aber je älter er wurde, desto stolzer wurde er. Da er von jungen Frauen gesucht wurde, war er sich immer der Art und Weise bewusst, wie er in der Öffentlichkeit auftrat, und verbrachte jeden Tag Stunden vor dem Spiegel, um sich selbst zu pflegen. Einige meiner Freunde hatten ihn auch im Auge und es ärgerte mich. Wir waren im Laufe der Zeit distanziert geworden, aber ich wusste, dass er sich immer noch um mich kümmerte. Sowohl er als auch mein Cousin Haru Da steckten ihre Köpfe zusammen und spielten den Leuten, die mich neckten, praktische Streiche. Sie standen immer hinter mir, wenn ich in ernsthaften Schwierigkeiten war. Das war ihre Art zu zeigen, dass sie sich um mich kümmerten. Aber gleichzeitig wussten sie nicht, wie sie sich wie junge Erwachsene verhalten sollten. Sie waren noch unreif. Ich wusste, dass sie nicht von Natur aus schlechte Menschen waren. Sie hatten sich im Laufe der Jahre einfach sehr verändert. Vielleicht ist es das, was das Erwachsenwerden mit einem macht. Wie ich mir manchmal gewünscht habe, dass wir die alten Zeiten haben könnten, als alles gut war, als ich noch ein Kind war und ich mir nie Sorgen um mein Aussehen machen musste.

"Warum hast du dich plötzlich wie ein Clown verkleidet?", fragte Haru Da, meine Cousine und Mamas Komplizin, die aus dem Badezimmer kam. "Gehst du irgendwohin?"

"Baba sagte, er werde mich heute nach Upahar bringen, um mir ein Kleid für die Puja zu kaufen", sagte ich stolz.

"Ich verstehe", antwortete er und hängte sein Handtuch an das Geländer. "Außerdem hast du kein Recht, mich einen Clown zu nennen", sagte ich ihm als er den Küchenschrank durchwühlte.

»Hast du dir dein Gesicht im Spiegel angesehen?«, murmelte er. "Es ist alles weiß."

"Hast du dir jemals deine angesehen?" Ich antwortete. "Es ist alles schwarz."

"Tut mir leid, dass ich deine Blase platzen lasse, lieber Cousin, aber ich glaube nicht, dass dein Vater in absehbarer Zeit nach Hause kommt", grinste er mit einem Mund voller Chanachur, völlig unberührt. "Ich war gerade mit den Jungs in der Fabrik und ich glaube, ein Generator ist ausgefallen. Sie sind jetzt alle damit beschäftigt. Kaka sah wirklich verärgert aus."

"Was?" Ich wollte weinen. "Bist du dir da sicher?" Einhundert Prozent ", nickte er, kaute und

seinen Snack zu genießen. "Aber dann wieder, gib die Hoffnung nicht auf. Hoffnung ist alles, was wir haben."

Und dann gingen die beiden fröhlich aus, um den Abend zu genießen und ihr sorgenfreies Leben zu leben. Wie ich sie beneidete! Sie haben mich nie eingeladen, mit ihnen auszugehen. Sie hatten ihre eigenen Banden und sie spielten ständig Streiche mit verschiedenen Leuten in der Nachbarschaft und traten jeden Tag in Schlägereien ein. Und während alle anderen verprügelt wurden, entkam Gopal Mama, die normalerweise das Mastermind war, unversehrt, weil niemand glaubte, dass ein Junge mit einem so engelhaften Gesicht etwas falsch machen könnte. Haru Da hingegen würde leicht in Schwierigkeiten geraten, weil er als Neffe meines Vaters genau wie ich aussah. Wir hatten den gleichen Teint und sehr ähnliche Eigenschaften. Das machte ihn jedoch nicht ein bisschen empathisch mir gegenüber. Seit er ein Junge war, haben die Leute ihn nie wirklich wegen seines Aussehens gehänselt, es sei denn, sie suchten nach jemandem, dem sie die Schuld geben konnten. Schon sehr früh im Leben hatte ich gelernt, dass dunkelhäutige Menschen, die nicht gefällig aussahen, meist die Sündenböcke der Gesellschaft waren. Und dunkelhäutige Frauen wurden immer wieder zusätzlich gedemütigt.

Mein Cousin hatte jedoch in einer Sache recht. Mein Vater kam an diesem Abend nicht, um mich zu suchen. Ich wartete stundenlang auf der Veranda und hoffte zu sehen, wie er jeden Moment die Kurve von der Fabrik drehte und zum Haus kam, aber er tauchte nie auf. Als es gegen 21 Uhr war und alle Geschäfte kurz vor der Schließung standen, fand mich Vikash Kaka, der an unserem Haus vorbeikam, mit Tränen in den Augen auf der Veranda sitzen und fragte mich, was los sei.

»Baba ist nicht aus der Fabrik zurückgekommen«, sagte ich schluchzend zu ihm.

"Was ist das Problem, Liebes?", fragte er mich. "Ist jemand krank im Haus?"

"Nein", antwortete ich. "Er versprach mir... er würde mir heute ein Puja-Kleid aus Upahar kaufen."

"Also, das ist die Sache."

Und dann brachte er mich selbst nach Upahar. Aber genau wie mein Freund Soma es vorhergesagt hatte, waren alle guten Kleider bereits weg. Alles, was übrig blieb, war der Vorrat an Kleidern, die die Leute nicht attraktiv genug fanden, um sie zu kaufen.

"Möchtest du in einen anderen Laden gehen? fragte mich Vikash Kaka.

"Nein, es ist in Ordnung", sagte ich ihm traurig. "Sie werden jetzt alle geschlossen sein."

Also kaufte er mir zwei der besten Kleider aus der abgelehnten Aktie und brachte mich nach Hause.

"Es tut mir so leid, Kleiner", sagte er mir, als wir zurückgingen. "Ich hatte keine Ahnung, dass dein Vater so beschäftigt war. Ich habe dir dieses Jahr kein Kleid gekauft, weil ich dachte, ich sollte dir die Wahl lassen, was du kaufen willst. Ich habe deiner Mutter letzte Woche etwas Geld gegeben und sie gebeten, dir etwas Schönes zu kaufen."

"Aber Mutter hat mir nichts gegeben", beschwerte ich mich bei ihm. "Ich wusste überhaupt nichts davon. Sie hat es mir nie gesagt."

"Wirklich?" Er sah ein wenig überrascht aus. "Das ist ziemlich unerwartet. Aber vielleicht hat sie es vergessen. Bhabi hat auch viel zu tun. Dein Vater ist selbst eine ziemliche Handvoll." Später erfuhr ich, dass meine Mutter dieses Geld Gopal Mama und Haru Da gegeben hatte, damit sie etwas für sich selbst kaufen konnten. Das hat mich sehr verärgert. Warum sollte sie etwas verschenken, das für mich bestimmt war? Es war auch Vikash Kaka gegenüber nicht fair. Sie hätte mir zumindest davon erzählen können. Aber dann war auch sie hilflos. Sie wusste, dass ich mit ihrer Entscheidung nicht allzu zufrieden sein würde, also hatte sie mich im Dunkeln gelassen. Da sie kein eigenes Einkommen hatte, hatte sie niemandem etwas zu geben. Baba kaufte alles, was für den Haushalt notwendig war, und ließ nie ungenutztes Bargeld herumliegen. Also, das war die einzige Möglichkeit, die meine Mutter hatte, um sicherzustellen, dass keiner von uns beraubt wurde. Aber bei was

kosten? Auf Kosten des Entzugs ihres eigenen Kindes.

So sehr ich meine Mutter für ihre Selbstlosigkeit und Selbstgerechtigkeit schätzte, wollte ich einen ganz anderen Weg einschlagen als den, den sie eingeschlagen hatte. Ich würde niemals eine unterwürfige Hausfrau sein und meine eigenen Kinder berauben, um andere glücklich zu machen, weil ich kein eigenes Einkommen hatte, weil all meine unaufhörlichen Bemühungen zu Hause niemals wirklich geschätzt oder entschädigt werden würden. Ich würde hart arbeiten, um mein eigenes Geld zu verdienen und mich nie auf meinen zukünftigen Ehemann verlassen. Solange ich in der Schule war, abhängig von meinem Vater, wusste ich, dass ich nichts tun konnte. Aber sobald ich einen eigenen Job bekam, würde ich mein Leben zu meinen eigenen Bedingungen leben. Ich würde die Welt bereisen, ich würde alles kaufen, was ich kaufen wollte, ich würde meinen Kindern ein komfortables Leben geben, damit sie sich nie benachteiligt oder klein neben ihren Cousins oder Batchmates fühlen müssten. Am wichtigsten ist, dass ich sie erziehe, damit sie ihre Meinung mit mir sagen und sich mir anvertrauen können, als würden sie sich einem Freund anvertrauen.

Ich würde ihnen beibringen, das zu schätzen, was im Leben wirklich wichtig ist, und das ist finanzielle Unabhängigkeit. Und es wäre mir egal, wenn mich jemand „materialistisch" nennen würde, denn in einer materiellen Welt kann nur der Materialist tatsächlich überleben. Nicht jeder kann es sich leisten, philosophisch zu sein und die moralische Überlegenheit zu besetzen, es sei denn, er hatte bereits genug auf seinen Bankkonten, um darauf zurückzugreifen. Ich würde mein eigenes Haus und mein eigenes Geschäft bauen. Ich würde mein eigenes Geld verdienen, es so ausgeben, wie es mir gefiel, und niemandem Rechenschaft schuldig sein. Und vor allem würde ich danach streben, einen Punkt zu erreichen, an dem es mir egal wäre, ob ich jemanden stolz auf mich machen könnte oder nicht, solange ich stolz auf mich selbst bin.

Ich würde mich vor keinem Mann verbeugen, weder aus Liebe noch aus Geld. Nicht einmal mein eigener Vater.

Ich wäre mein eigener Held.

Zwischenspiel

An diesem Abend ging ich in das Zimmer meines Großvaters und fragte ihn direkt: "Wirst du mir etwas über deine Rivalen erzählen?"

"Was willst du wissen?", war seine Antwort.

"Mutter hat mir erzählt, dass sie oft versucht haben, dir in die Quere zu kommen, und sogar deine Arbeiter bestochen haben, um deine Projekte zu ruinieren."

"So etwas ist noch nie passiert", antwortete er abweisend. "Niemals?"

"Niemals."

"Aber Mutter hat mir etwas anderes gesagt."

"Sie muss sich geirrt haben", war er entschlossen. "Niemand hat jemals versucht... mir Schaden zuzufügen."

"Mutter hat mir erzählt, dass jemand Bleichpulver über deine Platten gegossen und die Lichter zerstört hat."

"Es war nicht sein Fehler", sagte Großvater prompt. Mir wurde sofort klar, dass er sich an den Vorfall erinnerte. "Der Godown war von Ratten befallen, er tat dies, um zu verhindern, dass die Ratten die Platten verderben."

"Indem Sie Bleichpulver über alle Lampen und Drähte gießen?" Ich fragte. "Warum sollte jemand das tun?"

"Ah! Er war sich der Konsequenzen nicht bewusst! Es... es wurde nicht absichtlich getan. Sie waren alle kleine Jungen."

"Jetzt weiß ich wirklich nicht, wem ich glauben soll", sagte ich ihm. "Wenn du diese Dinge nicht mit mir teilen oder mir die richtigen Informationen geben willst, muss ich einen anderen Weg finden. Ich werde das alles definitiv nicht aus meiner Erzählung ausschließen."

"Warum willst du über diese Dinge schreiben?" "Weil ich möchte, dass meine Erzählung deiner Geschichte treu bleibt,"

Ich sagte: "Ich möchte nicht, dass es sich wie ein Glossar all deiner Leistungen liest, wie du gesagt hast. Deine Rückschläge sind auch wichtig und sie verdienen es, erwähnt zu werden."

"Aber es gab keine Rückschläge", sagte er hartnäckig zu mir. "Die Leute haben mich immer unterstützt. Was auch immer für Rückschläge ich in meinen ersten Jahren erlebte, als ich gerade erst anfing."

"Was ist mit der Zeit, als die Leute dich verspottet haben, als du LED eingeführt hast?"

"Was? Ich habe LED nicht vorgestellt!", antwortete er lachend. "Ein jüngerer Lichtkünstler namens Asim Dey."

Ich sah ihn zweifelhaft an.

"Du kannst jeden fragen", fügte er hinzu. "Sie werden dir alle dasselbe sagen."

Es fiel mir schwer, das zu glauben. "Aber alle Artikel, die ich im Internet lese, erwähnen nur Sie, wenn sie darüber schreiben, wie LED-Panels in Chandannagar entstanden sind."

"Nun, das ist dann falsch", sagte er. "Die Leute, die diese Artikel geschrieben haben, haben die Situation wahrscheinlich missverstanden. Ich... ich war nicht die erste Person, die LED in Chandannagar benutzte. Ich habe nur versucht, die Idee bekannt zu machen, weil sie damals die einzige Alternative war, die uns zur Verfügung stand."

"Also hat niemand jemals versucht, deine Arbeit zu manipulieren?" Ich habe ihn gefragt.

"Nein", erklärte er und sah sich mit ungewöhnlicher Aufmerksamkeit eine Shampoo-Werbung im Fernsehen an.

Ich stand von dem Stuhl auf, auf dem ich saß. "Ich denke, ich muss hier die Hilfe meiner Mutter in Anspruch nehmen."

"Schreib nicht über diese Dinge", sagte er mir.

"Das muss ich entscheiden", erklärte ich ein wenig genervt. "Ich bin kein Journalist und dies ist kein Blogbeitrag oder Zeitungsartikel. Und du brauchst dir keine Sorgen zu machen, weil ich keine Namen verwenden werde. Ich versuche nicht, eine Kontroverse zu verursachen. Ich möchte nur die Wahrheit schreiben. Und ich denke, diese Vorfälle müssen erwähnt werden."

"Ich glaube nicht, dass es eine... gute Idee ist. Warum ein totes Pferd schlagen? So viele Jahrzehnte sind vergangen und... und... sie sind mit ihrem Leben weitergegangen. Ich will die Dinge nicht wieder aufmischen."

"Ich habe dir gesagt, dass ich keine Namen annehmen werde. Was ist das Problem?"

"Sie wollten wirklich nichts Böses."

"Ja, das habe ich schon einmal gehört", sagte ich ihm. "Ich will ihnen auch nicht schaden. Vertrau mir."

"Was auch immer du sagst, ich denke nicht, dass das eine gute Idee ist." Okay ", gab ich auf." Ich verstehe deine Perspektive. Gut.

Da dies Ihre Geschichte ist, ist auch Ihre Zustimmung wichtig. Aber sowohl aus der Perspektive eines Schriftstellers als auch aus der Perspektive eines Lesers glaube ich, dass dies einige der wichtigsten Teile Ihrer Reise sind. Aber ich respektiere deine Entscheidung. Wenn du nicht willst, dass ich über diese Dinge schreibe, werde ich es nicht tun. Denken Sie jedoch ein wenig darüber nach. Und lass es mich wissen, wenn du deine Meinung änderst."

"Okay", antwortete er gleichgültig und zog an seinen Hörgeräten.

Ich hatte das Gefühl, dass es das Ende des Gesprächs war.

Samragngi Roy

Ende der 1990er Jahre

Er trat eines schönen Tages wie ein Blitz aus heiterem Himmel in mein Leben und bettelte darum, für mich zu arbeiten, obwohl er nichts von dem Handwerk wusste. Er hatte gerade geheiratet, seine Frau erwartete ein Baby. Er erzählte mir, dass seine Mutter krank sei und seine Familie eine schwere Finanzkrise durchgemacht habe. Obwohl er nicht in der Stadt lebte und schon sehr lange nicht mehr mit uns in Kontakt stand, war er einer von mir. Also, ohne einen zweiten Gedanken nahm ich ihn unter meine Fittiche und brachte ihm gerne alles von Grund auf bei. Er aß fast jeden Tag bei mir und war in der Nähe aller meiner Familienmitglieder. Meine Tochter sah zu ihm als Bruder auf. Und obwohl er nicht einer meiner unmittelbaren Neffen war, betrachtete ich ihn als meinen eigenen Sohn.

"Deine Hände sind genau wie meine", erinnere ich mich, dass ich ihm eines Tages sagte und in meinem Herzen entschied, dass ich ihm die Verantwortung anvertrauen würde, mein Vermächtnis weiterzuführen, nachdem ich in Rente gegangen war.

Er war höflich, respektvoll und leise gesprochen. Mit seiner dunklen Haut und seiner großen, schlaksigen Statur erinnerte er mich an mein eigenes Selbst in den sechziger Jahren. Er verstand sich gut mit meinen Helfern und machte seine Arbeit aufrichtig und fröhlich. Ich half ihm, die meisten seiner finanziellen Verpflichtungen zu erfüllen, wann immer er zu mir kam und um Hilfe bat.

Zwei Jahre später wurde ich beauftragt, Panels für die Jagadhatri Puja-Prozession eines der renommiertesten Puja-Komitees in Chandannagar zu erstellen. Wir haben Tag für Tag gearbeitet und uns etwas Einzigartiges ausgedacht. Am Tag der Proben waren die Mitglieder des Puja-Komitees so begeistert, dass sie mich für die nächsten zwei Jahre im Voraus buchten und sagten, dass niemand die Tafeln halb so gut hätte beleuchten können wie wir. Alle meine Helfer warteten mit angehaltenem Atem auf den Prozessionstag, sicher, dass wir alle Auszeichnungen einpacken würden. Überraschenderweise wurde der mit meinen allerbesten Paneelen beladene Lastwagen am Tag des Eintauchens nur wenige Minuten, bevor er an der Jury vorbeifahren sollte, komplett verdunkelt. Zuerst dachte ich, der Generator hätte vielleicht keinen Treibstoff mehr und stürzte mit mehreren Fässern Diesel zur Szene. Aber meine Helfer erzählten mir eine ganz andere Geschichte.

"Der Generator wird nicht funktionieren", sagte einer von ihnen.

"Wie ist das passiert?" Ich war verwirrt, weil ich nicht wusste, wie ich den Mitgliedern des Puja-Komitees gegenübertreten sollte, die mir blind vertraut hatten.

"Er war es", sagten sie mir. "Dein Neffe." "Was?", fragte ich sie schockiert.

"Es passierte direkt vor unseren Augen!"

"Was meinst du damit, dass es direkt vor deinen Augen passiert ist?"

"Er arbeitete am Generator", sagten sie. "Wir haben gesehen, wie er sich in die Drähte eingemischt hat."

"Warum hast du ihn dann nicht aufgehalten?"

"Wir dachten, er würde eine Panne beheben."

Ich erinnere mich noch daran, was folgte. Ich tat das Beste, was ich in dieser Situation tun konnte, und das war, die anderen LKWs loszulassen und den LKW zurückzuhalten, in dem der Schaden angerichtet worden war. Das verursachte offensichtlich einige Verzögerungen und hielt die anderen Lastwagen, die mir folgten, auf. Trotzdem habe ich versucht, in dieser Situation optimistisch zu sein und habe an der Hoffnung festgehalten, dass die Juroren meine anderen Gremien mögen würden. Allerdings war das Panel, das verdunkelt worden war, dasjenige, das mein Thema anzeigte, und ohne es würden die anderen Panels keinen Sinn ergeben.

Meine Prozessionstafeln gewannen in diesem Jahr keinen einzigen Preis und es war nicht nur eine Schande für mich, sondern auch äußerst enttäuschend für die Mitglieder des Puja-Komitees, die mir die Verantwortung für ihre Prozessionen mit himmelhohen Erwartungen anvertraut hatten. Tatsächlich hatten sie mich auch für das nächste Jahr im Voraus bezahlt.

"Wie ist das passiert?" Ich habe meinen Neffen befragt. "Wie hast du es vermasselt?"

"Es war ein Fehler!", sagte er mit einem sanften Gesicht. "Ich wollte das wirklich nicht tun. Ich hatte es eilig und... und ich habe es vermasselt!'

"Kennen Sie die Auswirkungen?" Ich habe gefragt. "Kannst du überhaupt verstehen, wie groß der Schaden ist, den du verursacht hast?"

"Ich wollte nicht..."

"Ich hatte dir die Generatoren zugewiesen, nur weil du gut darin warst", sagte ich streng zu ihm. "Du hattest fünf Jahre lang mit Generatoren zu tun, bevor du für mich gearbeitet hast. Darüber hinaus hast du mich selbst gebeten, dir diese Verantwortung zu übertragen, und mir versprochen, dass nichts schief gehen würde."Es tut mir sehr leid", rief er. "Ich wusste wirklich nicht, wie

es ist alles passiert. Bitte gib mir noch eine Chance, Mama!"

Es war also ein Fehler. Es wurde nicht absichtlich gemacht. Oder doch? Es geschah vor der gesamten Besatzung. Allerdings war ich es, der sich der Demütigung stellen musste, als die Mitglieder des Puja-Komitees auf mich zukamen und eine Rückerstattung des Vorschusses forderten, den sie mir gezahlt hatten, und sagten, dass sie ihre Meinung geändert hätten. Ein Teil meiner Zahlung wurde auch einbehalten und ich war nicht mehr der gefragteste Lichtkünstler in meiner Stadt. Alles änderte sich über Nacht.

"Es war nur ein Fehler", sagte ich mir. "Und jeder macht Fehler."

Ich verzieh ihm, aber ich konnte ihm danach nicht mehr ganz vertrauen. Ich hätte ihn feuern können, aber wenn ich an seine Familie denke, habe ich ihn als Hilfspersonal behalten. Erst später kam einer meiner Helfer zu mir und sagte, dass es nicht wirklich ein Fehler war, es war alles von einem meiner Rivalen begangen worden und mein Neffe wurde für den Job ausgewählt, weil jeder wusste, dass ich eine Schwäche für ihn hatte.

"Woher weißt du, ob das stimmt?" Ich fragte den Helfer. "Ich habe gesehen, wie er mit diesem Kerl gesprochen hat", antwortete er. "Mehrmals!"

"Und warum glaubst du, hat er das getan?"

"Natürlich für Geld! Und um deine Arbeit zu sabotieren."

Es versteht sich von selbst, dass ich geschockt war. Und in meinem Schock schrie ich meinen Helfer an. Ich wusste nicht, wem ich glauben sollte.

Mein Neffe wurde nur im Gespräch mit meinem Rivalen gesehen. Wie war das wichtig? Wie konnte das beweisen, dass er bestochen wurde, um mich zu sabotieren? Und doch konnte ein Teil von mir nicht vollständig leugnen, was ich gerade gehört hatte. Ich hatte nicht die Zeit, die Angelegenheit zu untersuchen. Ich hatte mehrere Projekte angesetzt und war zu müde, um darüber nachzudenken, ob es sich nur um einen Fehler oder eine vorsätzliche, gut ausgeführte Sabotage handelte. Und zu diesem Zeitpunkt war das, was ich am meisten brauchte, geistiger Frieden. Ich wäre sonst nicht in der Lage zu funktionieren. Daher habe ich dieses Thema in den Hintergrund gedrängt und mich auf meine bevorstehenden Projekte konzentriert. Ich habe ihn auch nach diesem Vorfall für mich arbeiten lassen und dieses Problem nie wieder angesprochen.

Ein Jahr später wurde einer meiner Generatoren am Tag des Eintauchens erneut manipuliert, diesmal von einem kleinen Jungen, der im Dunkeln der Nacht von demselben Gegner auf einen der Lastwagen geschickt worden war. Die Prozession in diesem Jahr hatte mich einen Arm und ein Bein gekostet. Aber auch dieses Mal habe ich mich zusammengerissen und losgelassen. Es war sinnlos, über verschüttete Milch zu weinen. Nächstes Mal wäre ich vorsichtiger. Drei Jahre in Folge wurden entweder meine Panels oder meine Generatoren ins Visier genommen und manipuliert. Einmal mit Bleichpulver, einmal mit dem Generator, dem plötzlich der Kraftstoff ausgeht. Mir wurde klar, dass ich das Vertrauen der Ausschussmitglieder meiner eigenen Stadt verlor, weil in den nächsten Jahren keiner der berühmten Puja-Ausschüsse mit Verträgen an mich herantrat.

Mein Neffe verließ bald meine Anstellung, um für meinen Gegner zu arbeiten. Und das war für mich an sich zu schwierig, um mich damit abzufinden, geschweige denn anzuerkennen oder danach zu handeln.

Während ich im ganzen Land als erfolgreiche Lichtkünstlerin gefeiert wurde, sah ich in meiner eigenen Stadt wie ein Witz aus. Und genau die Leute, die die Grundlagen des Handels von mir gelernt hatten, hatten große Freude daran, alle meine lokalen Projekte zu sabotieren und dann meine Misserfolge zu feiern.

Erinnerungen meines Großvaters aus den 1980er Jahren

"Weißt du, was im Haus passiert?" Ich habe meine Frau gefragt.

"Wovon redest du?" Sie sah mich fragend an.

»Wegen deiner Schwester«, sagte ich. "Was ist mit ihr?"

"Ist sie mit meinem Vorgesetzten verbunden?" Ich fragte. "Interessieren sie sich füreinander?"

"Wer hat dir das gesagt?" Sumitras Augen weiteten sich.

"Davon reden alle", antwortete ich. "Ist es wahr? Weißt du etwas darüber?"

"Ich glaube nicht, dass es wahr ist", antwortete sie und faltete eifrig die Kleider.

"Aber ich habe gesehen, wie sie sehr herzlich miteinander gesprochen haben."

»Also, was?«, fragte Sumitra kalt. "Können zwei Menschen, die dem anderen Geschlecht angehören, nicht einmal herzlich zueinander sein?"

"Nun, ich weiß nicht", antwortete ich. "Die einzige Frau, zu der ich jemals so herzlich war, ist die, die ich geheiratet habe."

"Du kannst nicht erwarten, dass jeder so ist wie du", antwortete meine Frau und steckte eine dicke Haarsträhne hinter ihr Ohr, ohne mich anzusehen. "Ich glaube nicht, dass zwischen den beiden etwas los ist. Ihr Manager ist ein extrem gut gelaunter Mann und er ist freundlich zu allen. Meine Schwester ist da keine Ausnahme."

"Okay, gut", antwortete ich. "Aber ich möchte, dass du sie im Auge behältst, okay? Ich möchte nicht, dass deine Schwester sich mit meinem Manager einlässt."

"Warum? Wird es Ihrem Ruf schaden?"

"Nein, warum sollte es meinem Ruf schaden? Aber ich fürchte, der Kerl kommt nicht wirklich aus einer sehr guten Familie. Sie wird sich nie an das Leben mit diesen Menschen anpassen können. Sie sind sehr streitsüchtig."

Meine Frau warf mir einen harten, gefrorenen Blick zu und ich wusste genau, was sie dachte. Also nahm ich eilig mein Mittagessen ein und ging an diesem Nachmittag in meine Fabrik, um zu vermeiden, von meiner eigenen Frau als Heuchler bezeichnet zu werden.

Es war das zweite Mal, dass die Tata Company mit Chandannagar-Lichtkünstlern für die Dekoration des Jubiläumsparks in Jamshedpur zusammenarbeiten wollte, und ich war ihre erste Präferenz, seit ich auch im Vorjahr mit ihnen zusammengearbeitet hatte, und es war ein voller Erfolg. Ich wusste, dass es für mein Geschäft äußerst vorteilhaft wäre, wenn ich den Vertrag für dieses Jahr erhalten würde, da ich mehrere lukrative Projekte aus Kapitalmangel auf Eis gelegt hatte und auch mehrere meiner Gläubiger zurückzahlen musste. Fast alle anderen Lichtkünstler und Bauunternehmer in der Stadt kämpften um dieses Angebot, da das Geld riesig war. Infolgedessen waren sie alle bestrebt, ihre Angebote zur Prüfung einzureichen.

Da ich in meiner Fabrik immer beschäftigt war, hatte ich meinen Manager damit beauftragt, Aktivitäten wie den Besuch der Firmenzentrale, die Abgabe meiner Angebote und den Umgang mit den Verträgen in meinem Namen durchzuführen. Wir mussten viel reisen, alle großen Unternehmen besuchen, die uns einstellen wollten, von anderen abhängig sein, die Angebote einreichen, ein Dokument, das alle Details zum Projektplan, zum Design, zu den Kosten für verschiedene Artikel wie Personal, Transportkosten und dergleichen enthielt. Anhand dieser Zitate wurden die Künstler ausgewählt, Verhandlungen geführt und schließlich die Verträge unterzeichnet. Daher musste ein beträchtliches Maß an Geheimhaltung gewahrt werden, wenn es um ein Zitat ging, weil es die ganze Idee enthielt.

Ungefähr eine Woche nachdem ich mein Angebot eingereicht hatte, erhielt ich jedoch einen Anruf von der Tata Company, dass sie in diesem Jahr bessere Angebote von einigen anderen Chandannagar-Lichtkünstlern gefunden hatte und stattdessen mit einem von ihnen zusammenarbeiten würde. Das war ein Schlag für mich, weil ich so sicher war, den Vertrag mit der Tata Company zu sichern, dass ich mehreren anderen Verträgen zugestimmt hatte, die auf der Annahme beruhten, dass ich sie aus der Vergütung finanzieren könnte, die ich aus diesem Projekt erhielt. Jetzt wurde mir klar, dass ich den großen Fehler begangen hatte, meine Hühner zu zählen, bevor sie schlüpften. Die Kündigung all dieser anderen Verträge würde sowohl meinem Ruf als auch meinem Geschäft schaden. Die Ausschüsse begannen, ihr Vertrauen in mich zu verlieren, und ich verlor wiederum den guten Willen, an dessen Aufbau ich jahrelang hart gearbeitet hatte. Ich musste auch meine Zahlungen an meine Gläubiger verschieben, die an meine Tür klopften. Und jedes Mal, wenn sie murmelnde Flüche hinterließen, konnte ich nicht anders, als mich zu treten, weil ich auf Unsicherheit gesetzt hatte. Wie konnte ich mir über den Vertrag so sicher sein? Wie hätte ich davon ausgehen können, dass sie mich wieder einstellen würden, nur weil sie mich einmal eingestellt hatten? Hatte meine wachsende Popularität begonnen, mich zu selbstsicher zu machen? Oder war ich zu selbstgefällig mit meiner Arbeit? Waren meine Preise wirklich so hoch, dass ein so renommiertes Unternehmen wie Tata die kostengünstigere Alternative wählen würde, ohne sich die Mühe zu machen, mit mir zu verhandeln? Meine Preise mögen etwas höher sein als bei den anderen Auftragnehmern, aber das lag allein daran, dass ich nie Kompromisse beim Standard meines Dienstes, der Qualität meiner Leuchten und Paneele, den Feinheiten, die in die Designs einflossen, den Gedanken und der Mühe, die ich in jedes Projekt steckte, eingegangen bin. Aber wer kümmerte sich mehr um Qualität? Ich hatte den Vertrag verloren und das war das Ende der Sache. Erst später erfuhr ich von einigen meiner Freunde und Kollegen, dass mein Manager mein Angebot an die anderen Auftragnehmer weitergegeben hatte, die dieses Projekt von Anfang an im Auge hatten. Und sie hatten alle ihre Selbstkosten gesenkt, ihre Preise niedriger als meine festgelegt, ihre Ideen geändert, ihre eigenen Angebote geändert und sie ein paar Tage später an das Unternehmen geschickt. Meine Freunde erzählten mir auch, dass mein Manager Tausende von Rupien von anderen Auftragnehmern verdient hatte, indem er ihnen Ideen durchsickerte und sich anderen hinterhältigen Geschäften hingab. Er hatte auch unwahre Gerüchte über mich verbreitet und allen erzählt, dass er der Mastermind hinter all meinen Projekten war und ich nur alle Lorbeeren erhielt und die Anerkennung genoss. Er hatte auch versucht, meine vertrauenswürdigsten Helfer einer Gehirnwäsche zu unterziehen, um ihre Jobs zu verlassen und sich anderen Künstlern anzuschließen.

allerdings ohne Erfolg.

Als ich ihn fragte, warum er es getan hatte, hatte er natürlich keine Antwort. Ich war immer noch bereit, ihm eine weitere Chance zu geben, weil ich es nicht mochte, Menschen zu entlassen und ihnen den Lebensunterhalt zu rauben, aber er kündigte den Job aus eigenem Antrieb und eröffnete bald sein eigenes Elektrogeschäft. Und ein paar Monate später erfuhr ich, dass er mit meinem Schwiegervater gesprochen und um die Hand meiner Schwägerin gebeten hatte, und sie hatten seinem Vorschlag bereitwillig zugestimmt, mit der Begründung, dass er ein Brahmane sei und jetzt sein eigenes Geschäft habe. Als ich das alles zum ersten Mal erfuhr, wusste ich mehrere Tage lang nicht genau, wie ich das Ganze verarbeiten sollte. Niemals in meinem Leben hatte ich gedacht, dass die einzigen Menschen, die ich "Familie" genannt hatte und denen ich aus dem Weg gegangen war, um in ihrer Stunde der Not zu helfen, die Person umarmen würden, die jede Meile gegangen war, um mir Schande zu bringen, nur weil er ein Brahmane war. "Seid ihr Leute verrückt?" Ich habe meine Frau gefragt,

sobald ich davon erfuhr. "Dieser Mann hat mich betrogen! Er hat meinen Ruf verdorben, von meinen Bemühungen profitiert und die ganze Zeit gebluff! Du weißt alles! Wie konntest du das tolerieren?"

"Meine Schwester ist in ihn verliebt!", antwortete sie. "Was hätte ich nur tun können? Wie lange wirst du weiterhin für ihre Ausgaben bezahlen?'

"Wir hätten nach einer besseren Übereinstimmung suchen können!" Ich sagte. "Es gibt keinen Mangel an qualifizierten Junggesellen in dieser Stadt! Wir hätten zumindest einen anständigen Menschen suchen können, der aus einer respektablen Familie stammt und seinen Lebensunterhalt mit ehrlichen Mitteln verdient." "Was ist los mit seiner Familie?" Meine Schwägerin, die die ganze Zeit unser Gespräch belauscht hatte, betrat nun mutig die Szene.

"Hast du mit seiner Familie gesprochen?" Ich habe sie befragt. "Hast du sie jemals gesehen?"

"Ja, das habe ich", antwortete sie kalt. "Und ich glaube nicht, dass es irgendein Problem mit ihnen gibt."

"Du sagst das, weil du von Liebe geblendet bist", sagte ich zu ihr. "Du wirst dich überhaupt nicht an das Leben dort anpassen können. Sie unterscheiden sich in jeder Hinsicht von uns! Er hat fünf Schwestern, mehrere Brüder und eine riesige Großfamilie..."

"Das hast du auch!" Sie unterbrach mich.

"Aber sie streiten sich aus den geringsten Gründen! Es ist eine sehr unangenehme Umgebung. Du wirst es bald satt haben."

"Du bist nicht mein Vater, Sridhar Babu", schnappte sie. "Du hast bei all dem nichts zu sagen. Was ich mit meinem Leben mache, geht dich nichts an!"

"Ich weiß, dass ich nicht dein Vater bin, aber ich kenne den Mann und seine Familie persönlich. Dein Vater nicht."

"Nun, ich kenne ihn auch persönlich", erwiderte sie. "Und ich werde den Mann heiraten, nicht seine Familie. Was kümmert mich ihre Kämpfe? Und wenn mein Vater keine Einwände gegen unser Spiel hat, warum solltest du dich einmischen? Nur weil du uns gegenüber großzügig warst, denkst du, du hast uns gekauft?"

"Was?", fragte ich schockiert. "Ich sage das nur zu deinem eigenen Besten."

"Ich denke, ich bin reif genug, um zu entscheiden, was gut für mich ist und was nicht", antwortete sie steif. "Ich brauche dich nicht, um mich zu bevormunden. Außerdem, hast du über deine eigenen Wurzeln, deine Kaste, deine Familie und Kultur nachgedacht? Hast du die Art von Folter vergessen, die uns deine Brüder angetan haben? Meine Schwester hat dich trotzdem geheiratet. Glaubst du, sie hätte keine bessere Übereinstimmung finden können?"

Ich war fassungslos über das, was sie gesagt hatte, völlig ohne Worte.

"Ich verstehe nicht, warum ich den Mann meiner Wahl nicht einfach wegen seiner Wurzeln heiraten sollte", fuhr sie fort. "Zumindest stammt er im Gegensatz zu dir aus einer Brahmanenfamilie."

"Das ist es also!"

"Und er hat auch sein eigenes Geschäft!", fügte sie hinzu. "Ein Geschäft, das auf Betrug aufgebaut ist, meinst du?"

"Welche Beweise hast du dafür, dass er all die Dinge tut, die du ihm vorgeworfen hast?", flammte sie dabei auf, ihre Stimme laut und schrill. "Du hast deinen Sykophanten einfach blind geglaubt, nicht wahr? Hast du gesehen, wie er dein Angebot durchgesickert hat? Hast du es mit eigenen Augen gesehen?"

Und da stellte sich wieder die Frage nach den Beweisen. Und wieder hatte ich keinen handfesten Beweis, obwohl es ein offenes Geheimnis war und es mehrere Augenzeugen gab.

"Du hast jetzt nichts mehr zu sagen, oder?", sagte sie sarkastisch. "Ich bin nicht überrascht."

"Alles, was ich dir sagen kann, ist, dass du einen großen Fehler begehst."

Ich stand an diesem Nachmittag da und hörte zu, wie sie eine Beleidigung nach der anderen auf mich schleuderte, und meine Frau versuchte nur, mich zu beschwichtigen, anstatt mich zu verteidigen. Ich konnte nicht glauben, dass sie diejenigen waren, zu denen ich stand, als niemand sonst es tat. Sie waren es, denen ich Unterschlupf gewährte und die ich gegen meine Familie unterstützte. Immer wieder wurde ich von ihnen daran erinnert, dass ich ein Analphabet der unteren Kaste war und sie sich herabgelassen hatten, mich als Teil ihrer Familie zu akzeptieren, obwohl Sunil Babu selbst mich gebeten hatte, mich um seine Kinder zu kümmern und seine anderen Töchter heiraten zu lassen, weil er bankrott war. Und genau das hatte ich versucht. Aber nachdem ich meine Schwägerin unverhohlen über meine Kaste und Qualifikationen sprechen hörte, empfand ich für sie nur reinen, unverfälschten Hass. Meine Zunge steckte in meiner Kehle. Mein Herz fühlte sich an wie ein Stein. Vielleicht hatte meine Mutter recht. Diese Ehe war ein großer Fehler. Vielleicht hätte ich auf sie hören und jemanden aus meiner eigenen Kaste heiraten sollen.

Ich habe nach diesem Vorfall wochenlang nicht mit meiner Frau gesprochen. Und als ich das tat, war sie es, die zu mir kam, um mich mit Tränen in den Augen zu informieren, dass mein Manager und ihre Schwester bald heiraten würden und sie alle eingeladen hatten, die sie außer uns beiden kannten.

"Ist das der Grund, warum du weinst?" Ich fragte sie und sah nicht von meinem Design auf. "Hattest du es nicht schon vorhergesehen?"

"Sie ist meine engste Schwester und... und sie heiratet jetzt", antwortete sie. "Und ich kann nicht glauben, dass ich nicht einmal ein Teil davon sein werde."

"Ja, das ist ziemlich seltsam", antwortete ich. "Ich verstehe, warum sie mich nicht eingeladen hat, aber sie hätte dich zumindest einladen sollen. Du hast sie bei all dem so sehr unterstützt."

"Ich habe sie nicht unterstützt!", schrie sie gestochen. "Du liegst falsch, wenn du denkst, dass ich sie um meinetwillen unterstützt habe. Meine Schwester war immer zu wählerisch in Bezug auf Männer, weshalb sie seit so vielen Jahren unverheiratet ist. Tatsächlich sagte sie mir erst letztes Jahr, dass sie niemals jemanden heiraten würde. Sie will nicht einmal arbeiten. Ich habe jahrelang versucht, sie zu überreden, jemanden zu heiraten. Ich konnte nicht zulassen, dass du ihre Ausgaben für den Rest deines Lebens trägst. Du hast schon so viel auf dem Teller. Du bezahlst für Gopal, du hast meinen anderen Schwestern geholfen zu heiraten, du bist für Proshanto da, wann immer er dich braucht. Und obendrein haben wir Minis Ausgaben, ihre Schulgebühren, Sie haben Ihr eigenes Geschäft und so viele Gläubiger, die Sie zurückzahlen müssen. Glaubst du nicht, ich kann sehen, wie hart du arbeitest? Warum würdest du auf unbestimmte Zeit für meine Familie bezahlen? Du bist nicht verantwortlich für die Fehler meines Vaters."

»Ich glaube, ich habe dir schon gesagt, dass wir wenigstens einen geeigneten Mann für sie hätten suchen können«, sagte ich ruhig zu ihr. "Ich hätte ihr geholfen zu heiraten."

»Ja, dazu komme ich«, sagte meine Frau ungeduldig. "Sie hat sich in ihn verliebt, bevor er dein Zitat durchgesickert hat. Sie hielt ihn für einen guten Mann. Sie wusste nichts über die Dinge, die er hinter deinem Rücken getan hatte."

"Und was ist, nachdem sie von diesen Dingen gewusst hat?" Ich habe sie gefragt. "Hat das überhaupt etwas geändert?"

Sie stand da, still, Tränen rollten ihr über die Augen. Es widerte mich an, wie leicht sie über alles weinen konnte, um nicht Partei zu ergreifen. Sie war immer blind für die Fehler ihrer Geschwister gewesen. Egal, was sie taten, sie weigerte sich ausnahmslos, gegen sie vorzugehen. Vielmehr würde sie mit ihnen sympathisieren und schlecht reden, wer auch immer versuchte, ihre Fehler zu korrigieren.

"Warum sagst du jetzt nichts?" Ich habe gefragt. Sie sah mich entrüstet an und antwortete mit spürbarem Unbehagen: "Denn bis dahin waren sie schon zu weit gegangen."

"Was meinst du damit?"

"Sie waren in ihrer Beziehung bereits zu weit gegangen", wiederholte meine Frau. "Wer würde sie danach heiraten?"

Die Dinge waren mir jetzt etwas klarer. Aber das hat nichts gelöst.

"Und was ist mit den abscheulichen Dingen, die sie zu mir gesagt hat?" Ich habe sie gefragt. "Wie kannst du das rechtfertigen?"

"Sie hätte das alles nicht sagen sollen", antwortete meine Frau. "Es war extrem undankbar von ihrer Seite, dir das alles gesagt zu haben, besonders nach allem, was du für uns getan hast. Ich habe nie erwartet, dass sie dir all diese Dinge sagt, vertrau mir."

»Du hast nichts gesagt, Sumitra. Du hast einfach nur da gestanden und zugehört. Sie hat mich für meine Kaste herabgesetzt, die Tatsache, dass ich die Schule nicht beendet habe, die Art, wie ich aussehe, meine Familienmitglieder, alles."

"Ich wusste nicht, was ich sagen sollte, ich war so schockiert..." "Bitte hör auf", bat ich. "Bitte... sag das nicht alles zu

ich... ich will mir keine Ausreden anhören. Deine Neutralität widert mich an!"

"Ich werde sie nie wieder in dieses Haus lassen", unterbrach sie mich. "Ich habe mich entschieden. Sie ist... sie ist nicht mehr meine Schwester."

Ich war ein wenig überrascht, was meine Frau zu mir gesagt hatte. Ich wollte ihr glauben, aber ich beschloss zu warten, um zu sehen, wie sich die Dinge entwickelten, und genau acht Monate später kam meine Frau wieder zu mir, ihre Augen voller Tränen.

"Was jetzt?", fragte ich sie.

"Hast du von dem Baby gehört?", zitterten ihre Lippen. "Wessen Baby?"

"Der meiner Schwester", antwortete sie. "Das kleine Mädchen ist so krank. Die Ärzte sagten, sie müsse operiert werden."

"Und woher weißt du das alles?"

"Sie kam heute Morgen mit dem Neugeborenen", antwortete meine Frau nach einer sehr langen Pause. "Mit dem Hals des Babys stimmt etwas nicht. Sie kann nicht einmal ihren Kopf bewegen... das arme kleine Mädchen hat so große Schmerzen! Ich konnte sie nicht einmal ansehen."

Und als sie das sagte, brach sie in Tränen aus.

"Warum lassen sie die Operation nicht durchführen?" fragte ich, ein wenig berührt.

"Es ist zu riskant, mit einem Neugeborenen fertig zu werden", antwortete sie. "Die Ärzte haben sie gebeten, ein Jahr zu warten."

"Aber sie wird geheilt werden, nicht wahr?"

"Sie können das nicht garantieren", schluchzte sie. "Wenn die Operation fehlschlägt, könnte sie ihr ganzes Leben lang mit einem verzerrten Hals sterben oder überleben. Aber das ist es nicht, was mich im Moment quält. Es ist der Schmerz des Kindes. Sie hat enorme Schmerzen! Und sie ist nur ein Neugeborenes. Was ist, wenn ihr Herz nachgibt?"

"Aber es gibt nichts, was du dagegen tun kannst, oder? Du kannst sie nicht heilen." Sie schüttelte den Kopf.

"Ich bin sicher, ihre Eltern und dein Vater werden wissen, wie man am besten mit der Situation umgeht", sagte ich weiter.

Darauf reagierte sie nicht.

"Und wie geht es deiner Schwester heute?" fragte ich sie zögernd. "Obwohl ich weiß, dass ich das nicht fragen sollte, da es mich nichts angeht."

"Nicht gut", antwortete sie nach einer Ewigkeit. "Ihr geht es überhaupt nicht gut."

"Wirklich?" Ich tat so, als wäre ich überrascht. "Warum so?"

"Ich weiß es nicht", sagte meine Frau. "Sie ist dort einfach nicht glücklich. Sie sagt, dass niemand bereit ist zu helfen. Sie versteht sich nicht mit ihren Schwiegereltern, weil sie sehr beleidigend sind. Und ihr Mann ist immer beschäftigt..."

"Ich verstehe."

"Ich wünschte, sie hätte deinen Rat angenommen", murmelte sie.

"Ah, ich bin sicher, sie wird es bald herausfinden", sagte ich mit beißendem Sarkasmus, "da sie reif genug ist, um ihre eigenen Entscheidungen zu treffen. Und ich glaube nicht, dass es wirklich wichtig ist, wie ihre Schwiegereltern sie behandeln, solange sie Brahmanen sind."

Am nächsten Morgen, als ich von der Fabrik nach Hause kam, um zu duschen, sah ich ein zusätzliches Paar Damenpantoffeln an der Haustür. Ich plante, mich schnell nach oben in mein Zimmer zu begeben, ohne bemerkt zu werden, denn wenn es eine der Mütter war, mit denen sich meine Frau an Minis Schule angefreundet hatte, wünschte ich mir aufrichtig, der oberflächlichen Einführung zu entgehen, gefolgt von einer langen Sitzung mit Smalltalk, unwilligem Kopfnicken und Lächeln, bis sich meine Wangen steif anfühlten. Also schlich ich mich in mein eigenes Haus und wollte gerade die Treppe nehmen, als meine Frau mich rief. Und als ich mich umdrehte, sah ich, wie ihre Schwester direkt hinter mir stand und das Baby in ihren Armen hielt, das in ein weißes Tuch gewickelt war. Es war zunächst ein Schock für mich, aber als der Schock nachließ, bemerkte ich, dass meine Schwägerin blass und dünn aussah, mit dunklen Ringen unter ihren erschöpften Augen, als wäre sie wochenlang verhungert.

»Willst du meine Tochter nicht segnen?«, fragte sie mit Tränen in den Augen.

"Aber ich bin kein Brahmane", wollte ich sagen, aber ich hielt mich irgendwie zurück. "Warum würdest du dich zu so etwas herablassen?"

"Ich weiß, dass ich dir einige wirklich schreckliche Dinge gesagt habe, aber das ist nicht die Schuld meines Kindes, oder? Also halt sie wenigstens einmal fest ", sagte sie mit zitternden Lippen und kam mit dem Kind zu mir herüber. "Und sei vorsichtig... sie kann ihren Kopf nicht nach rechts drehen."

Ich nahm ihr das kleine Mädchen unfreiwillig weg. Sie rührte sich ein wenig in meinen Armen, aber dann schlief sie wieder ein, ihre winzigen Hände schlossen sich fest zu Fäusten. Sie sah kleiner aus als ein durchschnittliches Neugeborenes, oder vielleicht hatte ich vergessen, wie winzig ein Neugeborenes sein konnte. Sie war ein wenig zu blass mit einem steifen Hals und einem blauen Venenknoten, der durch ihre durchscheinende Haut so deutlich sichtbar war. Und in ein weißes Pantha *gehüllt*, als ich in ihr Gesicht schaute, wurde die Erinnerung an meinen toten Sohn, der sich in meinen Armen nicht bewegte, wieder lebendig. Ich konnte nicht umhin, die auffallende Ähnlichkeit zwischen der Leiche meines toten Sohnes und diesem hilflosen, lebenden Kind, das schwach in meinen Armen lag, zu bemerken.

Ein Schauer lief mir über den Rücken. Ich wusste, dass ich dieses Kind irgendwie retten musste.

Zwischenspiel

"Es war eine gescheiterte Ehe", sagte meine Mutter. "Sie konnte nicht mit ihren Schwiegereltern in diesem Haus leben. Es war ein Irrenhaus. Es war alles gut für ein paar Monate, weißt du, die Flitterwochenphase. Aber bald geschah das Unvermeidliche genau so, wie es dein Großvater vorhergesagt hatte. Sie stritt sich mit ihrem Mann und sie kämpften jeden Tag miteinander wie Katzen und Hunde. Sie beschwerte sich immer wieder bei meiner Mutter, dass sie in einem einzigen Zimmer leben musste, in einem Wohnzimmer, einem Esszimmer, einer Küche, alles in einem. Sie musste separat für sich selbst kochen, da sie nicht die Art von Mahlzeiten essen konnte, die sie einnahmen. Das Geschäft ihres Mannes hatte enorme Verluste erlitten und sie hatte ein krankes Kind, um das sie sich ganz allein kümmern musste. Also fing sie an, die meiste Zeit in unserem Haus mit deiner Großmutter zu verbringen, nachdem ihre Tochter geboren wurde, und hier wuchs meine Cousine hauptsächlich auf."

"Aber auch Großmutter sah sich all diesen Dingen gegenüber und schlimmer nach ihrer Ehe, nicht wahr?" Ich habe gefragt. "Großvater war damals auch sehr beschäftigt. Sie verlor zwei Kinder und so viele ihrer Lieben. Sie musste kochen und putzen und alle Aufgaben erledigen, obwohl sie selbst krank und schwanger war." "Ja, das hat sie", antwortete meine Mutter. "Aber sie wurde nach der Geburt meines Bruders von der Familie meines Vaters akzeptiert und meine Großmutter arbeitete danach so gut sie konnte mit ihr zusammen. Aber bei meiner Tante war es ganz anders. Sie hatte niemanden, der ihr beistand oder ihr bei der Bewältigung der Dinge half. Außerdem sind meine Mutter und meine Tante zwei sehr unterschiedliche Menschen. Meine Mutter hat immer geschwiegen und versucht, sich an verschiedene Situationen anzupassen und anzupassen. Meine Tante konnte es nicht. Und meine Mutter war im Gegensatz zu meiner Tante immer sehr freundlich zu den Menschen. Sie ist sehr leise gesprochen und angenehm für alle. Deshalb liebten sie alle. Sie hatte immer ein Lächeln für Menschen, auch für Menschen, die ihr Unrecht getan hatten. Egal, was sie drinnen fühlte, sie ließ es nie auf ihrem Gesicht erscheinen, weshalb sich sogar alle lästigen Geschwister deines Großvaters sehr bald nach ihrem Umzug in das Bidyalanka-Haus für sie erwärmten."

Ich sagte: "Ich kann aus allem, was du mir erzählt hast, verstehen, dass meine Großmutter unterwürfig und fügsam war, weshalb die Leute sie mochten. Sie konnten überall auf ihr herumlaufen. Sie ertrug, was auch immer sie durchmachte, und war immer noch warm für alle. Es ist einfach, Leute zu mögen, die so sind, weil sie dich nicht für deine Fehler zur Rechenschaft ziehen. Andererseits war ihre Schwester eine laute und eigensinnige Frau. Sie wollte sich die Dinge nicht gefallen lassen und war ganz ehrlich zu ihren Gefühlen. Sie konnte für sich selbst einstehen und für das kämpfen, was sie für richtig hielt. Was für eine Frau ihrer Zeit durchaus bewundernswert ist, wenn Sie mich fragen." Aber sie war auch extrem kasteistisch und ziemlich undankbar.

Sie war auch arrogant, weil sie gut ausgebildet war und Englisch sprechen konnte. Sie fand es akzeptabel, auf deinen Großvater herabzusehen, der sehr jung die Schule abgebrochen hatte."

Ich antwortete: "In der Tat habe ich das Gefühl, dass, wenn mein Großvater nicht so erfolgreich und beliebt gewesen wäre, wenn er sie nicht vor dem finanziellen Untergang gerettet hätte, ihre Familie sich nicht einmal die Mühe gemacht hätte, ihn zweimal anzusehen. Nur wegen seines Ruhms und Geldes behandelten sie ihn anders. Andernfalls wäre er nur eine weitere dunkelhäutige, niedere Kaste, eine ungebildete Person, die für sie keine Bedeutung hat."

"Das ist eine ziemlich genaue Einschätzung", sagte meine Mutter. "Aber was mich sehr ärgert, ist die Tatsache, dass selbst nachdem er

war reich und berühmt und erfolgreich, auch nachdem er sich bemüht hatte, ihnen zu helfen, in ihrer Stunde der Not zu ihnen stand, alle Beziehungen zu seiner eigenen Familie abbrach, war seine Kaste immer noch wichtig für sie ", fuhr ich fort. "Dein Großvater wollte keine kontaminierte Blutlinie, aber es war in Ordnung, auf unbestimmte Zeit Hilfe und finanzielle Unterstützung von einer Person aus einer niedrigeren Kaste ohne Skrupel zu erhalten. Ihre hochkastige Tante war froh, von einer niederkastigen Person versorgt zu werden, die in dem Haus lebte, das er baute, und dann nach dem Scheitern ihrer Ehe in dasselbe Haus zurückkehrte, aber sie hatte keine Bedenken, den Großvater mit ihren kasteistischen Bemerkungen lächerlich zu machen, als er versuchte, ihren Rat anzubieten. Egal, was du getan hast oder wie erfolgreich du warst, du würdest immer noch von Leuten verspottet werden, wenn du einer niedrigeren Kaste angehörst. Und das geht auch heute noch so."

"Dein Großvater war immer noch ein Vaishya", fügte meine Mutter hinzu. "Denken Sie an die Art von Folter, die die Dalits damals durchgemacht haben, besonders die

Dalit-Frauen. Tatsächlich lebte eine Dalit-Familie gegenüber vom Haus deines Großvaters und dein Großvater war mit ihren Söhnen befreundet, da sie im gleichen Alter waren. Sie spielten oft zusammen, aber meine Großmutter war nicht allzu erfreut, wenn sie jemals hörte, dass er bei ihnen aß oder Wasser trank. Sie würde ihn dazu bringen, sich zu waschen, nachdem er mit ihnen gespielt hatte. Erst danach durfte er sein eigenes Haus betreten."

"Also haben selbst die Menschen, die selbst von den höheren Kasten diskriminiert wurden, freiwillig andere diskriminiert."

"Ja", antwortete meine Mutter. "So war es schon immer." "Warst du auch mit so etwas konfrontiert?» Ich habe sie gefragt. «» Nicht in diesem Ausmaß «, sagte meine Mutter."

Aber es gibt eine Art sofortiges Profiling, das passiert, wenn Leute aus höheren Kasten dich ansehen. Sie betrachten Ihre Hautfarbe, Ihre körperlichen Merkmale und haben Sie bereits kategorisiert. Dann, wenn sie deinen Nachnamen hören, sagt dir der Blick auf ihren Gesichtern, egal wie subtil, genug. Meine Klassenkameraden, die aus wohlhabenden Familien stammten, gaben mir immer das Gefühl, dass ich nicht einer von ihnen war, dass ich nie einer von ihnen sein konnte."

"Ich verstehe", nickte ich traurig. "Es tut mir wirklich leid, dass du das alles durchmachen musstest."

"Das ist in Ordnung", lächelte meine Mutter. "Es hat mich zu dem gemacht, was ich heute bin. Wenn du hübsch bist und aus einer unterstützenden, gut zu erledigenden Familie kommst, die dir hilft, zu wachsen, stehst du bereits über anderen, die diese Dinge nicht haben. Das ist eine bittere Wahrheit. Familie ist das stärkste Backup, das man haben kann. Und hübsches Privileg ist auch eine echte Sache. Ich hatte keines dieser Dinge. Also musste ich viel härter arbeiten, um aufzufallen und mir einen Namen zu machen. Aber es hat mir geholfen, meinen Charakter aufzubauen."

"Ich habe alles", murmelte ich und erkannte, dass ich nie das durchmachen musste, was sie hatte. Aber es erfüllte mich nicht mit einem Gefühl der Erleichterung. Im Gegenteil, es erfüllte mich mit einem tiefen Gefühl der Traurigkeit. »Ich weiß nicht, was ich sagen soll, Mutter. Mein Leben ist so anders. Denkst du jemals an mich als einen von euch? Oder denkst du, ich werde mich nie wirklich einfühlen können, weil ich noch nie eines der Dinge erlebt habe, die du, Vater, Großvater und Großmutter getan habt? Sollte ich dieses Buch überhaupt schreiben? Ich weiß es nicht."

"Was sagst du da, Dummkopf?", antwortete meine Mutter lachend. "Wir freuen uns alle sehr für dich! Ich bin froh, dass ich dir das Leben geben konnte, das ich

wollte. Ich möchte nicht, dass du das durchmachst, was ich getan habe. Niemand will das für sein Kind."

"Es geht nicht darum, für mich glücklich zu sein, Mutter", antwortete ich. "Ich habe das Gefühl, dass ich nicht gut genug bin, um diese Geschichte zu schreiben. Vielleicht habe ich nicht die Tiefe oder das Verständnis, das erforderlich ist, um richtig in euer ganzes Leben einzutauchen... oder um all die Nuancen zu verstehen, die in den Aufbau eurer Charaktere eingeflossen sind. Wir besetzen so krass unterschiedliche Welten."

"Ich verstehe, was du sagst", sagte meine Mutter. "Du hast Angst vor Falschdarstellungen. Du hast wahrscheinlich auch Angst, in deinen Konten voreingenommen zu sein, weil du uns so nahe stehst. Aber ich glaube, und dein Großvater auch, dass du die beste Person bist, um dieses Buch zu schreiben."

"Wie?", fragte ich sie. "Wie kommst du darauf?"

"Frag mich nicht wie", sagte sie. "Wir wissen es einfach. Du warst schon immer ein sehr sensibles Kind. Du hast ein scharfes Auge und eine Art kritische Einsicht, die selbst ich nicht habe. Du hast uns alle seit zwei Jahrzehnten aus nächster Nähe gesehen. Du bist es wert! Du bist würdig, weil dein Großvater dir die Geschichte seines Lebens anvertraut hat, nicht jemand anderes. Du kannst jetzt nicht zurückweichen."

"Ich werde nicht zurückweichen", sagte ich zu ihr. Aber ich war nicht überzeugt von allem, was sie gesagt hatte. Jetzt mehr denn je, nachdem ich all ihre Geschichten gehört hatte, konnte ich verstehen, wie privilegiert ich immer gewesen war. Meine eigenen Probleme fingen an, mir so klein zu erscheinen. Ich wollte dieser Welt so viel mehr zurückgeben, als ich erhalten hatte.

Aber die Zeit lief ab, also beschloss ich, meine Aufmerksamkeit wieder darauf zu lenken, wo wir waren, bevor ich abgeschweift war: "Sag mir etwas, wie hat mein Großvater reagiert, als deine Tante nach der Geburt ihrer Tochter zurückkam?"

"Er hat überhaupt nicht reagiert", antwortete meine Mutter. "Er hat nichts gesagt. Vielleicht war er vom hilflosen Zustand meines Cousins berührt. Aber gleichzeitig konnte er meiner Tante nie wieder warm sein. Seine Wärme war nur meinem wachsenden Cousin vorbehalten. Sein Vorgesetzter hatte natürlich keinen Erfolg in seinem Elektrogeschäft. Er kam auch hierher zurück und bat deine Großmutter um Geld für die Operation meines Cousins, und deine Großmutter rannte jedes Mal zu deinem Großvater und bat ihn um Hilfe. Die medizinischen Kosten waren exorbitant, aber dein Großvater hat die meisten davon bezahlt."

"Und soweit ich weiß, hilft er ihnen immer noch, nicht wahr? Bezahlt den größten Teil ihrer medizinischen und alltäglichen Ausgaben.'

"Ja", antwortete meine Mutter. "Fast dreißig Jahre sind vergangen, seit meine Tante geheiratet hat, und es ist immer noch dasselbe. Aber sie haben auch ihren Fehler erkannt und Wiedergutmachung geleistet. Sie sind immer für uns da, wann immer wir sie brauchen. Der Mann meiner Tante hat sich bemüht, uns in schwierigen Zeiten zur Seite zu stehen. Seine Beziehung zu meiner Tante war jedoch nie erfüllend. Sie sagt, sie sei die unglücklichste Frau auf dem Planeten und ihr Leben sei nichts als ein Tal der Tränen gewesen. Sie spricht kaum mit ihrem Mann, obwohl sie unter dem gleichen Dach leben und wenn sie es tun, kämpfen sie am Ende. Ihr Haus ist verfallen, die wenigen überlebenden Mitglieder dieser Familie sind nie in Frieden miteinander. Und derjenige, der von all dem am schlimmsten betroffen ist, ist mein Cousin. Natürlich nicht ihre Schuld. So wärst du auch aufgewachsen, wenn du immer gesehen hättest, wie deine Eltern jeden Tag mit Zähnen und Nägeln kämpfen."

"Das alles tut mir so leid", sagte ich zu ihr. "Sie hat ein solches Leben sicherlich nicht verdient. Aber warum hat Großmutter nie Einwände gegen das Fehlverhalten ihrer Schwester erhoben?"

"Sie wusste nicht, wen sie verteidigen sollte", antwortete meine Mutter. "Sie wollte, dass ihre Schwester heiratet, um einen Teil der Last von den Schultern deines Großvaters zu nehmen."

"Warum konnte sie sie nicht mit der gleichen Begeisterung davon überzeugen, stattdessen einen Job zu bekommen? Die Ehe war nicht die einzige Lösung und Frauen hatten damals einen Job. Auch ihre Stiefmutter war, soweit ich weiß, eine berufstätige Frau. Deine Tante hatte ihren Abschluss bei Lady Brabourne gemacht, richtig?"

"Nein, meine Mutter hat Lady Brabourne abgeschlossen", korrigierte sie. "Meine Tante hat ihren Abschluss in Bethune gemacht."

"Warum hat sie dann nicht nach einem Job gesucht?"

"Sie hatte Jobs, aber das war, nachdem sie geheiratet hatte", antwortete meine Mutter. "Denken Sie auch daran, dass die Dinge zu ihrer Zeit ganz anders waren. Es war nicht so einfach für Frauen, in kleinen Städten Arbeit zu finden. Einen Job in Kalkutta zu bekommen, war vergleichsweise einfacher. Und meine Tante war weit über das ideale Heiratsalter hinaus. Sie war nur wenige Jahre jünger als meine Mutter, die seit über zehn Jahren verheiratet war. Zwei ihrer anderen Schwestern hatten ebenfalls vor Jahren geheiratet und Kinder bekommen. Aber sie war immer noch unverheiratet. Bald engagierte sie sich ernsthaft mit dem Manager meines Vaters. Und die Menschen schauten damals in der Regel vor der Ehe auf solche Beziehungen herab. Meine Mutter machte sich große Sorgen um sie. Sie war sich sicher, dass ihre Schwester keine Chance mehr hatte, zu heiraten. Gleichzeitig war sie auch stark von deinem Großvater abhängig. Sie wusste nicht, auf wessen Seite sie stehen sollte."

"Ich verstehe."

"Sie hat viel für unsere Familie getan", wechselte meine Mutter das Thema. "Deine Großmutter, meine ich. Sie hatte alle notwendigen Qualifikationen, aber sie opferte mehrere Stellenangebote, weil sie sich um ihre Familie kümmern musste. Sie war sich der Tatsache bewusst, dass mein Vater extrem beschäftigt war, und wie die meisten Frauen ihrer Zeit glaubte sie, dass nur ein Mann, der eine sichere Familie hat, hinausgehen und seinen Träumen Flügel verleihen konnte. Wenn sie mir nicht geholfen hätte, dich großzuziehen, wäre ich nie in der Lage gewesen, meine eigene Karriere aufzubauen. Aber sie tat alles auf Kosten ihres eigenen Lebens und ihrer Karriere. Als ich jung war, konnte ich sie überhaupt nicht verstehen, aber als ich aufwuchs und besonders nach deiner Geburt, verstand ich, wie wichtig sie in unserem ganzen Leben war."

"Ja, ich weiß. Sie war auch immer für mich da. Wann immer ich sie brauchte, war sie da und bereit, alles zu tun, um meine Bedürfnisse zu erfüllen. Ich weiß nicht, was ich ohne sie oder Opa tun werde." Der Kloß in meiner Kehle pochte. "Ich sehe sie jeden Tag älter und schwächer werden. Und es erinnert mich immer wieder daran, dass sie nicht für immer bei uns sein werden. Ich weiß nicht, wie mein Leben aussehen wird, wenn sie weg sind. Dieses Haus wird sich nicht mehr wie zu Hause anfühlen."

"Denk nicht an all das, Liebes", sagte meine Mutter liebevoll. "Schätze die Gegenwart. Du kannst dir nie sicher sein, was die Zukunft angeht."

"Mutter, glaubst du an das Leben nach dem Tod?" Ich fragte sie einen Moment später.

"Ich weiß es nicht wirklich", antwortete meine Mutter. "Wer weiß, was da draußen ist? Aber eine Sache, an die ich fest glaube, ist Karma. Wie du säst, so wirst du ernten."

"Es gibt noch etwas, das ich wissen möchte." Ja, was willst du wissen?"

"All diese Dinge... ich meine, diese Sabotagen und Täuschungen, diese Familienstreitigkeiten, sie hatten Auswirkungen auf Großvaters Gesundheit, richtig?"

"Auf jeden Fall", antwortete meine Mutter. *"Bevor sein Herzschrittmacher installiert wurde, wurde er während der Arbeit oft ohnmächtig. Der Stress war enorm und er konnte es nicht ertragen. Als er zum Arzt ging, machte er bestimmte Tests und stellte fest, dass er an einer Blockade im linken Bündel seines Herzens litt. Der Arzt schlug vor, dass er einen Herzschrittmacher installieren lassen sollte, aber er sagte auch, dass Ihr Großvater nicht in der Lage sein würde, mit Hochspannungsstrom mit einem Herzschrittmacher in ihm zu arbeiten. Also hat dein Großvater es jahrelang verschoben, bis er kurz vor einem Herzinfarkt stand und zu*

B.M. Birla Krankenhaus sofort."

"Und dann wurde der Herzschrittmacher installiert."

"Ja", antwortete meine Mutter. *"Aber er hörte nicht auf den Rat des Arztes. Er arbeitete weiter mit Hochspannungsstrom. Tatsächlich ging er an dem Tag, an dem er nach der Installation des Herzschrittmachers aus dem Krankenhaus entlassen wurde, zur Arbeit in den Boys'Sporting Club, da er dort eine wichtige Aufgabe hatte."*

"Bist du sicher, dass er ein Mensch und kein Cyborg ist?" Meine Mutter kicherte.

"Er ist ein Mensch, in Ordnung", antwortete sie. *"Er hat einfach das Zeug dazu. Dein Großvater war schon immer unheimlich ehrgeizig. Seine Preise waren immer höher im Vergleich zu den anderen Lichtkünstlern. Er verlor also mehrere Verträge an sie, machte aber nie Kompromisse beim Preis oder der Qualität seiner Arbeit oder der Originalität seiner Ideen. Er sagte mir, ich solle mich nie mit weniger zufrieden geben, als ich glaube, verdient zu haben. Dadurch fand er immer wieder Menschen, die sich für Qualität interessierten und es somit nie an Projekten mangelte. Dies half ihm, sowohl ein Qualitätskünstler als auch ein erfolgreicher Geschäftsmann zu sein."*

"Ich verstehe. Aber es gab andere Lichtkünstler, die die Arbeit, die er begann, lernten und ihr eigenes Unternehmen gründeten, richtig? Die Branche wuchs recht schnell. Aber warum war es immer Großvater, der die meisten Verträge erhielt, obwohl es später mehrere andere Leute gab, die die gleiche Art von Arbeit verrichteten?"

"Das lag daran, dass die meisten anderen Künstler und Auftragnehmer billigere Rohstoffe und weniger Miniaturen verwendeten, um ihre Kosten zu senken. Sie haben nie ganz ins Schwarze getroffen. Die Arbeit Ihres Großvaters war dagegen sehr künstlerisch, seine Ideen waren gesellschaftlich relevant. So erhielt er immer

Kritikerlob. Außerdem basierten die Tafeln, die dein Großvater gemacht hat, auf einer Vielzahl von Themen, die überall für jeden Anlass verwendet werden konnten. Auf der anderen Seite machten die anderen Auftragnehmer, um ihn zu überstrahlen, während der Puja riesige Tafeln, die hauptsächlich auf regionalen Themen basierten, mit dem Effekt, dass Menschen außerhalb unserer Stadt oder unseres Staates keine Verwendung für diese Tafeln hatten. Ihre Themen würden sich als irrelevant für den Kontext herausstellen und der Stromverbrauch wäre angesichts der Größe ihrer Panels massiv."

"Also, würden sie diese Tafeln zerstören, nachdem sie ausgestellt wurden, und wieder neue erstellen?"

„Ja, sie müssten die meisten ihrer Platten komplett demontieren, um neue Aufträge aufzunehmen, und dadurch haben sie enorme Verluste erlitten. Einige von ihnen mussten ihr Geschäft aus Geldmangel sogar schließen. Sie hatten auch massive Arbeitsprobleme, da sie nicht in der Lage waren, die Gehälter zur richtigen Zeit zu zahlen. Dein Großvater hatte noch nie solche Probleme. Die Helfer, die während der Festivalsaison viele Stunden arbeiteten, wurden im Voraus bezahlt, damit ihre Familien nicht darunter litten, da sie sich wochenlang von ihnen fernhalten mussten. Er arrangierte auch vier quadratische Mahlzeiten für sie pro Tag und richtete eine separate Küche ein, die in der Hauptsaison für sie lief."

"Er hat sich um alles gekümmert, nicht wahr?"

"Das hat er. Er kümmerte sich mehr um seine Helfer als um sich selbst oder seine Familie. Er vergaß oft seine Mahlzeiten, achtete aber immer darauf, dass seine Helfer nicht hungrig wurden. Jetzt sind sie alle gut etabliert."

"Ich wünschte, ich wäre die halbe Person, die er war", seufzte ich. "Du musst bereit sein, dafür zu arbeiten."

"Ich weiß", murmelte ich. "Ich weiß."

Samragngi Roy

Die frühen 2000er Jahre

"SRIDHAR DAS ist FERTIG!" lauteten die Schlagzeilen einer lokalen Zeitschrift.
"ES IST DAS ENDE DER ÄRA DER CHANDANNAGAR-LICHTER!"
ein anderer verkündet.

Ich musste die Artikel nicht lesen. Ich wusste, was in ihnen geschrieben stand. Die Nachricht verbreitet sich schnell in einer kleinen Stadt.

Vor zwei Jahren hatte mir ein Journalist eine Frage gestellt, die ich nicht zufriedenstellend beantwortet hatte, und seitdem quält sie mich.

"Sir, denken Sie nicht, dass die übermäßige Wärme, die die Paneele abgeben, und die enormen Mengen an Strom, die sie verbrauchen, schädlich für die Umwelt sind? Hast du irgendwelche umweltfreundlichen Ideen, um so etwas entgegenzuwirken?"

Ich hatte ihm nicht antworten können. Also hatte er diese Frage aus dem veröffentlichten Interview herausgelassen. Für mich schien es jedoch eine große Niederlage zu sein. Der Journalist hatte einen gültigen Punkt gemacht und ich war über mich selbst überrascht, weil ich vorher nicht daran gedacht hatte. Es gab über hundert Puja-Komitees in Chandannagar, die reichlich für ihre Prozessionen ausgegeben haben. Jedes der Komitees durfte vier bis fünf LKWs ihre Lichtertafeln ausstellen, die zusammengenommen allein und nur für die Prozession zu etwa fünfhundert LKWs mit Lichtern kamen, mit Ausnahme der vier Nächte mit ständig leuchtenden Straßenlaternen. Wenn die traditionelle Methode solch massive Bedrohungen für die Umwelt darstellen würde, müsste sie sicherlich bald durch etwas anderes ersetzt werden. Mehrere Cottage-Industrien waren zuvor aus dem gleichen Grund geschlossen worden. Ich konnte meine Kunst nicht sterben lassen. Die Tausenden von Menschen, die in der Branche tätig sind, würden alle ihren Lebensunterhalt verlieren, wenn ich nicht bald an eine Alternative denken würde. Es gab mir schlaflose Nächte!

Ein Jahr später hatte ein Künstler namens Asim Dey einfache Paneele mit LED-Leuchten hergestellt. Und die Leute meiner Stadt spotteten, als sie seine Panels vorbeiziehen sahen, und es wurde nicht einmal als Teil des Wettbewerbs betrachtet. Ich war jedoch neugierig und rief ihn noch in dieser Nacht an, um mehr über die LED-Leuchten zu erfahren. Neue Innovationen im Bereich der Beleuchtung haben mich schon immer fasziniert.

"Sie verbrauchen viel weniger Strom", hatte er mir gesagt. "Sie sind extrem sicher. Sie können die Lichter auf den Panels berühren, während sie laufen, und Ihnen wird nichts passieren. Diese Leuchten sind vergleichsweise billiger und Sie müssen kein farbiges Zellophanpapier verwenden, da sie in verschiedenen Farben erhältlich sind und vernachlässigbare Wärme abgeben.'

»Das ist ausgezeichnet!«, hatte ich ihm fast vor Freude gesagt. "Das ist genau das, was wir jetzt brauchen!"

"Nun, dann bist du der Einzige, der so denkt", hatte er traurig geantwortet, sein Gesicht blass und verzweifelt.

Als ich an diesem Abend nach Hause ging, war ich in einer so hellen Stimmung, dass meine Frau mich misstrauisch ansah.

"Was ist los?", fragte sie mich beim Abendessen. "Du wirst nicht glauben, was heute passiert ist", sagte ich zu ihr.

"Alle meine Ängste sind endlich zu einem Ende gekommen. Ich habe endlich eine Alternative zu den 6.2 Miniaturen gefunden, die absolut sicher für die Umwelt ist!'

"Wo hast du es gefunden?"

"Asim hat dieses Jahr mit ihnen gearbeitet", informierte ich sie. "Diese Lichter werden LED genannt. Sie sehen aus wie Sterne! Ich werde sofort auf LED umsteigen."

"Mach diesen Fehler nicht", warnte mich meine Frau, anstatt mich zu ermutigen, und das kam überraschend.

»Warum?«, fragte ich sie.

"Die Leute hier lieben die 6.2 Miniaturen", sagte sie. "Diese Lichter sind die Essenz unseres Jagadhatri Puja! Ich glaube nicht, dass sie jemals in der Lage sein werden, LED zu akzeptieren. Außerdem habe ich von Asims Panels gehört. Haru und Gopal haben sie heute Abend ausgelacht. Ich möchte nicht, dass die Leute auch über dich lachen."

"Das liegt daran, dass sie nicht wissen, wie schädlich die Miniaturen sind", sagte ich zu ihr. "Wir müssen es allen sagen."

"Schau", sagte sie. "Du bist fast sechzig Jahre alt und hast alles erreicht, was du dir jemals im Leben gewünscht hast. Warum machst du jetzt keine Pause und diversifizierst dein Geschäft?'

"Bitten Sie mich, aufzugeben?" Ich fragte sie überrascht. "Nein, ich bitte dich nicht, aufzugeben", antwortete sie verärgert. "Aber ich möchte nicht, dass du am Ende deiner erfolgreichen Karriere deinen Ruf verlierst. Wenn Sie nicht mit Miniaturen arbeiten möchten, tun Sie es nicht. Tun Sie etwas anderes. Aber wechsle nicht zu LED. Ich will nicht, dass du zum Gespött wirst.' 'Das ist eine extrem egoistische Denkweise, Sumitra,'

Ich konnte nicht anders, als es zu sagen. "Du denkst nur an meinen Ruf. Was ist mit den anderen? Was ist mit den Tausenden von Menschen, die in dieser Branche tätig sind? Sie alle verlieren ihren Arbeitsplatz, wenn das Pollution Control Board eine Anordnung gegen die Verwendung von Miniaturen erlässt. Ich hätte vielleicht genug erreicht, um großzügig leben zu können, auch wenn ich jetzt aufhöre zu arbeiten, aber was ist mit diesen Leuten? Dies ist ihre einzige Lebensgrundlage."

Sie antwortete nicht, aber aus ihrem Gesichtsausdruck konnte ich verstehen, dass sie nicht sehr glücklich war.

"Was auch immer du sagst, ich werde zu LED wechseln", erklärte ich. "Und sobald ich den Grund für die Verschiebung erkläre, bin ich sicher, dass die Leute es verstehen werden. Und wenn sie es nicht tun, wird es nicht lange dauern, bis sie während der Pujas überhaupt keine Lichter sehen."

Ich wurde bald nach Rabindra Bhavan eingeladen, um Teil der großen jährlichen Preisverleihung zu sein, die von Morton Dairy organisiert wurde, und die Preise für Straßenlaternen und Prozessionen an die angehenden Lichtkünstler zu vergeben, die es in diesem Jahr an die Spitze geschafft hatten. Es war eine Sache von großem Stolz und Ehre für mich, als sie meine Füße berührten, als ich ihnen ihre wohlverdienten Auszeichnungen überreichte. Kurz bevor jedoch der Name des Gewinners bekannt gegeben wurde, jubelte eine Gruppe von Männern, die die ersten Reihen besetzten, Asims Namen, lachte untereinander und lenkte alle ab. Asims niedergeschlagenes Gesicht blitzte sofort vor meinen Augen auf und in der Hitze des Augenblicks konnte ich nicht anders, als in dieser Nacht eine Rede zu seiner Verteidigung zu halten, eine Rede, die unvorstellbare Folgen hatte.

"Ich möchte heute Abend allen Gewinnern gratulieren", begann ich. "Mögen Sie die ausgezeichnete Arbeit fortsetzen und sich bemühen, den Namen unserer Stadt zu verewigen. Aber es gibt noch etwas, das ich erwähnen möchte. Und es geht um meinen Freund Asim Dey, der dieses Jahr in Chandannagar die schönen LED-Panels vorgestellt HAT..."

Meine Rede wurde von einem Lachanfall der Elektroinstallateure und Lichtkünstler begrüßt, die die ersten Reihen besetzten. Sie dachten, ich würde einen Witz auf Asims Kosten machen, genau wie sie es getan hatten.

"Soweit ich weiß", fuhr ich fort. "Es gibt Tausende von Besuchern, die jedes Jahr von nah und fern in unsere Stadt kommen, um die Jagadhatri Puja zu erleben. In den späten 1900er Jahren gab es nur fünf oder sechs Lichtkünstler, die an der Beleuchtungsarbeit beteiligt waren, und nicht alle Puja-Komitees in Chandannagar nahmen an der Prozession teil oder entschieden sich für die Straßenbeleuchtung. Heutzutage werden Sie kein Puja-Komitee finden, das beides nicht tut. Die Situation ist jetzt anders. In diesem veränderten Szenario ist es also nicht sicher, die Vielzahl der Besucher den Risiken der 6.2-Miniaturen auszusetzen. Wir hatten jedes Jahr mehrere Unfälle, bei denen Menschen Elektroschocks von den Straßenlaternen erhielten, weil sie von der geschäftigen Menge gegen die Paneele geschoben wurden. Viele haben ihr Leben verloren, als sie versuchten, die schweren

Paneele an prekären Orten zu installieren. Außerdem müssen wir auch an die Umwelt denken. Die Wärmemenge, die die Miniaturen abgeben, ist für die Umwelt keineswegs unbedenklich. Daher bin ich persönlich der Meinung, dass wir alle Lichtkünstler Asims Führung folgen und auf LED umsteigen sollten, um eine sicherere und gesündere Puja-Umgebung zu schaffen."

"IST DER MANN VERRÜCKT?" Ich habe jemanden aus einer der ersten Reihen schreien hören.

Und Pandämonium folgte, wobei die Menschen, die gegensätzliche Meinungen äußerten, mit einer ganzen Menge Spott und Hohn konkretisiert wurden.

"Du kannst jetzt lachen", fügte ich hinzu, überrascht von der plötzlichen Wendung der Ereignisse. "Aber eines Tages wird nur noch LED in Chandannagar herrschen!"

Und seit diesem Tag war mein neuer Ruf Sridhar Das, der einst gefeierte, aber jetzt wahnsinnige Elektriker.

Als ich beschloss, die Veränderung herbeizuführen, begann ich mit LED zu arbeiten und bemerkte bald eine auffällige Veränderung in der Einstellung einiger meiner Helfer. Irgendwie schienen sie ein wenig trotzig zu sein. Sie betrachteten meine Entwürfe mit spürbarer Gleichgültigkeit. Ich fand sie oft zusammen gruppiert, wie sie miteinander flüsterten. Sie waren nicht bereit, auf ihre alten Gewohnheiten zu verzichten und etwas Neues zu lernen. Immer wenn ich einen Befehl erteilte, taten sie oft so, als hätten sie mich nicht gut gehört. Als sie mit mir sprachen, konnten sie mir nicht in die Augen sehen. Jetzt ging es nur noch ums Geld. Solange sie ihre Gehälter pünktlich bezahlt bekamen, ging es ihnen gut. Viele von ihnen verließen schließlich meine Anstellung und schlossen sich den anderen Künstlern und Auftragnehmern an, die noch mit den bewährten Methoden der Straßenbeleuchtung arbeiteten.

Meine Nachbarn haben mich durchschaut. Meine alten Freunde winkten mir nicht mehr auf der Straße zu. Es schien, als hätten die Leute, die sich zuvor als meine Gratulanten bezeichnet hatten und den ganzen Tag über mein Haus drängten und Tonnen von Snacks und Gallonen Tee verschlangen, die Leute, denen ich aus dem Weg ging, um zu helfen, sei es mit Geld oder Ratschlägen, und die nie etwas anderes als Freundschaft und Liebe erwarteten, plötzlich ihre Meinung geändert. Sie erkannten mich kaum noch. Einige meiner Brüder waren begeistert. Meine Mutter war kalt in ihrem Grab. Wäre sie am Leben gewesen, hätte sie sicher selbst gerne ein paar Zeilen zu den abfälligen Kolumnen in den Zeitungen beigetragen. Die einzigen Leute, die mir die ganze Zeit zur Seite standen, waren meine Busenfreunde Vikash und Parashuram und meine liebsten Jungs Rustom und Mustafa. Komisch, dass sich nur in Krisenmomenten wahre Farben zeigen.

Ich war eines Tages zur Chandannagar Municipal Corporation gegangen, um meinen lieben Freund Amiya zu treffen, und dort wurde ich mit der Art von Behandlung konfrontiert, die ich mir nie hätte vorstellen können, zu der die Leute in der Lage waren. Die Leute, die von ihren Sitzen sprangen, wenn sie mich sahen, waren jetzt zu sehr in ihre Arbeit und ihren Tee vertieft, um auf mich aufmerksam zu werden. Alle waren sehr auf die rot aufgedruckten Akten auf ihren Tischen bedacht und boten mir widerwillig einen Stuhl und eine Tasse Tee an. Sie waren zu beschäftigt, um mit mir zu sprechen oder eine meiner Fragen zu beantworten. Mein Freund, der Bürgermeister, begrüßte mich jedoch herzlich und war wie immer äußerst gastfreundlich.

Eines Tages, als ich mit etwas Kuchen und Snacks für meine Arbeiter auf dem Weg zu meiner Fabrik war, sah ich mich selbst an den Außenwänden meines Hauses bemalt, reduziert auf eine lächerliche Karikatur mit einem kahlen Kopf, einer außergewöhnlich langen und stumpfen Nase und anderen übertriebenen körperlichen Merkmalen, die LED-Fäden anstelle von Kleidung trugen. Daneben stand ein unvorsichtig geschriebener bösartiger Reim, der mich für geistig instabil erklärte. Mein Freund Vikash, zusammen mit ein paar meiner Jungs, schrubbte die hartnäckige Farbe den ganzen Morgen. Ich ertrug alles in diesem Moment, aber die Tränen, die ich an diesem Nachmittag ganz allein in meinem Zimmer vergossen hatte, reichten aus, um die gesamte Wand sauber zu waschen.

"Hör zu", sagte mir Vikash eines Tages und sah mir tief in die Augen. "Du gibst alles für eine LED-PROZESSION im nächsten Jahr. Mache etwas anderes, etwas Revolutionäres mit LED. Etwas, das sie noch nie zuvor gesehen haben. Ich weiß, dass du es schaffst. Sie müssen sich keine Sorgen darüber machen, was zu Hause vor sich geht. Wir werden es schaffen."

"Ich bin wirklich fertig, nicht wahr?", war alles, was ich sagen konnte. "Das bist du nicht!", schüttelte er meine Schultern gut. "Du

sind noch nicht vorbei! Das kannst du nie sein. Du bist der Pionier, mein Freund!"

'Hah! Pionier!" Ich seufzte und lachte über mich selbst. "Sie kennen Lichter, weil du ihnen beigebracht hast, was

lichter sind und was sie können!" Vikash fuhr fort. "Sie hätten sich um nichts davon gekümmert, wenn du dieses Phänomen nicht überhaupt erst begonnen hättest. Sie wären noch in den 1960er Jahren mit ihren Röhrenlampen und Glühbirnen stecken geblieben. Jetzt möchten Sie eine Veränderung einführen, eine positive Veränderung, indem Sie über ihre Sicherheit und die Umwelt nachdenken. Sie mögen es nicht, weil sie noch nicht wissen, was es ist. Es gibt ein berühmtes Sprichwort, dass ein Prophet in seinem eigenen Land nie geehrt wird. Du musst es ihnen zeigen, Sridhar! Du musst ihre Augen für die Wunder öffnen, die man mit LED machen kann."

"Glaubst du, ich kann das tun?" Ich fragte ihn, zweifelhaft. »Wer sonst?«, lachte er. 'Sie haben diese Frage nicht gestellt

bevor Sie diese Lichter unter Wasser leuchten ließen, oder? Du hast mir damals nicht einmal zugehört! Du hast getan, was du tun wolltest, unabhängig davon, was die Leute über dich dachten oder sagten."

"Damals war es anders, Vikash", sagte ich ihm. "Ich war damals ein Niemand. Niemand hat mich ernst genommen oder was auch immer ich getan habe. Ich war noch im experimentellen Stadium, wo ich schief gehen konnte, ich Fehler machen konnte und es niemanden wirklich kümmerte. Aber das kann ich nicht mehr. Jeder kennt mich jetzt. Sie haben mich alle im Auge. Es ist, als wäre ich immer im Rampenlicht und alles, was ich tue, wird unerbittlich überprüft. Es gibt Leute da draußen, die auf eine Gelegenheit warten, mich im Nachteil zu erwischen, damit sie all ihre Bitterkeit ausspeien können."

»Unruhig liegt der Kopf, der die Krone trägt, mein Freund«, sagte Vikash. "Du musst es akzeptieren. Halten Sie den Kopf hoch und tun Sie, was Sie wollen. Es ist egal, was die Leute sagen! Wenn du denkst, dass du auf dem richtigen Weg bist, bleibst du auf diesem Weg. Merkt euch meine Worte, es wird ein Tag kommen, an dem sie ihre Wege aufgeben müssen, um euren zu folgen."

Ich beschloss, Vikashs Rat zu befolgen und etwas Innovatives mit LED zu machen. Und so seltsam es auch erscheinen mag, meine Vorgehensweise wurde mir teils im Traum und teils durch eines der Bücher offenbart, die meine Enkelin gerne las, ein Buch mit Kinderreimen, vollgepackt mit hellen, farbenfrohen Bildern und lustigen Geschichten in Form von eingängigen kleinen Gedichten.

Eines Nachts ging ich ins Bett und träumte von einer Prozession. Ich stand am Straßenrand, beschäftigt mit meinen Gedanken, wie ein Lastwagen nach dem anderen, geschmückt mit wunderbar beleuchteten 6.2 Miniaturpaneelen, die vor meinen Augen vorbeifuhren. Ich starrte sie eine Weile liebevoll an, aber bald begannen die Dinge schief zu laufen. Plötzlich, aus dem Nichts, rückte ein riesiger Clown aus Miniaturen auf mich zu. Gerade als es an mir vorbeikam, hielt der Lastwagen direkt vor mir mit einem schrecklichen Geräusch an, das meine Ohren klingeln ließ. Und der Clown, der die ganze Zeit repariert worden war, drehte langsam und unheimlich seinen Kopf zu mir...

Die Menschen um sie herum blieben stumm, als die großen, gelben Augen direkt in meine schauten und mit einem grässlichen Licht starrten. Bald brach es in einen Anfall von überirdischem Lachen aus, enthüllte eine Reihe außergewöhnlich großer Vorderzähne und ließ mich von Kopf bis Fuß unkontrolliert zittern. Die Leute, die die Prozession die ganze Zeit beobachtet hatten, folgten nun der Führung des Clowns wie unter dem Einfluss von Magie. Sie lachten mich auch aus, verspotteten mich, verspotteten mich, äußerten boshafte Bemerkungen und obszöne Obszönitäten. Ein Schauer körperloser Stimmen summte bald wie ein Heuschreckenschwarm um meinen Kopf, und als ich versuchte, meine Ohren mit meinen Fingern zu verstopfen und meine Augen zu schließen, zerschlugen sie meinen Körper wie ein Strom von Kugeln aus einer Schrotflinte.

Doch dann kamen sie alle zum Stillstand und die Stille wurde wieder hergestellt. Ich öffnete meine Augen halb ängstlich, halb neugierig zu sehen, was all diese Stimmen zum Schweigen gebracht hatte, und ich wurde von der hypnotisierenden Figur einer Fee mit silbernen Haaren, die wie Diamanten funkelten, und einem seltsam gestalteten Zauberstab in ihrer Hand überrumpelt. Es war etwas anderes an dieser Figur. Es bestand nicht aus Miniaturen. Es bestand aus Lichtern, die eine makellose sternförmige Qualität hatten und sanft, ruhig und mild in den Augen waren. Die Silberfee leuchtete so strahlend, dass der boshafte Clown unter der Aura ihres Lichts schwand, bis es schließlich verschwand, und dann ließ sie mit einem Schlag ihres Zauberstabs alle Menschen verzaubert vor sich niederknien.

Dann drehte sie sich um und verneigte sich respektvoll vor mir. Und da bin ich mit einem Start aufgewacht.

Ich lag auf meinem Bett, meine Enkelin saß direkt neben mir, betrachtete ihr Lieblingsreimbuch und rezitierte ein paar davon laut auf Englisch. "Ich bin eine Feenpuppe auf dem Weihnachtsbaum. Jungs und Mädchen kommen und sehen mich an... Kommt und seht mich an, seht, was ich tun kann! Wenn ich es kann, kannst du es auch."

"Wann bist du aufgewacht?" Ich fragte sie, ein wenig überrascht. "Vor langer Zeit", antwortete sie mit großen, dunklen und glitzernden Augen. "Es ist fast 12 Uhr. Du hast alles geschlafen

morgens! Dida hat sich solche Sorgen um dich gemacht." "Ich war letzte Nacht bis 4 Uhr morgens wach ", sagte ich zu ihr.

"Ah, ich verstehe", antwortete sie. "Deshalb war dein Zimmer ganz rauchig, als ich eintrat. Jetzt verstehe ich."

Dann blätterte sie die Seite um, die sie gerade las, und fing an zu summen: "Kleine Miss Muffet... saß an einem Tuffet... aß ihren Quark und Molke..."

"Du liest immer noch dieses Buch?" Ich habe sie unterbrochen "Glaubst du nicht, dass du zu groß für Kinderreime bist?"

"Ich übe nur", antwortete sie und schnippte das glänzende, dunkelbraune Haar von ihrer Schulter. "Ich übe sie für meine kleine Schwester, die sich gerade im Bauch meiner Mutter versteckt. Mutter sagte, ich müsse ihr all diese Reime beibringen, bevor sie eins wird.

Siehst du? Ich habe eine große Verantwortung."

"Du willst eine Schwester?" Ich fragte sie liebevoll. "Was ist, wenn du einen Bruder bekommst?"

"Ähm... dann muss ich es einfach akzeptieren", zuckte sie mit den Schultern. "Selbst wenn ich einen Bruder bekomme, werde ich Gott dankbar sein. Zumindest muss ich nicht alleine sein, oder? Und ich denke, ich kann ihn mit Sicherheit zu einem weniger lauten Bruder erziehen. Ich werde ihn dazu bringen, ein paar gute Bücher zu lesen. Mein Bruder wird sich von anderen Jungs unterscheiden. Ich werde ihn Bonny nennen."

Und dann nahm sie ihren Reim wieder auf. "Da kam eine große Spinne, die setzte sich neben sie... und verängstigte Miss Muffet..."

Es folgte ein Gelächter.

"Warum lachst du?« Ich habe sie amüsiert gefragt. »Miss Muffet ist genau wie ich!«, sagte sie.

"Warum so?"

"Weil ich auch Angst vor Spinnen habe! Und sieh mal, Dadu, sie sieht mir auch sehr ähnlich! Nicht wahr?"

Und dann drückte sie mir das kleine Reimbuch an die Nase, damit ich die Ähnlichkeit zwischen ihr und der kleinen Miss Muffet bemerke und anerkenne. Da faszinierten mich die Zahlen auf den alten Seiten des Buches.

»Sieht sie nicht aus wie ich, Dadu?«, war sie ungeduldig zu erfahren. "Nicht wahr?"

"In der Tat!", antwortete ich begeistert. "Ihr seht fast aus wie Zwillinge!"

Ich habe das Glück in ihrem Gesicht nicht bemerkt, denn dann hatte ich eine weitere Gehirnwelle.

"Aber das Buch ist zu alt geworden", antwortete sie wehmütig einen Moment später. "Die Seiten sind fast abgelaufen. Ich bin mir nicht sicher, wie lange ich es aufbewahren kann. Kannst du etwas dagegen tun?"

"Hmm... lass mich nachdenken", mein Verstand arbeitete in einem Tempo, das er noch nie zuvor hatte. "Was ist, wenn ich diese Zahlen für dich aus dem Buch hole, huh?"

"Das ist unmöglich!"

"Nichts ist unmöglich", sagte ich zu ihr.

"Dann wäre das großartig, Dadu! Ich muss mir keine Sorgen mehr um die Seiten machen!'

"Und was ist, wenn ich sie dazu bringe, sich zu bewegen?"

"Nennen sie dich deshalb die Magierin?", fragte sie mich, ihre Stimme schrill vor Aufregung.

"Und was ist, wenn ich sie mit Lichtern mache, damit sie auch nachts leuchten können?"

»Kann ich sie in meinem Zimmer behalten?«, wollte sie wissen. "Ich glaube nicht, dass du das kannst, weil ich sie

wirklich groß! Und wenn ich Miss Muffet machen soll, müsste ich auch die Spinne machen. Möchtest du eine große, leuchtende Spinne in deinem Zimmer haben?"

"Oh nein! Ich kann nicht! Ich würde vor Angst sterben! Ich könnte nachts kein Auge zudrücken!« Sie umarmte mich aus eingebildeter Angst, ihre Haare kitzelten meinen Nacken. "Wie groß wird die Spinne sein?"

"Etwa dreimal so groß wie du", antwortete ich und beobachtete, wie sie vor Entsetzen nach Luft schnappte. "Aber keine Sorge, es wird dir nicht schaden! Ich werde dafür sorgen."

"Bitte tu es!"

"Würdest du mich dein Buch für eine Weile ausleihen lassen, Kleiner?" Ich fragte sie zärtlich.

"Natürlich! Natürlich!" Sie war extrem eifrig und gab mir sofort das Buch. "Alles für dich, Dadu!"

Ich war noch nicht fertig. Noch nicht.

    Es war nicht das Ende. Nur ein weiterer Anfang.

Zwischenspiel

Sie waren die besten Lichtmodelle, die ich je gesehen hatte! Ich hatte noch nie etwas so Schönes in meinem ganzen Leben gesehen. Ich quietschte vor Freude, als die Lastwagen an mir vorbeifuhren, unfähig, meinen Augen zu trauen. Er hatte den Charakteren aus meinem alten Reimbuch Leben eingehaucht! Und er hatte es auf eine Weise getan, die ich mir nie hätte vorstellen können. Eine fast zwei Meter hohe Kerze mit goldener und silberner LED war auf einem der Lastwagen zu sehen. Die schiere Brillanz seiner flatternden Flamme war fast blendend, als der alte Kinderreim "Jack, sei flink, Jack, sei schnell! Jack, spring über den Leuchter!", spielte auf der Soundbox. Da war der lebensechte Schatten des springenden Jack, der wunderschön auf einer Tafel dargestellt war, die direkt hinter der dreidimensionalen Kerze positioniert war.

Dann kam das riesige Schuhhaus aus dem Reim "Da war eine alte Frau, die in einem Schuh lebte", und es hatte diese kleinen Fenster und Türen, die so real aussahen, als mein Großvater in der Fabrik an seiner komplizierten Struktur arbeitete, dass ich davon geträumt hatte, dort ein oder zwei Tage zu leben. Ich hatte mich vom Reim gelöst und glaubte gerne, dass es im Haus eine Küche mit einem niedlichen kleinen Tisch, einem V-**Backofen**, *einem winzigen Kühlschrank und endlosen Gläsern mit Keksen, Donuts und Regenbogenstreuseln gab. "Ein perfekter Ort, um" Haus "zu spielen!" Ich hatte es meiner Mutter gesagt. Ich stellte mir auch gerne vor, dass Elfen nachts dort lebten und heimlich Schuhe in jeder Farbe und jeder Form herstellten, genau wie in der wunderbaren Geschichte "Der Schuhmacher und die Elfen".*

Es war fantastisch!

Mein Großvater hatte separate Kinderreime in separaten Lastwagen porträtiert. Nicht nur isolierte Charaktere, sondern komplette Kinderreime mit ihren separaten Einstellungen, separaten Charakteren, die sich alle bewegen und die Geschichten ausleben. Da war Miss Muffet, die ihren Quark und Molke aß, und eine riesige, sich bewegende Spinne, die sie aus ihrem Verstand erschreckte. Es gab einen schönen silbernen Stern aus "Twinkle, Twinkle Little Star" und Reihen von hübschen Häusern, die in den Tafeln dargestellt waren, über denen ein strahlend blauer Nachthimmel glitzerte. Und im Hintergrund spielten die Reime laut und deutlich.

Ich erinnere mich, dass mein Großvater mir die alte Kassette mit Kinderreimen geliehen hatte, die meine Mutter von Music World gekauft hatte. Anschließend nahm er jeden der Tracks auf separaten Kassetten auf. Jeder Truck hatte eine andere Spur und die Lichter zeigten die Geschichte von der Spur. Ich fand sie besser als die Disneyland-Licht- und Soundshows! Eine besondere Show in Disneyland, "The Flights of Fantasy", die ich selbst gesehen hatte, hatte nur Fokuslichter und Leute, die sich wie Figuren aus Märchen kleideten und zur Musik tanzten. Aber was Großvater tat, war anders. Er hatte sowohl Paneele als auch enorme mechanische Strukturen verwendet, die ausschließlich aus Lichtern bestanden, wie riesige, fluoreszierende, im Dunkeln leuchtende Figuren aus einem seltsamen, verzauberten Land.

»Erinnerst du dich, was du getan hast, als du die Spinne in seiner Fabrik gesehen hast?«, erinnerte mich meine Mutter.

"Das tue ich, das tue ich", nickte ich. "Es sah aus wie eine riesige Tarantel, die ihre Tentakel bewegt, und ich habe in all den zwanzig Jahren noch nie so laut geschrien wie beim ersten Mal. Nicht einmal, als eine echte Spinne auf mir gelandet ist."

"Er erhielt in diesem Jahr mehrere Auszeichnungen", erinnerte sich meine Mutter. "Das war das erste Mal, dass eine Prozession, die ausschließlich aus LED-Leuchten bestand, so viele Preise erhielt."

"Ja, aber er hat nicht die begehrtesten bekommen."

"Nein, diese Auszeichnungen gingen an die Künstler, die es auf traditionelle Weise getan hatten", antwortete meine Mutter. "Die meisten von ihnen hatten kein spezifisches Thema, sondern waren gigantische Strukturen, die vollständig mit 6.2 Miniaturen verziert waren, die gleiche alte Geschichte."

"Und zur gleichen Zeit im nächsten Jahr waren so viele Lichtkünstler auf LED umgestiegen. Jetzt ist LED alles, was wir haben."

"Das war seine genaue Vorhersage. Dass eines Tages LED in Chandannagar regieren würde. Er war gedemütigt, als er das sagte. Sie nannten ihn den "wahnsinnigen" Elektriker. Schau mal, wer jetzt verrückt ist!"

Da kündigte mein lautstarker Bruder seinen Eintritt in unseren friedlichen Haushalt an, indem er die Tür so heftig auftrat, dass die Fenster klapperten.

"Ich hatte einen schrecklichen Tag in der Schule!" Bonny beschwerte sich, als er seine Tasche mit einem Schlag auf den Boden fallen ließ.

»Oh, warum?«, fragte Mutter ihn.

"Es war zu heiß und ich hatte starke Kopfschmerzen! Ich ging in das Zimmer der Krankenschwester und sie gab mir etwas Medizin, aber es funktionierte überhaupt nicht."

"Du solltest sofort duschen gehen", sagte meine Mutter zu ihm. "Ich werde dir Medikamente geben, sobald du dein Mittagessen hast, und du kannst dich den ganzen Nachmittag ausruhen."

Er tat, was ihm gesagt wurde, aber er war unglaublich langsam und quälte meine Mutter, an diesem Abend seinen Mathematikunterricht abzusagen. Ich sah ihn misstrauisch an. Hatte er wirklich Kopfschmerzen? Oder war es nur eine seiner vollendeten Sick-Boy-Imitationen? Ich konnte es nicht sagen.

"Eine letzte Frage, Mutter, bevor ich gehe", sagte ich. "Ich war nicht in der Lage, eine Sache herauszufinden. Woher hat Opa die Ideen für seine mechanischen Figuren? Wie hat er gelernt, wie man sie herstellt?"

"Du solltest deinem Großvater diese Frage stellen", schlug meine Mutter vor.

Als ich später am Abend meinen Großvater fragte, woher er die Ideen für seine mechanischen Figuren habe, war seine Antwort faszinierend.

"Von Spielzeug", sagte er mir. "Spielzeug?"

"Ja", nickte er. "Wann immer ich auf ein Spielzeug stieß, das mir gefiel, kaufte ich es vom Markt und öffnete es mit meinen Schraubenziehern, um zu sehen, wie es funktionierte. Ich nahm alle Miniaturteile zur Kenntnis, die bei der Herstellung des Spielzeugs verwendet wurden, und konstruierte ähnliche mechanische Figuren mit größeren Teilen. Ich habe die Körper aus Masonit hergestellt, Löcher in sie gebohrt und die Lichter durch die Löcher befestigt, genau wie ich es anfangs mit den Paneelen getan habe, erinnerst du dich?"

"Ja, das tue ich", lächelte ich. "Also, das war's? Hast du all diese wunderbaren Ideen von Spielzeug?"

"Ja", antwortete er. "Der mechanische Zug, den ich baute, basierte auf einem Spielzeugzug, mit dem ich einen Sohn meiner Freunde spielen sah. Ich machte mehrere andere mechanische Figuren, die Nachbildungen von Spielzeug waren. Außerdem gab es andere Leute in Chandannagar, die solche Figuren gemacht *haben. Kashinath Neogi war eine solche Person, die mich inspiriert hat. Ich verbrachte Stunden in seiner Fabrik und er war immer so einladend."*

"Ich glaube, ich habe diesen Namen schon einmal gehört."

"Er ist ein äußerst qualifizierter Mann!" antwortete mein Großvater. "Er hat in unserer Zeit einen MTech-Abschluss gemacht, was damals nicht sehr üblich war. Die mechanischen Figuren, die er machte, waren außergewöhnlich. Wenn er arbeitete, erlaubte er niemandem in seiner Fabrik, duldete keine Unterbrechung. Aber ich war eine Ausnahme. Er liebte mich wie seinen eigenen und rief mich an, wann immer er etwas Neues machte. Er fragte nach meiner Meinung und begrüßte meine Vorschläge. Ich wiederum fragte nach seinen Ansichten zu den Projekten, an denen ich gearbeitet hatte. Wir hatten eine äußerst liebevolle Kameradschaft, in der wir uns gegenseitig geholfen haben, zu wachsen, indem wir voneinander gelernt haben.'

"Und heutzutage dreht sich alles um Wettbewerb."

"Es ist nicht so, dass wir in unserer Zeit keine Konkurrenz hatten", sagte Großvater. "Aber wir hatten auch unglaublich treue Freunde und Gratulanten."

"Apropos Gratulanten, erzähl mir von London, Dadu.

Hat dir nicht jemand geholfen, dorthin zu gelangen, um deine Lichter auszustellen? "Nandita", antwortete er mit einem Funkeln in den Augen. "Nandita

Palchoudhuri."

Der Name brachte mir eine Menge nebliger Erinnerungen in den Sinn, extrem angenehme.

"Ich erinnere mich an sie!", rief ich aus. "Ich war erst drei Jahre alt, als sie zu uns nach Hause kam, aber ich erinnere mich perfekt an sie."

»Sie ist die freundlichste Frau, der ich je begegnet bin!«, sagte Großvater. "Ich gebe dir ihre Nummer. Du musst sie kontaktieren."

Sommer 2001

Das Projekt in Irland war mein zweites internationales Projekt nach dem in Russland, aber es war meine erste internationale Reise. Ich war extrem nervös und beunruhigt bei dem Gedanken, mit Ausländern interagieren zu müssen. Ich kannte Englisch nicht, geschweige denn die irische Sprache! Ich konnte auf Hindi kaum Sinn machen. Bengalisch war die einzige Sprache, die ich fließend beherrschte. Außerdem war ich mir sicher, dass meine Lichter keine Chance haben würden, in einem fremden Land hervorzustechen. Sicherlich wären sie an feinere, ausgefeiltere Technologie gewöhnt, neben der meine armseligen Ramayana- und Diwali-Paneele, die mit einfachen Holzrollen arbeiten, lächerlich aussehen würden.

Ich sollte zwölf Tafeln in der opulenten Galerie der Queen's University in Belfast ausstellen. Nandita hat mich bei diesem Projekt begleitet. Tatsächlich war sie diejenige, die es mir zu einer Zeit angeboten hatte, als mein Leben ziemlich stagnierte und ich es satt hatte, immer wieder dasselbe zu tun. Ich war auf die Aussicht auf ein internationales Projekt gestoßen.

Nandita saß neben mir im Flugzeug und beruhigte mich ständig. "Sridhar Da, es wird absolut in Ordnung sein! Sie müssen sich überhaupt keine Sorgen machen. Alles, was sie wollen, ist, deine Lichter zu sehen!"

Selbst in diesem klimatisierten Fluggerät musste ich mir von Zeit zu Zeit den Schweiß von der Stirn reiben. Meine Jungs hingegen sahen sich ganz entspannt und ein wenig zu aufgeregt an, als sie die Hochglanzmagazine, die Kopfhörer, die TV-Fernbedienungen mit ihren verschiedenen Knöpfen inspizierten und alle zehn Minuten die Flugbegleiterinnen aufforderten, nach Wasser und anderen Dingen zu fragen.

"Schau, wie sie sich amüsieren!" Nandita flüsterte mir mit einem sanften Lachen zu. "Du solltest dich auch etwas lockern."

Ich war so nervös, dass ich kaum mit einem Lächeln antworten konnte.

Als wir jedoch am Flughafen Dublin landeten, passierte etwas, das meinen Erwartungen völlig widersprach. Eine Gruppe junger irischer Studenten der Queen's University stand mit großen Tabletts in der Hand am unteren Ende der Treppe. Zuerst stellte ich mir nicht einmal vor, dass sie für uns da waren, aber als ich die unterste Stufe erreichte, wurde ich überrascht, als sie mit diesen Tabletts auf mich zukamen. Auf diesen Tabletts hatten sie alles, was wir brauchten - Sweater, Jacken, Socken und Schuhe, Taschentücher, kleine Pflegesets und dergleichen für jeden von uns.

"Was ist los?", fragte ich Nandita verwirrt, als mich alle meine anderen Mitfahrer anstarrten. "Warum kommen sie auf mich zu?"

"Das liegt daran, dass sie für dich da sind!", funkelten ihre Augen vor Lachen. "Um dich mit Geschenken und Grüßen zu begrüßen!"

"Aber ich habe noch nicht einmal für sie gearbeitet!"

"Das spielt keine Rolle", antwortete sie. "Du bist den ganzen Weg aus Indien hierher gekommen. So wollen sie ihre Dankbarkeit ausdrücken."

Sie begrüßten unser Team herzlich mit Geschenken und Blumensträußen und führten uns zu ihren privaten Lieferwagen, die uns zur Universität bringen würden. Ich lächelte den ganzen Weg. Ich hatte keine Ahnung, was sie zu Nandita sagten. Aber sie sahen alle fröhlich aus und das hat mich auch aufgemuntert, und wenn sie lachten, lachte ich auch. Ich hätte nie erwartet, dass das irische Volk so warmherzig und gastfreundlich sein würde, weil ich immer den Glauben gehegt hatte, dass die Weißen auf uns herabblicken. Aber ich habe mich geirrt und das hat mich außerordentlich glücklich gemacht.

Die Galerie in der Queen's University, in der ich meine Lichter ausstellen sollte, war nichts, was ich je zuvor gesehen hatte. Im gesamten Auditorium wurden verschiedene Arten von Lichtern installiert. Es gab eine Reihe von Ein- und Ausgängen, eine zentrale Klimaanlage und unendliche Reihen von glänzenden Sitzen, die sich um mich herum erstreckten. Für einen Moment war ich absolut verzaubert!

"Was ist passiert, Sridhar Da?" Nandita hat mich gefragt. "Fühlst du dich nicht gut?"

"Ja, das bin ich", schaffte ich es zu antworten. "Ich habe noch nie ein Auditorium wie dieses gesehen!"

Sie lächelte und nickte.

"Dieses Auditorium wird viel besser aussehen, sobald Sie Ihre Paneele ausgestellt haben", ermutigte sie mich.

"Ich hoffe wirklich, dass es das tut."

Und sie hatte recht. Denn nachdem wir unsere Tafeln aufgestellt hatten, veränderte sich das Erscheinungsbild der Galerie völlig und die Schüler waren alle ehrfürchtig. Ich hätte fast vor Freude weinen können, als ich den Ausdruck schieren Erstaunens in ihren Gesichtern sah.

"So etwas haben sie auch noch nie gesehen", sagte Nandita, als das Programm begann.

Ein Team von Studenten stand in einer Gruppe in einiger Entfernung von meinen Tafeln und begann ihre Rezitation über das indische Festival von Diwali und die Geschichten aus dem Ramayana, die nachgebildet und auf meinen Tafeln dargestellt wurden.

Als die Lichtshow vorbei war, wurden uns Erfrischungen, Kaffee, Kekse, Sandwiches, winzige Flaschen Mineralwasser, wie sie uns im Flugzeug angeboten wurden, und verschiedene andere malerisch aussehende Köstlichkeiten angeboten, von denen ich nie wusste, dass sie existieren. Ein paar Schüler kamen zu mir und stellten mir Fragen. Nandita erklärte mir alle Fragen auf Bengalisch und übersetzte meine Antworten ins Englische, damit sie sie verstehen konnten. Sie war in diesem fremden Land völlig zu Hause und ich konnte nicht anders, als zu bewundern, wie fließend und selbstbewusst sie mit ihnen sprach. Was mich an den Iren überraschte, war ihre Neugier, ihr unermüdlicher Wunsch, mehr über die technischen Aspekte meiner Arbeit zu erfahren, ihre endlosen Fragen, wie ich Lichter unter Wasser leuchten ließ, und ich war erstaunt, wie leicht sie nervösen Ausländern wie mir mit ihren warmen, freundlichen Manieren ein Zuhause geben konnten. Sie alle schüttelten mir die Hand und klickten auf mehrere Bilder meiner Panels. Viele von ihnen ließen sich mit mir fotografieren und baten um meine Unterschrift auf kleinen Zetteln und winzigen Notizbüchern. Oh, es war so eine reizvolle Erfahrung!

Eine Woche später passierte etwas Lustiges und Unerwartetes. Ich musste wegen einiger unerledigter Angelegenheiten, die meine sofortige Aufmerksamkeit erforderten, dringend nach Indien zurückkehren. Nandita musste für den Rest der Veranstaltung zurückbleiben, weil sie diejenige war, die dafür verantwortlich war. Es gab zwölf riesige Paneele und eine ganze Menge anderer elektrischer Geräte, die zurückgebracht werden mussten. Also konnte ich auch keinen meiner drei Jungs bitten, mich vor Abschluss der Veranstaltung zurück nach Indien zu begleiten. Ich beschloss, ganz alleine nach Hause zu gehen.

Nun konnte ich kurzfristig keinen Direktflug zurück nach Indien bekommen. Ich musste die Reise über Heathrow abbrechen. Und hier fand ich mich in einer Essiggurke wieder, weil ich weder Englisch konnte, noch die Sprache viel verstand. Ich konnte nichts verstehen, nachdem ich in Heathrow gelandet war. Welchen Weg man geht, was zu tun ist, mit wem man spricht, welchen Flug man als nächstes nimmt, wie man zum Flugzeug kommt, ich hatte absolut keine Ahnung! Ich fragte mich, warum ich überhaupt daran gedacht hatte, so etwas zu tun. Aber ich hatte auch keine Alternative. Es war für Nandita unmöglich, die Veranstaltung auf halbem Weg zu verlassen, nur weil ich einige unerledigte Angelegenheiten zu erledigen hatte. Und selbst wenn mich einer meiner Jungs begleitet hätte, hätte es nicht viel geholfen, denn auch keiner von ihnen konnte Englisch. Es hätte zwei ahnungslose Menschen gegeben, die von Säule zu Säule am Flughafen Heathrow gelaufen wären, anstatt einer.

Doch gerade als ich die Hoffnung fast aufgegeben hatte, bemerkte ich an einem der Schalter eine Person, die einen Turban trug, und eilte zu ihm um Hilfe. In gebrochenem Hindi erklärte ich ihm meine Notlage und er erzählte mir geduldig in gebrochenem Bengali, was ich zu tun hatte. Er zeigte auf einen bestimmten Ort und bat mich, mich vor die Anzeigetafel zu setzen, auf meine Flugnummer und die Gate-Nummer daneben zu achten und dann dieses Gate zu nehmen, wenn ich dazu aufgefordert werde. Ich gehorchte ihm buchstabengetreu und befand mich bald auf dem richtigen Flug zurück nach Hause. Es war insgesamt ein sehr unvergessliches Erlebnis und ich war ziemlich stolz auf mich, als ich schließlich in Kalkutta landete.

Herbst 2003

Die Umgebung in London unterschied sich auffallend von der in Irland. Als Nandita mir das nächste Mal das Projekt für das Mayor's Thames Festival in London anbot, sprang ich auf die Möglichkeit ein und erwartete eine ähnliche Erfahrung wie in Irland. Aber ich fand Londoner weit davon entfernt, freundlich oder gastfreundlich zu sein, und ihnen fehlte die lebhafte Neugier des irischen Volkes. London war formeller und weniger warm. Ich kannte ihre Sprache nicht, aber ich konnte den Unterschied in ihrer Einstellung wahrnehmen. Der Kontrast war spürbar. Für das Festival haben wir ein beleuchtetes dreidimensionales Pfauenboot mit 6.2 Miniaturen gebaut. Es war alles Nanditas Idee und sollte die Ankunft der East India Trading Company in Indien symbolisieren. Dieser imposante Lastkahn war 25 Fuß hoch mit einem massiven Segel, fast 12 Fuß breit und verwendete 1,56.000 Lampen. Es sollte auf einem Pritschenwagen mit offenen Seiten durch London am Ufer der Themse entlang fahren. Der damalige britische Hochkommissar Sir Michael Arthur besuchte mein Haus in Kalupukur, Chandannagar, um einen Blick auf das Pfauenschiff zu werfen, das zwei Monate später in London ausgestellt werden sollte, während die gesamte Nachbarschaft um mein Haus strömte, um einen Blick auf die Europäer zu werfen. Sprechen Sie über Prioritäten!

Diesmal war ich nicht nervös. Meine Beteiligung am Projekt der Queen's University hatte mir die Augen geöffnet und mich ein wenig aufgelockert. Außerdem hatte ich sowohl Erfahrung als auch Geschick, die mich diesmal unterstützten.

Eines der besten Dinge an London war, dass ich dort einen Freund gefunden habe. Ein Elektriker-Kollege namens George, etwa fünfundfünfzig Jahre alt, rosa von Haut und blond, der oft in Lachanfälle ausbrach und permanent ein riesiges Grinsen auf den Lippen hatte. Er besaß einen riesigen Jeep, in dem man fast alle Arten von Instrumenten und elektrischen Ersatzteilen finden konnte, die jemals von Menschen hergestellt wurden! Immer bereit, uns auf jede erdenkliche Weise zu helfen, war er wie einer unserer eigenen Teamkollegen, so warmherzig und gut gelaunt, dass der bloße Anblick von ihm mein Herz erfreuen konnte.

An dem Tag, an dem das Themse-Festival stattfinden sollte, betrachtete Nandita das Pfauenboot kritisch und äußerte ihre Meinung mit gefurchten Augenbrauen. "Sridhar Da, es ist wunderschön! Aber es gibt einen großen Fehler, den wir übersehen haben."

"Was?" Mein Herz schien zum Stillstand zu kommen.

"Ich fürchte, das Segel wird nicht unter den Brücken vorbeifahren. Sie ist zu groß! Und es gibt zu viele Brücken auf der Strecke."

Sie hatte recht! Es war ein großes Versehen. Und ich hatte nur ein paar Stunden Zeit, um es in Ordnung zu bringen.

Ich war so angespannt, dass ich pinkeln musste. Ich eilte in eine öffentliche Toilette und machte unterwegs ein Brainstorming, und dann erblickte ich den Lebensretter. Es war ein Instrument, das einem Wagenheber ähnelte und eine lange Stange mit einem Griff hatte, der im Uhrzeigersinn und gegen den Uhrzeigersinn gedreht werden konnte, um die Länge der Stange zu erhöhen und zu verringern. Kaum hatte ich es aus der Ferne in den Händen einiger Baustellenarbeiter entdeckt, eilte ich zu Nandita, zeigte ihr, was ich gesehen hatte und sagte ihr, dass wir genau das brauchten, wenn wir den Tag retten mussten, diesen gesegneten Jack!

"Wir müssen diesen Wagenheber finden", sagte ich zu ihr. "Und wir brauchen vielleicht mehr als einen."

"Okay, lass mich sehen, was ich tun kann!"

Natürlich konnten wir das nicht ertragen, aber George kam zur Rettung. Er hörte sich unsere Notlage an und kam innerhalb einer halben Stunde mit ein paar dieser Wagenheber in seinem Jeep am Tatort an.

Ich machte mich sofort an die Arbeit, trennte zuerst das Segel vom Lastkahn und befestigte es dann am Wagenheber. Und dann kam der letzte Schlag, der wieder ein großer Wendepunkt war. Mit gesundem Menschenverstand fing ich an, an meinen indischen Pfau als das Trojanische Pferd zu denken, legte zwei meiner Jungen in den hohlen Bauch des Pfaus, wobei einem von ihnen die Verantwortung übertragen wurde, den Wagenheber zu halten und den anderen, den Griff gegen den Uhrzeigersinn zu drehen, wann immer der Lastwagen unter einer Brücke vorbeifahren wollte, so dass das Segel um etwa fünf Fuß herunterkam, und dann den Griff im Uhrzeigersinn zu drehen, so dass das Segel wieder heraussprang, sobald der Lastwagen unter der Brücke herauskam.

Die Ufer der Themse explodierten an diesem Abend mit Londonern. Mehrere Indianer standen auch in der Menge und jubelten, bis ihre Stimmen für mein Pfauenschiff heiser waren, als es an ihnen vorbeifuhr. Meine Arbeit war das Herzstück dieses Festzuges und wurde zum Gesprächsthema der ganzen Stadt. Noch nie in meinem Leben hatte ich mich so stolz auf mich und meine Jungs gefühlt! Unfähig, ihre Emotionen zu kontrollieren, kamen sie alle zu mir herüber, umarmten mich und weinten, als sie von der Brücke, auf der wir standen, nach unten schauten und sahen, wie unsere Landsleute unsere Arbeit begrüßten. Wir haben kein Wort von dem verstanden, was angekündigt wurde. Wir schauten nur auf die jubelnden Gesichter unseres Volkes und ließen das erhabene Glücksgefühl all den Stress und die Angst wegwaschen, die wir bis zu diesem Moment gefühlt hatten.

Mein Pfauenboot war so ein Hit, dass es zwei Jahre lang in London aufbewahrt wurde und im nächsten Jahr mit einigen Änderungen wieder auf dem Themsenfestival des Bürgermeisters ausgestellt wurde. Es wurde auch im folgenden Jahr fast einen Monat lang in Blackpool, im Auditorium der Winter Gardens, ausgestellt. Und unsere Namen fanden ihren Weg in die Schlagzeilen der Zeitung *The Guardian*. Nach meiner Rückkehr aus London wurde mein Haus zu einer Höhle für Journalisten und Medien. Fast alle großen nationalen Zeitungen, *The Telegraph, The Times of India, The Statesman* usw., stellten meinen Namen in ihren Schlagzeilen zur Schau. Meine Interviews wurden auf den verschiedenen Nachrichtenkanälen gezeigt, und es wurden mehrere Dokumentationen über mich gedreht. Prominente, die Chandannagar während der Pujas besuchten, würden fast immer bei mir zu Hause vorbeischauen, um sich zu unterhalten.

Meine Tage wurden jetzt ganz anders verbracht. Ich wurde zu den meisten großen kulturellen Veranstaltungen und Messen in und um Chandannagar eingeladen, entweder als Hauptgast oder als Richter. Renommierte Unternehmenshäuser und Organisatoren in Kolkata wollten, dass ich die Straßenlaternen der verschiedenen Puja-Komitees während der Durga Puja beurteile. Ich wurde mit neuen Projekten aus den größeren Metropolen wie Mumbai, Delhi und Chennai überschwemmt. Meine Lichter gingen wieder nach Los Angeles und im Gegensatz zu den traditionellen Methoden, die ich für meine Projekte in London und Irland verwenden sollte, bevorzugten die Menschen in Los Angeles die moderne, umweltfreundliche LED. Ich konnte Nandita diesmal nicht begleiten, weil ich eine Reihe wichtiger Projekte auf dem Land zu erledigen hatte. Außerdem war es mir von den Ärzten verboten worden, den langen 23-stündigen Flug zu unternehmen, da bei mir kürzlich eine Blockade in meinem Herzen diagnostiziert worden war. Meine Jungs hatten eine tolle Zeit und sie konnten nicht aufhören, mit ihren Erfahrungen zu prahlen, als sie zurückkamen.

Einige der Dinge, die mir an London am besten gefallen haben, waren die Straßen. Sie waren absolut spick and span! Die Pünktlichkeit der Menschen erstaunte mich. Die Art und Weise, wie sie sich um die Umwelt kümmerten und die Sauberkeit ihrer Umgebung hielten, war lobenswert. Ich sah sogar den Bürgermeister von London, Ken Livingstone, eines Tages die Straße vor seinem Haus fegen. Die armen Menschen in London haben nie um Almosen gebeten. Einige von ihnen waren wirklich talentierte Leute, die auf den Bürgersteigen oder vor einem Denkmal standen, brillante Bilder malten oder wunderbare Melodien auf ihren Geigen oder Mundorgeln spielten. Sie hatten in der Regel eine Spendenbox in der Nähe, in der die Leute aus eigenem Antrieb Geldscheine und Münzen fallen ließen. In der Tat wäre "Künstler" ein passenderer Begriff für sie, weil sie ihren Lebensunterhalt durch ihre Kunst verdient haben, was genau das ist, was ich auch getan habe.

Ich vermisse meinen alten Freund George immer noch. Fünfzehn Jahre sind vergangen, seit wir uns kennengelernt haben, und wir waren nicht in Kontakt. Er war einer der gut gelauntesten Männer, denen ich je in meinem Leben begegnet bin. Wir verstanden die Sprache des anderen nicht, aber wir reisten durch die makellosen Straßen Londons, aßen in verschiedenen Restaurants, rauchten Zigarren und arbeiteten mit solcher Kameradschaft zusammen. Wir hatten eine seltsame Art, mit Hilfe von Zeichen und Gesten zu sprechen. Immer wenn ich etwas essen wollte, reibe ich mir die Hände auf den Bauch und zeige dann auf ein Restaurant. Er brachte mich sofort in dieses Restaurant und gemeinsam untersuchten wir das Essen. Er würde seine Vorschläge machen und auf verschiedene Gerichte hinweisen, von denen er dachte, dass sie mir gefallen könnten, und ich würde eine Minute darüber nachdenken und dann auf eine seiner Empfehlungen hinweisen. Er bestellte es für mich und dann aßen wir es zusammen, manchmal im Restaurant, manchmal draußen in seinem Jeep. Wir hatten viel Spaß zusammen. Er ist derjenige, der London dazu gebracht hat, sich für mich wie zu Hause zu fühlen.

An unserem Abschiedstag schenkte mir George eine Packung Zigaretten, eine Marke, die mir gefallen hatte und von der er wusste, dass sie in Indien nicht leicht erhältlich sein würde. Ich erinnere mich noch daran, wie ich diese Zigarettenschachtel schätzte, nicht mehr als ein oder zwei pro Woche konsumierte und jede Zigarette so langsam rauchte, um sie zu genießen. Es erinnerte mich an den Tag, an dem ich zum ersten Mal ein volles Ei haben durfte, die Aufregung, den Nervenkitzel und wie ich jeden Bissen genossen hatte. Ich hatte damals nicht gewusst, dass ich nie wieder nach Eiern schmachten müsste. In ähnlicher Weise hatte ich später in meinem Leben mehrere Packungen Dunhill-Zigaretten, aber ich werde mich für immer an den Tag erinnern, an dem George sie mir in einem winzigen Geschäft entlang einer der vielen Londoner Straßen vorstellte.

Das Pfauenboot beim Thames Festival war eines meiner erfolgreichsten und gefeiertsten Projekte, für das ich weltweiten Ruhm erlangte. Daher wird London immer einen besonderen Platz in meinem Herzen einnehmen.

Zwischenspiel

Nandita Palchoudhuri war für mich die menschliche Verkörperung des Wortes "Raffinesse". Ich hatte sie zum ersten Mal getroffen, als ich kaum drei Jahre alt war, und einer der Hauptgründe, warum ich mich noch an sie erinnerte, war, dass sie mir eine Schachtel Pralinen aus London mitgebracht hatte, wobei die Toblerone-Bars die waren, die ich am meisten schätzte.

Sie war und ist eine Kulturunternehmerin, die international im Bereich der indischen Volkskunst, des Handwerks und der Aufführungspraxis kuratiert und berät. Groß und schlank mit glatten, langen schwarzen Haaren, dunklen, tief sitzenden Augen und dunkler Haut. Sie ist vielleicht die würdevollste und eleganteste Frau, die ich je getroffen habe. Ihr Wissen und ihr Intellekt übertreffen das aller, die ich je kennengelernt habe.

Ich wusste nach fast siebzehn Jahren nicht, wie ich mit ihr Kontakt aufnehmen sollte. Ich wusste, dass sie immer extrem beschäftigt war und ständig ins Ausland reiste. Würde sie sich überhaupt an mich erinnern? Hätte sie die Zeit für mich übrig? Meine Hände zitterten, als ich ihr einen WhatsApp-Text tippte.

Die zwei grauen Zecken ließen mein Herz pochen. Sie hatte definitiv meine Nachricht erhalten. Jetzt musste ich nur noch auf ihre Antwort warten. Ganz im Gegensatz zu meinen Erwartungen färbten sich die Zecken in der nächsten Minute blau, und prompt kam ihre Antwort:

„Samragngi, ich bin heute der glücklichste Mensch! Bitte komm rüber nach Kalkutta. Treffen wir uns, essen wir zusammen zu Mittag und ich helfe dir auf jede erdenkliche Weise. Ich habe den größten Respekt vor deinem Großvater und deiner Familie. Du, ich weiß, da du nicht reden konntest! Und jetzt schreibst du ein Buch!" Ihre Antwort war so herzerwärmend, dass ich aus Glück fast eine kleine Jig in meinem Schlafzimmer machte! Mein College würde jedoch erst in einem weiteren Monat öffnen, was bedeutete, dass ich in absehbarer Zeit nicht nach Kalkutta reisen würde. Also musste ich mit ihr telefonieren. Ich erklärte ihr meine Notlage. Sie schien damit einverstanden zu sein und versprach, mich beim nächsten Mal anzurufen

morgens.

"Wie geht es Ihnen, Ma'am?" Ich habe sie gefragt, wann wir endlich Kontakt aufgenommen haben. *"Es ist so lange her!"*

"Mir geht es gut, Schätzchen! Wie geht es dir?«, antwortete sie fröhlich.

"Ich bin großartig! Aber ich hoffe, es ist bequem für dich, jetzt zu reden?"

"Absolut", sagte sie. *"Also, wie soll dieses Gespräch verlaufen? Möchtest du mir Fragen stellen? Oder wollen Sie eine Gesamtmeinung?'*

»Ich habe ein paar Fragen, die ich Ihnen gerne stellen würde«, sagte ich. *"Aber ich würde gerne alles wissen, was du mir über deine Erfahrung mit Grandpa erzählen möchtest."*

"Okay, dann fangen wir an."

Ich stellte meine erste Frage. *"Wie hast du Grandpa kennengelernt?"*

"Nun, meine Arbeit besteht darin, traditionelle Fähigkeiten auf zeitgemäße Weise zu nutzen", informierte sie mich. *„Als ich daran dachte, etwas mit Chandannagar-Lichtern im Ausland zu unternehmen, hatte ich einige Ideen im Kopf. Aber dann wusste ich nicht, wer sie machen würde. Ich fing an, mich in Kolkata zu erkundigen, und die Leute dort in den verschiedenen Puja-Komitees von Kolkata erzählten mir, dass die maximale Beleuchtungsarbeit von jemandem namens Sridhar Das geleistet wurde. Ich habe die Telefonnummer deines Großvaters von einem von ihnen bekommen und versucht, ihn anzurufen, aber dein Großvater hat nie das Telefon in die Hand genommen. Also ging ich direkt nach Chandannagar. Ich traf ihn und erzählte ihm von meiner Idee. Und was fantastisch war, obwohl die ganze Atmosphäre von Chandannagar sehr undynamisch und unprofessionell war, war er erfrischend anders."*

"Inwiefern war er anders?" Ich wollte es wissen.

"Als ich ihn zum ersten Mal traf, erwartete ich, dass er mir sagen würde, dass er eine sehr beschäftigte Person ist", lachte sie. *"Ich dachte, er hätte keine Zeit für mich und würde meine Pläne und Vorschläge wahrscheinlich unverschämt finden, da er die Berühmtheit war, die er war. Weil die Art von Idee, die ich hatte, völlig anders war als das, was damals in Chandannagar gemacht wurde."*

"Du meinst, deine Ideen für das Irland-Projekt?"

"Ja, für das Irland-Projekt", bestätigte sie, *"wollte ich eine Storytelling-Ausstellung organisieren, die auf vier oder fünf Ereignissen aus dem Ramayana basiert und in einer riesigen Galerie stattfinden sollte."*

"Galerie der Queen's University?" Ich habe es noch einmal überprüft. "Absolut", sagte sie. "Du kennst die Lichter, die ich oft benutzt habe

zum Erzählen von Geschichten waren nur dekorativ, aber dieses Mal wollte ich die Lichter zur Hauptattraktion der Veranstaltung machen, etwas, das die Leute selbst sehen wollten. Also habe ich den Fokus im Grunde genommen von Lichtern, die nur zur Dekoration verwendet werden, auf sie als Hauptattraktion verlagert. Dies sollte eine Lichtausstellung werden, in der die Leute kommen und eine Geschichte hören würden, die durch die Lichter deines Großvaters erzählt würde."

"Okay."

"Als ich Sridhar Da von dieser Idee erzählte, war er so empfänglich, dass seine Augen hell wurden und er seine Zigarette noch schneller rauchte", lachte sie. "Er war so aufgeregt und glücklich! Es war genau das Gegenteil von dem, was ich erwartet hatte. Er sagte: „Natürlich werde ich es tun! Sagen Sie mir, wie ich vorgehen soll. Ich werde tun, was immer du von mir verlangst." Es war fast so, als würde ich ihm Sauerstoff zum Atmen geben!"

Antwortete ich mit einem Lachen.

"Weißt du was, eigentlich war er damals sehr gelangweilt", erklärte sie. "Es gab nichts Neues für ihn zu tun. Seine Arbeiter, Sujit und alle, leiteten die Show mit Rustom, Mustafa und all diesen Kerlen. Sie waren extrem effizient. Er musste nur ihre Arbeit überwachen und ihnen die Ideen geben. Erinnerst du dich an diese Jungs?"

"Ja, natürlich! Ich erinnere mich an alle."

"Sie wussten alle, was zu tun war. Er hatte sie zu Experten gemacht. Dein Großvater musste nicht viel tun, außer, weißt du, die Verträge zu bekommen, ihnen die Ideen zu geben und sie in technischen Fragen zu beraten. Als ich mich ihm näherte, kam er wirklich auf die Gelegenheit zu, wie ich es mir nie vorgestellt hätte, um alle Entwürfe und alles zu machen. Wir mussten auch bedenken, dass diese ganze Struktur für zwei Monate im Meer sein würde und die einfachen Miniaturen wahrscheinlich nicht in der Lage sein würden, dem Einfluss von Salzwasser so lange standzuhalten."

"Ja."

"Also musste ich viel planen und nachdenken, aber ich konnte es nur, weil Sridhar Da immer bereit war, jede verrückte Idee, die mir einfiel, anzuhören und zu billigen. Er war sehr empfänglich. Und mehr als empfänglich zu sein, kam er auf neuere

Ideen als das, was ich ihm gesagt hatte. Er war wirklich in seinem Element und hat neue Dinge getan!'

"Ja, er hat es immer gemocht, mit neuen Ideen zu experimentieren. " *Weißt du, eines der lustigsten Dinge, die als*

als wir in Belfast landeten, bemerkten die Arbeiter, wie wenig es bevölkert war, und ich erinnere mich, dass einer der Kerle fragte: "Ist hier heute etwas los?" Und die Art und Weise, wie er sagte, dass ich mich genäht hatte!", kicherte sie und erinnerte sich an die alten Zeiten. "Das Programm war jedoch ein großer Erfolg und es wurde im Fernsehen ausgestrahlt, es kam in den Zeitungen heraus und die Besucher schrieben hervorragende Kritiken über die Lichtshow."

"Das waren also die Ramayana-Panels?"

"Nicht nur Ramayana-Paneele, sondern auch Paneele über Diwali, die verschiedenen Feuerwerkskörper und wie Diwali entstanden ist. „Was ist Diwali in Indien?" war das Thema, das wir uns angeschaut haben. Wie Diwali gefeiert wird und warum es gefeiert wird. Außerdem waren die Paneele freistehend, sie klebten nicht an den Wänden. Sie können die Paneele nach Belieben überall hin bewegen.'

"Und was ist mit dem Pfauenschiff?"

"Das wurde auf einen Pritschenwagen gelegt und fuhr durch das Zentrum von London", erklärte sie. "Wir haben das ganze Design in Chandannagar gemacht und der britische Hochkommissar hat es sogar gesehen."

"Großvater hat mir davon erzählt."

"Der Lastkahn, den wir in London gemacht haben, wurde auch nach Blackpool gebracht. Blackpool ist eigentlich der Ort, an dem die 6.2-Miniaturen und alle anderen Arten von Lampen entstanden sind, aber sie arbeiteten mit festen Lampen. Chandannagar hat sich alle Lichtjahre vorausgenommen, indem es die Lampen animiert hat. Deshalb nennt man deinen Großvater den Pionier. Er war der erste, der auf die Idee kam, Lichter zu bewegen und der Welt beizubringen, wie sie für aufwändige Designs und Themen verwendet werden können. Blackpool war jedoch nicht in der Lage, in dieser Hinsicht große Fortschritte zu erzielen. Das Schiff wurde nach Blackpool gebracht, um das 125-jährige Jubiläum der Lichter in Blackpool zu feiern. Es wurde im Auditorium der Wintergärten ausgestellt.'

"Also, Opa hat in London, Belfast und Blackpool gearbeitet." Und Durham ", *fügte sie hinzu.*

"Was hat er in Durham gemacht?"

"Es gibt eine riesige Brücke aus dem 17. Jahrhundert in Durham, die als Elvet Bridge bekannt ist", informierte sie mich. "Wir haben dort für das Aufklärungsfestival gearbeitet. Dein Großvater schmückte die beiden riesigen Tore an beiden Enden dieser Brücke."

"Und was wurde in Los Angeles gemacht?"

"Es war eine riesige dreidimensionale Figur der Puppe Bula Di", erzählte sie mir. "Es war Teil meines Projekts mit der UCLA, als die HIV-Aufklärungskampagnen im Gange waren. Bula Di war eine Puppe, die in Fernseh- und Radiowerbespots auftrat, um die Menschen in Westbengalen über HIV-Übertragung und -Prävention aufzuklären. Sridhar Da machte eine dreidimensionale Figur von Bula Di und dekorierte sie mit LED-Leuchten.'

"Wie waren deine Erfahrungen bei der Arbeit mit meinem Großvater?" Ich habe meine letzte Frage gestellt.

"Er ist der interessanteste, innovativste und intelligenteste Mann, dem ich je begegnet bin", sagte sie. "Er hätte Wissenschaftler werden sollen! Einmal, in London, als der Lastwagen mit dem Pfauenschiff beladen war, stellten wir fest, dass das Segel des Schiffes zu hoch war. Und weil London voller Brücken ist, musste die Höhe des Segels sehr niedrig sein, um unter die Brücke zu gehen. Als ich ihm davon erzählte, tat er in nur wenigen Stunden etwas, das dazu führte, dass das Segel unter der Brücke herunterfiel und wieder hochkam, als die Brücke überquert wurde."

"Ja, davon habe ich gehört."

"Dann war da dieser Mann, dieser britische Elektriker, der sich mit Sridhar Da anfreundete. Ich erinnere mich nicht an seinen Namen. Gemeinsam fuhren sie in seinem Jeep und pafften kameradschaftlich auf ihren Zigaretten. Sie verstanden die Sprache des anderen nicht, aber sie brauchten auch keine Übersetzung. Sie waren fast wie lange verlorene Brüder!"

Ich hätte nicht gedacht, dass das Gespräch mit Nandita Ma'am so reibungslos und mühelos sein würde. Sie hatte so viel zu sagen und so viel, dass sie sich noch daran erinnerte, dass ich kaum Fragen stellen musste. Ich lud sie am Ende des Gesprächs zu uns ein, dem sie bereitwillig zustimmte, und drückte gleichzeitig ihre Enttäuschung darüber aus, dass sie uns nicht früher besuchte. "Ich hätte vor Monaten nach Chandannagar gehen sollen", seufzte sie. "Ich würde die Mangos aus deinem Obstgarten essen! Ich musste mich damals nie nach Mangos sehnen. Dein Großvater

verwendet, um mir jede Menge davon zu schicken."

Einen Monat später

"Was machst du da?", fragte mich mein Vater, als ich auf der Couch im Wohnzimmer saß und auf meinen Laptop-Bildschirm starrte. Er war gerade von einer seiner Geschäftsreisen nach Hause zurückgekehrt.

"Ich denke darüber nach, wie ich Großvaters Geschichte beginnen soll", antwortete ich, ohne aufzuschauen. "Ich weiß nicht, wo ich anfangen soll."

"Ah, das Buch? Deine Mutter hat mir davon erzählt. Ich bin wirklich froh, dass du es tust."

"Wie war Ihre Tour?" Ich sah jetzt zu ihm auf und lächelte. "Hattest du Spaß?"

"Du weißt, dass ich ohne euch alle keinen Spaß haben kann. Wenn überhaupt, war es sehr hektisch. Du siehst viel glücklicher aus als zuvor."Ja, ich bin glücklicher, Dad", lächelte ich. "Ich habe endlich

einen Zweck."

"Nun, wenn du Hilfe brauchst", sagte er. "Ich bin hier."

"Wenn Sie Informationen über Großvater haben, die Sie für interessant halten, sagen Sie es mir bitte. Das wäre eine große Hilfe."

Er dachte eine Weile darüber nach und antwortete. "Nun, es gibt ein paar Dinge. Aber ich fürchte, es geht nicht um seine Kämpfe oder Erfolge. Glaubst du, dass das hilfreich sein wird?"

"Worum geht es?" fragte ich neugierig.

"Es geht um bestimmte seltsame Eigenschaften, die ich bei ihm bemerkt habe", sagte er. "Bestimmte Dinge hat er getan, die ich nie herausfinden konnte, warum."

"Sind sie gut oder schlecht?"

"Exzentrisch", sagte er mit einem Wort. "Du kannst diesen Mann nie festnageln."

"Was meinst du damit?"

"Nun, lassen Sie mich Ihnen ein einfaches Beispiel geben", sagte mein Vater, der neben mir auf der Couch saß, immer noch in seinem Anzug und seiner Krawatte.

"Warte eine Sekunde", stoppte ich ihn und fischte nach meinem Handy. *"Lass mich zuerst meinen Recorder einschalten."*

"Das wird jetzt komisch."

"Auf keinen Fall. So habe ich alle interviewt." *"Ich fühle mich jetzt wie ein Universitätsdozent"*, lachte Dad. *"Jetzt fangen wir an"*, sagte ich aufgeregt.

"Ich hatte viel über deinen Großvater gehört, bevor ich ihn traf", sagte mein Vater. *"Alle kannten ihn und sprachen viel von ihm. Natürlich hatte ich mir meine Meinung auf der Grundlage dessen gebildet, was die Leute sagten. Aber als ich ihn zum ersten Mal sah, war ich schockiert."*

"Warum?"

»Weil er gar nicht so ein berühmter Mensch zu sein schien!«, antwortete mein Vater. *"Ich hatte mir das alles in meinem Kopf ganz anders vorgestellt und war nervös, ihn zu treffen. Aber als ich es endlich tat, war ich genauso überrascht wie erleichtert. Er trug ein sehr altes und einfaches Button-Down-Hemd und eine lockere, fädige Hose, die, da war ich mir sicher, über ein Jahrzehnt alt war. Er hatte dieses nachlässige Aussehen eines hungernden Künstlers, das einfach nicht zum Bild eines erfolgreichen Mannes passte. Ich habe ihn nie etwas formelles tragen sehen, es sei denn, er musste an einer großen Veranstaltung teilnehmen. Und selbst für diese Veranstaltungen hatte er diesen einen königsblauen Blazer, den er überall trug. Wenn du dir seine alten Fotos ansiehst, wirst du sehen, dass er bei jeder Veranstaltung den gleichen Blazer trägt."*

"Nun, er ist immer noch so, nicht wahr?"

"Ja, aber er bleibt jetzt zu Hause", antwortete er. *"Du kannst zu Hause alles tragen, niemand wird Einwände erheben. Aber als ich ihn zum ersten Mal traf, war er extrem beschäftigt, immer unterwegs. Er war kaum zu Hause. Und so hat er sich immer angezogen, wohin er auch ging."*

"Selbst jetzt trägt er zu jedem Interview das gleiche blaue Baumwollhemd", fügte ich hinzu. *"Und wenn ein Journalist nach Hause kommt, sitzt er in seinem Büro, inmitten all seiner Auszeichnungen, trägt das alte, verfärbte blaue Hemd und eine Lunge darunter. Ich habe ihm oft gesagt, er solle etwas Schönes tragen, zumindest eine Hose. Aber er sagt, es ist nutzlos, weil nur seine obere Hälfte über dem Tisch sichtbar ist und er sich sicherer fühlt, Fragen in seiner Lunge zu beantworten."*

Mein Vater lachte unkontrolliert darüber. *"Ich kenne das berühmte blaue Hemd. Sein Bruder Ganesh Kaka schenkte ihm das zu seinem siebzigsten Geburtstag."*

"Ja, es ist so viele Jahre her, aber er wird es einfach nicht loslassen." Damals fuhr er auch einen sehr alten Bajaj-Roller, den man aus fünf Kilometern Entfernung näher kommen hören konnte ", fügte mein Vater kichernd hinzu." Es war ziemlich legendär in diesen Gegenden. Mit anderen Worten, wenn man ihn nicht kannte und ihm einfach zufällig auf der Straße begegnete, würde man nie glauben, dass er ein so großer Schütze war. Er sah so gewöhnlich aus

und bodenständig.« Ich nickte.

"Aber er hatte eine sehr starke Persönlichkeit und ich konnte sofort einen Hauch davon bekommen, als ich endlich die Gelegenheit hatte, mit ihm zu sprechen", sagte mein Vater. "Er schien eine sehr geradlinige, unsinnige Art von Person zu sein. Er mochte keine Leute, die um den heißen Brei herumreden, und er hatte absolut kein Problem damit, seine Meinung zu sagen. Eine Sache, die ich immer an ihm bewundert habe, ist, dass er nie versucht hat, etwas zu sein, was er nicht war."

"Das ist richtig."

"Weißt du, eines Tages erwischte er einen kleinen Jungen, der eine Schachtel Lampen aus seinem Laden stahl. Weißt du, was dein Großvater getan hat?"

"Du hast gesagt, er ist exzentrisch", sagte ich ihm und kratzte mich mit dem Hintern meines Bleistifts am Kopf. "Mama sagte, er sei gleichgültig gegenüber dem, der ihm etwas Böses antun wollte. Sie sagte, er habe es kaum zur Kenntnis genommen. Also, ich denke, vielleicht... ignorierte er ihn einfach und fuhr fort, was auch immer er tat."

"Nein, er ging auf ihn zu und nahm seine Hand", sagte mein Vater. "Und dann sagte er ihm, er solle diese Lampen nicht verkaufen, sondern stattdessen an Leute vermieten, weil er auf diese Weise mehr Geld mit den Lampen verdienen könnte, und das über einen längeren Zeitraum. Dann gab er ihm auch ein paar zusätzliche Lampen, die Ersatzlampen, die er in seiner Fabrik herumliegen hatte."

"Was?" Der Schock war auf meinem Gesicht offensichtlich.

"Ja", lachte mein Vater. "Kannst du es glauben? Er ließ den Dieb nicht nur entkommen, sondern beriet ihn auch, wie er von dem, was er gestohlen hatte, profitieren konnte."

"Das ist urkomisch!"

"Immer wenn jemand zu ihm kam und um Hilfe bat, kaufte er ihnen Essen und Lebensmittel und alles, was sie brauchten, außer ihnen Geld zu geben. Einmal während der Puja-Saison kam er am späten Nachmittag nach Hause und hatte *sich nach einem sehr anstrengenden Morgen gerade zum Mittagessen hingesetzt. Er hatte kaum seinen Teller berührt, als ein alter Mann an die Tür klopfte und um etwas zu essen bat. Rate mal, was er getan hat?"*

"Er bot dem alten Mann seinen Anteil an Essen an. Ich glaube, das habe ich schon von Oma gehört."

»Genau!« sagte mein Vater. »Die Leute kamen oft zu ihm, um Hilfe zu holen. Einige hatten kranke Familienmitglieder, einige wollten Geld für die Ausbildung ihrer Kinder, einige gehörten einfach zu Schlägern. Dein Großvater war sehr großzügig zu denen, die sagten, sie bräuchten Geld für die Ausbildung ihrer Kinder. Das war eine Schwäche, die er hatte. Vielleicht, weil er später in seinem Leben die Bedeutung einer formalen Ausbildung erkannte. Hätte dein Großvater eine formelle Ausbildung erhalten, hätte er auf jeden Fall inzwischen bedeutende wissenschaftliche Entdeckungen gemacht."

"Das stimmt", überlegte ich.

"Diejenigen, die zu ihm kamen und um Geld für kranke Familienmitglieder baten, ging er hinter ihnen her oder schickte einen seiner Jungen hinter ihnen her, um zu untersuchen, ob es wirklich ein kränkliches Familienmitglied gab oder nicht. Und in solchen Situationen wurden seine Jungen mehr als oft von diesen Männern mitten auf der Straße verlassen. Aber wenn sie wirklich eine kranke Person finden würden, würde dein Großvater alles tun, um sie richtig zu behandeln und ihnen die verschriebenen Medikamente zu kaufen."

"Das war so nett von ihm."

"Dein Großvater war sehr wählerisch, wem er Almosen gab", antwortete mein Vater. "Meistens bot er ihnen an, ihnen Lebensmittel, Kleidung und Medikamente zu kaufen, und versuchte, ihre Bedürfnisse zu befriedigen. Aber als er auf gesunde Menschen stieß, bot er an, sie zu beschäftigen, um für ihn zu arbeiten. Er sorgte getrennt für ihre Verpflegung und Unterkunft und stand ihnen bei, wenn es eine Krise in ihren Familien gab. Viele solcher Leute sind jetzt in der Branche. Sie haben alle die Arbeit gelernt und sind jetzt sehr erfolgreich.'

"Ja, ich glaube, ich kenne einige von ihnen auch."

"Es gibt etwas Lustiges, an das ich mich gerade erinnere", sagte mein Vater und lächelte ein wenig über die Erinnerung. "Siehst du die Debdaru-Bäume, die auf beiden Seiten der Straße draußen gepflanzt wurden?"

"Diejenigen, die entlang der Straße bis Jhapantala gepflanzt sind?" Ja, die wurden von deinem Großvater mit Zustimmung des Bürgermeisters gepflanzt. Achtzig schöne Debdaru-Bäume, von denen vierzig auf beiden Seiten der Straße gepflanzt wurden. Sie sollten sowohl das Aussehen der Straße verbessern als auch die Luft hier sauber halten. So gab es einmal diesen widerspenstigen Nachbarn, der seine Missbilligung ausdrückte und einen Baum abholzte, der in der Nähe seines Hauses gepflanzt wurde. Als dein Großvater sich erkundigte, warum er das getan hatte, verhielt sich der Mann schlecht und stellte seine Autorität in Frage. Dein Großvater ging direkt zum Bürgermeister, reichte eine Beschwerde gegen ihn ein, und dann ging er zusammen mit seinen Jungs zu diesem Nachbarn, schlug die Nachricht des Bürgermeisters auf seinen Tisch und pflanzte einen weiteren, größeren Baum auf dem

an derselben Stelle."

Ich konnte nicht anders, als das Lachen auf der Couch zu verdoppeln. "Worüber lacht ihr beide?" Meine Mutter, die herausgetreten war, um meinem Vater eine Tasse Tee aus der Küche zu holen,

verlangte, es zu wissen.

"Daddy hat mir erzählt, wie schrullig Opa war", sagte ich ihr und kicherte immer noch.

"Was für Macken?"

Ich erzählte ihr kurz von den Vorfällen, die mein Vater mir gerade erzählt hatte.

"Oh, es gibt noch viele mehr!" sagte meine Mutter und setzte sich auf einen der Stühle. "Wusstest du, dass dein Großvater einmal, nach einer Wette, die er mit seinen Freunden abgeschlossen hatte, eine ganze Nacht allein auf einem Friedhof verbrachte?"

"Nein, ich hatte keine Ahnung!" Ich rief aus. "Und wie war seine Reaktion am nächsten Morgen?"

"Nichts", antwortete meine Mutter. "Absolut nichts! Er hatte überhaupt keine Angst. Er hatte keine Geister gesehen. Ihm ging es völlig gut. Am nächsten Morgen kam er mit innovativen Ideen für seine Projekte nach Hause und sagte, dass er die Ruhe wirklich genoss. Und dann begann er jede Nacht allein auf der Terrasse zu schlafen."

Ich spürte, wie mir ein Schauer über den Rücken lief. Ich hatte Geschichten über einen **Brahmadaitya** *gehört, den Geist eines ermordeten Brahmanen, der den großen Holzapfelbaum auf dem Gelände unseres Nachbarn heimsuchte. Wir* konnten nachts oft laute Schritte von der Terrasse hören und Oma sagte oft, dass es tatsächlich der Brahmadaitya war, der ging. Viele Menschen in der Nachbarschaft hatten berichtet, ihn gesehen zu haben. Ein Mann aus Chowdhury Bagan war sogar in Ohnmacht gefallen, weil ihm der gelangweilte Geist anscheinend einige saftige Fragen gestellt hatte, während er am Baum vorbeiging. Als ich ein Kind war, konnte ich nicht einmal davon träumen, spät abends ganz allein auf die Terrasse zu gehen, geschweige denn nachts dort zu schlafen. Aber als ich älter wurde, begann ich immer weniger an diese Geschichte zu glauben. Es gab jedoch einen Teil von mir, vielleicht einen Rückstand aus meiner Kindheit, der bei der Erwähnung dieses Holzapfelbaums besorgniserregend war.

"Hat er jemals die Brahmadaitya gesehen?" fragte ich.

"Nein", antwortete meine Mutter. "Er sah stattdessen eine riesige Zibetkatze und warf ein Kissen darauf. Aber das hielt den Zibet nicht davon ab, ihn jede Nacht zu besuchen. Ich denke, er hat schließlich angefangen, es zu füttern."

"Wow!", kicherte ich. "Er ist wirklich einzigartig.„ Als ich jung war ", fuhr meine Mutter fort,„ kaufte mir mein Vater vor der Puja kaum neue Kleider. Meine Mutter hatte nur ein paar Sarees, die sie trug. Wann immer sie irgendwohin gehen musste, musste ich bei einer der Wohnungen meiner Tante vorbeischauen und mir ein paar Saris und Ornamente für sie ausleihen. Sie trug ihre Kleidung und ihren Schmuck, ob sie sie mochte oder nicht."

"Warum hat er ihr keine Sachen gekauft?"

"Er würde sein Geld immer wieder ins Geschäft bringen", antwortete meine Mutter. "Oder in kleine Grundstücke zu investieren. Das Land war damals vergleichsweise günstiger. Er mochte keine unnötigen Ausgaben."

»Das war eine sehr kluge und wirtschaftliche Entscheidung seinerseits«, unterbrach mich mein Vater, um zu sagen.

"Sprich nicht davon, sparsam zu sein, während du deine Kinder jeden zweiten Tag mit unnötigen Gegenständen verwöhnst", sagte meine Mutter.

Mein Vater und ich tauschten Blicke aus.

"Ich glaube nicht, dass ich meine Kinder verwöhne", sagte mein Vater. "Ich versuche nur mein Bestes, um ein guter Vater zu sein. Es kann Zeiten geben, in denen ich über Bord gehe. Aber alles, was ich will, ist, dass sie sich glücklich und geliebt fühlen. Und ich habe euch alle in den letzten Tagen so sehr vermisst!"

"Also, was hast du mir zurückgebracht?", neckte meine Mutter. "Du hast zwei Schachteln Schokolade für deinen Sohn mitgebracht. Eine neue Tasche für Ihre Tochter. Was ist mit Ihrer Frau?"

Mein Vater hustete als Antwort. Und dann sagte er mit einem schelmischen Glitzern in den Augen: "Schau in den anderen Kühlschrank."

Meine Mutter sah ihn zweifelhaft an, aber in ihrem Lächeln lag ein Hauch von Freude, der deutlich machte, dass sie insgeheim beeindruckt war. Sie schritt mit einem Hauch von Selbstzufriedenheit zum Kühlschrank, öffnete eine der Türen und stieß einen fröhlichen kleinen Schrei aus.

"Mandelwürfel und Sahnebrötchen!", strahlte sie und hielt die leuchtend rosa Schachtel von Flury's wie eine Auszeichnung in den Händen. "Ich habe überall nach Sahnebrötchen gesucht. Ich dachte, sie würden sie nicht mehr herstellen. Wie hast du sie gefunden?"

"Suche und du wirst finden", antwortete mein Vater stolz. "Er ist nicht nur ein guter Vater, sondern auch ein guter Lebenspartner."

Ich sagte es ihr.

Ich konnte das Kind in meiner Mutter sehen, wie sie ungeduldig in den Mandelwürfel biss und es dann mit geschlossenen Augen genoss. "Danke, Schatz!", Sagte sie durch ihren Mund voll Kuchen.

"Das wird sie für eine Weile beschäftigen", flüsterte ich meinem Vater zu. "Bitte fahre mit dem fort, was du gesagt hast."

"Nun, ich erinnere mich nicht, was ich gesagt habe", streichelte mein Vater ein wenig verlegen sein Kinn. "Oh ja... ich erinnere mich!"

"Großartig! Mach schon, ich höre zu."

"Ich gebe zu, ich bin kein sehr guter Investor", begann er. "Das hindert mich jedoch nicht daran, deinen Großvater zu schätzen und so sein zu wollen wie er. Was ich an ihm am meisten bewunderte, war, dass er sein Geld nicht verschwendet hat, um den Schein zu wahren oder zu zeigen, wie viel Reichtum er hatte. Er hat alles investiert und an die Zukunft gedacht, für uns, für dich und Bonny."

"Ja, er war noch nie extravagant. Das stimmt.' 'Einfaches Leben und hohes Denken, das war sein Mantra.

Ich wollte schon immer so sein wie er."

"Dein Großvater glaubte definitiv an einfaches Leben und hohes Denken", klingelte meine Mutter und beendete ihren Mandelwürfel. „Gleichzeitig war er sich aber auch bewusst, dass uns wichtige Würdenträger oft einen Besuch abstatten. Also wurde von ihm eine äußere Wohlstandsdemonstration erwartet, weshalb er dieses Haus baute und ein gebrauchtes Auto kaufte, auch wenn er nicht die Mittel dazu hatte. Da er sich viel Geld geliehen hat, wusste er, wie man Geld bewertet. Er hat es nie für nutzlose Dinge ausgegeben. Trotzdem war er sehr großzügig und unterhielt eine große Familie."

Ich nickte.

"Dein Großvater war nicht nur ein Künstler", flüsterte Dad. *"Aber er hatte auch einen ziemlich starken Geschäftssinn."*

"Das hat er auf jeden Fall", stimmte meine Mutter zu.

"Wenn du es dir genau ansiehst", drehte sich mein Vater zu meiner Mutter um, *"wirst du feststellen, dass dein Vater nie leeres Geld aufbewahrte, er rollte das Geld ständig entweder zurück in das Geschäft oder investierte es, anstatt alles für Kleidung, Autos und Luxus zu verschwenden. Er war auch erstaunlich weitsichtig. Er machte sich daran, nicht nur seine, sondern auch unsere Zukunft zu sichern. Bis heute gibt er fundierte Finanzberatung. Dafür sollten wir ihm Anerkennung zollen."*

"Mein Vater hätte mich gerne aus dem Haus geworfen und dich als seinen einzigen Sohn adoptiert, wenn er dich in den späten 1980er Jahren getroffen hätte", kommentierte meine Mutter und zerbrach eine Sahnerolle in zwei Hälften. *"Wie auch immer, jetzt muss ich Bonny helfen, seine Tasche für die Schule morgen zu packen. Ihr zwei setzt eure Diskussion fort."*

"Nun, Dad, gibt es sonst noch etwas, an das du dich erinnerst?" Das ist alles, woran ich mich jetzt erinnern kann ", antwortete Dad.

aufstehen. 'Aber ich lasse es dich wissen, sobald ich mich an etwas Interessantes erinnere. Ich gehe jetzt duschen. Es war ein hektischer Tag. Drei Flüge hintereinander."

"Sicher, und vielen Dank, Dad!" Ich drückte meine Dankbarkeit aus. *"Das war eine der besten Diskussionen, die ich über Opa hatte. Es ist genau das, was ich brauchte."*

"Gern geschehen", lächelte er mich warm an. *"Lass es mich wissen, wenn du meine Hilfe bei irgendetwas anderem brauchst."*

Die Überlegungen meines Großvaters

Als das Licht in meinen Augen schwächer wird und die unzähligen Erinnerungen an die letzten sechsundsiebzig Jahre plötzlich an meine Tür klopfen, weiß ich nicht, wie ich sie unterhalten soll. Soll ich sie reinlassen? Oder öffne ich die Tür nicht? Ich hatte Angst, mich zu entscheiden. Aber da standen Sie und sahen mich erwartungsvoll an. Deine Wangen sind farblos. Und dein Lächeln, nicht mehr so strahlend wie früher. "Ich habe mich in letzter Zeit nicht gut gefühlt", hast du mir gesagt. Es zerbrach mein Herz in eine Million Scherben, und da wusste ich, dass die Entscheidung nicht meine war. Ich öffnete die Tür, ließ die Erinnerungen herein. Ich würde alles tun, um dir bei der Heilung zu helfen.

Es war, weil ich dich ansah, ich habe keine neunzehnjährige Frau gesehen. Ich sah meinen kleinen Engel, eingewickelt in ein orangefarbenes Handtuch, sich in meinen Armen winden, nur eine Stunde nach ihrer Entbindung. Deine großen, dunklen Augen, die mit dicken Wimpern geschmückt waren, waren die schönsten, die ich je gesehen hatte. Sie schienen das gesamte Krankenhauszimmer zu beleuchten! Dein leiser Schrei war fast unhörbar und doch so angenehm für meine Ohren, wie das Läuten von Glocken. Es berührte einen Akkord in meinem Herzen. Es war so ein seltsames Gefühl. So zerbrechlich und zart warst du! So absolut perfekt und doch so wehrlos. Ich wusste nicht, wann sich eine Träne durch den Augenwinkel geschlichen hatte und auffällig auf die Spitze deiner kleinen Nase gespritzt war. Da wurde mir mit einem Schlag klar, dass ich für meine eigene Tochter noch nie so gefühlt hatte wie für dich an diesem kalten, blauen Februarmorgen.

Da wusste ich, dass du mein bist, um zu beschützen, zu pflegen, zu schätzen und stolz darauf zu sein. Was wäre, wenn ich kein guter Vater gewesen wäre? Ich könnte immer noch ein guter Großvater sein!

'Sumitra! Was für ein schönes kleines Mädchen sie ist!" Ich erinnere mich, dass ich kurz danach deine Großmutter angerufen habe. "So fair!

So große Augen! Und sie hat so viele Haare auf dem Kopf, dass du mir nicht glauben wirst, bis du sie mit deinen eigenen Augen siehst!"

"Alles in Ordnung", knisterte die ängstliche Stimme deiner Großmutter durch mein altes Handy. "Aber was ist mit unserer Tochter? Hast du sie gesehen? Geht es ihr gut?"

"Was sagst du da? Ich kann dich nicht hören!"

»Was ist mit Mini?«, schrie sie. "Ist unser Mini in Ordnung?" Ich... ich weiß es nicht wirklich. Ich muss nachsehen."

"Du hast nicht nach deiner Tochter gefragt? Was für eine seltsame Person bist du?"

"Ah! Keine Sorge, es muss ihr gut gehen! Was kann schon schief gehen? Warum gerätst du ständig in Panik?"

"Bitte, schau nach Mini und ruf mich sofort an."

Die Erinnerungen haben sich geweigert, sich niederzulassen, sie verweilen um mich herum. Ihre Stimmen haben eine ungewöhnliche Qualität, sie ertränken mich in einer schläfrigen Benommenheit. Und während ich der Flaute nachgebe, erwacht die Vergangenheit wieder zum Leben. Mehrere Bilder, mehrere Sehenswürdigkeiten, Geräusche und Emotionen sausen an mir vorbei wie rasante Kugeln, die technikfarbene Schatten werfen.

"Gekochte Eier zum Mittagessen! Einer für jeden!" Ich kann mich laut schreien sehen. Es ist wahrscheinlich die früheste Erinnerung, die ich habe.

Ich sehe Vikash, wie er seinen Arm um meine Schulter legt. Ich sehe sein Gesicht, sein Lächeln, seine klaren, funkelnden Augen. "Du schaffst es, Sridhar!" Ich höre ihn sagen. Ich kann den Duft seines Haaröls riechen, die Frische seiner Kleidung spüren und die Art und Weise, wie mein Herz sprang, wenn er sich in eine Umarmung stürzte. Die Bilder blinken hemmungslos nacheinander. Ich sehe ihn als Teenager, einen jungen Mann, einen Ehemann, einen Vater, einen lieben Freund, einen Mann mittleren Alters, der an der Schwelle des Todes steht, und schließlich sehe ich ein altes Bild von ihm an der Wand hängen, an dessen Rahmen eine Blumenschnur hängt. Es trifft mich hart. Mein bester Freund, der mir einmal versprochen hatte, dass er meine Hand nie loslassen würde, hatte plötzlich aufgehört zu sein. Ich habe mehrere Jahre gebraucht, um das auf mich wirken zu lassen, und seitdem bin ich nicht mehr derselbe. Es brachte mich der Wahrheit näher, dass auch ich eines Tages das gleiche Schicksal teilen muss. Auch ich werde im Rahmen eines Bildes eingeschlossen sein, ein paar alte Fotografien, Zeitungen, Dokumentationen und Auszeichnungen. Als es mir zum ersten Mal mit den Unterwasserlichtern gelang,

Ich erinnere mich, glücklich und strahlend nach Hause zurückgekehrt zu sein. Meine Mutter sah mich durch den Augenwinkel an. Sie sprach kein Wort der Ermutigung aus. Stattdessen beschwerte sie sich, dass mein älterer Bruder sein Gehalt noch nicht von der Mühle erhalten hatte und dass der Haushalt keine Lebensmittel mehr hatte. Ich legte all mein hart verdientes Geld zu ihren Füßen, in der Erwartung, ein Lächeln auf ihrem Gesicht zu sehen, in der Erwartung, dass sie stolz auf mich sein würde, in der Erwartung, dass ihre sanften Hände meinen Kopf liebevoll streichelten. Ich wollte ihr sagen: "Schau, Mutter, ich habe es geschafft!" Sie hielt einfach das Geld beiseite und saß in der Küche und knetete den Teig, während ich sah, wie meine winzige Erwartung in Flammen aufging.

Das war eine Sache, die ich nie ganz herausfinden konnte. Warum war meine Mutter so kalt zu mir? Wie konnte sie einen Sohn mit so viel Gleichgültigkeit behandeln, während sie all die anderen mit viel Liebe und Zuneigung überschüttete? War es, weil ich nicht in der Jute-Mühle gearbeitet habe? War es, weil ich Sumitra gegen ihren Willen geheiratet hatte? Aber das war viel später. Was genau war der Grund für ihre Beschwerde? Die Erinnerung an ihr Gesicht, ihre kalten und harten Augen, ihre unbeweglichen Lippen und ihre unerbittliche Gleichgültigkeit lassen meine alten Nerven schaudern. Sie war die einzige Person, die ich jemals zu beeindrucken versucht hatte. Und ich hatte versagt, jedes einzelne Mal. Ich versuche, mich vor den seltsam beunruhigenden Erinnerungen an meine Mutter zu verschließen, aber sie sitzen still da und starren mich an. Ich kann spüren, wie ihre kalten Augen tief in meinen Kopf bohren wie rasiermesserscharfe Eiszapfen. Jetzt, da sie auch weg war, werde ich nie einen Abschluss finden? Habe ich meine Tochter unwissentlich gleich behandelt?

Ich hatte sechsundsiebzig ereignisreiche Jahre. Nicht alle Jahre waren gleich. Sie kamen mit ihrem eigenen Anteil an Höhen und Tiefen, sie waren beladen mit Sorgen und Freuden, Triumphen und Misserfolgen. Aber was ich in sehr jungen Jahren gelernt hatte, war, dass nichts im Leben umsonst ist, definitiv nicht die guten Dinge! Alles muss für den einen oder anderen Tag mit etwas bezahlt werden. Alles kommt mit einem Preisschild. Und Opfer ist oft die einzig akzeptable Währung.

Meine Kämpfe sind vorbei, mein Kleiner. Ich habe meinen Preis bezahlt. Meine Tage sind gezählt, das Licht in meinen Augen wird bald verblassen, mein Körper wird verwelken und zu Staub werden, aber dein Leben hat gerade erst begonnen. Sie haben mehrere Berge zu besteigen, mehrere Ozeane zu überqueren, mehrere Meilensteine zu erreichen und Hürden zu überwinden. Sie werden nicht immer erfolgreich sein, aber Sie müssen sicherstellen, dass Sie niemals aufgeben. Es wird gute und schlechte Tage geben, Sonnentage und Regentage und Nächte, die undurchdringliche Dunkelheit bringen. Es wird Phasen geben, in denen alles schief geht, und selbst Ihre Liebsten werden sich weigern, Ihnen den Rücken zu stärken, Ihr vertrauenswürdiger Komplize wird Sie verschenken, und dann werden Sie das Gefühl haben, aufgeben zu wollen. Aber tu es nicht. Gib nicht auf. Moment. Warten Sie noch ein wenig. Bessere Tage lauern gleich um die Ecke. Steh auf und geh weiter. Du wirst bald dort ankommen.

Als du mich heute Morgen gefragt hast: „Opa, jetzt, wo du alle deine Ziele erreicht hast, wie fühlst du dich?" Ich habe davor zurückgeschreckt, dir die Wahrheit zu sagen. Ich hatte Angst, ich könnte zusammenbrechen und dich am Ende wieder traurig machen. Die Wahrheit, meine Liebe, ist nicht einfach zu artikulieren oder gar zu akzeptieren. Wenn es etwas gibt, das meine Gedanken gerade beherrscht, dann ist es die eindringliche Angst vor dem Tod. Der Tod, die ultimative Wahrheit, die eine Realität, die wir nur ignorieren, aber niemals vermeiden können. Jeden Tag, mit jedem Atemzug, den ich nehme, kann ich sehen, wie ich dieser Realität näher komme. Und jede Nacht, wenn ich meine Augen schließe, um zu schlafen, schließe ich meine Augen vor der Angst, nie wieder aufzuwachen. Der Tod im Schlaf wäre wahrscheinlich der einfachste und schmerzloseste Weg zu sterben, aber der bloße Gedanke, meine Augen nie wieder zu öffnen, um dich wiederzusehen, ist unerträglich.

Ich will dich nicht verlassen. Du bist der Grund, warum ich noch lebe. Du bist derjenige, der mich dazu gebracht hat, jeden Tag besser zu werden. Als ich jung war, war meine Arbeit alles

Ich habe dafür gelebt. Es ist das, was mir einen Sinn gegeben hat. Aber seit ich in Rente gegangen bin, bist du derjenige, der mir Hoffnung und eine Absicht gegeben hat, weiterzumachen.

"Du bist wirklich ein Zauberer, Dadu!" Ich kann deine schrille Stimme immer noch hören, als du nach dem Erfolg meiner Kinderreim-Prozession vor Freude geweint hast.

Deine Großmutter sagt mir oft, dass du wahrscheinlich meine Mutter bist, die als meine Enkelin wiedergeboren wurde. Sie erzählt mir, dass meine Mutter wieder auf diese Welt gekommen ist, um ihre Beiträge zu bezahlen. Ich habe ihr nie geglaubt, weil ich nie an das Konzept des Jenseits geglaubt habe.

Von einem kleinen Neugeborenen habe ich gesehen, wie du gewachsen bist. Du warst schon immer sehr anders, einzigartig. Alles, was dir wichtig war, waren deine Geschichtenbücher, dein Bruder und die Medaillen, die du jedes Jahr in der Schule gewonnen hast. Ich erinnere mich, wie Sie vor Jahren eines Tages mitten in meinem Büro standen und mit den Händen auf den Hüften erklärten: "Eines Tages werden meine Preise Ihre übertreffen!"

Und als ich dich fragte, was du werden wolltest, als du aufgewachsen bist, hast du sehr lange darüber nachgedacht und gesagt: „Ich möchte Landwirt werden. Ich möchte meine eigene kleine Farm haben! Wie die Kinder von Willow Farm!"

"Was?", hatte ich gefragt.

"Die Kinder von Willow Farm! Sie sind meine besten Freunde!" "Sind sie aus dem Buch, das du gelesen hast?"

"Ja!", hatten Sie mit großen und glitzernden Augen geantwortet. "Aber sie sind echt! Sie sind alle real für mich!"

Ich sehe dich immer noch auf dem kleinen Grundstück tanzen, das ich später gekauft und um deinetwillen in eine winzige Farm verwandelt habe. Ich habe dort auch eine Schaukel, eine Rutsche und eine Wippe installiert, weil du es geliebt hast, die Parks in der Strand Road zu besuchen. Ich sehe dich unter den Mangobäumen liegen und für Bilder posieren. Ich sehe, wie du die Pflanzen gießt, dich um die Blumen kümmerst und dich an den Sprinklern tränkst. Ich sehe dich darauf warten, dass die Zitronen wachsen und die Tomaten rot werden. Ich sehe dich immer höher schwingen, die Tunnelrutsche hinunterrutschen und dich furchtlos über die gesamte Länge der Wippe balancieren. Ich höre deine kleine Stimme, die so süß in meinen Ohren war, dein leises Lachen, das immer wie das Läuten von Glocken klang. Ich sehe, wie du dich von einem Baby zu einem Erwachsenen entwickelst. Jetzt, wo ich die Erinnerungen reingelassen habe, wollen sie nicht mehr weg. Ich möchte leben, um zu sehen, wie du deine Träume lebst. Ich möchte leben, um zu sehen, wie du Schriftsteller wirst und viele Bücher veröffentlichst. Ich möchte ein Urgroßvater sein, mit meinen Urenkeln, die auf meinem Schoß sitzen und mit meinen Lorbeeren spielen. Ich möchte, dass deine Auszeichnungen zahlreicher sind als meine und dein Name wie der hellste Stern am Himmel leuchtet. Aber es scheint alles unmöglich. Ich habe nicht den geringsten Zweifel an deinen Fähigkeiten, aber es ist nur so, dass ich mir meiner selbst nicht mehr sicher bin.

"Nur noch ein Jahr", sage ich mir jeden Tag. Ich möchte nicht an die Zeit denken, in der ich sagen müsste: "Nur noch einen Tag", weil es mich erschreckt.

Man sagt, dass die Neuheit, eine Berühmtheit zu sein, irgendwann nachlässt. Ist das der Grund, warum mir all meine Errungenschaften jetzt nichts bedeuten? All die Tage, die ich damit verbracht habe, eine Berühmtheit zu sein, die Nächte, die ich in meiner Fabrik verbracht habe, während deine Großmutter allein geschlafen hat, kommen zurück, um mich zu verspotten. Ich wünschte, ich hätte mehr Zeit mit dir verbracht, als du ein Kind warst. Ich wünschte, ich hätte als junger Mann mehr Zeit mit meiner Familie verbracht.

Ich wünschte, ich wäre ein liebevollerer und dankbarerer Vater gewesen, ein fürsorglicherer Ehemann, der seiner Frau öfter seine Liebe ausdrückte. Ich wünschte, ich hätte eine Balance zwischen meinem Privatleben und meinem Berufsleben finden können. Aber das ist der Preis, den ich bezahlt habe. Das ist das Leben, das ich geopfert habe. Heute kann ich mir nicht helfen, mich hin und wieder zu fragen: "War es das alles wert? Habe ich einen zu hohen Preis bezahlt?" Ich denke, ich habe eine Antwort, eine Antwort, die ich nicht mutig genug bin, anzuerkennen.

Ich habe nie an ein Leben nach dem Tod geglaubt. Aber wenn ich älter werde, kann ich nicht anders, als auf einen zu hoffen. Was mir mehr Angst macht, ist die Tatsache, dass ich nicht weiß, wohin ich gehe. Ist es ein glücklicher Ort? Ist es ein Ort, an dem ich mein Leben neu beginnen kann? Ist es irgendwo, wo ich all meine Freunde treffen werde, die mich verlassen haben? Wenn es so einen Ort gibt, würde ich auf jeden Fall gerne ein Teil davon sein. Aber erst nachdem ich von all meinen irdischen Erinnerungen gereinigt worden bin, weil ich dort unmöglich glücklich ohne dich, ohne meine Familie leben kann.

Mein ganzes Leben lang habe ich nur für eine Sache gebetet, und das ist, die Welt zu verlassen, bevor es einer meiner Lieben tat. Und jetzt, da meine Zeit gekommen ist und meine Tage gezählt sind, möchte ich nicht gehen. Ich möchte mein Leben noch einmal leben, nicht als beschäftigter Mann, der keine Zeit übrig hat, sondern als einfacher Mann, der die kleinen Dinge, die das Leben zu bieten hat, schätzen kann. Aber das widerspricht den Gesetzen der Natur.

Danke, dass du meine Hoffnung bist, dass du mich auf eine Weise liebst, die niemand je getan hat, dass du mich wie einen Stern fühlen lässt, selbst wenn mein Licht schwindet, dass du mich wie einen "Zauberer" fühlen lässt. Vielen Dank, dass Sie sich alle meine Interviews angeeignet haben und alle meine neuen Designs zeichnen möchten, dass Sie mich zu allen Award-Funktionen begleitet haben. Danke, dass du mir einen Vorgeschmack darauf gegeben hast, wie ein einfaches Leben aussieht. In dir konnte ich all die kleinen Freuden des Lebens erleben, die ich in meiner Jugend verpasst hatte. In dir habe ich meine Tochter aufwachsen sehen. Für dich möchte ich endlos am Leben festhalten.

Wir können nicht das Beste aus beiden Welten haben. Und obwohl ich die meisten einfachen Freuden des Lebens verpasst habe, weiß ich, dass ich, wenn ich weg bin, in Erinnerung bleiben werde. Die Branche, die ich einst mit drei leeren Dosen und einem Haufen Zellophanpapieren gegründet habe, wird weiterhin Lebensgrundlagen schaffen und Tausende von Familien ernähren. Sie kommen immer noch zu mir, die jüngeren Kerle, die davon träumen, es eines Tages in der Branche groß zu machen. Sie berühren meine Füße und suchen meinen Segen vor all ihren wichtigen Unternehmungen. Und jedes Mal bringt es mir Tränen in die Augen, wenn ich die Träume in ihren funkeln sehe, und ich wünsche ihnen alles Gute aus tiefstem Herzen. Meine Nachfolger sollen mein Vermächtnis weiterführen. Chandannagar wird immer einen Platz in den Seiten der Geschichte einnehmen und die automatische Beleuchtung wird nie aus der Mode kommen. Mein Haus wird immer ein Wahrzeichen sein und mein Name soll niemals in Anonymität übergehen. Ich werde so lange leben, wie diese Branche lebt, und sie werden sich immer an mich erinnern. Und was war es, wenn es kein lebenswertes Leben war?

Ich würde gerne denken, dass ich, wenn ich sterbe, noch am Leben sein werde. Lebendig in jeder Hand, die jemals Kupferplatten auf Rollen genagelt, die Leitungen der LED verdreht oder ein Stück Cellophan über eine Miniatur gewickelt hat. Lebendig in jeder Prozessionsplatte und jeder leuchtenden mechanischen Figur, die jemals die Straßen von Chandannagar durchquert. Lebe in dir und lebe in deinen Worten, wenn sie jemals ihren Weg zum Drucken finden. Lebe in all meinen Lorbeeren und Zertifikaten. Lebe in jeder Zeitung, die jemals meinen Namen trug.

Lebendig im Gedächtnis. Lebendig in der Kunst.

Epilog

Die Leute meiner Stadt verkleiden sich normalerweise während der Jagadhatri Puja wunderschön. Sie verwerfen ihre regulären T-Shirts, zerrissenen Jeans, Freizeitkleidung und tragen traditionelle, ethnische Outfits und Accessoires. Alles, angefangen von den Haarsträhnen bis hin zu den Nägeln an den Füßen, funkelt und schimmert wie die schillernden Lichter, die die Straßen schmücken und jeden Winkel meiner geliebten Stadt beleben. Inmitten des unaufhörlichen Zustroms von Touristen und Besuchern, der vertrauten Ankunfts- und Abfahrtsankündigungen am Bahnhof, der belebten Straßen mit Menschen, der Kinder, die in ihren neuen Outfits rennen, der Verkäufer mit ihren bunten Waren, die auf den Bürgersteigen ausgestellt sind, durch die aufkeimende Explosion von Ballons und Zuckerwatte, Cartoon-Masken und Seifenblasen, dem Geräusch von Plastikpfeifen und Spielzeugpistolen, dem Rhythmus des Dhaak, dem Geruch von Blumen und Weihrauch, ging ich durch die Straßen.

Es war Nabami, der vierte und letzte Tag der Puja, und ich trug ein weites T-Shirt und Jeans. Ich wollte nicht seltsam aussehen, aber jedes Mal, wenn ich mich in auffällige Kleidung kleidete oder Make-up und Accessoires trug, fühlte ich mich meines Aussehens so bewusst, dass ich die Essenz der Puja nicht aufnehmen konnte. Da es nur einmal im Jahr für vier Tage passierte, die im Handumdrehen vorbeizuschauen schienen, war ich nicht bereit, es zu diesem Zeitpunkt aus dem Ruder laufen zu lassen.

"Hey, Sammy!" Ich hörte einen vertrauten Sprachanruf.

Ich drehte mich um, um einen Haufen vertrauter Gesichter zu sehen, die mich alle hell anlächelten.

"Hey Leute!" Ich war überrascht. "Wie geht es dir?" Wie geht es *dir*?", fragten sie mich.

"Es ist zwei Jahre her, seit wir die Schule verlassen haben, und du hast dir nie die Mühe gemacht, in Kontakt zu bleiben!", beschwerte sich einer von ihnen.

"Ich habe mein Telefon gewechselt und alle meine Kontakte verloren", erklärte ich.

"Nein! Das kannst du diesmal nicht durchziehen!", sagte ein anderer. "Wir sind nicht dumm!"

"Und du bist nicht einmal auf Facebook oder Instagram!", fügte ein anderer hinzu. "Was ist los mit dir?"

"Nichts ist los", antwortete ich.

Sie waren alle schick gekleidet und sahen in ihren wunderschönen Kurtas und Designer-Sari wunderschön aus. Neben ihnen konnte ich nicht anders, als mich ein wenig underdressed zu fühlen. Aber es war okay. Ich fühlte mich in meiner eigenen Haut wohl und das ist alles, was zählt.

"Warum schließt du dich uns nicht an? Lass uns zusammen ein bisschen Pandal-Hopping machen."

"Ich habe heute Abend tatsächlich ein paar Pläne", antwortete ich und erinnerte mich daran, dass ich mit Großvater über ein paar Dinge sprechen musste. "Aber lassen Sie uns ein Datum festlegen und uns nach der Puja treffen, sollen wir?"

Obwohl ich soziale Ängste hatte, war eine Sache, in der ich wirklich gut war, sie zu maskieren. Ich konnte gut mit anderen reden, wenn ich musste.

"Natürlich! Du gibst mir deine Nummer, ich füge dich zu unserer WhatsApp-Gruppe hinzu und wir werden ein Datum festlegen ", sagte mein Freund. Ich wusste nicht, ob ich zu einer Gruppe hinzugefügt werden wollte. Ich mochte eine ruhige WhatsApp-Umgebung, in der ich nicht mit Benachrichtigungen überflutet würde.

Meine alten Freunde waren jedoch außergewöhnlich nett zu mir und ich hatte keinen Grund, mich wie ein Idiot zu benehmen und meine Telefonnummer zurückzuhalten. Ich sagte mir, dass es mir nicht schaden würde, mit einer Handvoll Menschen in Kontakt zu bleiben, und ein Treffen mit meinen alten Schulfreunden wäre nicht zu stressig. Also gab ich ihnen meine Nummer. In diesem Moment war alles, worüber ich mir Sorgen machte, die Puja. Die Uhr tickte und bald würde die Sonne den östlichen Himmel in Brand setzen, die Idole würden auf die Lastwagen geladen, die Straßenlaternen würden heruntergefahren, die Stände entlang der Straßen würden weggerollt und die Stadt, die jetzt alle von den Lichtern der Freude brennen würde, würde ihre müden Glieder ausstrecken, sich umdrehen und schlafen gehen. Bald wäre alles vorbei. Ich konnte die Dringlichkeit spüren. Es war nervenaufreibend. Also verabschiedete ich mich schnell und ging weiter.

Als ich ging, wurde mir klar, dass ich mich verändert hatte. Ich hatte angefangen, meinen Großvater zu interviewen, um mich zu beschäftigen, aber am Ende wirkte es Wunder für meine psychische Gesundheit und zog mich aus der Dunkelheit, in die ich unwissentlich gestürzt war. Das war die ganze Zeit meine Hoffnung gewesen, aber ich war mir nicht sicher, ob es machbar wäre. Erst später wurde mir klar, wie die Zeit mit meinem Großvater den ganzen Verlauf meines Lebens verändert hatte.

Da war ich also, draußen auf den belebten Straßen, ohne mich zu entschuldigen. Die Lichter um mich herum waren faszinierend. Obwohl keines dieser Paneele von meinem Großvater hergestellt wurde, konnte ich sehen, wie sein Aufdruck auf jedem von ihnen prangte. Die Chandannagar Jagadhatri Puja-Prozession mit ihrer großen Lichterkette gilt nach dem Karneval von Rio De Janeiro als die zweitlängste Prozession der Welt. Ich fragte mich, was passiert wäre, wenn mein Großvater aufgegeben hätte. Ich fragte mich, was passiert wäre, wenn er stattdessen den Mühlenjob angenommen hätte oder durch all die Kritik und Hindernisse abgeschreckt worden wäre, hätte er aufgehört zu arbeiten. Wäre der Jagadhatri Puja halb so glorreich und gefeiert wie jetzt? Das war unwahrscheinlich.

Mein Großvater hatte gegenüber jedem, der versuchte, ihn zu demütigen, ein Auge zugedrückt, allen Kritiken ein taubes Ohr geschenkt und die Leute ignoriert, die versuchten, ihm Schaden zuzufügen. Er behielt seinen Fokus intakt, hatte Vertrauen in seine eigenen Fähigkeiten und versuchte immer, etwas Größeres und Besseres zu finden, etwas Neues. Und das ist es, was ihn so weit gebracht hat.

"Aufhören ist einfach", hatte er in einem seiner Interviews gesagt. "Nach dem größten Sturz direkt wieder aufzuspringen, erfordert echten Mut. Beginnen Sie von vorne, auch wenn alle Chancen gegen Sie stehen. Nur wenn wir in der Lage sind, all unsere Hemmungen und Unannehmlichkeiten auf den Rücksitz zu stellen und die Wahrheit zu akzeptieren, dass gute Dinge nie einfach werden, können wir etwas Wertvolles im Leben erreichen."

An einigen Straßen wurden winzige Karussells und Riesenräder installiert, und die Reihe der Kinder und Kleinkinder, die auf ihre Kurven warteten, endete nie. Die Leute, die für die Stände verantwortlich waren, die Chaat, Bhelpuri, Jhalmuri und Fuchkas verkauften, hatten immer alle Hände voll zu tun. Der Geruch von Samosas und Jalebis könnte einem das Wasser im Mund zusammenlaufen lassen, aber ich fühlte mich mehr zu Eiscreme und Eis am Stiel hingezogen, obwohl die Luft kalt war und meine Kehle schmerzte.

Bevor ich an diesem Abend nach Hause ging, besuchte ich ein letztes Mal den prunkvollen Puja-Pandal neben meinem Haus. Als ich durch den Eingang ging, konnte ich hören, wie die Dhaakis *immer* noch ihre Dhaaks *spielten*, und es machte mich extrem nostalgisch. Es erinnerte mich daran, wie ich als Kind ein Kumari war. Jedes Mädchen im Alter von fünf bis zehn Jahren könnte als Kumari ausgewählt werden und für einen Tag Maa Jagadhatris Vertreter auf der Erde sein. Vier aufeinanderfolgende Jahre lang, vom fünften bis zum neunten Lebensjahr, saß ich jeden Nabami-Morgen zu Füßen des Idols in einem Sari und Girlanden und wurde neben der Göttin verehrt. Die *Dhaakis* spielten ihre Dhaaks, der Priester sang seine Mantras, die Leute, die an der Puja teilnahmen, berührten meine Füße, suchten meinen Segen und stellten ihre Opfergaben vor mich, und das würde mir das Gefühl geben, wichtig und geehrt zu sein. Aber später war ich angewidert zu erfahren, dass es in den meisten Mandaps etwas war, ein Kumari zu sein, das nur Savarna-Kindern und in vielen Fällen speziell Brahmanen vorbehalten war. Als Kind wusste ich nichts über diese Dinge, weshalb meine Aufregung über die Puja ganz anders war. Außerdem war mein Großvater damals noch im Geschäft, er beleuchtete jedes Jahr die Straßen, gewann mehrere Preise, Prominente besuchten oft unser Haus, klickten Bilder mit mir, aber mehr als alles andere war es die Kumari Puja, auf die ich mich jedes Jahr freute. Es gab mir das Gefühl, der Göttin nahe zu sein, als wären sie und ich fast eins.

Ich war jetzt im Pandal. Es wimmelte von Menschen. Und da war sie, Maa Jagadhatri, fast 25 Fuß hoch, saß auf ihrem wilden blauäugigen Löwen und sah strahlend aus in ihrem wunderschönen roten Banarasi-Sari und ihrem schweren goldenen Schmuck. Ein letztes Mal schaute ich in ihre großen, hypnotischen Augen und dann legte ich meine Hände zusammen, schloss meine Augen und neigte meinen Kopf im Gebet. Sie wusste schon, was ich wollte. Das hat sie immer getan.

Und dann ging ich zurück nach Hause.

"Hey, schau! Das ist Sridhar Das 'Haus!" Ich hörte jemanden auf der Straße sagen, als ich das Eingangstor öffnete. Alle drehten sich um und sahen mich neugierig an. Ich lächelte sie an, sie lächelten zurück und dann ging ich hinein.

Das war nicht ungewöhnlich, aber jedes Mal, wenn jemand sagte, dass es mich zum Lächeln brachte, während ich an unserem Haus vorbeikam. Wer hätte sich vorstellen können, dass der Junge, der im Alter von vierzehn Jahren die Schule abbrach, eines Tages ein bekannter Name sein würde? Albert Einstein hatte einmal gesagt: „Das wahre Zeichen von Intelligenz ist nicht Wissen, sondern Vorstellungskraft." Wissen ist nicht etwas, mit dem mein Großvater anfangen musste. Alles, was er besaß, war Vorstellungskraft und die Bereitschaft, dies mit harter Arbeit zu untermauern. Die Vorstellungskraft zeigte ihm den Weg, rechtzeitiges Handeln ließ ihn jede Gelegenheit ergreifen und das Wissen verfolgte ihn von selbst. Es muss eine Reihe von Menschen wie meinen Großvater geben, die auf ihre eigene kleine Weise zur Gesellschaft beigetragen haben, aber nie wirklich anerkannt wurden. Dennoch, wie Longfellow einmal geschrieben hatte, haben sie alle ihre „Fußabdrücke im Sand der Zeit" hinterlassen.

Die Sonne ging am nächsten Morgen auf und es war ein brandneuer Tag. Ein Neuanfang. Ich war glücklich, am Leben zu sein. Es war Dashami, der Tag des Eintauchens. Ich wachte früh auf und war entschlossen, produktiv zu sein. Ich verließ die Wärme meines

Bettes und ging, um mein Gesicht zu waschen. Als ich in den Spiegel schaute, konnte ich nicht umhin, mit ein wenig Selbstzufriedenheit zu bemerken, wie die Farbe zu meinen Wangen zurückgekehrt war. Und ein plötzliches Gefühl der warmen Freude traf mich wie eine Welle und ließ mich leicht und glücklich zurück. Ich wollte es nicht stören. Wurde die dunkle Düsterwolke endlich von meinem Kopf abgehoben?

Kaffee war fertig, mein Laptop war aufgeladen, das Wetter war unglaublich. Ich schaute aus dem Fenster und sah zwei kleine Welpen, die mitten auf der Straße spielten, ohne sich um die Welt zu kümmern. Die Strukturen aus Bambus, die entlang der Straßen gepflanzt wurden, wurden für die Prozession abgerissen. Die Sonne war immer noch hinter einigen Wolken verborgen, aber der Himmel war rot und orange gestreift. Die Frühaufsteher zwitscherten und zwitscherten, als sie den neuen Tag begrüßten. Und da saß ich am Fenster in meinem gemütlichen Liegestuhl und starrte sie alle an, mit dem Wunsch, den Tag zu nutzen, mit dem Wunsch, das Beste aus meinem Leben zu machen, wie es mein Großvater tat.

Warum war ich jemals deprimiert? Darauf hatte ich keine Antwort. Vielleicht schreibe ich eines Tages darüber. Aber dieser Tag war nicht heute. Jede Erzählung braucht keine perfekte Auflösung.

Während ich an meiner Tasse Kaffee nippte, konnte ich nicht anders, als ein wenig stolz auf mich zu sein. Ich erinnerte mich an die Dunkelheit, in die auch mein Großvater kürzlich mit mir eingetaucht war, die Phase, in der er sich nicht an kleine Dinge erinnern konnte, nicht klar ausdrücken konnte, was er in seinem Kopf hatte, und den ganzen Tag in seinem dunklen Zimmer schlief. Und wenn ich ihn jetzt ansehe, sehe ich einen ganz neuen Menschen. Ich sehe eine Person, die wieder aufrecht stehen kann, eine Person, die alleine rausgegangen ist, mit dem Fahrrad zu einem seiner alten Freunde gefahren ist und dann ein wenig vor 22 Uhr sicher und ungestört nach Hause gekommen ist.

Als ich meinen Großvater wieder gesund und munter sah, erwachte ich zu neuem Leben. Und seine Geschichte zu kennen, hat mich als Person verändert. Es gab mir eine neue Perspektive auf das Leben. Ich wollte das Leben nicht an mir vorbeiziehen lassen. Er hatte mir einmal gesagt, dass wir nie genau das bekommen, was wir uns wünschen. "Wir bekommen, was wir verdienen. Und was wir verdienen, hängt davon ab, was wir unserer Meinung nach verdienen. Träume also immer größer, sei bereit, die Extrameile zu gehen und höre nicht auf, bis du dein Ziel erreicht hast.'

Als ich gefragt hatte, warum er nie gegen seine Feinde vorgegangen sei, antwortete er: "Vergebt und vergesst. Groll zu stillen ist ungesund. Es verbraucht Ihren kreativen Saft und hindert Sie daran, Ihrer Fantasie freien Lauf zu lassen. Außerdem haben wir alle eine sehr kurze Zeit hier auf diesem Planeten und jeden Tag selbst zu leben ist ein Wunder. Vergib ihnen. Du weißt nie, was der nächste Moment für dich oder sie bereithält. Jeder Einzelne kämpft seinen eigenen Kampf. Lebe und lass leben."

Ich schaltete mein Handy ein und war überrascht, als ich die WhatsApp-Benachrichtigung sah, die "122 neue Nachrichten" lautete. "Ich öffnete WhatsApp und erkannte, dass ich von den Freunden, die ich letzte Nacht getroffen hatte, zu einer neuen Gruppe hinzugefügt worden war, einer Gruppe mit achtundvierzig Mitgliedern. Ich öffnete die Gruppe und war überwältigt von der Anzahl der Leute, die über mich sprachen. Sie warteten alle darauf, dass ich mich in der Gruppe bemerkbar machte und ihre Fragen zu meinem Aufenthaltsort beantwortete, wie es mir ging, wie es an der Universität Jadavpur war und ob ich noch Single war. Mit einem Lächeln im Gesicht versuchte ich, auf all ihre neugierigen Anfragen zu antworten, und zum ersten Mal fühlte ich mich seltsam glücklich, wieder mit ihnen in Kontakt zu treten.

Und dann hörte ich die Stimme meines Großvaters im Wohnzimmer.

»Kann ich einen Tee haben?«, fragte er.

Ich hörte, wie meine Mutter ihm einen Becher einschenkte.

"Du siehst heute sehr frisch aus", sagte sie fröhlich. "Und du bist auch ziemlich früh aufgewacht!"

"Ja", antwortete er. "Ich wollte den Sonnenaufgang nicht verpassen. Es ist so ruhig und friedlich am Morgen."

Ich wusste nicht, ob ich seiner Geschichte gerecht werden konnte. Ich war mir immer noch nicht sicher, ob ich die richtige Person dafür war. Den perfekten Anfang für das Buch hatte ich noch nicht herausfinden können. Auch nicht das perfekte Ende. Aber andererseits ist die Realität kaum perfekt und das Leben ist nie einer ordentlich strukturierten Erzählung gefolgt. Es ist das Durcheinander und das Chaos, das uns lehrt, wie wir leben sollen. Ich schluckte meinen letzten Kaffee und öffnete meinen Laptop.

"Du musst nicht perfekt sein", sagte etwas in mir. "Tu es einfach."

Und dann tippte ich die erste Zeile dieses Buches ein.